REBEKKA JO

TIEFES VERGESSEN

TEIL 1

Das Buch: „Ein tiefes Vergessen liegt über diesen Gräbern, ein trauriges Umsonst“, schrieb der Pazifist Carl von Ossietzky am 6. November 1928 in der Weltbühne[1].

Februar 2020. Der 89-jährigen Aurelia wird mit einem Mal bewusst, dass ihre Familie vollkommen zerrüttet ist. So beginnt sie, sich mit ihrer Geschichte auseinanderzusetzen, um herauszufinden, wie kam, wozu es kam.

Während Aurelias Eltern Elsa und Eduard bei ihrer Hochzeit 1913 große Hoffnungen in ihr Leben legen, sind die verhängnisvollen Schritte in den Großen Krieg längst getan. 1933 ist Aurelia drei Jahre alt, doch es haben sich bereits die Stricke zugezogen, die ihr Leben bestimmen sollen, doch auch in der Gegenwart nehmen die Ereignisse ihren verhängnisvollen Lauf und die Zeit für Aurelia und ihre Kinder verrinnt plötzlich viel schneller, als sie es erwartet hatten.

Dies ist eine Familiensaga und ein geschichtliches Werk.

Geschichts-, Politik-, und Soziologieinteressierte finden hier in ansprechender und kurzweiliger Weise die historischen Ereignisse des vergangenen Jahrhunderts anhand einer fiktiven Familiensaga dargestellt und die Zusammenhänge und Hintergründe veranschaulicht.

Der Roman ist mit Illustrationen der Autorin versehen.

Die Autorin: Rebekka Jost, geboren 1983 in Hamburg, ist Juristin und lebt seit einigen Jahren mit ihrer Familie auf dem mecklenburgischen Land.

Sie hat inzwischen mehrere Romane und Kinderbücher veröffentlicht.

www.autorin-rebekka-jost.de
autorin-rebekka-jost@gmx.de

---

1 Carl v. Ossietzky, „Deutschland ist ...“ in Weltbühne Nr. 45 vom 6. Nov. 1928 S. 689 ff. Informationen zur Weltbühne finden Sie im Anhang auf Seite 300.

REBEKKA JOST

TIEFES VERGESSEN

TEIL 1

Bibliographische Information der Deutschen Nationalbibliothek:

Die Deutsche Nationalbibliothek verzeichnet diese Publikation in der Deutschen Nationalbibliographie; detaillierte bibliographische Daten sind im Internet über http://dnb.d.de abrufbar.

Coverillustration und Gestaltung: Rebekka Jost
Illustrationen: Rebekka Jost ©

Herstellung und Verlag: BoD – Books on Demand, Norderstedt

ISBN: 9783750404076

Vorwort

Liebe Leserin, lieber Leser,

Kennen Sie die herzerweichende Geschichte vom Jesuskind, das von seinen fürsorglichen Eltern Joseph und Maria durch die unerbittliche Wüste nach Hause getragen wird, während der grausame Herodes in seinem wahnhaften Hass seine Schergen durchs Land schickt, um alle neugeborenen Knaben ermorden zu lassen?

Natürlich! Wer im Abendland kennt diese Geschichte nicht. Sie wird uns seit hunderten Jahren alljährlich zur besinnlichen Weihnachtszeit in Erinnerung gerufen. Den Kleinsten von ihren Eltern zu Weihnachten vorgelesen. Im Religionsunterricht von der lieben Lehrerin erzählt und bemalt und bebastelt – von der einzigen Lehrerin, die keine Noten für schlechte Arbeiten vergibt! –. Von lieben Kinderlein an Schulen und in Kindergottesdiensten für Vati und Mutti und Omi und Opi aufgeführt, im KinderTV durch niedlichste Bebilderung an die lieben Kleinen herangetragen.

Welche Mutter spürt nicht die Not dieser großen Frau Maria, die nach den Strapazen einer Geburt im Stall ohne Arzt, ohne PDA, ohne Hebamme, ohne Einhaltung des Mutterschutzes ihr Baby durch die Wüste schleppt?

Welchem Vater wird nicht das Herz weit, wenn ihm vor Augen geführt wird, was Vaterliebe bedeuten kann, wenn es gilt, sein Baby vor den feindlichen Mördern zu retten?

Diese Geschichte hat niemals stattgefunden.

Die Historiker haben längst geklärt, dass es den Säuglingsmordauftrag von Herodes nicht gegeben haben kann, denn als die Volkszählung stattfand, zu der Jesus geboren worden sein soll, war Herodes bereits seit elf Jahren tot[2].

Sie wussten das? Dann zählen sie im Abendland zur absoluten Minderheit.

Erich Kästner werden in dem Film „Kästner und der kleine Dienstag" folgende Worte in den Mund gelegt: „Es kommt nicht darauf an, ob eine Geschichte wirklich geschehen ist. Es kommt nur darauf an, ob sie wahr ist."

Das Problem an dieser Geschichte ist jedoch: Sie ist nicht wahr.

Mancher mag denken, das spiele keine Rolle, es sei eine so wunderschöne Geschichte, die eine gemeinschaftsstiftende Wirkung habe, dass man sie immer wieder erzählen könne ...

Diese Ansicht hat mindestens drei kleine Haken, die mir auf Anhieb einfallen:

Erstens den, dass die gemeinschaftsstiftende Wirkung darüber erzielt wird, dass ein gemeinsamer Feind erschaffen wird.

Zweitens den, dass es Herodes tatsächlich gab und ihm mit dieser Geschichte aufs Übelste Unrecht getan wird.

Ist es richtig, einen Menschen, der als „strenger aber fähiger und erfolgreicher König" seinem Land „eine dreißigjährige Periode des Friedens und Wohlstands"[3] beschert hat, als Kindermörder zu verunglimpfen?

Drittens, dass die gemeinschaftsstiftende Wirkung dieses Märchens in der Geschichte bereits mehrfach dafür ausgenutzt wurde, Menschen in manipulativer Weise auf einen Krieg einzustimmen.

Leider haben das die Briten Anfang des 20. Jahrhunderts nicht gewusst, als ihre Regierung ihnen 1914 im Rahmen ihrer Kriegspropaganda weisgemacht hat, die Deutschen hätten Gräueltaten an belgischen Kindern verübt, ihnen die

---

2 Meidenbauer, S. 146 ff.

3 Meidenbauer, S. 146 ff.

Hände abgehackt.[4]

Auch diese Geschichte war eine Lüge. Mit ihr hat die britische Regierung gezielt die britische Bevölkerung auf den Kriegseintritt Großbritanniens gegen Deutschland eingestimmt. Ein Kriegseintritt, der nach Auffassung zahlreicher Historiker unnötig und verheerend war.[5]

Vielleicht wären die Briten misstrauischer gewesen, als ihnen die Notwendigkeit des Kriegseintritts eingetrichtert wurde, wenn sie gewusst hätten, dass sie durch die Verinnerlichung des herodischen Säuglingsmordes empfänglicher waren, für solche Geschichten.

Solche Lügen wirken, wenn die Menschen nicht Herr ihrer Geschichte sind. Sie müssen deshalb glauben, was ihnen weisgemacht wird. Wären sie Herr über ihre Geschichte, wären sie spätestens auf die Irakpropaganda nicht einfach hereingefallen.

Denn hier haben sich die USA dieses Propagandamittels bedient, um Stimmung gegen den Irak zu machen, indem sie die 15-jährige Nayirah vor dem Menschenrechtsausschuss des US-Kongresses am 19.10.1990 über die Ermordung von kuwaitischen Babys durch irakische Soldaten berichten ließen. Eine Erfindung der PR-Agentur Hill & Knowlton im Dienste

---

4 https://www.welt.de/geschichte/article126782684/Der-Kriegseintritt-kostete-England-sein-Empire.html, aufg. am 30.8.2020 um 8:44; Zentner, S. 111; Ponsonby, S. 77-81, zit. aus: Schulte, S. 98 f. Der Themenkomplex Gräueltaten der Deutschen an Belgiern im ersten Weltkrieg ist einer der umstrittendsten überhaupt, zumal an dieser Frage viele weitere Fragen anhängen, nämlich vor allem die Frage, ob es „nötig" war, dass die Briten in den Krieg eingriffen. Die Historiker sind sich weitgehend einig, dass es die damals behaupteten Kinderhandabhackungen nicht gab. Im übrigen gibt es große Meinungsverschiedenheiten zu der Frage, ob es unter den Belgiern eine Resistance gab oder nicht. Es hat zu dieser Frage am 27.10.2017 eine Konferenz an der Universität Potsdam gegeben. https://www.hsozkult.de/conference_report/id/tagungsberichte-7409. Sie war initiiert worden, nachdem ein neues Buch mit dem Titel: Schuldfragen: Belgischer Untergrundkrieg und deutsche Vergeltung im August 1914" zu dem Thema von Prof. Ulrich Keller erschienen war. https://de.wikipedia.org/wiki/Rape_of_Belgium, aufg. 1.9.2020 um 23:00; Schulte, S. 99.

5 https://www.welt.de/geschichte/article124404887/Kriegseintritt-war-Englands-groesster-Fehler.html, aufg. am 1.9.2020 um 23:00; https://www.welt.de/geschichte/article124289827/Zocker-brachen-1914-den-grossen-Krieg-vom-Zaun.html, aufg. am 1.9.2020 um 23:00.

der kuwaitischen Organisation „Citizens for a Kuwait".[6]

Dies zeigt in tragischer Weise, wie die Kreation einer angeblichen Geschichte, wie also die Herrschaft über die Vergangenheit, die Menschen in der Gegenwart manipulieren kann.

Nur wer seine Vergangenheit kennt, ist befähigt, in der Gegenwart die richtigen Entscheidungen für seine Zukunft zu treffen.

Nach meiner Auffassung ist dies einer der maßgeblichen Gründe dafür, dass heute so viele Menschen nicht mehr wählen gehen. Wie sollten sie auch? Sie können nicht unterscheiden, wem sie glauben können und wem nicht, was für sie gut ist und was nicht.

Wer das nicht unterscheiden kann, ist manipulierbar. Das wusste schon George Orwell. So hat er in seinem Buch 1984 das Regime die Vergangenheit auslöschen lassen.

Das Positive daran ist, dass viele Menschen das erkannt haben, was sie damit zeigen, dass sie nicht mehr wählen gehen.

Vielen ist vielleicht gar nicht bewusst, dass es dieses Gefühl ist, das einem den Weg aus der Unmündigkeit weist.

Ein wirksames Instrument, wieder mündig zu werden, liegt darin, die eigene Geschichte zu ergründen.

Denn im Umkehrschluss gilt genauso: Wer Herr über seine Vergangenheit wird, wird auch wieder Herr über seine Zukunft.

Carl von Ossietzky ist ein herausragendes Beispiel für einen der Wenigen, die nie eingeknickt sind, die Wahrheit zu suchen und zu benennen.

Deshalb habe ich mich bei der Arbeit an diesem Buch gründlich mit seiner Person und seinem Werk befasst und ihm dieses Buch gewidmet.

Es ist gewiss kein Roman, der als entspannende Bettlektüre dient und den man in einem Zuge durchlesen sollte. Doch wer ein Werk sucht, das die Zusammenhänge in Gesellschaft und Politik darstellt, der wird an diesem Roman Freude haben.

---

6 https://www.bpb.de/gesellschaft/medien-und-sport/krieg-in-den-medien/130707/geschichte-der-kriegspropaganda?p=1, aufg. am 1.9.2020 um 23:00.

Der erste Teil ist ein Streifzug durch die letzten Züge des Kaiserreiches, die Schrecken des Ersten Weltkriegs unter Benennung der Kriegstreiber und der Kriegsgewinnler.
Es ist ein Streifzug durch die vielschichtigen Probleme der Weimarer Zeit. Einer Zeit der politischen und gesellschaftlichen Spannungen. Der Zeit des hoffnungslosen Kampfes Carl von Ossietzkys gegen die mediale Volksverhetzung, den monarchistischen und auf dem rechten Auge blinden Staat und gegen die großen Kriegstreiber. Einer Zeit in der längst mutige Frauen und auch Männer den Kampf gegen die Ungleichberechtigung aufgenommen hatten unter Gefährdung von Ruf und Leben, in der die großen Pädagogen der Geschichte längst aufgezeigt hatten, dass die sozialen Missstände und die schlechten Bildungsvorrausetzungen, aber auch die Methoden der Didaktik kleine Soldaten für den nächsten Krieg heranziehen, und eine Zeit, in der Ernst Gennat die Kriminalistik neu erfand. Auch damals schon fand Umweltzerstörung in verheerenden Ausmaßen statt. So werden auch die Zusammenhänge zwischen Umweltzerstörung, Waffenproduktion und Düngemittelproduktion sowie Pestizidherstellung dargestellt, und es wird offenbar, dass alle diese Bereiche immer dieselben Gewinner bedienen.
Mit diesem Buch werden die Missstände und ihre Zusammenhänge, ihre Ursachen und ihre Folgen gründlich recherchiert und mit umfangreichen Nachweisen und Quellenangaben anschaulich und verständlich aufgezeigt. Und allzu oft werden leider Parallelen zu heute deutlich.

„Ich lese gerne historische Romane, aber was mich daran immer stört, ist, dass im Grunde die Geschichte nur als Hintergrund für eine fiktive Story dient, die in der Regel immer dem gleichen Muster folgt. Es ist reine Unterhaltungsliteratur und das reicht mir nicht. Ich möchte etwas anderes.
In diesem Roman bekommen die historischen Ereignisse einen eigenen Stellenwert. Die fiktive Geschichte ist geprägt durch die Ereignisse. So ist es schließlich auch in der Realität. Die Menschen werden durch ihre Zeit und die Umstände, unter denen sie leben, stark beeinflusst und nur wer das anerkennt, kann sich etwa Fragen nähern, wie jener nach Verantwortlichkeiten für Geschehen, aber auch der zentralen

Frage, wie das Geschehen in der Gegenwart und Zukunft gelenkt werden kann, darf, sollte oder muss. Wichtige Fragen, denen ich mich in diesem Mehrteiler widme. Fragen, die unbedingt diskutiert werden sollten. Das wird doch gerade wieder deutlich in einer Zeit, in der der Pazifismus als feige und weltfremd abgewatscht wird, während die Börsenkurse der Waffenindustrie durch die Decke gehen. Wir erleben doch gerade jetzt, dass es gilt, Entscheidungen zu treffen, die mit hoher Wahrscheinlichkeit sehr weitreichende und nachhaltige Folgen haben werden. Ich bin der Überzeugung, dass wir aus den Ereignissen und Entwicklungen des vergangenen Jahrhunderts gelernt haben könnten. Vieles kommt immer wieder und jedesmal gibt es politische oder institutionelle Entscheidungsträger, die bewusst Entscheidungen zu ihrem eigenen Vorteil, aber entgegen jeder historischen Erfahrung treffen." (Rebekka Jost)

Vorneweg sei noch gesagt:

Dies ist ein teilweise fiktiver Roman.

Alle Protagonisten und viele weitere Personen sind frei erfunden und stellen keine real lebenden Menschen dar. Ähnlichkeiten sind reiner Zufall.

Die historischen Ereignisse hingegen haben stattgefunden und viele Personen in der Geschichte sind historische Figuren. Sie werden durch Quellen und Hinweise im Anhang belegt und konkretisiert. Ich habe nach bestem Wissen und Gewissen gearbeitet und mir die größte Mühe gegeben, gründlich zu recherchieren, auch zeitgenössische Quellen heranzuziehen und präzise zu schreiben. Dennoch bin ich keine Historikerin und habe zu Primärquellen in der Regel keinen Zugang. Wenn es mir passiert sein sollte, an irgendeiner Stelle ungenau oder in verzerrender Weise formuliert zu haben, dann bitte ich dies zu entschuldigen. Außerdem ist es, wie Sie hoffentlich verstehen werden, schlicht unmöglich, die Zeit von 1913 bis 1933 vollumfänglich darzustellen. Natürlich musste ich eine Auswahl treffen, die in engem Bezug zur fiktiven Geschichte steht.

Widmung

Dieses Buch widme ich
Carl von Ossietzky,
der sein ganzes Leben unermüdlich und unerschrocken und trotz ständiger Bedrohung seiner Freiheit gegen die Volksverhetzung, die Volksverdummung und die manipulative Lüge angeschrieben hat und dafür schließlich von den Nazis zu Tode gequält wurde.
und
Clara Immerwahr,
die als Einzige versucht hat, und dafür gestorben ist, den Gaskrieg zu verhindern, wofür sie bis heute keinen Friedensnobelpreis erhalten hat, während ihr Ehemann Fritz Haber und sein Kumpan Carl Bosch mit Nobelpreisen für Chemie für ihr Werk, das den Gaskrieg bewirkt hat, belohnt wurden.

...deren Namen heute kaum einer mehr kennt und über deren Gräbern längst ein tiefes Vergessen liegt...

Hamburg, 23. Februar 2020

Aurelias Blick richtete sich auf die große Schrankwand. Oben rechts stand das Familienalbum. Während sie sich auf den Gehstock stützte, griff sie mit der Linken nach einem der Stühle. Sie zog ihn an den Schrank und stützte sich auf die Lehne, während sie sich mühsam daran hochzog. Das war eine wackelige Angelegenheit, aber sie hatte keine andere Wahl, wenn sie an das Album reichen wollte.

Es war anstrengend, sich auf dem Stuhl aufzurichten. Zum Glück war sie noch ziemlich fit für ihre 89 Jahre.

Als sie endlich – etwas unsicher – stand, merkte sie die Anstrengung aber doch daran, dass ihr Herz wild pochte.

Einen Augenblick verschnaufte sie, dann reichte sie mit der Linken hoch zum Album. Mit der Rechten musste sie sich an einem der Regalböden festhalten. Sie bekam das Buch zu fassen und holte es herunter. Sie kippelte. Schnell wieder runter hier. Nach unten sah sie lieber nicht, sondern stieg so vorsichtig, wie sie konnte, hinab. Unten musste sie sich erst einmal setzen. Aber sie hatte es geschafft. Sie sah auf den Einband. Er war lapislazuliblau. Das war ihre Lieblingsfarbe.

Sie schlug das Album auf. Es begann mit dem Hochzeitsfoto ihrer Eltern, Elsa und Eduard. Das war im Jahr 1913.

Dann kamen drei Seiten, auf denen die wenigen Bilder aus Aurelias Kindheit zu sehen waren: Mutter und Vater mit Leopold, ihrem ersten Kind, Aurelias ältestem Bruder. Darunter stand 1914. Ein Foto von Vater, Großvater Alexander und Vaters Bruder Ernst, den Aurelia nicht kennengelernt hatte. Das Einzige, was sie über ihn wusste, war, dass er ein Lotterleben geführt hatte und auf sehr unehrenhafte Weise ums Leben gekommen war. Ein Familienfoto von allen 1925 mit Vater und Mutter, dem etwa elfjährigen Leopold, der achtjährigen Emilia Johanna, dem noch nicht dreijährigen Hans Fridolin und Theodor, der noch ein Baby war. Aurelia war noch nicht geboren. Dann eines von 1935, da war Aurelia 5 Jahre alt. Mehr Fotos gab es nicht. Aurelia konnte sich auch nicht entsinnen, dass jemals Fotografien aufgenommen worden waren, während ihrer Kindheit. Ihrer Erinnerung nach waren ihre Eltern und Geschwister immer beschäftigt gewesen. Sie selbst hatte vor-wiegend allein gespielt. Ihre früheste Erinnerung an Leopold war aus der Zeit, als Leopold bereits um die 25 Jahre alt war. Zu der Zeit hatte er nicht mehr im Elternhaus gelebt. An Emilia hatte sie ebenfalls nur wenige Erinnerungen. Aurelia war noch klein gewe-sen, als auch sie das Elternhaus verlassen hatte. Auch Hans war deutlich älter gewesen als sie und sie konnte sich kaum an ihn erinnern. Der Einzige, mit dem sie eine enge Beziehung erinnerte, war Theodor. Doch alles, was sie bezüglich dieses Bruders noch wusste, spielte in ihrer frühesten Kindheit.

Aurelia blätterte eilig weiter. Diese Stelle des Albums rang ihr ein gequältes Seufzen ab, hier fehlten einige Seiten. Unschön ragten winzige Fetzen hervor, wo die Seiten entfernt worden waren. Schnell blätterte sie weiter. Ein größeres Foto lag lose zwischen den Seiten. Es war das Hochzeitsbild von ihr und Emil. Das war

1946. Eine Weile ruhte ihr Blick auf Emil. Er sah glücklich aus auf diesem Foto. Nur kurz betrachtete sie sich selbst. Wie jung sie damals gewesen war! Ihr Blick wirkte kühl. Sie blätterte weiter.

1955. Auf diesem Foto sah man sie und Emil mit Jonathan. Sie erinnerte sich gut an den Besuch beim Fotografen. Jonathan trug ein weißes Kleid. Emil hielt Jonathan, sie selbst stand an Emils Seite. Emils Blick verriet den Stolz über den ersten Sohn.

Die nächste Fotografie zeigte sie zu viert. Sie, Emil, Jonathan und Janna. Janna war ein Baby. Nun war sie es, die in die Kamera strahlte mit dem Baby auf dem Arm. Emil hielt Jonathan auf dem Schoß und Jonathan schlang seine kleinen Ärmchen um den Hals seines Vaters. Jonathan musste damals etwa drei Jahre alt gewesen sein. Unter dem Foto stand die Jahreszahl 1958.

Kurz betrachtete Aurelia ihren Sohn. Er hatte sehr an seinem Vater gehangen. Der war damals viel unterwegs gewesen und Jonathan hatte ständig nach Emil gefragt und gejammert. An dem Tag, an dem das Foto entstanden war, war er gerade aus West-Berlin zurückgekommen, wo er gearbeitet hatte. Am darauffolgenden Tag war er wieder abgereist, aber wenig später waren sie alle nach West-Berlin gezogen. Bis dahin hatten die Arbeitsorte ständig gewechselt. Zunächst Bonn, später auch einmal Köln und schließlich seit 1955 West-Berlin. Aber auch nach dem Umzug war Emil selten zuhause gewesen. Er war ständig gereist und Aurelia mit den Kindern immerzu allein gewesen.

Dann blickte sie auf Janna. Sie war so ein süßes Baby gewesen. Aurelia erinnerte sich noch gut, dass es ihr von Jannas Geburt an besser gegangen war. Wie hatte sie dieses Baby geliebt. Und nun war das alles schon über sechzig Jahre her.

Warum hatte sie das Album jetzt heruntergeangelt? Ja, der Film war das gewesen. Der Film, den sie eben geguckt hatte, im Fernsehen. Irgendwie hatte sie das alles an die Zeit erinnert, als ihre Kinder noch klein gewesen waren. In dem Moment regte sich in ihr der Wunsch, Janna anzurufen. Ja, am besten, sie rief Janna an.

Aurelia erhob sich schwerfällig und humpelte, auf den Gehstock gestützt, zum Telefon. Sie nahm den Hörer ab und suchte im Telefonbuch nach Jannas Nummer. Jonathan hatte ihr das alles eingestellt. Bis vor kurzem hatte sie noch ihr altes Telefon gehabt, aber das hatte nun den Geist aufgegeben. Jonathan hatte versucht, ihr die ganze Technik zu erklären, aber das war ihr nichts. Jetzt waren die Nummern im Telefonbuch eingespeichert und sie hatte immerhin begriffen, wie sie das Telefonbuch nutzen konnte. Im Hörer piepte es und dann tutete es. Es tutete eine ganze Weile, dann wurde abgehoben. „Mama?“ Jannas Stimme klang verschlafen. „Ist was passiert?“

„Nee, was soll denn passiert sein? Ich wollte mich nur mal melden.“

„Es ist gleich zwölf. Ich schlafe schon!“

Als der Wecker klingelte, war Janna müde. Aber sie musste hoch. Es war 5:00 Uhr und um 6:30 hatte sie Dienstbeginn. Als sie die Beine aus dem Bett schwang, fiel ihr der Anruf wieder ein. Na, wurde Mama jetzt doch langsam tüddelig? Kurz vor zwölf! Dabei hatte sie schon gedacht, es sei etwas passiert! Sie würde ihre Mutter am Nachmittag nach der Arbeit anrufen.

Daniel nuschelte „Guten Morgen“ und schlief weiter.

Janna ging ins Bad, danach in die Küche und stellte mit der einen Hand den Wasserkocher, mit der anderen das Radio ein. NDR Info.

Während das Dröhnen des Wasserkochers immer lauter anschwoll, erfuhr Janna durch das Radio, dass von Seiten des Gesundheitsministeriums festgestellt worden sei, dass das Corona-Virus jetzt in Deutschland angekommen sei, dass Grenzschließungen aber nicht Teil der Überlegungen seien und dass der Staat alles tue, um die Bürger zu schützen. In Italien seien bereits mehrere Menschen mit dem Virus gestorben, hieß es sodann.

Janna hörte nur mit einem Ohr zu, denn sie musste sich jetzt beeilen, um pünktlich zu kommen.

Sie goss schnell ihren Instant-Cappuchino auf und gab Milch dazu.

Während sie sich die Haare machte, trank sie den Cappuccino.

Um 5:45 saß sie im Auto und um 6:15 parkte sie am Amalie-Sieveking-Krankenhaus.

Als ihr eine ältere Dame in einem Rollstuhl entgegen geschoben wurde, musste sie wieder an ihre Mutter denken.

Ihre Mutter war noch wirklich rüstig für ihr Alter. Aber Janna wusste, dass sich so etwas manchmal schlagartig ändern konnte. Würde ihre Mutter zur Risikogruppe gehören, wenn es hier losgehen sollte? Janna wusste eigentlich von keinerlei Erkrankungen ihrer Mutter. Aber sonderlich oft sah sie sie auch wieder nicht. Vielleicht sollte sie mal wieder hinfahren? Janna seufzte. Ihre Mutter war ziemlich anstrengend. Das war sie schon immer gewesen. Sie klammerte so an Janna. Aber wenn sie jetzt schon mitten in der Nacht anrief und noch nicht einmal merkte, wie spät es war, dann war es wohl doch besser, mal nach dem Rechten zu sehen. Mal sehen, sie würde es davon abhängig machen, wie müde sie nach dem Dienst sein würde. Wenn sie noch genug Energie hatte, konnte sie ja mal lang fahren. Daniel würde sowieso wieder spät nach Hause kommen. Derzeit lief es ganz gut in seinem Geschäft. Janna war ja skeptisch gewesen, als sich Daniel vor einigen Jahren mit dem Modegeschäft für Übergrößen selbstständig gemacht hatte, aber es lief zunehmend besser.

Ach ja, fast hätte sie vergessen, dass sie auch noch Adrian anrufen musste. Sie wollten ja besprechen, in welcher Woche er mit Julie und den Kindern nach Deutschland kommen würde.

Als Janna gegen 15:30 die Klinik verließ, war sie aber doch zu müde, um ihre Mutter noch zu besuchen.

So erledigte sie schnell den Einkauf und fuhr dann nach Hause. Dort angekommen ließ sie sich aufs Sofa fallen und wählte die Nummer.

„Mama? Ja, ich bin es."

„Hast du jetzt Feierabend?"

„Ja, ich bin gerade nach Hause gekommen."

„Ach schade, ich dachte, du kommst mal wieder vorbei. Ich habe Kuchen gemacht."

Janna verdrehte die Augen. Sie wusste schon, warum sie so ungern zu ihrer Mutter fuhr. „Du weißt doch, nach der Arbeit bin ich immer fertig."

Schweigen.

„Warum hast du denn gestern angerufen?"

„Ja, das tut mir leid, ich habe gar nicht auf die Zeit geachtet. Ich wollte nur mal hören, wie es dir so geht und den Kindern und Daniel."

„Es geht allen gut, soweit."

Schweigen.

Janna überlegte, ob sie mit irgendeinem Thema beginnen sollte.

In dem Moment begann ihre Mutter zu sprechen. „Du verfolgst doch auch die Nachrichten, nicht? Du, wie ist denn das, muss ich mir Sorgen machen? Du weißt schon, wegen dieses... wegen dieses Virus."

„Da fragst du mich ja was!"

„Na hör mal, du bist doch Krankenschwester!"

„Ja, das schon, aber doch keine Ärztin. Also, Vorerkrankungen hast du doch eigentlich nicht, oder? Hast du dich mal durchchecken lassen?"

„Ach was, mir geht's doch gut. Was soll ich beim Arzt?"

„Ja, das stimmt schon. Da ist höchstens die Gefahr, dass du dir da was wegholst. Nee, also eigentlich denke ich nicht, dass du dir Sorgen machen musst. Aber du musst ja auch kein unnötiges Risiko eingehen."

„Also jetzt eher nicht nach China fahren?"

Janna musste grinsen. Manchmal hatte ihre Mutter tatsächlich Humor.

„Hast du denn vielleicht morgen Zeit für ein Stück Kuchen?"

Janna überlegte. Das würde wieder anstrengend werden und Daniel hatte bestimmt keine Zeit, mitzukommen. „Wollen wir das nicht lieber am Wochenende machen? Das wird mir bestimmt zu viel, nach der Arbeit. Es ist immer ziemlich viel Stress dort."

Schweigen.

Nach dem Telefonat mit Janna lehnte Aurelia sich in ihrem Sessel zurück. Sie ließ die Hand mit dem Hörer hinabsinken.

Naja, wenigstens würde Janna am Wochenende zu Besuch kommen.

Aurelia war trotzdem traurig. Sie sahen sich so selten, dabei wusste Janna wohl gar nicht, wie sehr sie sie liebte und wie lang ihr die Zeit immer wurde, wenn sie sich nicht sahen.

Ihr Blick fiel auf das Album, das noch auf dem Wohnzimmertisch lag. Sie griff danach und schlug es wieder auf. Langsam sah sie die Bilder durch, die sie während Jannas Kindheit aufgenommen hatten. Janna war ein unglaublich hübsches Kind gewesen. Da war auch Jonathan. Von ihm gab es nicht so viele Bilder. Die meisten hatte Emil aufgenommen, wenn er mal zuhause war.

Ob sie Jonathan mal wieder anrufen sollte? Seitdem er ihr das Telefon eingerichtet hatte, hatte sie ihn nicht mehr gesprochen. Das war ja auch schon wieder eine Weile her.

Ach was. Schluss jetzt mit der Grübelei. Sie würde das Album wieder zurücklegen und dann wollte sie ein Stück von dem Kuchen essen. Bis Sonntag wäre der ohnehin verdorben.

Aurelia stand mühsam auf und schob den Stuhl an den großen Wandschrank.

Wieder gelang es ihr, auf den Stuhl hochzukrakseln.

Oben merkte sie, dass ihr ein wenig schwindelig war. Sie hielt sich vorsorglich an einem der Regalböden fest und streckte sich, um das Buch dort hinzustellen, wo sie es entnommen hatte.

In dem Moment wurde ihr schwindelig. Sie kippelte und dann verlor sie das Gleichgewicht. Ehe sie es sich versah, schlug sie auf dem Boden auf. Ein irrsinniger Schmerz durchfuhr ihr Bein, begleitet von einem Krachen.

Die Schmerzen ließen sie aufjammern. Sie biss die Zähne fest zusammen. Mit zitternden Händen versuchte sie nach irgendetwas zu greifen, woran sie sich hochziehen konnte, aber jede Bewegung ihres rechten Beines verursachte stechende Schmerzen.

„Das Telefon!", schoss es ihr durch den Kopf. Das Telefon lag noch auf dem Tisch. Aber wie sollte sie dort ankommen? In dem Moment sah sie, dass Blut am Boden war. Sie tastete nach ihrem Kopf. Ja, tatsächlich, da war eine Wunde...

Was sollte sie nur tun? Sie konnte nicht ans Telefon kommen und sie konnte auch sonst keine Hilfe holen und bis Janna sie besuchte, würde noch eine Woche vergehen...

Jetzt, allmählich spürte sie auch, dass ihr Kopf weh tat und auch den Arm musste sie sich verletzt haben, aber nicht so schwer wie das Bein.

Da entdeckte sie das Fotoalbum. Wenn sie damit hoch langte, konnte es gelingen, das Telefon herunterzuangeln... Sie versuchte es, aber es gelang nicht. Die Schmerzen im Bein waren zu stark.

Als sie gerade spürte, dass die Verzweiflung über sie hereinbrach, klopfte es an der Wohnungstür. „Frau Bartels?"

Das war die Nachbarin von unten. Sie musste das Poltern gehört haben!

„Frau König? Ich brauche Hilfe, ich bin gestürzt!", rief Aurelia, so laut sie konnte.

Der Krankenwagen kam schnell und die Feuerwehr brach die Tür auf.

Im Krankenhaus stellten sie fest, dass das rechte Bein gebrochen war. Der Arm war nur geprellt und die Wunde am Kopf blutete zwar stark, war aber ansonsten harmlos.

Nachdem Aurelia alle Untersuchungen über sich ergehen lassen hatte und in eines der Zimmer geschoben worden war, schloss sie die Augen. Was sollte sie jetzt tun? Wie sollte sie so zuhause zurecht kommen? Nein, darüber würde sie sich jetzt nicht den Kopf zerbrechen. Sie würde die Visite morgen abwarten und dann weitersehen.

Leider hatte sie nichts mit, um sich die Zeit zu vertreiben. Das war nicht ihre Art. Sie konnte sich immer gut beschäftigen. Jetzt lag sie hier nur im Bett und konnte sich kaum bewegen.

Sollte sie Janna verständigen? Ach was, erst einmal abwarten, was die Ärzte morgen sagen würden. Andererseits, wenn Janna versuchte sie anzurufen, würde sie sich vielleicht Sorgen machen.

Aurelia klingelte und bat die Schwester, Janna zu verständigen.

Jonathan verließ die Redaktion wie immer spät. Draußen war es längst dunkel. Er zündete sich eine Zigarette an und zog eilig daran. Das tat gut. Jetzt hatte er aber auch noch ziemlich Hunger. Sollte er noch einkaufen? Zu essen hatte er nichts mehr im Haus, das wusste er. Er zog den Mantel fest um sich, es war ziemlich kalt. Naja, eigentlich war es nicht besonders kalt, aber er hatte ja die ganze Zeit am Schreibtisch gesessen. Deswegen fror er jetzt.

Er ging zu den Fahrradständern, während er die Zigarette zu Ende rauchte und schloss sein Fahrradschloss auf.

Als er losfuhr, kam ihm in den Sinn, dass er dann auch noch kochen müsste. Um Gotteswillen! Nee, lieber wieder beim Italiener anhalten und eine Pizza mitnehmen...

Da war es schon. „Luigis".

Jonathan bremste ab und stellte das Rad an die Seite. Dann betrat er das Restaurant.

Luigi winkte ihm zu. „Uno Momento!"

Jonathan nickte.

Im Restaurant war es warm. Fast alle Tische waren besetzt.

Jonathan wartete.

Etwa zwanzig Minuten später hatte er eine dampfende Pizza im Karton. Er klemmte den Karton auf den Gepäckträger und radelte nach Hause.

Hierzu musste er ein Stück an der Außenalster entlang fahren und dann links in die Alsterchaussee einbiegen. Kurz vor der Haltestelle Hallerstraße erreichte er das Haus, in dem er wohnte. Es war ein Altbau. Er schloss die Tür auf und nahm das Rad unter dem Arm mit hinein.

Seine Wohnung lag im ersten Stock.

Drinnen roch es abgestanden. Er war ja auch den ganzen Tag fort gewesen.

Jonathan öffnete das Fenster im Schlafzimmer und schaltete den PC an.

Er wollte es sich gerade mit seiner Pizza bequem machen, als er

sah, dass der Anrufbeantworter blinkte.
Während er zum Telefon ging, zog er seine Schuhe aus.
Er startete die Nachricht.
„Hallo Onkel Jona, hier ist Helena. Mama wird es dir ja vermutlich nicht mitgeteilt haben: Oma ist im Krankenhaus. Beinbruch. Sie ist wohl irgendwie auf einen Stuhl gestiegen. Ich hab es auch nur erfahren, weil ich Mama zufällig angerufen habe. Ich dachte, es interessiert dich vielleicht. Ach ja, wir können uns ja mal wieder treffen. Was macht die Arbeit so? Mir geht's nicht so toll. Carmen hat mich verlassen und ohne sie ist es echt schei... Mist."
Jonathan blickte irritiert auf das Telefon. Klar. Helena war mal wieder die Einzige, die ihn informierte. Er nahm den Hörer und setzte sich damit aufs Sofa. Während er Helenas Nummer tippte, biss er von der Pizza ab. „Helena? Ich bin es. Hab gerade deine Nachricht gehört." Während er sprach, sah er, dass der Rechner hochgefahren war. Er schnappte sich den Pizzakarton und setzte sich an den Schreibtisch.
„Und, hat Mama dir Bescheid gesagt?" Helenas Stimme klang monoton.
Jonathan öffnete seinen Emailaccount. „Was denkst du denn? Was ist bei dir los? Carmen hat dich verlassen?"
„Ja, ich weiß echt nicht weiter... Ich will auch gar nicht darüber reden. Erzähl lieber, was die Arbeit macht."
„Na was schon? Das Übliche. Und bei dir?"
„Du musst mal schreiben, was du willst!"
„Ach Helena, darüber haben wir doch schon so oft gesprochen. Das ist nicht so einfach."
„Warum? Deswegen bist du doch Journalist geworden?"
„Ja, mag sein, aber so ist die Realität eben nicht. Man muss ja auch von irgendwas leben und beim „Planet T Magazin" hab ich doch einen guten Job." Jonathan hörte sich sprechen und dachte dabei, was für einen Mist er redete. Aber er wollte das jetzt nicht vertiefen. Helena hatte schon oft versucht, ihm ins Gewissen zu reden. Schon seit sie klein war. Mit Helena hatte er sich immer schon ganz gut verstanden. Da war sie allerdings die Einzige in der Familie.
„Ich weiß nicht. Ich glaube, du kannst viel mehr. Wenn du so erzählst, dann versteh ich immer nicht, warum du das nicht auch schreibst."
Jonathan überflog die Artikel der anderen renommierten Zeitungen und verdrehte die Augen. „Fallzahlen" war wohl jetzt das

häufigst verwendete Wort schlechthin. „Hast du mal was von deinen Geschwistern gehört?"

„Ja ja, immer ablenken."

Nach dem Telefonat sah Jonathan noch eine Weile die Schlagzeilen durch, aber es ärgerte ihn. Helena hatte es wieder geschafft, den Stachel zu setzen. Klar, es war zum Kotzen, er hatte sich das auch anders vorgestellt, aber wovon sollte er denn leben? Und wenn man erst mal so einen Posten hatte, bei einem Magazin wie Planet T, dann setzte man das eben auch nicht einfach so aufs Spiel.

Bevor er für Planet T geschrieben hatte, war es manchmal nicht leicht gewesen, über die Runden zu kommen. Das war jetzt schon viele Jahre her. Dann hatte er Felix kennengelernt und der hatte ihm damals den Job bei Planet T vermittelt. Aber an Felix wollte er auch lieber nicht denken. Da sollte noch eine Menge Gras drüber wachsen.

Mit Felix war sein Ansporn gestorben, richtig guten Journalismus zu betreiben und jetzt war Felix auch Geschichte.

Und mit 65 Jahren musste man wohl nicht mehr darüber nachdenken, sein Leben von Grund auf zu ändern. Das war ja lächerlich. Die letzten paar Jahre noch und dann war eh Schicht im Schacht.

8. Juli 1913

„Hast du es auch in der Zeitung gelesen? Eine der Suffragetten hat sich beim Epsom Derby vor das Rennpferd von König George geworfen!“ Frederike Lehmann sah ihre Schwester Elsa mit großen Augen an.

Josephine Lehmann bedachte ihre Jüngste mit einem strengem Blick. „Ja, und das hat sie mit dem Leben bezahlt[7]. Und wofür? Wir sollten uns glücklich schätzen über das was wir haben. Diese Forderungen bringen alles in Gefahr. Nur wenn alles seine Ord-

7 Emily Davison starb am 8.6.1913, nachdem sie sich am 4.6.1913 beim Epsom Derby vor das Pferd König George V. geworfen hatte. Es ist ungeklärt, ob sie dies als Suizid geplant hatte, oder vielmehr die Aufmerksamkeit auf den Kampf um das Frauenwahlrecht lenken wollte. Quelle: https://de.wikipe-dia.org/wiki/Emily_Davison, aufger. am 5.6.2020 um 22:51.

nung hat herrscht Friede. Unterschätzt niemals den Wert des Friedens. Der Krieg dagegen bringt das größte Unheil. Ich habe erlebt, was Krieg bedeutet. Als der deutsche Bund und die süddeutschen Staaten gegen Frankreich zogen, war ich noch ein Kind von vier Jahren, aber mein Vater, euer Großvater ist aus der Schlacht von Sedan nicht heimgekehrt und das war ein schwerer Schlag für unsere Mutter und die ganze Familie, wenngleich es ohne jeden Zweifel ein glorreicher Sieg für die Deutschen war, gegen die Franzosen, die unseren Kaiser derart hochmütig herausgefordert haben, und wenn es auch, Gott sei Dank, dazu geführt hat, dass wir endlich einen Kaiser bekamen. Dieses bedeutende Ereignis habt ihr, ...“

„Otto von Bismarck und dem Kaiser persönlich zu verdanken[8]“, vervollständigte Elsa den Satz ihrer Mutter.

„Ganz Recht, meine Liebe, ganz Recht.“

„Ja, Mutter, welch ein Segen, dass der Krieg auf dem Balkan weit weit fort ist[9]...“ stellte Frederike fest.

Elsa verdrehte die Augen. Es sollte doch der schönste Tag in ihrem Leben werden! Sie wollte weder etwas von den Suffragetten in London noch etwas über den Balkankrieg hören. Nur diesen einen Tag lang sollten all diese besorgniserregenden Ereignisse nicht alles beherrschen! „Mutter, Frederike, lasst uns heute einmal nicht über all das sprechen. Das hat Zeit bis morgen!“ Sie drehte sich vor dem Spiegel. Der weiße Schleier war wunderschön gearbeitet. Das Kleid war ein Traum.

„Aber natürlich.“ Elsas Mutter lächelte ihre Tochter bemüht zuversichtlich an. „Heute soll es nur um deine Hochzeit gehen!“

„Ach, ich wünschte, ich wäre auch so schön wie du!“ Frederike strich über den weichen, weißen Stoff.

„Sprich doch nicht so einen Unsinn. Du wirst bei deiner Hochzeit ebenfalls bildschön sein!“ Josephine lächelte ihre Jüngste tadelnd an. „Jetzt bist du noch ein Backfisch. Aber das wird sich in wenigen Jahren geändert haben. Du wirst so schön sein wie Königin Luise von Preußen.“

„Zuletzt, kurz bevor sie starb!“, rief Elsa, um ihre Schwester zu ärgern.

„Aber nein.“ Josephine war das Entsetzen anzuhören. Sie verstand die Scherzereien ihrer Töchter nie. Dafür war sie wohl zu

---

8 Sie finden Informationen zum Deutsch-Französ. Krieg im Anhang auf Seite: 278.

9 Die Balkankriege waren mitursächlich für den Eintritt der südosteuropäischen Staaten in den 1.Weltkrieg, der wiederum den Weg in den 2. Weltkrieg ebnete. Quelle: https://de.wikipedia.org/wiki/Balkankriege, aufger. am 23.2.23 um 13:28.

alt. Elsa und Frederike waren ihre jüngsten Kinder von Fünfen. Ihre erste Tochter, Emilia Luise, war 1886 geboren. Ihre Jüngste, Frederike, 1900.

„Du jedenfalls gleichst Kaiserin Elisabeth von Österreich bei ihrer Hochzeit!" Frederike war nie nachtragend.

„Nun sollten wir uns beeilen. Wenn wir nicht bald abfahren, werden wir zu spät zur Trauung kommen." Josephine zog die Vorhänge etwas zur Seite und sah aus dem Fenster. „Die Kutsche steht schon bereit. Nun ist es also soweit. Meine Tochter verlässt zum letzten Mal ihre Kinderstube. Ach, wie werde ich weinen, wenn ihr euch das Jawort gebt! Hoffen wir das Eduard als Ehemann klüger ist als er es in politischen Fragen ist! Mein Schatz, meine Kleine!" Josephine nahm ihre Tochter in den Arm und Elsa spürte, dass ihre Mutter schon jetzt mit den Tränen kämpfte.

„Mutter, nun zerdrück´ doch der armen Elsa nicht das schöne Kleid und die Frisur. Komm lieber an meine Seite. Du musst doch nicht schon wieder weinen!", schalt Frederike die Mutter und nahm sie bei der Hand.

„Mein lieber Eduard, das ist ein besonderer Tag für mich, musst du wissen. Ich bin sehr glücklich über deine Heirat mit Elsa." Alexander Hoffmanns Augen blitzten vergnügt. „Sieh dich nur an. Du siehst großartig aus in dem Anzug. Und für dich wird sich mit diesem Tage alles verändern. Du wirst der Arzt sein und nicht mehr ich."

„Und du willst gar nicht mehr praktizieren?"

„Na, wenn du mal dringend Hilfe benötigst, dann stehe ich bereit, aber ansonsten werde ich dir freie Hand lassen. Du hast genug gelernt, du wirst das schaffen. Wann wird eigentlich dein Bruder eintreffen?" Alexander klappte die Uhr auf, die er an einer Kette im Jackett trug. „Wir müssen bald abfahren."

„Ernst hat telegraphiert, dass er direkt vom Zug aus zur Kapelle fährt."

„Was macht er nun eigentlich? Wann wird er dieses Studium endlich abschließen? Hat er dir geschrieben?"

„Zuletzt hat er mir diesbezüglich nichts mehr mitgeteilt. Ich wollte ihn in Ruhe sprechen, wenn er hier ist, nach der Hochzeit."

„Ach, dein Bruder hat keine einfache Zeit. Aber er lässt sich eben zu leicht ablenken. Das war schon während der Schulzeit so. Kaum dass irgendein Unsinn lockt, lässt er alles stehen und liegen und setzt aufs Spiel, was er eben errungen hat."

Eduard seufzte. „Er braucht eben etwas mehr Zeit, aber dafür kann man mit ihm die besten Gespräche führen."

„Mein Lieber!", Alexander schüttelte mit besorgter Miene den Kopf. „Das sagst du stets, sobald es um deinen Bruder geht. Aber was nützt ihm das? Wo will er denn hin? Früher hätte man einen wie ihn ins Militär gesteckt, da hätten sie ihm den Kopf gewaschen."

„Früher?" Eduard schnaubte verächtlich. „So machen es viele auch heute noch! Und du hättest es ja auch so machen können."

„Selbstverständlich nicht. Was hätten sie dem Jungen da angetan. Dafür hat er eine zu zarte Seele."

„Na siehst du, so sehe ich das auch."

„Aber nun weiß ich auch nicht, ob es richtig war, ihn in Berlin studieren zu lassen. Es geht ja nicht voran."

„Wir müssen abwarten. Es wird sich schon ergeben."

„Du hast hoffentlich Recht. Und jetzt geht es schließlich um deine Hochzeit und nicht um deinen Bruder. Jetzt wollen wir zur Kapelle fahren. Na, komm, mein Sohn. Lassen wir die liebe Elsa nicht warten."

Der Zug ratterte eintönig dahin. Zwischenzeitlich unterbrochen wurde das Dröhnen vom Zischen der Concordia.

Ernst blickte aus dem Fenster. Bald mussten sie den Hamburger Hauptbahnhof erreichen.

Draußen zogen Wohnviertel und Industrieanlagen vorüber, der Zug wurde langsamer.

Gleich würde er nur noch ein Stück mit der Mietdroschke fahren müssen, dann würde er nach langer Zeit Vater und Eduard wiedersehen. Und Elsa. Auch sie hatte er lange – noch viel länger sogar – nicht mehr gesehen.

Ernst freute sich einerseits, andererseits graute ihm vor den Fragen nach dem Studium und nach seinen Absichten für die Zukunft.

Absichten für die Zukunft, wenn er das schon hörte! Wenn er daran dachte, wie die letzten Wochen und Monate verlaufen waren, dann war es wohl besser, rein gar nichts zu berichten. Oh Gott, er durfte lieber selber nicht daran denken.

Wie war das nur passiert?

Er hatte wirklich und wahrhaftig ernsthaft studieren wollen. Gut, an manchen Tagen hatte er sich so gar nicht auf die Studien konzentrieren können, aber wie es zu dieser verhängnisvollen Entwicklung hatte kommen können, konnte er sich selber nicht erklären. Warum nur hatte er sich mit diesem verdammten Karl Friedrich und seinem Kumpan Heinrich eingelassen? Es war schmerzlich, daran zu denken, wie sehr er in Folge all dessen die Kontrolle über sein Studium und sein Leben insgesamt verloren hatte. Ja, es war eine unstete Zeit gewesen, aber warum nur war er so weit gegangen? Wie sollte er Eduard und Vater unter die Augen treten? Wenn sie das alles erfuhren!

Karl Friedrichs Schwester war daran ganz gewiss nicht unschuldig. Wenn sie nicht gewesen wäre, dann hätte er sich sicherlich nicht mit den anderen angefreundet. Wenn er ehrlich war, hatte er sich schwer in sie verliebt und das hatten Karl und Heinrich zum Anlass genommen, ihn unter ihre Fittiche zu nehmen ... Ernst brummte der Schädel, wenn er an all das dachte und tatsächlich war es schwer zu ertragen, trotz der Wirkung des Opiums, das er vor wenigen Stunden zuletzt geraucht hatte...

Wieder kamen die grauenhaften Bilder auf. Warum nur war er mit Linzmann mitgegangen. Warum nur?

Am liebsten hätte er die Erinnerung einfach abgeschüttelt, den Kopf gegen die Scheibe geschlagen, damit sein Schädel aufhörte, ihm diese Bilder immer wieder vorzuspielen.

... Die Tür öffnete sich und er und Linzmann betraten den diesigen, verqualmten Raum.

Diener trugen Tabletts mit Gläsern und Häppchen umher.

Auf bequemen Sesseln und Bänken saßen in legerer Haltung vornehme Herrschaften. Offiziere, Adlige, wichtige Personen des Berliner öffentlichen Lebens.

Es waren nur Herren anwesend. Sie tranken, unterhielten sich, lachten gedämpft.

Schließlich mischten sich die Mädchen unter die Herren. Sie waren fein herausgeputzt. Ernst wusste um ihre erbärmliche Herkunft, doch anzusehen war sie ihnen nicht mehr. Jedoch war ihnen ihr Alter durchaus noch anzusehen. Sie waren alle zwischen acht und vierzehn Jahren, man sah es und er wusste es zudem von Linzmann.

Die Mädchen wirkten unbeholfen. Ihre Augen verrieten Angst.

„Was drückt ihr euch hier herum?“, fauchte ihn mit einem Mal einer der Herren an. Es war ein Oberstleutnant, das war an seinem goldenen Stern zu erkennen. „Macht, dass ihr verschwindet. Wartet draußen, bis wir fertig sind.“

Bis wir fertig sind... diese Worte gingen Ernst nicht mehr aus dem Kopf.

Sie hatten lange draußen gestanden, dann gesessen.

Er hatte mit Linzmann gestritten und sich schließlich etwas entfernt in einen Strauch gelegt. Schließlich war er eingenickt.

Als er aufgewacht war, hatte es bereits gedämmert.

Linzmann war nicht mehr da gewesen.

Ein Spaziergänger hatte ihn mit seinem Stock angestoßen. „He, Junge, wach auf, ab nach Hause!"

Völlig übermüdet hatte er sich davon gemacht.

Nur wenig später hatte er erfahren, dass die Polizei in Berlin mehrere tote Mädchen im Alter von ungefähr acht bis vierzehn Jahren gefunden hatte.

Seit diesem Tag war auch Linzmann verschwunden.

Zunächst wurden Einzelheiten nicht bekannt gegeben, aber schließlich war durchgesickert, dass die Mädchen aus dem Scheunenviertel kamen, dass sie unbekleidet in Weinfässern gesteckt hätten, die in der Gosse gelegen hätten. Woran sie gestorben waren, wurde nicht bekannt.

Dann konnte Ernst aus der Zeitung erfahren, dass die Polizei die Ermittlungen eingestellt hatte, man gehe davon aus, dass es sich um die bedauernswerten Opfer häuslicher Gewalt handele, wie sie in den Armenvierteln, wie das Scheunenviertel eines war, leider zuhauf auftrete.

Ernst war unbegreiflich, wie bei dieser Sachlage davon ausgegangen werden konnte, es handele sich um Fälle von häuslicher Gewalt. Warum sollten die Leute aus dem Scheunenviertel Mädchen, die durch häusliche Gewalt ums Leben gekommen waren, in Weinfässer stecken? Und dann auch gleich mehrere?

Es waren die Mädchen, die er in der Nacht gesehen hatte. Da war er sich sicher. Er wollte sich lieber nicht ausmalen, was Linzmann zugestoßen sein mochte.

Immer wieder kam ihm in den Sinn, dass er selber womöglich auch verschwunden wäre, wenn er sich nicht mit Linzmann überworfen und abseits in den Strauch gelegt hätte.

Ein dringender Impuls wollte ihn dazu veranlassen, Eduard alles zu erzählen und nie mehr nach Berlin zurückzukehren. Seinem großen Bruder Eduard!

Ach, er hatte Eduard so vermisst! Nein, er vermisste ihn jetzt.

Wie einfach es früher gewesen war. Er hatte nur zu Eduard laufen und ihm alles erzählen müssen, was ihn bedrückte, und schon war alles wieder gut gewesen.

Eduard hatte ihn aus den Streitigkeiten mit den großen Jungens in der Schule rausgehauen, er hatte ihm bei den Schulaufgaben geholfen, damit Vater nicht zürnte, er hatte ihm geholfen, seine Kammer aufzuräumen, damit Vater nicht sorgenvoll die Mundwinkel verzog und seufzte...

Aber nun? Wie sollte er diese furchtbaren Dinge Eduard erzählen? Nein, er musste sie einfach vergessen. Irgendwie vergessen und nach Eduards und Elsas Hochzeit weitersehen.

Jetzt galt es nur, schleunigst zur Kapelle zu fahren, damit er nicht zu spät kam. Das war Eduards großer Tag und Ernst freute sich wirklich und wahrhaftig für seinen Bruder.

Der Zug war zum Stehen gekommen und Ernst atmete tief durch, schnappte sich seine Tasche und seinen Mantel und lief zügig zum Ausgang. Draußen sah er sich um und winkte einem der Droschkenfahrer zu.

Major Ferdinand Lehmann hob das Glas mit strahlenden Augen und seine Söhne, Gustav und Albrecht, beides Leutnants sowie sein Schwiegersohn Ludwig Fichtner, der Rittmeister war, und sein Bruder Oberstleutnant Friedrich Lehmann taten es ihm gleich.

„Auf dass das Brautpaar lange und glücklich lebe!“, rief Friedrich Lehmann pathetisch.

„Und auf den Kaiser!“, fügte Ludwig Fichtner ebenso feierlich hinzu.

„Ach, ist das nicht ein herrlicher Anlass, zusammenzukommen? Zwar wäre mir ein Offizier als Schwiegersohn gewiss lieber gewesen, aber wenn es nunmal Eduard ist, der meine Elsa glücklich macht, dann soll er willkommen sein in unserer Familie!“

„Na gewiss doch! Immerhin: Wenn es noch einen nützlichen Berufsstand neben dem unseren gibt, dann sicherlich den des Arztes!“ Gustav Lehmann trank seinen Cognac in einem Zug leer.

„Nun wollen wir aber abfahren. Die Damen sind sicherlich schon draußen bei der Droschke eingetroffen.“

Ernst gab dem Droschkenfahrer das Geld und stieg aus.

Vor der Kapelle waren bereits einige Hochzeitsgäste versammelt. Er sah sich um, um festzustellen, wen er kannte und vor allem, wo Vater und Eduard waren.

Da entdeckte er Eduards Schwiegervater in spe, Major Lehmann.

Er stand mit einigen weiteren Herren zusammen. Ernst erkannte Elsas Brüder Gustav und Albrecht und einen Herrn in deren Alter, den er nicht kannte und dann stand da noch ein älterer hochdekorierter Herr sehr dicht bei Major Lehmann mit dem Rücken zu Ernst gewandt. In diesem Augenblick drehte sich der Herr um und Ernst fuhr zusammen. „Bis wir fertig sind…“, schoss es ihm in den Kopf. Er fühlte sich, als wanke der Boden. Er hatte diesen Herrn vor nicht allzu langer Zeit gesehen. Das war er. Unverkennbar.

Intuitiv machte Ernst einige Schritte zurück, dann drehte er sich schleunigst um und suchte so schnell er konnte das Weite.

Nur wenige Monate nachdem Winston Churchill am 13. Februar 1913 geäußert hatte, er rechne mit dem Ausbruch eines Krieges mit Deutschland im September 1914[10], und wenige Monate bevor Carl Duisberg seine Rede zum vierten Jubilarfest der Farbenfabriken vormals Friedrich Bayer & Co halten sollte, mit den Worten: „Der Wurm der Unzufriedenheit und Zwietracht, der überall, zumal in der Industrie, im Dunkeln und Geheimen seine Maulwurfarbeit verrichtet, soll und darf nicht an der Wurzel unseres Unternehmens nagen, wir müssen und werden ihm nachstellen, wo wir ihn treffen, wir werden ihn bekämpfen, wo wir ihn finden, denn es gilt unsere Zukunft, unser Glück“[11], und zur gleichen Zeit als Griechenland und Serbien Bulgarien den Krieg erklärten, schlossen Elsa und Eduard voller Zuversicht und Vertrauen in ein glückliches, langes Leben den Bund der Ehe.

Elsa war überglücklich. Sie kannte Eduard bereits ihr ganzes Leben. Nun hatte er seine Approbation erfolgreich abgeschlossen und konnte als niedergelassener Mediziner in die Fußstapfen seines Vaters treten. Eduard und sie würden die obere Etage im Hause von Eduards Vater beziehen. Eduards Vater hatte dafür die kleine Wohnung in der unteren Etage gegenüber der Arztpraxis bezogen.

Im Anschluss an die Trauung fanden sich die Hochzeitsgäste im Hause der Familie der Braut zum Festmahl ein.

Elsa konnte kaum den Blick von Eduard lösen und brachte es nicht über sich, auch nur kurz seinen Arm herzugeben. Es war ihr unbegreiflich, dass man so glücklich sein konnte, wie sie es war.

In dem Moment fing sie einen Blick von Eduard auf, der ihr einen Stich ins Herz versetzte. Sie wusste, was in Eduard vorging. Sie wusste, wie nahe Eduard und sein Bruder sich seit jeher stan-

10 Colin Simpson, Die Lusitania, S. 31, zit. aus: Schulte, S. 30; https://www.spiegel.de/spiegel/print/d-42787456.html, aufg. am 26.8.2020 um 23:00.
11 Duisberg, S. 450 ff., zit. aus Köhler, S. 70.

den und Ernst war einfach und ohne Erklärung nicht zur Hochzeit erschienen.

Elsa kannte Ernst ebenfalls schon lange und sie konnte sich nicht erklären, was hinter seinem Fernbleiben stecken konnte.

„Liebe Elsa“, riss eine Stimme sie aus ihren Gedanken. Es war Eduards Vater, seit heute ihr Schwiegervater,

Elsa drehte sich zu ihm um.

Er nahm ihre Hand in seine und sah sie mit fröhlichen Augen an. „Willkommen in unserer Familie.“

Elsa spürte, wie glücklich sie sich schätzen konnte, diesen Schwiegervater bekommen zu haben. „Danke Alexander.“ Sie kannte ihn schon so lange sie denken konnte. Er war immer freundlich zu ihr gewesen und in jeder Hinsicht der beste Schwiegervater, den sie sich wünschen konnte. Sie wusste aber auch, dass er froh war, die Praxis endlich an Eduard abtreten zu können, da er nicht mehr so viel Kraft hatte, wie er zuletzt immer wieder zum Ausdruck gebracht hatte. Er war erst in hohem Alter Vater geworden und ging bereits auf die Sechzig zu.

„Nun ist Eduard in guten Händen. Mit dir an seiner Seite, wird er ein ausgezeichneter Doktor. Du musst wissen, ich habe diese Praxis immer allein geführt. Ich habe meine Söhne allein großgezogen. Das war nicht immer leicht. Eduard soll es besser haben und das hat er, wenn er dich hat. So kann ich endlich den Arztkittel an den Nagel hängen.“

„Was wirst du dann aber den ganzen langen Tag tun?“

„Nun, mir wird schon etwas einfallen. Weißt du, viele Dinge sind zu kurz gekommen, weil ich Zeit meines Lebens von früh bis spät gearbeitet habe und nun ist Schluss damit. Sieh nur, wie alt ich dabei geworden bin. Das Leben hat noch mehr zu bieten. Nun werde ich alles tun, wozu ich nie gekommen bin. Als erstes möchte ich Europa bereisen. Die großen Städte Prag, Wien, Rom und natürlich Warschau...“

Elsa sah das Funkeln in Alexanders Augen. „Aber bist du dort schon gewesen? Kennst du dort Menschen?“

„Ach, Menschen habe ich als Arzt genug gesehen. Ich will Architektur sehen und ins Theater gehen.“

„Und wann reist du ab?“

„Morgen werde ich abfahren. Ich habe nur eure Hochzeit abgewartet. Dann habt ihr das Haus auch erst einmal für euch und könnt euch einleben ohne den alten Zausel.“

Elsa lachte auf. „Du, ein Zausel?“

„Warts ab. Ich werde noch einer. Ihr werdet noch eure Freude mit mir haben!"

Während des Essens wanderten die Gespräche doch wieder zu den Ereignissen auf dem Balkan. Wenn Elsas Vater, Ferdinand Lehmann, die Themen bestimmte, dann ging es immer um Politik. Davon verstand Elsa viel weniger als ihr Vater, da hielt sie sich lieber bedeckt.

„...Nun waren die Bemühungen der Großmächte wohl doch vergebens. Es bleibt zu hoffen, dass die Auseinandersetzungen diesmal nicht so lange währen. Vielleicht kann der Krieg bis zum Sedantag beendet werden[12]." Ferdinand Lehmann trank einen Schluck Rotwein.

Da wurde Elsa von Frederike abgelenkt, die ihr ins Ohr flüsterte: „Am Sedantag werden wir womöglich schon wissen, ob ich bald Tante werde!"

Es hatte geklopft, oder nicht? Ernst schüttelte verwirrt den Kopf. Hatte es geklopft?

Mühsam rappelte er sich auf, schob die Whiskeyflasche zur Seite und rieb sich die Augen. In seinem Kopf drehte sich alles, aber das war noch nicht einmal unangenehm. Er war müde... da, tatsächlich. Es hatte wieder geklopft.

Er stand auf und ging die wenigen Schritte zur Tür. Es fühlte sich an, als schwebe er. Wie spät es sein mochte? „Wer da?"

„Ich bin es, Ernst, öffne mir."

Ernst horchte überrascht auf. Er öffnete die Tür, da stand Anna Luise, Karl Friedrichs Schwester.

„Wo hast du gesteckt? Ich habe mich gesorgt!" Sie drängte sich in den Raum und schob ihn dabei mit sich. Sie schloss die Tür und schlang die Arme um seinen Hals. „Karl hat mir gesagt, dass Linzmann verschwunden ist und dann warst du auch verschwunden!"

Ernst fühlte sich mit einem Mal wieder hellwach.

„Ich fürchtete schon, dir sei etwas zugestoßen!"

„Es geht mir gut. Ich war nur verreist."

„Ach, bin ich erleichtert."

Ehe Ernst es sich versah, küsste sie ihn innig auf den Mund.

Ernsts Herz machte einen Sprung.

Irgendwo in weiter Ferne hörte er die Stimme, die ihm noch vor wenigen Augenblicken befohlen hatte, diese unseligen Verbindungen umgehend aufzulösen und sich an die Polizei zu wenden, aber

12 Sie finden Informationen zum Sedantag im Anhang auf Seite 281.

die Stimme war sehr leise. Sie wurde angesichts der Gefühle, die nun von ihm Besitz ergriffen, geradezu unhörbar.

Anna löste die Knöpfe ihrer Bluse und schob ihn in Richtung seines Bettes.

„Geh nie wieder fort, ohne mich zu informieren!“, flüsterte sie in sein Ohr.

Wie oft hatte er im Stillen an Anna gedacht, wie oft hatte er sich vorgestellt, wie es sein musste, sie zu küssen. Es war berauschend. Unbeschreiblich...

Er spürte ihren warmen Atem an seinem Hals, ihre weichen Hände, die sein Gesicht umfassten und schließlich seine Hemdsknöpfe öffneten. Als ihre Bluse zu Boden glitt und sie so vor ihm stand, war jede Vernunft dahin. Dem konnte er sich nicht widersetzen. Er strich über die makellose Haut ihres Nackens und begann ihr Mieder zu lösen.

Ernst konnte sich nicht entsinnen, jemals etwas so Fantastisches erlebt zu haben, wie den Augenblick, als sie sich liebten.

Danach lagen sie eng umschlungen und jeden Gedanken an das, was er vor ihrem Besuch an Entschlüssen gefasst hatte, schob er unwillig beiseite. Daran konnte er jetzt nicht denken.

So schlief er ein.

Plötzlich schreckte er hoch. Etwas stimmte nicht. Er sah sich um, versuchte, im Dunkeln zu sehen... Er zuckte zusammen. Anna war fort. Das Bett war noch warm. Sie musste eben aufgestanden sein. Er richtete sich auf, horchte. Wo mochte sie sein?

Da hörte er Flüstern vor der Tür. Er erstarrte. Das waren mehrere Stimmen. Sein Herz begann zu rasen. Es fühlte sich an, als müsse es jeden Augenblick zerspringen.

Er versuchte, seinen Atem zu drosseln, sah sich um und sprang, so leise er konnte aus dem Bett. Er lief zum Fenster, öffnete es und spürte den kühlen Windhauch.

Da begann sich die Tür leise zu öffnen.

Mit einem Satz sprang er aus dem Fenster. Er klammerte sich an einen der Äste, die dicht am Fenster hingen und hangelte sich, so schnell er konnte hinab.

Den letzten Absatz sprang er hinunter und duckte sich unter den Baum. Er sah nach oben. In seinem Zimmer wurde Licht gemacht, dann hörte er aufgeregte Stimmen. „Wo ist er?“

„Ich weiß nicht, er war eben noch... das Fenster!“ Das war Annas Stimme. Ernsts Herz krampfte sich zusammen. Sie hatte ihn verraten...

Aber er hatte keine Zeit, nachzudenken. Er musste fort von hier, so schnell er konnte. Er blickte sich um. Wohin? In dem Moment spürte er einen festen Griff im Nacken und eine Männerstimme zischte: „Kein Mucks!"

Ernst griff nach der Hand vor seinem Mund und spürte das kalte Metall eines Ringes. Der Kerl griff nach seinem Handgelenk und riss es herunter. Dann wurde es dunkel und er bekam unter einer stinkenden Decke nur noch schwer Luft. Arme umfassten ihn und trugen ihn fort...

Am Sedantag wussten sie, dass Frederike bald Tante würde.

Sie verbrachte nun viel Zeit bei ihrer Schwester im Arzthause Hoffmann. Darüber war sie auch sehr froh, weil ihr Vater, vor allem im Nachgang des Falles Zabern sehr aufgebracht war und sich wochenlang kaum beruhigen konnte.

Frederike verstand nicht wirklich, was da vorgefallen war. Sie konnte ihrer Schwester nur berichten, dass es sich wohl um einen Vorfall in einer Garnison handelte, aufgrund dessen die Elsässer sich in ihrer Ehre gekränkt sahen. Jedenfalls hatte es daraufhin in dem Zeitraum vom 9. bis zum 28. November Proteste und Beschimpfungen und wohl sogar Angriffe der Elsässer Bevölkerung von Zabern gegenüber dem Militär gegeben. Leutnant von Forstner sollte sogar mit Steinen beworfen worden sein. Dann war offenbar der Schlossplatz geräumt worden und zahlreiche Personen festgenommen und im Keller der Kaserne festgehalten worden. Im ganzen Reich und sogar bis nach Frankreich beschäftigten diese Vorfälle die Öffentlichkeit.

Der Reichskanzler hatte sodann am 3. Dezember vor dem Reichstag dargelegt, dass zwar nicht festgestellt werden könne, welche Seite im Recht sei, dass doch aber zu beachten sei, dass die Armee das Recht und die Pflicht habe, sich gegen direkte Angriffe zu schützen und dass der Rock des Königs unter allen Umständen respektiert werden müsse[13].

Elsa beunruhigten diese Geschehnisse ebenfalls, aber sie erwähnte dies lieber nicht im Beisein ihrer kleinen Schwester. Im Grunde wollte sie diese Dinge am liebsten gar nicht wissen. Sie kannte die Haltung ihrer Eltern, dass es in jedem Fall besser war, treu zum Kaiser zu stehen und zwar unbedingt und unter allen Umständen und dass es galt, den Frieden in Europa zu erhalten und zu sichern. Sie vertraute ihren Eltern, kannte jedoch auch Eduards

13 Sie finden Informationen zum „Fall Zabern" im Anhang auf Seite 281.

Haltung, der durchaus die Ideen der Sozialdemokraten guthieß, dies aber im Beisein von Elsas Familie lieber nicht erwähnte.

Zumindest waren sich ihre Eltern und Eduard in einem Punkt einig. Es galt unbedingt, den Frieden zu wahren. Deshalb wollte sie nicht darüber nachdenken, was diese Dinge zu bedeuten hatten. Schon gar nicht in dieser Zeit. Sie freute sich auf die Geburt ihres ersten Kindes. Sie hatte ihr Glück mit Eduard gefunden und wollte es festhalten.

Ernst sah sich um. Er wusste nicht, welcher Tag oder wie spät es war. Die Fensterläden waren von außen verschlossen, sodass er kaum sehen konnte. Doch schließlich erkannte er ein Bett und einen Tisch mit Stuhl.

Er selber war in noch bedauernswerterem Zustand: Er hatte wenigstens eine Hose von ihnen bekommen, die leidlich passte, seine Nase lief und seine Augen tränten. Aber mehr Erscheinungen hatte er nicht. So lange konnte er also noch nicht hier sein...

In dem Moment klopfte es.

Die Tür ging auf und ein kleiner Mann mit Brille blickte herein. „Kannst jetzt kommen."

Ernst sah den Zwerg misstrauisch an.

„Beeil dich ein bisschen. Der Boss wartet nicht gerne."

Ernst hatte keine Ahnung, was ihn erwartete, aber er ahnte nichts gutes. Leider blieb ihm nichts anders übrig als zu folgen. Alle Ideen, die er bezüglich eines Fluchtversuches durchgespielt hatte, waren kläglich an den bestehenden Möglichkeiten gescheitert.

So verließ er hinter dem Anderen den Raum und durchschritt einen Korridor.

Am Ende des Korridors wurde ihm eine große, schwere Tür geöffnet und er trat ein.

In einem Sessel erblickte er einen kleinen, dicken Mann mit einem grauen Hut. „Treten Sie näher." Die Stimme war dumpf.

Ernst näherte sich zögerlich.

Der Mann musterte ihn. „Sie benötigen Opium, nicht wahr?"

„Nein", log Ernst.

Der Mann lachte auf. „Gut, wie Sie wünschen. Ich bewundere Männer, die sich von dem Zeug lossagen können. Leider muss ich Ihnen sagen, dass Sie gewiss noch einen langen Weg vor sich haben."

Das war nichts, was Ernst gerne hörte, aber er ließ sich nichts anmerken, soweit ihm dies möglich war. Die juckenden Hände hielt er auf dem Rücken, so konnte der Mann nicht sehen, dass er sie kratzte.

„Wir kennen uns noch nicht. Mein Name ist Fritz Behling. Sie sind Ernst Hoffmann, richtig?"

Ernst sah den Fremden regungslos an.

„Ihnen bleibt nicht viel Zeit, bis es unerträglich wird. Ich sag es deshalb gleich. Ich will etwas von Ihnen. Wenn ich es bekomme, helfe ich Ihnen. Entweder mit einer Pfeife oder mit einem Arzt, wenn Sie kein Opium wollen."

Ernst merkte zunehmend, dass es ihn überforderte, der Unterhaltung zu folgen. Aber er wollte sich nichts anmerken lassen. Auch die Beine begannen zu jucken und er spürte Angst in sich aufsteigen. Eine innere Stimme befahl ihm, sich sofort um eine Pfeife zu kümmern, aber noch konnte er sie zähmen.

„Was ist in der Nacht passiert, als die Mädchen starben? Wewar unter den Leuten? Wen haben Sie erkannt?"

„Gehören Sie zu Annas Leuten?", bekam Ernst mühsam heraus.

„Pah!", der Mann lachte auf. „Sicher nicht. Diese arrogante Bande. Ich werde Ihnen sagen, zu wem ich gehöre. Ich gehöre dem Adler an. Zu unserem Verein gehört auch der Bruder von Emma, einem der getöteten Mädchen. Wir wollen die Namen wissen von den Verantwortlichen und dann werden wir vergelten, was vergolten werden muss."

„Ich... ich habe damit nichts zu tun. Ich woll... wollte zur Polizei gehen. Ich war nur ... zu ... zufällig dabei."

Der Andere lachte auf. „Was wollten Sie denn bei der Polizei? Denken Sie etwa, die hätten Ihnen geholfen? Wenn das so wäre, würde es nicht so viele Vereine wie unseren geben. Sehen Sie diesen Ring?" Der Mann hielt ihm die rechte Hand entgegen. „Dieser Ring ist unser Erkennungszeichen. Wer in unserem Verein ist, der bekommt Unterstützung. Wer jedoch einem unserer Brüder einen Schaden zufügt, der hat von uns zu befürchten, was er verdient."

„Ich dachte, Annas Leute hätten mich entführt."

„Die waren oben in Ihrer Wohnung. Wir haben unten gewartet. Wenn sie Sie geschnappt hätten, hätten wir Sie ihnen abgenommen, aber Sie sind uns ja freiwillig in die Arme gelaufen." Behling lachte.

Ernst spürte, dass er nicht mehr lange würde stehen können. „Ich fühle mich nicht so..."

„Keine Frage, das sehe ich. Aber Sie werden mir wenigstens einen

Namen nennen, damit ich weiß, dass es keine Verschwendung ist, Ihnen zu helfen."

Ernst versuchte nachzudenken, aber das war schwer in seinem Zustand. Seine Gedanken begannen wild um eine Pfeife zu drehen. Er wollte Elsas Onkel nicht verraten, wegen Elsa, aber andererseits wollte er ihn unbedingt verraten, wegen dem, was er getan hatte. Zudem brauchte er Hilfe und einen anderen Namen wusste er nicht. Schließlich stammelte er unbeholfen: „Ich ... weiß k... keinen Namen, aber einen von denen h... habe ich wiedererk... kannt, auf der Ho...hochzeit meines Bruders. Er stand mit dem V... Vater der Braut zusammen, mit ... mit ... Lehmann ... Ferdinand Lehmann ... in Hamburg ..." Ernst musste sich zu Boden gleiten lassen und sich hinhocken.

„Gut, das genügt fürs erste. Mehlmann, bring ihn in sein Zimmer." An Ernst gewandt fügte er hinzu: „Arzt oder Pfeife?"

Am 15. Mai wurde Leopold geboren. Elsa hatte bei ihrer Hochzeit gedacht, dies wäre der glücklichste Tag ihres Lebens gewesen, aber nun konnte sie nicht mehr sagen, welcher Tag der glücklichste war. Aber das musste sie ja auch nicht.

Doch die Wochenbettzeit war noch nicht beendet, als am 28. Juni der österreichische Thronfolger Erzherzog Franz Ferdinand und seine Gemahlin Sophia Chotek in Sarajewo ermordet wurden. Die Schlagzeile traf wie ein Blitz in Europa ein und die Ereignisse danach glichen einem auf den Blitz folgenden, aufziehenden Donnergrollen. Es trafen täglich neue Schlagzeilen ein. Die Blätter überboten sich gegenseitig mit weiteren Auflagen und die Zeitungen wurden den Zeitungsjungen aus den Händen gerissen.

„Wann kommt denn Alexander nur endlich nach Hause? Es wird zu gefährlich!" Elsa sah Eduard besorgt an.

„Ich habe ihm geschrieben, dass er umgehend heimkehren soll. Aber mehr kann ich nicht tun."

„Hat dein Brief ihn denn erreicht?"

„Es war ein Telegramm."

„Aber weißt du denn, ob er es erhalten hat?"

„Nein, woher soll ich das wissen."

„Ach, es ist schrecklich. Wenn ihm nun etwas zustößt!"

„Und sein Enkelkind hat er auch noch gar nicht gesehen." Eduard wandte sich mit diesen Worten dem Säugling zu, der friedlich in der Wiege schlummerte.

„Ja ja, jetzt wird er doch zum Zausel. Wie er es auf der Hochzeit gesagt hat", überlegte Elsa laut, als könne sie mit Humor den Ernst der Lage zerstreuen.

Elsa war noch kaum wieder auf den Beinen, als hinter vorgehaltenen Händen bereits überall die Rede von Krieg war.

„Hältst du für möglich, wovon alle sprechen?" Elsa sah Eduard mit angstvollem Blick an, während sie die Wiege des Kindes leicht hin und her schaukelte.

„Wir wollen es nicht hoffen. Es finden ungeheuer große Demonstrationen für den Frieden statt. Die SPD ruft zum Widerstand gegen den Krieg auf. Das macht mir Hoffnung, dass noch nicht alles verloren ist." Eduard strich Elsa durchs Haar und gab ihr einen Kuss auf die Schulter.

„Ich will Vater morgen besuchen. Vielleicht weiß er genaueres"

Eduard pustete die Kerze auf seinem Nachtschrank aus und zog die Decke bis zum Kinn hoch. „Ach, mach dir keine Sorgen. Das wird sich wieder beruhigen. Es muss. Ich bin auch zu müde. Es war ein sehr anstrengender Tag. Lass uns nun schlafen gehen und morgen weitersehen." Eduard blickte auf die Uhr an der gegenüberliegenden Wand. Es war bereits nach 23:00 Uhr. Morgen würde er wieder um acht Uhr in der Praxis stehen müssen. Aber schlafen konnte er trotzdem nicht. Es ärgerte ihn, dass Elsa immer mit ihren Eltern anfing, sobald sie über Politik sprachen. Natürlich wusste er, dass sie aus einem kaisertreuen Elternhaus kam. Aber es musste ihr doch aufgehen, dass nur die SPD sich gegen einen Krieg aussprach und dass mit dem Kaisertum unweigerlich der ganze absurde Militarismus zusammenhing. Wozu etwa benötigte ein Reich, dass den Frieden wünschte, eine Kriegsflotte? Elsas Eltern hingegen hatten sich vortrefflich eingerichtet in diesem Kaiserreich. Eine ganze Familie von Militaristen. Dabei wurden sie nicht müde, den Wert des Friedens zu beschwören.

Elsa kannte er schon sein ganzes Leben und sie hatte immer ein offenes Ohr für seine Gedanken gehabt. Wie oft hatten sie schon als Kinder zusammengesessen und er hatte ihr alles erzählen können, was ihn beschäftigte... Aber nun, wo die Zeichen auf Krieg standen, da flüchtete sie sich zurück in die Arme ihres Vaters. Ja, womöglich war er eifersüchtig, aber er war auch verletzt. Schließlich war sie seine Frau und er hätte sie als geistige Unterstützung gerade jetzt dringend gebraucht.

Er spürte, dass sie wach neben ihm lag, wollte aber nicht mit ihr sprechen. Sollte sie doch ihren Vater befragen. Der würde ihr gewiss wieder die Ohren vollsäuseln.

Elsa war ebenfalls hellwach. Sie wusste, sie würde nicht schlafen können, aber sie wollte Eduard nicht weiter stören. Als sich das Kind räkelte, hob sie es eilig aus der Wiege und verließ mit ihm den Raum. In der Stube setzte sie sich in den Schaukelstuhl, der ihnen von Eduards Großmutter geblieben war.

Lange saß sie dort und betrachtete ihr Kind. Wieder und wieder gingen ihr die Worte ihrer Mutter durch den Kopf. Krieg war das Entsetzlichste, was überhaupt geschehen konnte.

Elsa erinnerte sich, dass sie ihren Vater einmal gefragt hatte, warum er Offizier geworden war, wenn er den Krieg doch ablehnte. Er hatte erwidert, dass nur ein starker Staat fähig wäre, einen Krieg zu verhindern. Einen starken Staat würde kein anderes Land angreifen. So sei auch der Ausbau der Marineflotte wichtig, um Großbritannien im Zaum zu halten[14]. Es brauche starke, ebenbürtige europäische Staaten mit Bündnissen untereinander, um Kriege zu vermeiden.

Ja, sie würde ihren Vater fragen. Er konnte ihr bestimmt Auskunft geben. Er wusste in diesen Dingen immer Bescheid.

Am nächsten Morgen wurde Josephine in helles Entzücken versetzt, als sie ihren Enkel in Empfang nahm und konnte sich gar nicht von dem winzigen Bündel lösen. Also konnte Elsa in Ruhe mit ihrem Vater sprechen.

„Nun, die Situation ist keineswegs unkritisch. Der deutsche Bund befindet sich in großer Gefahr, von Russland angegriffen zu werden. Es kommt jetzt darauf an, keinen Fehler zu machen und sich der Verbündeten zu vergewissern."

„Aber kann der Kaiser denn nicht verhindern, dass es zum Krieg kommt?"

„Kind, niemand will doch einen Krieg, gewiss wird der Kaiser alles in seiner Macht stehende tun, um die Krise zu entschärfen[15]. Ich weiß, dass er mit dem Zaren gut steht. Er hat ihm und auch König George eine Depesche[16] geschickt, um das Verhängnis aufzu-

---

14 Flottenrüsten: Im Vorfeld des Ersten Weltkrieges hatten sich Großbritannien und das deutsche Reich ein Wettrüsten um die größte Flotte geliefert. Der Unterhalt dieser Flotten kostete ein Vermögen und hatte schließlich staatsruinöse Ausmaße angenommen. Quelle: Chronik der Menschheit, S. 846, 849. Sie finden weitere Informationen hierzu im Anhang auf Seite 182.

15 Sie finden Informationen zur Kriegsschuldfrage im Anhang auf Seite 182.

16 In der Depesche vom 31.7.1914 stand folgender Inhalt: *„Ich bin es nicht, der die Verantwortung für die Katastrophe trägt, die nun die gesamte zivilisierte Welt bedroht. Selbst in diesem Augenblick liegt der Entscheid, sie zu vermeiden, bei Ihnen. Niemand bedroht die Ehre und Macht Russlands. Die Freundschaft zu Ihnen und zu Ihrem*

halten."

„Du weißt, was darin steht?"

„Aus vertraulichen Quellen. Aber ich will dir nicht verschweigen, dass ein Krieg möglicherweise dennoch nicht abzuwenden sein wird. Die Lage ist kompliziert. Aber das sind Feinheiten, die du nicht verstehen kannst. Leider ist es nicht überall auf der Welt so schön, wie in unserem Land. Leider werden unser Friede und unser Wohlstand auch von vielen Seiten bedroht[17]. Unser Kaiser muss die Unruhen im Land in Schach halten. Die Kommunisten und die Arbeiter fordern und fordern immer mehr. Je besser es die einfachen Leute haben, umso unverschämter werden ihre Forderungen. Und auch in den Kolonien muss für Ruhe gesorgt werden[18]. Ja, wer es versteht, für Wohlstand und Frieden zu sorgen, wie unser Kaiser, der sieht sich von allen Seiten Neidern und anderen Gefahren ausgesetzt[19]. Und wenn es gilt, unser Vaterland, unser Recht, zu leben, wie wir es für richtig erachten und unseren Kaiser vor diesen Gefahren zu schützen, dann müssen wir hierfür auch Krieg führen. Aber mach dir keine Sorgen, mein Kind. Wenn es wirklich zum Krieg kommt, dann sind wir bestens gerüstet. Der Generalfeldmarschall Graf von Schlieffen hat einen grandiosen Plan entwickelt. Wir werden kurzerhand Belgien einnehmen. Die Belgier werden sich nicht wehren, da sie sich zur Neutralität entschlossen haben. Sind wir erst tief genug ins Belgische vorgedrungen, machen wir „Links schwenkt!" und stürmen von Norden her ins französische Feindesland vor, nehmen Paris und den Rest des

Reich, die ich vom Totenbett meines Großvaters weitergeführt habe, war für mich stets vollkommen heilig... Der Frieden in Europa kann immer noch gewahrt werden, wenn Russland beschließt, die militärischen Maßnahmen zu beenden, die Deutschland und Österreich-Ungarn bedrohen." Quelle: Giles MacDonogh, S. 360 zit. a. Schulte, S. 34.

17 Viele Deutsche sahen das damals so, zumal dies der Öffentlichkeit mittels „infamer, skrupelloser Propaganda-Techniken" zur Einstimmung auf den Krieg so durch die Medien vermittelt wurde. Quelle: Fabian, S. 311. Dazu gehörte vor allem, den Deutschen den Krieg als Verteidigung zu verkaufen. Sie finden Informationen zu diesem Thema im Anhang ab Seite 182.

18 Kolonialpolitik: Auch die Kolonialpolitik sollte nicht außer Acht gelassen werden, wenn es um die Frage nach den Ursachen des Krieges geht. Immer wieder heißt es, England habe sich bedroht gefühlt, durch das Weltmachtstreben des deutschen Kaisers. So auch im Lehrbuch der 10. Klasse in Mecklenburg-Vorpommern im Jahre 2020! Hierzu finden Sie Informationen im Anhang ab Seite 182.

19 Die deutsche Elite war damals wie heute Meister darin, Deutschland als Friedens- wie Wohlstandsschaffer heillos zu überschätzen und die eigenen Anteile an weltpolitischen Missständen auszublenden. Das galt damals insbesondere für das Handeln in den Kolonien, wie heute etwa hinsichtlich des weltwirtschaftlichen staatlichen, wie europäischen Handelns, etwa im Zusammenhang mit der Subventionspolitik oder der Überfischung der Meere, um nur zwei Beispiel zu bemühen.

Feindes in die Mitte, – bis dahin sind wir längst auch von Südosten her nach Frankreich vorgestoßen. So zwingen wir Frankreich – von allen Seiten eingeschlossen – in die Vernichtungsschlacht. Das alles wird innerhalb weniger Wochen abgeschlossen sein und dann schlagen wir unsere sieben Armeen in Eilmärschen nach Osten, wo die achte die Russen so lange hingehalten hat. Russland hat gegen unsere acht Armen nicht auch nur die geringste Chance und England wird dankbar sein, den von uns diktierten Frieden demütig entgegennehmen zu dürfen. Der Sieg ist uns auf diese Weise innerhalb weniger Monate gewiss[20]."

„Aber ist nicht der Generalfeldmarschall im vergangenen Jahr verschieden?"

„Gewiss, aber Generaloberst Helmuth Graf von Moltke[21] hat seinen Posten übernommen."

Nach einem sehr unruhigen Juli begann schließlich doch die europaweite Mobilmachung.

Am 1. August kehrte endlich Alexander heim. Eduard und Elsa waren unendlich erleichtert, ihn wohlbehalten wiederzusehen, zumal Elsas Vater vor wenigen Tagen berichtet hatte, dass sein Bruder Friedrich überraschend verstorben sei, wohl an einer Lebensmittelvergiftung, wobei sich niemand erklären konnte, wie das möglich war, da seine Frau dieselben Speisen verzehrt hatte, woraufhin sie sich noch mehr Sorgen um Eduards Vater Alexander gemacht hatten, wenngleich natürlich das eine nichts mit dem anderen zu tun hatte.

Alexander wirkte, als sei er um etliche Jahre verjüngt. Er sprühte vor Leben und erzählte von seiner Reise.

„Zuletzt war ich in Warschau bei Henryk."

„Wer ist das?", fragte Elsa.

„Henryk Goldszmit. Ich kenne ihn, seit er eine Zeitlang in Berlin gelebt hat. Wir haben uns damals an der Charité kennengelernt. Er nennt sich mittlerweile Janusz Korczak, aber ich bleibe bei Henryk. Ich war damals gut bekannt mit ihm und mit Heinrich Finkelstein.

Heinrich hat hier in Berlin das Kinderasyl in der Kürassierstraße gegründet und ist dort leitender Oberarzt[22]. Wir sehen uns gelegentlich. Henryk ist ebenfalls Arzt, arbeitet aber seit nunmehr

---

20 Der sog. Schlieffenplan, wie ihn Otto Köhler darstellt. Quelle: Köhler, S. 7.

21 Generaloberst H. Graf von Moltke war der Neffe des Grafen von Moltke, der 1870 in der Schlacht von Sedan die Franzosen geschlagen hatte. Quelle: Köhler, S. 8.

22 Quelle: https://de.wikipedia.org/wiki/Heinrich_Finkelstein; Dauzenroth, S. 16.

drei Jahren nicht mehr als solcher, sondern hat seine Praxis für den Bau eines Waisenhauses aufgegeben, in dem er nun arbeitet[23]. Dort habe ich ihn viel begleitet. Diese Erfahrungen haben mich sehr geprägt.“

Am selben Tag erklärte der deutsche Kaiser Russland den Krieg und die ungeheure Anspannung der letzten Wochen entlud sich in einer wahren Kriegseuphorie.

Elsa erinnerte sich an die Worte ihres Vaters, niemand wolle Krieg, aber was sie sah wirkte vielmehr, als hätte das ganze Land nur darauf gewartet, endlich in den Krieg zu ziehen.

23 Dauzenroth, S. 19.

Wenn Elsa die Vorhänge zurückzog, sah sie Truppen jubelnd vor den Fenstern vorüberziehen und mit einem Mal wurden die Gespräche von Stimmen beherrscht, die forderten, endlich die schwelenden Streitigkeiten durch einen Sieg zu entscheiden. Endlich Russland in die Schranken zu weisen, endlich den alten Streit mit den Franzosen, der seit 1870/71 schwelte, durch einen vernichtenden Schlag zu entscheiden.

Das Donnergrollen verwandelte sich in einen Sturm.

Binnen kürzester Zeit wurde aus einem Krieg zwischen Österreich-Ungarn und Serbien ein Kontinentalkrieg.

Bereits einen Tag später besetzten deutsche Truppen Luxemburg und am 3. August erklärte Deutschland Frankreich den Krieg.

Auch Eduard musste sich bei seinem zuständigen Regiment vorstellen. Elsa konnte nicht verhindern, dass ihr Tränen das Gesicht hinabrannen, als Eduard sich bereitmachte, aufzubrechen. Die allgemeine Aufbruchstimmung und Mobilmachung versetzten sie in Angst und Unruhe.

„Elsa, noch ziehe ich ja nicht in den Krieg. Ich melde mich nur“, sagte Eduard tröstend.

„Warum haben denn die Proteste nichts genützt?“, schluchzte Elsa.

„Das kann ich dir nicht sagen.“ Er nahm sie in den Arm.

„Du sagtest, du würdest niemals in den Krieg ziehen wollen.“

„Ja, so ist es auch. Aber selbst die SPD geht nun davon aus, dass Deutschland sich verteidigen müsse. Die Proteste sind damit beendet. Nur noch Rosa Luxemburg, Bernstein und Liebknecht bleiben bei ihrer Haltung und stehen inzwischen völlig isoliert da. Wer sich ihnen anschließt, riskiert Ruf und Stellung zu verlieren, gilt als vaterlandsloser Geselle. Wenn sogar die SPD sich auf die Seite der Regierung stellt, wie könnte ich es noch in Zweifel ziehen?"

Der Beschluss, seine Arbeit im Feldlazarett fortzuführen, wurde nunmehr bestärkt durch den Aufruf der Deutschen Medizinischen Wochenschrift an alle Ärzte, sich ihrer ärztlichen Pflichten zu besinnen und ihren Dienst dahin zu verlegen, wo er am dringendsten gebraucht würde, nachdem „fluchwürdiger russischer Frevelmut und französischer Chauvinismus nach schnödem Völkerrechtsbruch keine Wahl gelassen hätten, zu den Waffen zu greifen".[24]

Zunächst jedoch wurde er nicht einberufen, sondern arbeitete weiter in seiner Praxis.

Jeden Sonntag besuchten sie Elsas Eltern zum Kaffee. Diese Treffen wurden von Mal zu Mal nervenaufreibender, denn Elsas Mutter war in furchtbarer Verfassung. Ihre beiden Söhne, Elsas Brüder Gustav und Albrecht und ihr Schwiegersohn Ludwig waren am 5. August mit dem Infanterieregiment Nr. 76 mit etwa 3000 weiteren Soldaten vom Papendamm aus gen Lüttich gezogen und es gab noch keine Nachricht von ihnen.

Elsas Vater erklärte immerfort den „Schlieffen-Plan" und wies seine Frau an, dieses unpatriotische Gejammer zu unterbinden, schließlich wolle er sich nicht ihretwegen dem Verdacht aussetzen, ein Verräter zu sein. Er nahm an sämtlichen Treffen der Obersten Heeresleitung teil und hegte keinen Zweifel, dass dort in Bälde verkündet werden könnte, dass der Schlieffen-Plan geglückt sei. Es war nur eine Frage der Zeit. Einer kurzen Zeit.

Im September 1914 fand solch ein Treffen statt.

Major Max Bauer, Artilleriefachmann und Leiter der Sektion II für schwere Artillerie, Minenwerfer, Festungen und Munition der Obersten Heeresleitung hatte das Wort: „Bei längerer Kriegsdauer steht zu befürchten, dass wir uns mit einer Sprengstofflücke konfrontiert sehen."

---

24 So veröffentlicht in der Ausgabe vom 6. August der Deutschen Medizinischen Wochenschrift. Diese Bewertung der Ereignisse steht im klaren Gegensatz zu den tatsächlichen Umständen und macht deutlich, dass die Renommiertheit der Urheberschaft keineswegs zwingend auf die Richtigkeit des Inhalts schließen lassen sollte. Quelle: Eckart, https://www.aerzteblatt.de/archiv/159435/Erster-Weltkrieg-1914-1918-Die-deutsche-Aerzteschaft-im-Furor-teutonicus, aufg. am 6.6.2020 um 21:55.

Ferdinand Lehmann erschien es, als klinge Bauers Stimme lavierend, aber nur ganz leicht.
„Was soll das bedeuten?“, meldete sich ein Oberfeldwebel zu Wort.
„Ganz ruhig, meine Herren. Die Oberste Heeresleitung hat alles im Griff. Das ist nur ein Hinweis, der Sie nicht zu beunruhigen braucht. Aber ja, wir müssen feststellen, dass der Verbrauch an Munition doch höher ausfällt, als wir es vorausgesehen haben.“
„Was meinen Sie mit höher?“, fragte ein anderer.
„Nun, wir..., es...“
Da wurde Bauer von einem anderen Herrn unterbrochen. Er war eines der Mitglieder der Wissenschaftlichen Kommission des Kriegsministeriums. „Ich kann es nur in aller Deutlichkeit wiederholen. Wir werden in wenigen Monaten kein Pulver mehr haben. Spätestens dann bleibt nichts mehr, als die Kapitulation.“
Ein bestürztes Raunen ging durch den Saal.
„Aber, das dürfte doch gar kein Problem sein. In einigen Wochen sollte die Operation doch beendet sein.“ Ferdinand Lehmann sah stirnrunzelnd in die Runde.“
„Ja ja, natürlich, meine Herren. Wie gesagt, das ist nur ein rein vorsorglicher Hinweis, damit wir alle auf dem Laufenden sind. Keiner hier geht davon aus, dass nicht in wenigen Wochen der Franzose die Waffen niedergestreckt haben wird.“ Major Max Bauer schien sich wieder gefasst zu haben.
„Ja ja, es muss dann allerdings ein sehr schneller Sieg herbei, denn der Verbrauch ist enorm“, wendete der Mann aus dem Kriegsministerium ein.
Major Bauer blickte ihn aus zornigen Augen scharf an.
Ferdinand Lehmann wusste, dass der Mann aus dem Ministerium in seiner Position Zugang zu allen Unterlagen hatte, die den Krieg betrafen. Es bereitete ihm Sorge, dass ausgerechnet er keineswegs siegessicher wirkte, andererseits war der Gedanke, der Sieg würde nicht in Kürze erreicht sein, unvorstellbar. Das war gar nicht möglich. Der Schlieffenplan war grandios. 1870/71 hatten die Franzosen schon einmal ihre Unfähigkeit im Feld bewiesen. Auch damals war es ein Kinderspiel gewesen, sie zu erledigen und damals hatte es keine solch herausragende Strategie gegeben.[25]
„Moltke, was sagen Sie dazu?“, meldete sich einer der Anwesenden an den Generalstabschef.

---

25 Sie finden zum Deutsch-Französischen Krieg Informationen im Anhang auf Seite 278.

Der Generalstabschef guckte wie ein gehetztes Huhn.

Major Lehmann konnte nicht umhin, festzustellen, dass Moltkes Miene ihm eine Gänsehaut versetzte.

„Wir können es doch aussprechen. Wir sind doch unter uns. Nichts wird je nach außen dringen. Wir stehen vor einer Munitionskatastrophe![26]" General Erich Ludendorff sah erst streng in die Runde, dann kicherte er und dann wurde er wieder ernst.

Ferdinand starrte Ludendorff fassungslos an.

„Dieser Krieg verschlingt ungeheure Munitionsmengen, wir haben einen Munitionsverbrauch wie in dem Krieg von 1870/71 erwartet. Keiner konnte ahnen, dass die Schlachten heute an einem Tag mehr Munition verbrauchen, als damals der ganze Krieg verbraucht hat![27]", schrie Moltke und man konnte seine Stimme nur als hysterisch bezeichnen. Er wischte sich mit zitternden Händen den Schweiß von der Stirn.

„Dem können wir begegnen." Major Max Bauer legte beruhigend die Hand auf Moltkes Schulter. „Und das müssen wir auch..."

---

26 General Erich Ludendorff notierte später in seinem Tagebuch, die Deutschen hätten bereits im September 1914 „vor einer schweren Munitionskatastrophe" gestanden. Quelle: Ludendorff, S. 174, zit. aus: Köhler, S. 10.

27 Goebel, S. 14, zit. aus: Köhler, S. 12. Als Beispiel des ungeheuren Munitionsaufwandes bei Großkämpfen ist errechnet worden, dass durch den Artillerie- und Minenbeschuss auf dem Schlachtfeld von Verdun in den 30 hauptsächlichen Kampfwochen rund 1 350 000 Tonnen Stahl niedergingen. Das ist eine Ladung von 135 000 Eisenbahnwaggons. Jeder Hektar Boden des etwa 260 Quadratkilometer großen Kampfgeländes von Verdun wurde im Durchschnitt mit 50 Tonnen Stahl belegt. In den beiden ersten Angriffsmonaten wurden bei Verdun von der Armee des deutschen Kronprinzen rund 8,2 Millionen Artilleriegeschosse verfeuert. Riebicke, S. 91, zit. aus: Köhler, S. 13.

Kapitel 3

Fritz Haber und Carl Bosch

Dann setzte Bauer fort: „…Dr. Fritz Haber und sein Kollege Carl Bosch[28] sind eigens heute hier erschienen, um Ihnen persönlich vorzutragen, was aus der Sicht der Chemiker zu dem Problem des Munitionsmangels zu sagen ist." Major Bauer winkte mit der rechten Hand und ein Page öffnete die Tür. Herein traten zwei Herren. Der eine ein unauffälliger Mensch mit kahlem Schädel und Schnauzer. Er trug eine Brille mit kreisrunden Gläsern, deren Bügel hoch über die Nasenwurzel geschwungen war.

Der andere breiter, mit wenig Haar und dunklem Blick hinter randlosen Brillengläsern.

---

28 Carl Bosch war 1912 erstmals die großangelegte Stickstoffsynthese gelungen. Quelle: Köhler, S. 26.

„Darf ich vorstellen? Fritz Haber und Carl Bosch vom Kaiser-Wilhelm-Institut. Dr.?!“ Bauer nickte Haber auffordernd zu.

Der preußische Kriegsminister und Chef des Großen Generalstabs Erich von Falkenhayn reichte den Chemikern nacheinander die Hand.

„Wir können den ärgsten Munitionsmangel überwinden, indem wir von der Düngemittelproduktion zur Kampfstofferzeugung übergehen. Der schwefelsaure Ammoniak eignet sich in gleicher Weise als Grundstoff für Dünger, wie als Ausgangsprodukt für die Herstellung von Schießpulver. Es braucht dasselbe Verfahren.“

„Das ist doch kolossal, meine Herren, dann sind wir gerettet?!“ Moltke wischte sich wieder über die Stirn. Kleine Glitzerfunken der Hoffnung bildeten sich in seinen Augen.

„Aber eines müssen wir hierzu weiter vortragen. Mit den Kapazitäten, die wir in Oppau zur Verfügung haben, werden wir selbstverständlich nicht weit kommen. Wir müssen durchaus eiligst Fabriken bauen. Mit den nötigen Geldern ließe sich Oppau erweitern, allerdings werden wir nicht darum herum kommen, einen weiteren Komplex zu errichten[29]. Die Mittel dafür müssten schon bereitgestellt werden.“ Bosch sah scharf in die Runde.

„Zudem sind wir selbstverständlich darauf angewiesen, dass man uns Abnahmegarantien und ein Staatsdarlehen in Höhe von... nun sagen wir... etwa 35 Millionen Mark zusichert[30]“, ergänzte Haber.

„Nun ja, jedem hier ist natürlich bewusst, wie das Prozedere ist. Die erforderlichen Zusagen sollen Sie selbstverständlich erhalten. Immerhin geht es hier um Sieg oder Niederlage. Um leben oder sterben.“ Falkenhayn klopfte Haber kameradschaftlich auf die Schulter.

„Das ist aber nicht alles. Wir haben einen weiteren Vorschlag zu unterbreiten, wie sich die Situation an der Front für das Vaterland bedeutend verbessern ließe“, erhob nun Haber wieder die Stimme. „Wir haben riesige Chlorüberschüsse, die geradezu prädestiniert sind, im Felde als Giftgas zum Einsatz zu kommen. Ich möchte

---

29 Informationen zum Bau des neuen Werks finden Sie im Anhang auf Seite 299.

30 Alle Forderungen der BASF wurden selbstverständlich erfüllt. Der Chemiekonzern verpflichtete sich, binnen Jahresfrist eine neue Ammoniakanlage mit einer Jahreskapazität von mind. 37 500 Tonnen reinem Ammoniak zu errichten. Der Preis für das Kiloprozent Stickstoff sollte 1,25 Mark betragen und war unter bestimmten Bedingungen noch ausbaufähig und den Kredit in genannter Höhe gab es auch. Oppau wurde daraufhin sofort umgebaut und erweitert. Im Mai 1915 lief die erste Großanlage mit einer Tagesleistung von 150 Tonnen Salpetersäure an. Quelle: Stein, S. 112, zit. aus Köhler, S. 29 f. Schon bald nach der Produktionsaufnahme kreisten französische Flugzeuge über dem Werk und warfen Bomben, erstmals am 27.5.1915.

vor allem von Chlorgas sprechen."

Dann sprach Bosch weiter: „Chlor ist ein ausgesprochen wirksames Gift. Wir haben da bereits umfassende Untersuchungen mit Versuchstieren durchgeführt. Es greift sofort die Lunge und die Atemwege an und führt bei günstigem Wind recht bald zum Tode. Es ist in höchstem Maße geeignet."

Kurz herrschte nachdenkliches Schweigen unter den anwesenden Herren.

Major Lehmann kam die Haager Landkriegsordnung in den Sinn, wonach der Einsatz chemischer Kampfstoffe verboten war. Das deutsche Reich hatte die Ordnung auch unterzeichnet.

Falkenhayn nickte bedächtig. „Die Argumente, die dafür sprechen, sind nicht von der Hand zu weisen, ich sage nur: Tonnenweise Stahlsaat[31]. Gibt es Bedenken?"

„Nun, als Produktionsort eignet sich wiederum Oppau[32]. Es wird zunächst zu erproben sein. Insbesondere wird sich zeigen müssen, wie bei aufkommendem Wind verfahren werden muss", merkte Haber an.

„Na, dafür sind wohl die Chemiker zuständig. Ich werde mich darüber mit Walther Nernst beraten. Und die Vorräte an Chlorgas lassen solche Versuche zu, sagen Sie?"

„Ohne Frage. Ich habe bereits mit der BASF gesprochen. Dort fallen täglich etwa 40 Tonnen Chlor an. Es ist bisher ein Abfallprodukt, aber wenn es sich für den Kriegseinsatz eignet, dann steht es in riesigen Mengen zur Abnahme bereit, hat man mir bei der BASF versichert[33]."

„Das ist höchst interessant. Der Sache werde ich mich sofort mit höchster Priorität widmen." Falkenhayn nickte zustimmend.

Walther Nernst konnte sodann auch Carl Duisberg, Chemiker, Miteigentümer und Generaldirektor der Farbenfabriken Friedrich Bayer und Co (FFB) in Leverkusen für diesen Gedanken gewinnen. Nun galt es nur noch, weitere Chemiker für diese Arbeit einzubinden.

Schließlich fanden sich hierfür unter anderem Fritz Haber selbst,

---

31 „Stahlsaat" war damals ein gängiger Begriff für Munition. Quelle: Köhler, S. 12 f.

32 Im September 1913 hatte das Werk in Oppau seinen Betrieb aufgenommen. Im Sommer 1914 war alles vollständig ausgebaut worden. Quelle: Köhler, S. 26.

33 Die Kampfstoffproduktion brachte der chemischen Industrie (BASF, Bayer, ML & B) während des ersten Weltkriegs gute Gewinne und eine erhebliche Erleichterung hinsichtlich ihrer schwer verwertbaren Chlorüberschüsse. Kriegspolitik und Industrie spielten sich somit bestens in die Hände und verwirklichten durch den Chemiewaffeneinsatz bestmögliche Gewinne unter Verwertung schwer verwertbarer Abfallprodukte. Quelle: Henseling, S. 77.

Gustav Ludwig Hertz und Max Planck, der auch das Manifest der 93 und die Erklärung der Hochschullehrer des Deutschen Reiches unterzeichnet hatte, in der nahezu die vollständige Dozentenschaft der 53 Universitäten und Hochschulen Deutschlands unterzeichnet hatte, dass der Krieg als „Verteidigungskampf deutscher Kultur“ gerechtfertigt sei und es mit großer Dankbarkeit begrüßte, diese herrliche Zeit zu erleben[34].

Die folgenden Wochen verstrichen gespickt mit den Todesanzeigen der Soldaten.

Elsa war froh, ihre Haushälterin Hanna zu haben. Hanna hatte schon im Hause der Hoffmanns gearbeitet, bevor Elsa und Eduard geheiratet hatten. Es war nicht leicht mit Leopold, der sehr unruhig war und die ersten Monate viel schrie. Elsa kam es vor, als wenn sie ihn nie ablegen konnte. Sie war unendlich dankbar, ihn gelegentlich Hanna in die Arme drücken zu können.

Elsa und Eduard vermieden es mittlerweile, über Politik zu sprechen und schwiegen sich beim Essen nicht selten an.

Elsa liebte Eduard, aber die Ansichten, die er vertrat, waren für sie zu abstrakt, zu fern. Unter dem Kaiser lebten sie schon ihr ganzes Leben. Jeder wusste, was er vom Kaisertum zu erwarten hatte. Darin hatte man sich schließlich jahrzehntelang eingerichtet. Aber die Sozialdemokratie hatte keine Erfahrung. Wer bot die Gewähr, dass all das auch wirklich etwas werden konnte?

Zudem war es ihr auch einerlei. Sie wollte mit Eduard gemeinsam glücklich sein. Leopold großziehen. Es sollte Frieden sein und weitergehen und alles gut werden. Einfach alles gut werden...

Schließlich drang die Meldung durch, der Schlieffen-Plan sei gescheitert.

Major Lehmann, war fassungslos. „Es wird hinter vorgehaltener Hand berichtet, das ganze Heer sei von Panik ergriffen. Die OHL sei ebenfalls in heller Aufregung und Moltke gänzlich zusammengebrochen. Er habe bleich vor der Karte gesessen, ganz und gar apathisch! Dabei hat er noch vor wenigen Wochen gesagt, er habe den Krieg wegen eines der schönsten Wesenszüge deutschen Ge-

34 Zu diesem Zeitpunkt hatten die Deutschen ungefähr 142 000 Tote zu beklagen. Doch anstatt die Kapitulation zu erklären, wurden im weiteren Verlauf Chemiewaffen eingesetzt, die nach dem Völkerrecht verboten waren. Dank dem aufopfernden Einsatz von Carl Bosch und Fritz Haber, die dafür nach dem Krieg mit Nobelpreisen ausgezeichnet wurden, sollten sich die Toten bis 1918 auf deutscher Seite mit mehr als 2 Millionen Toten verfünfzehnfachen und auf Seiten der Opfer der Verbündeten, der Feinde und unter den Zivilisten weitere 42 Millionen Tote hinzu kommen. Quelle: Köhler, S. 18.

mütslebens begonnen[35].

Im Oktober erlitt auch Elsas Mutter einen Nervenzusammenbruch, als sie nämlich erfuhr, dass Gustav in Nordfrankreich gefallen war. Diese Nachricht traf zeitgleich mit dem vermutlich letzten Brief Gustavs ein.

Das war zur selben Zeit, als Graf von Moltke vom Kaiser für seine „vortrefflichen Dienste" ein Eisernes Kreuz Erster Klasse geschenkt bekam und sich der Generalstabschef von seinem Leibarzt wegen einer Entzündung der Gallenblase krank schreiben ließ[36].

„Mutter schläft nun." Elsa setzte sich erschöpft zu ihrem Vater in den Salon. Stundenlang hatte sie versucht, ihre Mutter zu beruhigen. „Dürfte ich Gustavs Brief lesen?"

„Natürlich, nimm ihn nur. Er liegt dort." Ferdinand Lehmann wirkte kraftlos und resigniert. Müden Blickes starrte er vor sich hin, die Schultern gebeugt.

Elsa nahm den Brief aus dem Kuvert und entfaltete ihn behutsam. Sie hatte das Gefühl, jede falsche Bewegung, auch jede zu schnelle Bewegung, jedes falsche Wort und jedes zu laute Wort, jeder falsche Ton würde eine Explosion auslösen und das ganze Haus zusammenbrechen lassen.

„Gustav schreibt, es seien auch 13 und 14 jährige Soldaten an der Front[37]. Einer aus seinem Regiment, gerade vierzehnjährig sei gestern, also am Tage, bevor er diesen Brief schrieb tödlich von einer Kugel getroffen worden. Das ist schrecklich...Und nun ist er selber..." Elsa sprach das letzte Wort nicht aus.

Eduard wollte Elsa am Abend gerne trösten, aber zugleich spürte er eine unsägliche Unruhe. „Dieser nutzlose Krieg...", entfuhr es ihm.

---

35 Die Beschreibung der Verfassung der OHL, Moltkes und des Heeres, sowie die Worte, die Moltke gesagt haben soll, sind den Notizen Major Max Bauers entnommen. Er hat diese aufgezeichnet in Bauer, S. 57, zit. aus Köhler, S. 9. Moltke soll später gesagt haben: „Welche Ströme von Blut sind schon geflossen, welcher namenlose Jammer ist über die ungezählten Unschuldigen gekommen, denen Haus und Hof verwüstet ist. - Mich überkommt oft ein Grauen, wenn ich daran denke und mir ist zu Mute, als müsste ich dieses Entsetzliche verantworten..." Quelle: Bauer, S. 384, zit. aus Köhler, S. 10.

36 Der Kaiser hat selbstverständlich Sorge getragen, dass Moltke das nicht verantworten musste, und ihm ein Jagdschloss zur Erholung angeboten sowie ihn in seiner kaiserlichen Kabinettsorder dafür bedauert, „dass Sie Ihre langjährige, unermüdliche und segensreiche Friedensarbeit nun nicht mehr selbst in weitere Taten umsetzen" können. Quelle: Moltke, S. 387 ff., zit. aus Köhler, S. 10.

37 Quelle: Riebicke, S. 47 ff., zit. aus Köhler, S. 10.

„Nutzlos? Das sagst du immer noch?“, schluchzte Elsa in ihre Bettdecke. „Selbst die Literaten und die Dozenten sind sich alle einig, dass es sich um Verteidigung handelt. Wieso kannst du immer noch zweifeln? Wie viel Überzeugung braucht es, dass du einsiehst, was längst alle eingesehen haben?“

Eduard hatte bereits beim Sprechen bemerkt, dass seine Äußerung nicht hilfreich sein würde. Elsa spielte auf die Berichte in den Zeitungen über das Manifest der 93, sowie auf die Nachricht über die Erklärung der Hochschullehrer an.

Das Manifest der 93 auch als „Aufruf an die Kulturwelt“ bezeichnet, wurde im September 1914 von Ludwig Fulda verfasst, zu der Zeit, als es im Zuge des deutschen Einmarsches in das neutrale Belgien zu zahlreichen Übergriffen des deutschen Militärs auf die belgische Zivilbevölkerung gekommen war. Dabei waren mehrere Tausend belgische Zivilisten zu Tode gekommen und die Universitätsstadt Löwen zerstört worden, die Universitätsbibliothek Löwen in Flammen aufgegangen.[38]

93 Wissenschaftler, Künstler und Schriftsteller Deutschlands hatten es unterzeichnet. Mit ihrer Unterschrift hatten die Unterzeichner sich vorbehaltlos mit der deutschen Kriegsführung solidarisiert. Mit einem sechsmaligen „Es ist nicht wahr“ hatten sie jede Schuld, jedes Kriegsverbrechen der Deutschen geleugnet, eine „Hetze von Mongolen und Negern auf die weiße Rasse“ beklagt und den deutschen Militarismus als Beschützer deutscher Kultur verteidigt – „mit unserem Namen und unserer Ehre“.

Darunter waren zahlreiche, namhafte Personen: Die Professoren Planck, Nernst, Haber sowie der Theologe Adolf von Harnack etwa. Nicht hingegen zum Beispiel Albert Einstein. Das Manifest wurde aber hinsichtlich der Vielzahl von Unterzeichnern um ein Vielfaches von der sogenannten Erklärung der Hochschullehrer des deutschen Reiches übertroffen, die 3000 Unterzeichner

38 Quelle: https://de.wikipedia.org/wiki/Manifest_der_93. Der Themenkomplex Gräueltaten der Deutschen an Belgiern im ersten Weltkrieg ist einer der umstrittensten überhaupt, zumal an dieser Frage viele weitere Fragen anhängen, nämlich vor allem die Frage, ob es „nötig“ war, dass die Briten in den Krieg eingriffen. Die Historiker sind sich weitgehend einig, dass es die damals behaupteten Kinderhandabhackungen nicht gegeben hat. Im Übrigen gibt es große Meinungsverschiedenheiten zu der Frage, ob es unter den Belgiern eine Resistance gab oder nicht. Es hat zu dieser Frage am 27.10.2017 eine Konferenz an der Universität Potsdam gegeben. Https://www.hsozkult.de/conference_report/id/tagungsberichte-7409. Sie war initiiert worden, nachdem ein neues Buch mit dem Titel: Schuldfragen: Belgischer Untergrundkrieg und deutsche Vergeltung im August 1914“ zu dem Thema von Prof. Ulrich Keller erschienen war. https://de.wikipedia.org/wiki/Rape_of_Belgium aufg. am 1.9.2020 um 23:00; Schulte, S. 99.

gefunden hatte, zum Beispiel: Emil Adolf von Behring, Lujo Brentano, Paul Ehrlich, Fritz Haber, Ernst Haeckel, Carl Hauptmann, Max Liebermann, Franz von Liszt, Walther Hermann Nernst, Max Planck, Martin Spahn.[39]

Der Wissenschaftler und Arzt Georg Friedrich Nicolai hingegen hatte im Oktober 1914 den – bedauerlicherweise weit weniger bekannten – „Aufruf an die Europäer", das sogenannte „Gegenmanifest", verfasst. Dieser war ein Appell an alle Europäer, zusammenzuhalten. Nicolai führte aus, dass Technik und Verkehr zu einer „gemeinsamen Weltkultur" drängten, Europa bereits eine Einheit darstelle, die „gebildeten und wohlwollenden Europäer" zu dem Versuch verpflichtet seien, den Untergang dieses Europa durch einen „Bruderkrieg" zu verhindern. Weiter führte er aus, der gegenwärtige Kampf werde „wohl kaum einen Sieger, sondern nur Besiegte zurücklassen" und dass verhindert werden müsse, dass „die Bedingungen des Friedens die Quelle künftiger Kriege werden". Er schrieb: Nun sei „die Zeit da, in der Europa als Einheit auftreten muss, um seinen Boden, seine Bewohner und seine Kultur zu schützen".[40]
Es gab nur drei Unterzeichner diese Aufrufs. Das waren Albert Einstein, Otto Buek und Wilhelm Foerster, (der kurz zuvor das Manifest der 93 unterzeichnet hatte).[41]

Eduard wollte nicht streiten. Er wusste, dass er ohnehin auf verlorenem Posten stand. Wer jetzt noch anderes äußerte, als die Mehrheit, der machte sich des Hochverrats verdächtig.

Von diesem Tag an sprachen Elsa und Eduard weniger miteinander. Eduard verbrachte fast seine ganze Zeit in der Praxis. Ihm graute sechs Tage die Woche vor dem sonntäglichen Besuch bei den Schwiegereltern und er war dankbar für jeden Patienten, der ihn kurz auf andere Gedanken brachte. Doch an einem dunklen Februartag im Jahr 1915 öffnete ein Patient die Tür, über den er sich besonders freute.

„Was führt Sie zu mir?" Eduard schrieb, ohne aufzublicken, die letzten Notizen in die Akte des vorherigen Patienten, während sich der nächste Patient seinem Pult näherte.

---

39 Quelle: https://de.wikipedia.org/wiki/Manifest_der_93. Das Manifest trug zur allgemeinen Kriegsbegeisterung im Inland bei. Demgegenüber fanden deutsche Gegendarstellungen kaum Beachtung.

40 Quelle, ganzer Abschnitt: https://www.bpb.de/apuz/28984/wissenschaft-und-politik-einsteins-berliner-zeit?p=3. aufger. am 23.8.2020 um 10:53.

41 Quelle: https://www.bpb.de/apuz/28984/Wissenschaft-und-politik-einsteins-berliner-zeit?p=3; https://de.wikipedia.org/wiki/Aufruf_an_die_Europ%C3%A4er. aufger. am 23.8.2020 um 10:53.

„Schreckliche Bauchschmerzen, lieber Doktor. Schreckliche Bauchschmerzen!"

Eduard blickte überrascht auf. Die Stimme war unverkennbar. „Ernst, du liebe Zeit. Was treibt dich zu mir?" Voller Freude richtete Eduard sich auf und nahm sein Gegenüber in den Arm.

„Na, das Vergnügen, lieber Eduard. Wie immer. Was sollte den Ernst sonst umtreiben?"

Eduard lachte. Diesen Unsinn erwiderte Ernst auf die gestellte Frage, solange er zurückdenken konnte. Aber er wusste, dass er nicht weiter zu fragen brauchte. Ernst würde sich nicht in die Karten blicken lassen. Wie immer, warum auch immer.

Eine Weile herrschte Schweigen.

„Es tut mir leid, dass ich bei deiner Hochzeit nicht da sein konnte."

Eduard erinnerte sich an das Telegramm, das nach der Hochzeit eingetroffen war. „Du warst krank."

„Das kann man wohl so sagen."

„Aber jetzt – du siehst gut aus."

„Es ist viel passiert. Es geht mir besser."

Eduard musterte seinen Bruder nachdenklich. „Wie lange bleibst du? Wo nächtigst du?"

„Ich bin bei Bekannten untergekommen. In einer Woche muss ich zurück in Berlin sein. Aber jetzt wollen wir uns vergnügen. Der Warteraum ist leer. Du kannst den Arztkittel an den Nagel hängen."

„Das klingt überaus verlockend, aber bevor ich das tun kann, werde ich Elsa Bescheid geben müssen. Sie soll sich schließlich nicht sorgen."

„Was macht der Vater?"

„Vater geht's prächtig. Er lebt regelrecht auf, seitdem er die Praxis los ist. Er ist jüngst von seiner Europareise heimgekehrt. Wir sehen ihn nahezu täglich zum Essen. Du warst lange nicht zuhause!" Eduard konnte es nicht unterlassen, seinen Bruder in den Arm zu nehmen.

Nachdem Ernst zunächst Elsa begrüßt hatte, hatte er seinem Vater einen viertelstündigen Besuch abgestattet. Währenddessen hatte Eduard sich umgekleidet. Dann erst zogen sie gemeinsam Richtung Spielbudenplatz.

Sie gingen am Bismarck-Denkmal im Elbpark vorüber und passierten auch den Bismarckturm.

„Wie ist das Eheleben?“ Ernst zwinkerte Eduard zu.
„Ach kleiner Bruder. Du weißt gar nicht, was du versäumst.“
Ernst sah Eduard erstaunt an. „Es muss übel um dich stehen, dass du zur Ironie greifst!?“
„Keineswegs.“
Ernst sah Eduard prüfend an. „Sag, was ist los? Du könntest keine bessere Ehefrau abbekommen haben. An Elsa kann es also nicht liegen.“
Eduard musste nun doch lächeln. „Nein, du hast natürlich recht und ich bin auch glücklich, aber in diesen Zeiten ... mit einem Militär als Schwiegervater ...“
„Ach, daher weht der Wind. Aber hast du das nicht vorher schon ahnen können?“
„Wer hat mit diesem Krieg gerechnet? In Friedenszeiten konnte man es noch mit ihm aushalten, aber jetzt ... Doch was Elsa anbetrifft hast du selbstverständlich recht und wenn du ...“
„Mich wirst du nicht überzeugen. Elsa ist schließlich eine Ausnahmeerscheinung. Da hast du großes Glück. Ich jedoch werde gewiss niemals heiraten.“
Schweigend gingen sie nebeneinander her.
Schließlich fragte Eduard: „Was macht das Studium?“
„Ich bin nicht länger an der Universität.“
Eduard sah seinen Bruder überrascht an. Er wartete auf Erklärungen, aber Ernst schwieg.
In den Hauseingängen drückten sich die Dirnen herum.
Carl C. E. Clausens Konzertgarten, das ehemalige Hornhardt-Etablissement, konnten sie nicht besuchen, da es seit einigen Monaten geschlossen war. Aber sie kehrten nahe dem Urania Theater und des Panoptikums, sowie der ehemaligen, ebenfalls seit einigen Monaten geschlossenen Hamburg-Amerika-Bar, in einer recht versteckten, kleineren Lokalität ein, die man, wenn man nicht um ihre Existenz wusste, übersehen musste, was beabsichtigt war. Der Eingang ließ nicht vermuten, dass es sich um ein Lokal handelte. Eduard wusste von einem Patienten um die Existenz dieses Etablissements.
Sie klopften an eine Tür im ersten Stock. Die Tür ging auf.
Zigarettenrauch und Stimmen drangen aus den hinter der Eingangstür liegenden Räumen. Eine hohe Frauenstimme lachte auf.
Eduard erklärte, wer ihn eingeweiht hatte und sie wurden eingelassen.
Sie gingen durch mehrere Räume, in denen sich Männer in Uni-

formen aber auch zahlreiche Zivilpersonen aufhielten. Einige Herren waren in Begleitung recht leicht bekleideter Damen.

Schließlich gelangten sie an einen Tresen, an dem sie Getränke bestellen konnten. Mit den Getränken ließen sie sich in einer Ecke auf einem Sofa nieder.

„Erzähl, was gibt's Neues in Berlin?" Eduard nahm einen kräftigen Schluck Whiskey. Nun wollte er endlich erfahren, was Ernst in Berlin trieb, wenn er doch nicht mehr studierte.

„Sie haben die Luxemburg ins Weibergefängnis gesperrt."

„Das habe ich gelesen." Eduard nickte bedächtig.

„Liebknecht wird unter den fadenscheinigsten Vorwänden jedes Wort verwehrt."

„Es ist gefährlicher denn je, eine vom Kaiser abweichende Position zu vertreten ."

„Die Wahrheit stirbt zuerst im Krieg, sagt man wohl zurecht. Und allmählich zeigt der Krieg seine hässliche Fratze. Da kann man Zweifler oder gar Widerredner überhaupt nicht brauchen. Wer, wie die Luxemburg, nicht beim Burgfrieden[42] mitmacht, der muss unschädlich gemacht werden."

„Du sagst all das so leicht daher. Ich darf darüber kaum mehr nachdenken. Manchmal denke ich, ich sei der Einzige, der noch anders denkt. Dass ich womöglich verrückt bin."

„Was soll das heißen?" Ernst sah Eduard stirnrunzelnd an.

Im Beisein von Ernst kam Eduard sich nun lächerlich vor. Er sprach es dennoch aus. „Die Familie sieht das alles anders."

„Was hast du denn erwartet? Du kanntest doch Elsas Familie."

---

42 Vor dem 1. Weltkrieg gab es in den sozialdemokratischen Parteien einiger Länder eine streng antimilitaristische und friedenspolitische Haltung. Am 14.08.1914 hielt Kaiser Wilhelm II. in Berlin eine Rede vor den im Reichstag vertretenen Parteien. In seinem persönlichen Nachsatz zur Rede erklärte er: „Ich kenne keine Parteien mehr, ich kenne nur noch Deutsche! Zum Zeichen dessen, dass Sie fest entschlossen sind, ohne Parteienunterschied, ohne Stammesunterschied, ohne Konfessionsunterschied durchzuhalten mit mir durch dick und dünn, durch Not und Tod zu gehen, fordere ich die Vorstände der Parteien auf, vorzutreten und mir das in die Hand zu geloben." Mit diesen Worten erreichte er die ungeteilte Zustimmung fast aller Angesprochenen. Ein zentraler Grund für diese Zustimmung lag darin, dass es dem Kaiser kurz zuvor gelungen war, die Öffentlichkeit zu überzeugen, dass sich Deutschland in einem Verteidigungskrieg gegen Russland befände. Diese Entwicklung wurde dadurch erleichtert, dass weite Teile der Sozialdemokratie schon vorher in Russlands Zaren den Inbegriff von Unterdrückung und Reaktion gesehen hatten. Die wenigen Gegner des „Burgfriedens" wurden aus der Partei ausgeschlossen und teils zu langjährigen Haftstrafen verurteilt, etwa Rosa Luxemburg. Ein hervorragendes Beispiel für die Weisheit: Die Wahrheit stirbt zuerst im Krieg. Dieser Vorgang ist als Burgfriedenspolitik in die Geschichte eingegangen. Quelle: https://de.wikipedia.org/wiki/Burgfriedenspolitik. Zuletzt aufg. am 04.03.2023 um 21:40.

Eduard seufzte.

„Mein Gott, du bist ja ganz geknickt. Wie ist das möglich? Es muss an dieser Stadt liegen. In Hamburg musst du Hauptmann, Kaufmann oder Senator sein, ansonsten hast du kein Rückrad zu haben. Ja, es wird an der Stadt liegen." Ernst nickte bekräftigend.

„Du meinst, in Berlin ginge es mir besser?" Eduard lachte auf. Ernst war so verrückt wie eh und je. „Aber ich habe immer hier gelebt."

„Welch ein Argument! Und was für eine Frage. Allein die Entfernung wird dich kurieren. Oder willst du in dieser Manier den Rest deiner Tage verbringen? Du schriebst einmal, an Elsas Seite wärest du der glücklichste Mann. Und was bist du nun?" Ernst setzte eine vielsagende Pause. Wenn dem nicht so ist, so liegt es an dir, dies zu ändern. Denn wie ich schon sagte, an Elsa liegt es nicht. Wenn es euch hier nicht gut geht, dann tue die notwendigen Schritte."

Eduard sah nachdenklich auf sein Glas.

„Worauf wartest du? Pack deine Sachen und such das Weite." Ernst schlug ihm kräftig auf die Schulter.

In dem Moment kam eine Gruppe stattlicher Herren herein.

Eduard wusste, dass es der Sohn des Kaufmanns Egerling und seine Kumpanen waren. Der junge Egerling hatte ihn erst vor wenigen Wochen wegen seiner Syphilis aufgesucht, die wieder einmal Beschwerden bereitet hatte. Aber heute schien er in bester Verfassung zu sein. Von seinen Condylomata lata war natürlich in bekleideter Aufmachung nichts zu sehen, aber Eduard erinnerte sich gut an die wässrigen Papeln, die er an dem jungen Egerling feststellen musste. Er hatte Egerling eindringlich ermahnt, mit diesen Körperstellen niemandem zu nahe zu kommen, aber das schien diesen nicht weiter beeindruckt zu haben, denn just in diesem Augenblick wurde Eduard Zeuge, wie sich Egerling eine der Damen zuführen ließ. Sie mochte höchstens sechzehn Jahre alt sein.

„Du guckst geradezu, als habest du ein Gespenst gesehen, mein Lieber!", stellte Ernst fest.

Eduard schnaubte verächtlich. „Wie ist das nur möglich? Wir leben in völlig entgleisten Zuständen und nun wird Krieg geführt, um diese Absurditäten weiterzuführen!"

Ernst sah sich demonstrativ in dem Lokal um. „So ist es. Während den Jungen draußen die Bleikugeln um die Ohren fliegen, vergnügen sich die hochdekorierten feinen Herrschaften als sei die Welt nur für sie da."

Eduard sah seinen kleinen Bruder voller Stolz an. Er hatte immer einen Blick für alles gehabt, wovor die meisten die Augen verschlossen und er hatte noch nie ein Blatt vor den Mund genommen. Dennoch erschien es Eduard, als habe sich Ernst seit ihrem letzten Treffen sehr verändert. Er war ruhiger geworden und weniger sprunghaft und er wirkte bodenständig. Eduard spürte, wie gut es ihm tat, endlich wieder mit seinem Bruder zusammen zu sein und mit ihm sprechen zu können. „Selbstverständlich. So haben es die alten Römer doch auch schon getrieben. Warum sollte es heute anders sein? Weil die Menschen klüger geworden sind? Sie möchten eben alles glauben, was bequem ist. Und bequem ist es, anderen die Verantwortung zu überlassen und dafür wider jede Vernunft alles mitzumachen was von oben vorgegeben wird. Sei es nun der Burgfrieden oder der Glaube an die eigene Unfehlbarkeit bei gleichzeitiger Verteufelung des gemeinsamen Feindes. Deshalb darf der Pazifismus auch nur in Friedenszeiten erstrebenswert, in Kriegszeiten hingegen ein Zeichen von Feigheit und Dummheit sein."

Ernst lachte. „Und sie werden es wieder und wieder so machen. Bis von diesem Planeten nichts mehr übrig ist. Dann fällt der Vorhang endlich."

„Und stell dir nur mal vor, Deutschland gewinnt den Krieg. Wohin soll sich dieses Land denn entwickeln? Es wäre eine Tragödie!" Eduard hatte das nur geflüstert. Es war gefährlich, sich in dieser Weise zu äußern.

„Deutschland wird nicht gewinnen. Frag dich lieber, wie es weitergehen wird, wenn der Krieg verloren wurde."

„Wie kannst du da so sicher sein?"

„Der Zerfall hat doch lange vor dem Krieg begonnen. Es wollte nur keiner wahrhaben. Der Krieg wird diesen Vorgang nur beschleunigen. Die Titanic hat doch im Kleinen aufgezeigt, was im Großen längst geschah."

„Aber machst du dir denn keine Sorgen, wie es nach dem Krieg weitergeht?"

„Nein, mein Lieber. Denn ich habe keine Kinder. Ich warte gespannt auf das Neue und hoffe, dass sie mir nicht zuvor im Felde die Birne wegblasen."

Eduards Stimmung war wie ausgewechselt nach dem Abend mit seinem Bruder. Er fühlte geradezu körperlich, dass Ernst ihm den Kopf gewaschen hatte. Der kleine Bruder Ernst!

Er konnte Ernst überreden, bei ihnen zu übernachten und sie verbrachten eine wunderbare Zeit miteinander.

Ernst hatte Eduard mitgenommen zu einem Zirkel. Diese Veranstaltung hatte Eduard sehr zugesagt. Sie war von einem gewissen Herrn namens Carl von Ossietzky organisiert worden und dieser hatte dort auch gesprochen.

Ernst kannte Ossietzky seit er den Artikel „Das Erfurter Urteil" gelesen hatte, den dieser 1913 in „Das freie Volk" verfasst und veröffentlicht hatte. Nachdem Ernst Zeuge von Eduards miserabler Stimmung geworden war, war ihm klar gewesen, dass er Eduard Ossietzky nahebringen musste. Der Artikel hatte den Schuldspruch eines Militärgerichts in Erfurt gegen drei Soldaten behandelt, die sich wegen einer Rauferei zu verantworten hatten. Der

Ankläger hatte diese Kneipenkeilerei zu einem militärischen Aufruhr umgedeutet und die Richter waren dieser Meinung gefolgt und hatten die Angeklagten zu drei, fünf, und sieben Jahren Zuchthaus verurteilt, was wenigstens eine allgemeine Empörung ausgelöst hatte.[43]

Ossietzky hatte in seinem Artikel den Richterspruch kritisiert und damit die Aufmerksamkeit der Ermittlungsbehörden auf sich gelenkt. Schließlich waren er und der Redakteur Dr. Heinrich Glaser wegen „öffentlicher Beleidigung“ angeklagt worden.

Die Verhandlung hatte im Mai 1914, also vor wenigen Monaten, in Berlin-Moabit vor der Dritten Strafkammer stattgefunden und noch in der Verhandlungspause hatte sich Ossietzky weder von seiner Ehefrau noch von Dr. Glaser von seiner Entschlossenheit abbringen lassen, die zu erwartende Strafe von 30 Tagen Haft oder 300 Mark Geldstrafe abzusitzen statt zu zahlen. Das Urteil war sodann etwas milder ausgefallen, nämlich mit 20 Tagen Haft oder 200 Mark Geldstrafe und das Zeitungsblatt hatte die 200 Mark überwiesen, um Ossietzky die Haft zu ersparen, die dieser anzutreten durchaus entschlossen war.[44]

Eduard konnte sich noch gut an Ossietzkys Worte während seiner Rede auf dem Zirkeltreffen erinnern: „Der Krieg ist ein dirigierter und organisierter Massenmord[45].“

Eduard las für gewöhnlich und seit Jahren die Frankfurter Zeitung. Sie bildete eine Ausnahme zu der ganzen Masse an anderen Blättern, indem sie eine liberale, demokratiefreundliche Haltung einnahm. Das ging soweit, dass die Chefredaktion abgeschafft und durch eine ständige Redaktionskonferenz ersetzt worden war.

Mehrfach schon waren die Redakteure in Zwangshaft genommen worden wegen Zeugnisverweigerung, weil sie sich geweigert hat-

---

43 Quelle: Vinke, S. 31 f.

44 Tatsächlich hat nicht das Blatt, sondern Ossietzkys Ehefrau Maut von Ossietzky die Strafe von ihrem Geld bezahlt, allerdings hat sie dies verheimlicht, weil Carl von Ossietzky das nicht gewollt hätte. Quelle: Vinke, S. 33. Journalisten, die brisante politische Themen aufgreifen, stehen fast immer mit einem Fuß im Gefängnis. Carl von Ossietzky ist hierfür ein lebendes Beispiel. Mehrfach wurde er angeklagt und zum Teil auch verurteilt. Er hat Geldstrafen gezahlt und 1932 eine Haftstrafe abgesessen. Die Weimarer Zeit war geprägt davon, dass die Richter gegen die Linken mit unerbittlicher Härte vorgingen, gegen die Rechten jedoch Milde walten ließen. Ossietzky ist aufgrund dessen niemals eingeknickt und hat nicht nachgelassen, mit der gleichen Schärfe gegen die Missstände anzuschreiben. Quelle: Vinke, S. 77.

45 Während der ersten Zeit des Krieges hatte Carl von Ossietzky große finanzielle Schwierigkeiten, da seine Einkünfte weggebrochen waren. Er gab deshalb Unterricht. Aus diesem Unterricht entwickelten sich Zirkel, auf denen politische und kulturelle Diskussionen geführt wurden. Carl von Ossietzkys Tochter Rosalinde soll später geschrieben haben, er habe diesen Satz geäußert. Quelle: Vinke, S. 38.

ten, den Ermittlungsbehörden Informanten zu brisanten Artikeln zu verraten. Und was er besonders schätzte war, dass die Frankfurter Zeitung stets für den Frieden eintrat, im Gegensatz zu all den Blättern die immerzu die Kriegstrommeln rührten[46].

Eduard setzte Ernsts Vorschlag ohne weiteres Zuwarten in die Tat um. Nur wenige Wochen später bezog er mit Elsa und dem Kind sowie seinem Vater Alexander, der weiter mit ihnen zusammenleben wollte, eine Wohnung in Berlin, unweit der Wohnung von Ernst. Auch hier hatte er eine Praxis im Erdgeschoss. Nur eine neue Haushälterin mussten sie sich in Berlin suchen. Hanna, die in Hamburg für sie gekocht und geputzt und Elsa mit dem Kind geholfen hatte, wollte in Hamburg bleiben.

Elsa hatte er erklärt, dass der Umzug aus beruflichen Gründen geschah, denn er wollte sie nicht belasten, aber er trug sich mit der Hoffnung, dass dieser Schritt sie einander wieder näher bringen würde. Seit er diesen Beschluss gefasst hatte, fand er seine Kraft und seine Freude wieder.

Nur wenige Wochen später wurden Eduard und Ernst einberufen.

Major Lehmann machte sich sofort daran, seinen Schwiegersohn und dessen Bruder in Fritz Habers Regiment unterzubringen. Dank seiner vorzüglichen Verbindungen konnte er dies auch erreichen. Sie würden im Pionierregiment 35 kämpfen. Es sollte für sie nach Polen gehen.

„Ihr kämpft im bedeutendsten Regiment unsere Vaterlandes. Dafür habe ich gesorgt. Diese Truppe wird unser Reich zum Sieg führen. Die Erfolge bei Ypern waren herausragend.“ Major Lehmann klopfte seinem Schwiegersohn stolz auf die Schulter.

„Aber man sagt, Haber habe private Sorgen?“

„Ach, gib nichts darauf, was geredet wird, mein Junge.“

---

46 Quelle: https://de.wikipedia.org/wiki/Frankfurter_Zeitung. Die Frankfurter Zeitung geriet Anfang der 30er Jahre in eine finanzielle Notlage. Carl Bosch, Vorstandsvorsitzender der I.G. Farben wollte jedoch die Zeitung retten und unterstützte sie heimlich über die Imprimatur GmbH. Diese war 1900 von den Ullstein-Brüdern Rudolf und Hermann gegründet und 1924 an zwei Investoren verkauft worden. Einer davon war Hermann Hummel, Aufsichtsrat der I.G.Farben. Er wurde ab 1930 alleiniger Gesellschafter der Imprimatur GmbH. Es wurden weder im Aufsichtsrat der Societätsdruckerei noch im Vorstand der IG Farben Details der Unterstützung bekannt. Vermutlich hatte Bosch einen I.G.Farben-Fonds zur persönlichen Verfügung, aus dem er die Verluste der Societätsdruckerei ausglich. Ein hervorragendes Exempel für die Komplexizität der (damaligen) Verstrickungen und Verflechtungen von Politik, Industrie und Presse. Die Imprimatur fusionierte 1989 mit der FAZIT-Stiftung, existiert also fort. https://de.wikipedia.org/wi ki/ImprimaturGmbH, zul. aufg. am 05.03.2023 um 8:58.

Auf der Fahrt gen Osten lernten sie ihre Truppe kennen. Es waren fast ausnahmslos junge Leute, Studenten. Die meisten glühten vor Vorfreude.

Bald schon klang ein Begriff immer deutlicher durch. Ihre Kompanie wurde Desinfektionskompanie genannt.

Als sie nahe der Front eintrafen, wurde Eduard dem Feldlazarett zugewiesen, Ernst sollte mit in die Gräben.

„Wir graben Flaschen ein“, erzählte Ernst seinem Bruder am Abend.

„Mich überrascht es, dass hier so viele Wissenschaftler am Werk sind. Sie schwirren umher, als befänden wir uns am Kaiser-Wilhelm-Institut.“ Eduard legte sich in das klapprige Feldbett und zog die Wolldecke über sich.

Am nächsten Morgen ging es früh hinaus.

Ernst war eingeteilt mit einem jungen Soldaten namens Hertz. Der redete nicht viel. Ernst wurde den Verdacht nicht los, dass der Mann etwas verheimlichte. Es schien Ernst, als wisse er mehr, als die anderen.

„Sie warten auf den richtigen Wind. 15-25 Stundenkilometer.“ Hertz lehnte sich gegen die Grabenwand.

Bis zum Nachmittag verharrten sie in den Gräben, dann kam das Kommando.

Wie die anderen auch, griff Ernst nach einer Flasche und öffnete das Ventil.

Zeitgleich entstanden unzählige kleine Wolken, die zu einer riesigen Wolke verschmolzen, die über der Landschaft hing.

Die Stille war gespenstisch.

Dann ergriff der Wind die Wolke und trieb sie voran.

Zunächst konnte Ernst nichts weiter erkennen, aber dann spürte er, dass sich etwas regte. Es entstand Bewegung, es entstand Unruhe.

„Sie laufen!“, schrie eine aufgebrachte Stimme.

„Abfeuern! Artillerie!“

Ernst griff nach dem Gewehr, aber er war wie gebannt.

Dann konnte man Husten und Keuchen vernehmen.

Unzählige Schüsse zerrissen die Stille, die Luft. Die Wolke wurden zu unerträglichem Lärm.

Vereinzelte Schreie durchdrangen das Artilleriefeuer.

Dann nahm der Lärm ab, die letzten Schüsse verhallten.

Die Stille kehrte zurück.

Es dauerte beinahe eine Stunde, bis sich die Wolke allmählich verzog.

„Piss in dein Taschentuch“, raunte Hertz Ernst zu. „Und halt es dir vors Gesicht bevor du rausgehst.“

Ernst konnte beobachten, dass die anderen Männer das auch taten.

Er ekelte sich, aber er konnte nicht leugnen, dass er Angst hatte. Er würde mitziehen müssen. Wer weiß, was ihm geschah, wenn er es nicht tat?

Als er, mit dem Taschentuch vor der Nase den Graben verließ, konnte er trotz des unangenehmen Pissegeruchs das Gas riechen, aber nur leicht.

Sie stolperten vorsichtig vorwärts, mit den Gewehren in der einen, den Tüchern in der anderen Hand.

Zunächst fanden sie tote Kaninchen, tote Mäuse, tote Ratten, tote Vögel. Bei genauerem Hinsehen stellten sie fest, dass der Boden übersät war mit Schmetterlingen, Käfern, Fliegen, Bienen. Sie lagen wild verstreut über den Boden verteilt. Offensichtlich hatten zu fliehen sie versucht und waren dabei zu Tode gekommen.

Dann fanden sie die ersten menschlichen Toten.

Auch sie lagen wild verstreut.

Ein Leichenfeld von jungen Männern.

Sie hatten Schaum vor dem Mund. Viele lagen in ihrem Erbrochenen. Einige hatten sich offensichtlich selbst erschossen.

Ernst hatte das Gefühl, ihm würde der Boden unter den Füßen weggerissen. Ihm schwindelte. Tränen schossen in seine Augen, aber er musste sich zusammennehmen. Sein Herz pochte wild. Wie sollte er diese Bilder jemals wieder aus dem Kopf kriegen? Er hatte keinen Schuss abgefeuert, aber er hatte eine der Flaschen hochgehen lassen. Und er würde noch lange hier bleiben müssen und Tag für Tag daran mitwirken...

Eduard sah den Mann nachdenklich an. „Ich werde Dr. Haber holen.“ Er lief eilig los und fand Haber mit anderen Wissenschaftlern zusammenstehend. Sie obduzierten einen feindlichen Toten.

„Herr Doktor, ich habe da einen Patienten. Er klagt über Übelkeit und Schmerzen in der Brust.“

„Komme sofort, Hoffmann.“ zu den Kollegen gewandt fügte er hinzu: „Hier sehen Sie, die Lunge ist übel mitgenommen. Der Wind stand ausgezeichnet. Aber in Kürze kommt eine neue Waffe zum Einsatz, die ist weniger windabhängig. Gasgranaten."

„Was ist dir, Mann?", fragte Haber, als sie wenige Minuten später vor dem Patienten standen.

„Nach dem Einsatz heute, geht es mir nicht so. Die Brust schmerzt und mir ist übel."

„Hast du kein Tuch vor die Nase gehalten?"

„Ich dachte, das sei ein Scherz. Ich habe mich ... geekelt."

Haber schüttelte mit missbilligendem Blick den Kopf. „Euch ist auch nicht zu helfen. Nun. Erstmal bleibts im Lazarett. Geben Sie ihm ein Bett. Wir werden sehen."

In der darauffolgenden Woche ging es für Ernst und die Kompanie wieder hinaus in die Gräben.

Der letzte Kampf war ein voller Erfolg gewesen, es wurde von etwa 1000 toten Russen geredet und von fast 9000 mit Vergiftungen.[47] Heute sollte das gleiche Schauspiel erneut stattfinden.

Wieder verharrten sie bis zum Nachmittag in den Gräben, dann kam das Kommando.

Ernst fühlte sich hin und her gerissen. Ihm graute vor dem, was nun geschehen würde.

Alle griffen nach den Flaschen. Auch Hertz neben ihm.

Seine Hände zitterten. Dann griff er nach einer Flasche und öffnete das Ventil.

Wieder entstanden unzählige kleine Wolken, die zu einer riesigen gelblichen Wolke verschmolzen, die über der Landschaft hing.

Wieder gespenstige Stille.

Dann ergriff der Wind die Wolke und trieb sie voran.

Zunächst konnte Ernst wieder nichts weiter erkennen, aber dann spürte er, dass sich etwas regte. Es entstand Bewegung, es entstand Unruhe.

„Sie laufen!", schrie eine Stimme.

„Abfeuern! Artillerie!"

Schüsse zerrissen die Luft.

„Raus aus dem Graben! Holt sie euch!", schalte es zu Ernst, aber er war regungslos. Vereinzelt rappelten sich Männer auf und stürzten aus dem Graben nach vorne. Auch Hertz rannte los. Einige blieben zurück. Manche pissten in ihre Taschentücher. Wieder Schüsse und Schreie.

Sekunden vergingen. Für Ernst Sekunden der Starre.

Und mit einem Mal veränderte sich etwas. Ernst konnte es nicht einordnen. Es entstand Panik. Soldaten liefen zurück.

---

47 Köhler, S. 52.

„Dreht um!, der Wind dreht!", hörte Ernst es schreien.

Intuitiv warf er sich auf den Boden und verbarg sein Gesicht in den Händen.

Es traf viele Männer des Regiments 35, sie verzeichneten unzählige Tote und Verletzte in den eigenen Reihen. Auch den Kameraden Hertz hatte es erwischt. Er war übel mitgenommen und nicht mehr einsatzfähig[48].

Das Pionierregiment hatte im Folgenden zahlreiche Einsätze. Bei den anderen Kompanien waren sie angesehen.

Ernst war das gleichgültig. Er hasste die Arbeit im Graben. Er sehnte jeden Tag das Ende herbei und nachts verfolgten ihn die Bilder von toten Tieren, toten Insekten und toten Männern.

Dann endlich fuhren Ernst und Eduard zum ersten Mal nach Hause. Sie hatten Urlaub.

Eduard war unendlich glücklich, wieder bei Elsa sein zu dürfen und Elsa war mindestens genauso glücklich.

„Du bist so dürr geworden, mein Lieber!", stellte sie mit besorgter Miene fest.

Eduard erzählte ihr nichts von den Frontereignissen. Sie sollte das nicht wissen. Hier wenigstens sollte der Krieg nicht einkehren.

Ernst verbrachte die kurzen Wochen bei Eduard und Elsa. Er konnte sich nicht überwinden, in seine Wohnung zu fahren.

Und noch nie war es ihm so schwer gefallen, an seinem Vorsatz festzuhalten, nie wieder Opium zu rauchen.

Dabei war es so einfach, sich welches zu besorgen. Die Generalität feierte opulente Feste und der Opiumhandel blühte. Dem tat nicht einmal die britische Blockade Abbruch. Dank der Verbindungen von Major Lehmann hatten Eduard und Ernst überall Zutritt zu diesen Festen, wo sich Vertreter aus Wirtschaft, Industrie, Adel und Militär trafen, um die Erfolge zu feiern. Die Erfolge, die der Einsatz der neuen Wunderwaffe brachte, und die sowohl im Kampf, als auch in wirtschaftlicher Hinsicht phänomenal waren. Mit dem Geld, dass er als Soldat des Pinonierregiments 35 verdiente – und das war nicht eben wenig, denn sie bekamen für ihre Einsätze extra Bezahlung – hätte er sich ohne Weiteres mit Opium versorgen können.

Stattdessen zog sich Ernst auf sein Zimmer zurück, dass er von Eduard zur Verfügung gestellt bekommen hatte und starrte die Decke an. Solange er hier lag, konnte er keinen Fehler machen.

---

48 Gustav Hertz wurde am 7.7.1915 bei einem Gasangriff bei Polen bei einem Einsatz im Pionierregiment 35 unter Fritz Haber schwer verwundet, weil der Wind drehte. Er hatte zuvor als Physiker den Chemiewaffeneinsatz unterstützt. Quelle: Köhler, S. 52.

Eduard machte sich große Sorgen um seinen Bruder, aber wie sollte er ihm helfen? Oft saßen sie nur zusammen und schwiegen.

„Du hast immer so gerne Zeit mit Leo verbracht. Vielleicht würde es dich auf andere Gedanken bringen ..."

Ernst schüttelte schweigend den Kopf.

Und Eduard schwieg wieder.

Was hätte Ernst sagen sollen? Hätte er seinem Bruder erklären sollen, dass er seinem kleinen Neffen nicht mehr in die Augen schauen konnte? Sobald er Leo sah, standen ihm die Bilder der Toten vor Augen. Der Männer, die er zu töten mitgeholfen hatte. Wieviele von ihnen mochten kleine Söhne oder kleine Neffen haben, die nun vergebens auf ihre Väter und Onkel warteten? Hätte er gegenüber Eduard aussprechen sollen, dass dieser sich kein Bild machen konnte, da er nichts verbrochen hatte? Er pflegte Tag für Tag die Verwundeten, während Ernst das Gift über sie ergoss.

Nein. Er konnte diese Dinge nicht aussprechen. Sie hätten womöglich Gräben zwischen ihm und seinem Bruder aufgerissen, die sie nie wieder zu schließen vermochten.

Auch Eduard trug sich mit schweren Gedanken und auch er sprach sie nicht aus, denn sie waren zu schmerzhaft. Er selber vermochte es kaum mehr, in den Spiegel zu sehen. Mit jedem weiteren Tag, an dem er im Lazareth stand und sich wegen seiner Profession vor dem Graben drücken konnte, während Ernst da raus musste, wurde die Verachtung vor ihm selbst größer und größer.

Er hatte versagt als großer Bruder.

Während er früher für Ernst hatte da sein können, ihm hatte beistehen können, wenn Ernst ihn als Bruder gebraucht hatte, so ließ er ihn nun jeden Tag aufs neue im Stich. Während er, der große Bruder still seiner üblichen Tätigkeit nachgehen konnte, überließ er seinen kleinen Bruder dem Schicksal, gezwungen zu sein zu töten.

Während ihres Urlaubs erfuhren sie, dass Karl Liebknecht, dem monatelang im Reichstag das Wort nicht erteilt worden war, als er am 8. April 1816 zum ersten Mal im Plenum sprechen konnte, von den liberalen und den konservativen Abgeordneten niedergeschrien und als „Lump" und „englischer Agent" beschimpft worden war, um sodann beinahe körperlich abgegriffen zu werden.

Nur wenige Tage später war Liebknecht, als einer der wenigen, nach wie vor an den vorgeblichen Kriegsursachen und Kriegszielen Zweifelnden, den sogenannten Burgfriedensgegnern, im Anschluss an eine Rede auf einer Demonstration gegen den Krieg am 1. Mai 1916 auf dem Potsdamer Platz verhaftet und wegen Hochverrats angeklagt worden.[49]

An diesem Tag hielt es ihn nicht mehr in dem stillen Raum, den er bewohnte. Er verließ das Haus seines Bruders und nahm eine Mietdroschke.

Nach einigen Minuten bedeutete er dem Fahrer zu halten und stieg aus. Das Wetter war ungemütlich. Ein kühler Wind zog um die Häuser und ein feiner Nieselregen hüllte Berlin ein. Ernst atmete tief durch, dann zündete er eine Zigarette an.

Nach dem letzten Zug schnippte die Zigarette zu Boden und trat sie mit der Schuhspitze aus. Er blickte auf seine Uhr und straffte sich. Dann drehte er sich zur Tür und betätigte den Türklopfer.

Wenige Augenblicke nur bis er hereingebeten wurde.

„Guten Abend", sagte die Zofe und knickste. „Sie werden erwartet."

Ernst gab dem Mädchen seinen Mantel und zeigte in Richtung der Treppe. „Sie entschuldigen mich?"

Sie nickte kaum merklich.

Er nahm zwei Stufen gleichzeitig und stand kurz darauf vor der ihm wohlbekannten Tür. Er klopfte und trat ein.

Der Anblick, der sich ihm bot, gefiel ihm und er wusste sogleich, dass er die richtige Entscheidung getroffen hatte, herzukommen.

Auf dem großen Bett konnte er ihr dunkles, langes Haar ausmachen. Es fiel um die seidige Silhouette der Unbekleideten.

Er räusperte sich und ihr Gesicht drehte sich ihm zu.

Belle war noch immer genauso schön wie vor dem Krieg. „Komm her, ich habe schon gewartet", hauchte sie.

Ja, das war die richtige Entscheidung gewesen. So würde er den letzten Abend vor der Abreise an die Front angemessen begehen. Das war besser, als jedes Opium der Welt.

Auch für Elsa kam der Abend, vor dem sie sich am meisten gefürchtet hatte, der Abend vor Eduards Abreise zurück an die Front.

An diesem Abend ließ sie ihre Haushälterin Anne Leopold zu Bett bringen. Das letzte gemeinsame Abendessen wollten sie allein verbringen. Es gab keine große Küche, aber es gab genug, sodass

---

49 Am 23.8.1916 wurde Liebknecht zu vier Jahren und einem Monat Zuchthaus verurteilt. Er wurde am 23.10.1918 nach seiner Amnestierung freigelassen.

Eduard sich satt essen konnte.
„Vater sagt, die Essensrationen seien so bemessen, dass niemand an der Front hungern müsse. Und alle bekämen gleich viel. Aber wie kann es dann sein, dass du so dürr geworden bist?“
„Die Rationen mögen so bemessen sein, aber die bemessenen Rationen sind nicht dieselben, die bei den Soldaten anlangen.“
Elsa überlegte. „Aber...“
„Bevor sie die Soldaten erreichen, gehen sie durch viele Hände und jede Hand behält eine Provision für sich. Es werden somit von diversen Stellen noch Portionen abgezwackt. Jeder, der die Gelegenheit hat, nimmt sich etwas, um damit sich und die Seinen zu versorgen. Mancher Koch schickt davon nach Hause. Und die Offiziere schlagen erst richtig zu. Dabei steht ihnen genau soviel zu wie jedem Soldaten. Und zuletzt bleibt gerade genug, um an der Front nicht zu verhungern.“[50]
Unwillkürlich füllte Elsa Eduard mehr auf, als sie zunächst vorgehabt hatte.
„Halt, halt, so viel werde ich jetzt nicht essen können.“
Sie mussten beide lachen.
„Lass uns heute Abend von etwas Schönem sprechen“, schlug Eduard vor.
Elsa wollte ihm diesen Gefallen tun. Fieberhaft sann sie nach, über was sie sprechen konnten. Ihre Eltern... Leopold, der so ein unruhiges Kind war... Ernst?... dem es ganz offensichtlich furchtbar ging... das Wetter... ihre Brüder, die im Krieg waren... ihre Schwestern... ihr Schwager, der im Krieg war...? Die Abreise morgen... das Wiedersehen? Jeder Gedanke entpuppte sich als Büchse der Pandora. Ihr kam nichts in den Sinn, was sich als angenehm bezeichnen ließ.
Stattdessen spürte sie mit einem Mal, dass Tränen in ihr aufstiegen.
Sie sah Eduard an, der still aß und der morgen abreisen würde...
Sie schluckte tapfer dagegen an, aber es war ihr, als fiele die ganze Anspannung der vergangenen Tage und Wochen mit einem Mal wie ein Kartenhaus in ihr zusammen. Sie hätte sich am liebsten in seine Arme geworfen und ihn festgehalten und angefleht, dass er bleiben musste, aber das durfte sie nicht. Sie durfte es ihm nicht noch schwerer machen. Jeder Gedanke ans Fernbleiben war Hochverrat. Auf Fahnenflucht stand die Todesstrafe. Wenn sie eine gute Ehefrau war, dann vermittelte sie ihm, dass sie wolle, er möge

50 Quelle: Tucholsky, S. 8.

morgen abreisen...

Bei diesem Gedanken löste sich eine Träne und sie wischte sie eilig fort.

Eduard blickte überrascht auf. „Was ist denn?" Er sah Elsa besorgt an.

Diesen Blick konnte sie nicht ertragen. Sie stand auf und wandte ihm den Rücken zu, vergrub das Gesicht in den Händen.

Schließlich hörte sie, dass auch er aufstand, hörte seine Schritte, die sich näherten und spürte seine Hände an ihren Schultern.

Sie drehte sich um und lehnte ihren Kopf an seine Brust.

Er drückte sie fest an sich.

„Es tut mir leid...", flüsterte sie unter Tränen.

Eduard sah aus dem Fenster des fahrenden Zuges. Draußen bildeten sich aus den Regentropfen unregelmäßige Rinnsale, die in wirrem Zickzack die Scheiben hinabrannen. Dahinter war die Landschaft in einen grauen Schleier gehüllt. Von innen beschlugen die Scheiben vom Atem der vielen Soldaten.

Eduard lehnte sich mit geschlossenen Augen zurück. Er dachte an Elsa, dachte an ihren gestrigen, letzten Abend.

Es war doch verrückt, dass dieser verfluchte Krieg dazu führte, dass sie sich näher gekommen waren, als sie es zuvor jemals gewesen waren, dabei hatten sie aus Liebe geheiratet. Dabei hatte er Elsa geliebt, solange er sie kannte. Und doch hatten sie sich im Vorfelde des Krieges voneinander entfremdet. Es hatte ihn innerlich rasend gemacht, dass sie immerzu Rat bei ihrem Vater gesucht hatte. Aber war es nicht vielleicht auch die Sorge vor der Zukunft gewesen, die sich zwischen sie gedrängt hatte?

Und nun? Nun musste er sie mit Leopold, mit seinem Sohn, einem kleinen, ständig unruhigen Würmchen zurücklassen.

Er würde wieder für lange Zeit nicht da sein können, um mit ihr gemeinsam die Sorge für sein Kind zu tragen. Er würde nicht da sein, wenn Leo sprechen lernte. Wenn er heimkehren würde, würde Leo ihn nicht erkennen. Wenn er heimkehrte...

„Denk nicht soviel nach, Bruderherz!" Ernst stieß ihn mit dem Ellenbogen gegen den Arm und zwinkerte ihm mit bemühtem Gesichtsausdruck zu.

Als wenn Ernst Gedanken lesen konnte... Eduard seufzte.

„Oder denk an etwas Schönes!"

„Was gibt es Schönes?", fragte Eduard in etwas harscherem Ton als beabsichtigt.

„Ach, mir würde schon etwas einfallen. Ich habe meinen letzten Abend gründlich ausgekostet!" Ernst grinste versonnen.

Eduard sah seinen Bruder erstaunt an. Er war verändert. Wann war diese Veränderung eingetreten? Es musste gestern geschehen sein. Er hatte gar nicht daüber nachgedacht, was Ernst an seinem letzten Abend vor der Abreise gemacht hatte. Aber offenbar etwas, das ihm wieder Kraft gegeben hatte.

Eduard merkte, dass er sich kaum auf Ernst konzentrieren konnte. Stattdessen musste er unablässig an Elsa denken. Ihre glitzernden Augen, ihre weiche Haut, ihre Wärme ... Ja, sicherlich, wenn Ernst das so meinte. Es war auch für sie noch ein sehr schöner Abend geworden. Aber sich davon von dem Bevorstehenden abzulenken war dennoch kaum möglich.

Als sie zurück an der Front waren, wurden sie zum ersten Mal mit der Verwendung von Gasmasken vertraut gemacht.

Eduard hatte durch die Fachleute im Lazarett erfahren, was dahinter steckte.

Haber hatte verkündet: „Mit der neuen Einsicht, die durch den Tag von Ypern bei allen kriegsbeteiligten Völkern geschaffen wird, beginnt nun ein Wettlauf in der Auswahl, der Massenerzeugung und der Massenverwendung der besten Gaskampfstoffe, der bis zum Schluss des Krieges dauert und die Gaswaffe nächst der Luftwaffe zur größten technischen Neuerung des Landkriegs werden lässt.[51]"

Eduard berichtete Ernst, was er in Erfahrung gebracht hatte: „Der Gegner hat inzwischen ebenfalls Gas im Einsatz."

„Dann wird jetzt auf beiden Seiten mit Gas gekämpft?"

„Richtig. Und da alle Seiten ihre Waffen weiterentwickeln, wird das Gas immer gefährlicher."

„Aber die Masken schützen uns?"

„Vorläufig. Bis ein Gas gefunden wird, das sie durchdringt."

„Na, du machst mir ja Hoffnung!", rief Ernst lakonisch.

Aufgrund seiner Arbeit im Lazarett erfuhr Eduard viele Details, die die Soldaten sonst nicht erfuhren.

„Sie kämpfen mit immer härteren Bandagen. Es schaukelt sich

---

51 Dies ist das Zitat einer Äußerung Habers vor dem Reichstags-Ausschuss. Haber, S. 78, zit. aus Köhler, S. 49. Der Chemiewaffeneinsatz, den die Deutschen angezettelt haben, hat keinen strategischen Vorteil gebracht, aber der Industrie ein Vermögen beschert und bei den Soldaten eine Demoralisierung bewirkt. Die Gesamtmenge der während des 1. Weltkrieges in Deutschland hergestellten chemischen Kampfstoffe lag bei etwa 105.000 Tonnen. Seit damals sind die Chemiewaffen nicht mehr aus der Welt verschwunden. Quelle: Henseling, S. 77 ff.

immer mehr hoch, ohne nennenswerte Vorteile zu bringen. Es ist wie die Büchse der Pandora", erklärte er Ernst im Vertrauen.

Eduard erzählte Ernst jedoch nicht, was er außerdem von Haber aufgeschnappt hatte: „Das Maß soldatischer Erziehung aber, dessen es zur richtigen Pflege des persönlichen Gasschutzgerätes, zu seiner Handhabung und vor allem zur Fortführung der Kampftätigkeit unter der Maske bedarf, ist außerordentlich groß. Eine strenge Auslese scheidet die Mannschaft, die vermöge dieser Gasdisziplin standhält und ihre Kampfaufgabe erfüllt, von der soldatisch minderwertigen Masse, die zerbröckelt und die Gefechtsposition aufgibt.[52]"

Zuletzt hatte Eduard Haber berichten hören, dass es sein großes Ziel sei, einen Zusatzreizstoff zu erfinden, der die feindliche Gasmaske durchdringt, den Feind zum Erbrechen bringt und ihn somit zwingt, die Gasmaske abzulegen und endlich ungeschützt das tödliche Gas einzuatmen.[53]

Das Gas, das die Masken durchdrang, wurde schließlich von Bayer entwickelt. Es wurde als Senfgas oder Loft bezeichnet und verätzte bei Hautkontakt die Haut, bei Einatmung zerstörte es die Organe.

---

52 Dies ist das Zitat einer Äußerung Habers vor Reichswehroffizieren im Jahre 1920. Haber, S. 28 f., zit. aus Köhler, S. 49 f.
53 Quelle: Köhler, S. 51.

Februar 2020

Aurelia richtete sich mühsam auf. Wenn man erst einmal lag, dann wurde man zusehends alt. Hatte sie sich jemals so schlapp und zugleich so steif in den Gliedern gefühlt? In ihrem Kopf klangen die Worte des Arztes während der Visite vom gestrigen Tag nach. Wenn sie niemanden habe, dann solle sie sich doch an den Sozialen Dienst wenden, die säßen im Erdgeschoss und würden mit ihr eine Lösung finden, wie sie zu Hause zurecht käme. Aber das wollte sie keinesfalls. Sie wollte am liebsten mit der Situation allein fertig werden. Dabei wusste sie ganz genau, dass das unmöglich war. Und Janna und Jonathan konnten ihr nicht helfen. Zum ersten Mal erlebte sie, was es hieß, auf sich gestellt zu sein, wenn es einem gesundheitlich übel ging. Sie musste den Sozialen Dienst aufsuchen. Sie brauchte eine Haushaltshilfe, oder wie diese Leute auch immer hießen. Jemand, der ihr im Haushalt half und für sie einkaufte.

Und dann erwischte sie sich bei dem Gedanken, dass sie sich eigentlich wünschte, dass Janna ihr half. Aber das war Unsinn. Das war nicht möglich.

Sie stellte sich auf das gesunde Bein und ließ sich von der Schwester in den Rollstuhl hieven.

Dann wurde sie zum Sozialen Dienst gefahren und tatsächlich konnte die Ansprechperson dort ihr eine Haushaltshilfe ab morgen vermitteln.

Zurück auf ihrem Zimmer legte sie sich wieder ins Bett. Sie war fix und fertig. Wann hatte sie sich schon einmal so furchtbar gefühlt? Wurde sie jetzt doch plötzlich alt?

In dem Moment klopfte es.

„Ja?“

Einer der Ärzte streckte den Kopf herein. „Frau Bartels?“

„Ja."

„Ich habe gehört, sie konnten mit dem Sozialen Dienst eine Lösung finden?"

„Ja." Sie nickte.

„Das ist gut. Dann würden wir sie morgen entlassen. Allerdings gibt es da noch eine Sache. Moment ..." Er blätterte in den Unterlagen, die er im Arm hielt.

Aurelia sah ihn stirnrunzelnd an. Was mochte nun kommen?

„Frau Bartels. Die Untersuchungsergebnisse haben Hinweise darauf geliefert, dass sie sich demnächst mal bei einem Kardiologen vorstellen sollten. Es geht nur darum, ihre Herzleistung abzuklären. Da müssen Sie sich jetzt erst mal keine Sorgen machen, aber abklären sollten Sie das schon. In Ihrem Alter ist es nicht ganz selten, dass Auffälligkeiten am Herzen auftreten. Ich gebe Ihnen einen Brief für den Kardiologen mit."

Als der Arzt das Zimmer wieder verlassen hatte, konnte Aurelia nicht anders, als doch zu grübeln. Mit ihrem Herzen war möglicherweise etwas nicht in Ordnung? Aber hätte sie das nicht bemerken müssen? Andererseits ... vielleicht kamen davon auch die Schwäche und der Schwindel ... Aber sie war andererseits eben nicht mehr die Jüngste. Sie hatte gedacht, dass es normal war, wenn sie nun hier und da mal nicht so belastbar war.

An diesem Abend konnte sie lange nicht einschlafen. Sicherlich war das auch darauf zurückzuführen, dass es im Krankenhaus furchtbar langweilig war, während sie es sonst gewohnt war, draußen spazieren zu gehen, sich mit ihrer Nachbarin Margot zum Kaffee zu treffen ... naja, das war nun vorbei. Margot lebte ja seit einigen Tagen nicht mehr in der Wohnung gegenüber, sondern in einem Pflegeheim, aber es kam vor allem davon, dass sich die Gedanken in ihrem Kopf drehten und sie nicht zur Ruhe kommen ließen.

Sie konnte das nicht einordnen. Woher kam dieses Gedankenkarussell nur? Es war doch alles geregelt. Die Haushaltshilfe würde morgen kommen, alles war wie immer. Sie würde gut zurecht kommen. Nein, etwas störte sie, aber was war es nur? Wieder kam ihr Margot in den Sinn. Margot war auch immer schlechter allein zurechtgekommen und immer öfter waren ihre Kinder im Wechsel bei ihr gewesen, hatten ihr beim Haushalt geholfen, hatten für sie eingekauft, bis es zuletzt nicht mehr ging, weil Margot immer wieder gestürzt war und es zu gefährlich geworden war für sie allein in der Wohnung. In der ganzen Zeit hatte Aurelia Janna zweimal und

Jonathan einmal gesehen.

Wilma und Luisa, Margots Töchter, waren zuletzt täglich gekommen, natürlich, weil Margot krank war, aber nein, tatsächlich waren sie auch davor die ganzen Jahre oft dagewesen, hatten auch häufig ihre Kinder mitgebracht ...

Herrje, war sie vielleicht sentimental ...

Aber ja, sie wünschte sich, es wäre bei ihr mit ihren Kindern auch so wie bei Margot. Warum war das eigentlich nicht so?

Aurelia dachte an Janna und Jonathan. Aber die beiden waren schon immer schwierig gewesen, was ihre Beziehung zueinander anbetraf. Schon als Kinder hatten sie sich nicht sonderlich gut verstanden. Janna hatte sehr an ihr gehangen, Jonathan eher an Emil. Janna war sehr extrovertiert und unkompliziert gewesen, Jonathan introvertiert und verschlossen. Janna hatte die Schule ohne nennenswerte Schwierigkeiten abgeschlossen und immer gewusst, dass sie Krankenschwester werden würde, Jonathan hatte sich gequält und schließlich doch einen ordentlichen Schulabschluss gemacht, aber mit viel Mühe und Anstrengung. Nun ja, sie waren eben sehr verschieden. Da konnte man nichts machen. Das musste man wohl so akzeptieren.

Aber dennoch. Wenn sie darüber nachdachte, dass ihr 90. Geburtstag kurz bevorstand und dass es ihr vielleicht auch in nicht allzu ferner Zeit nicht mehr so gut gehen könnte wie bisher, dann musste sie sich eingestehen, dass sie sich wünschte, ihre Kinder würden sich zusammenraufen und sich besser verstehen und sie auch öfter besuchen, so wie Margots Töchter ...

Am nächsten Morgen wusste sie, was sie tun würde. Sie würde Janna und Jonathan zum Essen einladen und ihnen mitteilen, dass sie sich wünschte, sie mögen sich vertragen und wenigstens ihre letzte verbliebene Zeit alle ein wenig enger zusammenrücken. Was danach war, war ja ohnehin ihnen überlassen.

Auf der Heimfahrt im Taxi hörte sie im Radio, dass es in Baden-Württemberg und in Nordrhein-Westfalen die ersten Corona-Infektionen gab, dass aber nach Ansicht des Gesundheitsministeriums, entgegen vereinzelt geäußerter Stimmen, Grenzschließungen oder Reisesperren keine angemessenen und verhältnismäßigen Maßnahmen seien und niemand, der rational denke, so etwas in Erwägung ziehen würde.

Als sie zurück in ihrer Wohnung war, merkte sie, dass es sehr mühsam war, mit den Krücken zurechtzukommen. Ihre Arme wurden sehr schnell schlapp und schmerzten und ihr Herz raste

bei jeder Anstrengung.
Zuerst rief sie Janna an, dann Jonathan und lud beide zum Kaffeetrinken für morgen ein.
Anschließend suchte sie aus den Gelben Seiten einen Kardiologen heraus, der für sie mit der U-Bahn erreichbar war. Beim ersten Arzt ging niemand ans Telefon. Der zweite nahm keine neuen Patienten auf und der dritte war im Urlaub, aber sie erhielt einen Termin in etwa drei Wochen.
Aurelia war froh, als die Haushaltshilfe kam. Es handelte sich um eine fröhliche Frau mittleren Alters, die zwar nur gebrochen Deutsch sprach, aber eine sehr resolute Art hatte und durchaus kompetent und pragmatisch auftrat. Es war nicht erforderlich, dass Aurelia allzu viele Anweisungen erteilte, sondern Fatima – so hatte sie sich vorgestellt – bemerkte selber, wo etwas zu tun war. Schließlich erstellte sie mit Aurelia eine Einkaufsliste und verließ damit die Wohnung.
Als sie allein war, schaltete sie das Radio ein.
Vom Gesundheitsministerium hieß es nun, dass die Lage sich möglicherweise doch zuspitze, Infektionsketten sich nicht mehr nachvollziehen lassen würden und in Deutschland nun ein Krisenstab eingerichtet würde.
Der US-Amerikanische Präsident hingegen sah weiterhin nur ein geringes Infektionsrisiko für die USA. Im Iran jedoch würden die Infektionszahlen deutlich steigen. Die WHO sehe ein Pandemiepotential. Es gebe erste Fälle in Hamburg und Hessen.

Donnerstag, 27. Februar 2020
Jonathan drehte den Drehstuhl herum und ließ sich darauf plumpsen. Er schaltete den PC ein und überflog die Post auf dem Schreibtisch. Heute musste er sich sputen. Er wollte das Büro pünktlich verlassen, weil seine Mutter ihn zum Kaffee eingeladen hatte. Lust hatte er darauf nicht gerade, aber wenn sie gesundheitlich angeschlagen war, konnte er sie ja auch wieder nicht enttäuschen. Wer weiß, vielleicht brauchte sie ja jetzt auch Hilfe.
Dann begann er, die Onlineportale nach interessanten Themen zu durchforsten.
„Drosten erklärt, es werden sich vermutlich 60-70 % der Deutschen infizieren“, las er. Wie kam der auf solche Zahlen?
Dann stieß er auf ein anderes Thema. Das klang interessant: „Finanzinvestoren wittern Chance und hoffen bei anhaltenden Marktverwerfungen durch das Virus auf günstige Kaufgelegenheiten.“

Jonathan machte sich Notizen, um die Themenvorschläge mit in die Redaktionssitzung um 11:00 Uhr zu nehmen.
Schließlich teilte ihm sein Terminplaner mit, dass die Besprechung in wenigen Minuten startete. Er verließ das Büro und suchte Saal 711 auf. Dort fanden sich auch alle anderen ein. Er machte Felix an dessen Stammplatz am Fenster aus. Aber er vermied es, zu Felix zu blicken.
Warum versetzte ihm dessen Anwesenheit noch immer einen Stich? Dabei war die Trennung nun schon zwei Jahre her.
„Setzen bitte." Harald, der Chefredakteur, klatschte in die Hände.
Alle setzten sich und legten ihre Unterlagen vor sich auf die Tischplatte.
„So, dann bitte?" Harald sah sich um.
„Ich habe Hinweise darauf gefunden, dass eine steigende Nachfrage nach lang haltbaren Lebensmitteln zu verzeichnen ist", begann Herbert.
„Merkel hat auf dem CDU-Jahresempfang für Maß und Mitte plädiert und dafür, dass nicht alle Veranstaltungen abgesagt werden sollten. Deutschland gehöre zu den Ländern, die am besten aufgestellt seien. Außerdem könne jeder dazu beitragen. Sie werde mit gutem Beispiel vorangehen und heute Abend niemandem die Hand geben."
Ein Kichern ging durch den Saal, aber ein Blick von Harald genügte, um alles zum Verstummen zu bringen.
„Über den CDU-Jahresempfang müssen wir selbstverständlich berichten. Das kannst du dann übernehmen, Martin."
„Der Fasching ist in vollem Gange. Das ist ja auch immer ein Thema, das die Leute auf andere Gedanken bringt", schlug Sigrid vor.
Helen wedelte mit der Hand. „Die Cyber Messe Command Control wird abgesagt."
„Finanzinvestoren wittern Chance und hoffen bei anhaltenden Marktverwerfungen durch das Virus auf günstige Kaufgelegenheiten", sagte Jonathan nachdrucklos, denn die Anwesenheit von Felix brachte ihn, wie immer seit der Trennung, aus dem Konzept und ließ seine Laune auf den Tiefstpunkt sinken.
„Drosten hat erklärt, es werden sich vermutlich 60-70 % der Deutschen infizieren", rief Felix und benannte damit eines der Themen, die auch Jonathan gefunden hatte.
„Klar, Felix, sehr gut, also die Neuigkeiten aus dem RKI und aus

der Charité, beziehungsweise den Kliniken im Allgemeinen, brauchen wir auf jeden Fall. Wir brauchen auch die neuesten Fallzahlen und natürlich die Fallzahlen für Hamburg.“ Harald nickte Felix anerkennenden Blickes zu.

Jonathan sah irritiert von Felix zu Harald und wieder zurück. Irgendwie waren die Blicke auffällig, die die beiden wechselten. Ach was, er musste endlich einen Schlussstrich unter diesen ganzen Scheiß ziehen. Wie lange wollte er sich eigentlich noch davon fertig machen lassen? Aber es war auch wieder typisch. Felix suchte sich selbstverständlich die reißerischste Story raus und punktete damit natürlich auch noch. Das wollten die Leute eben lesen. Fallzahlen, dramatische Einschätzungen, Hochrechnungen. Aber nichts, bei dem man seine eigenen Gehirnzellen aktivieren musste.

„Also, Leute, ich denke, Herbert kann seinem Thema nachgehen, Martin auch und Sigrid ebenfalls, aber die Cyber Messe, da genügt ein kleiner Beitrag. Und was dein Thema angeht, Jonathan, das ist nicht unbedingt das, was die Leute gerade lesen wollen. Und es passt auch nicht rein. Jonathan und Helen können an dem Thema von Felix mitarbeiten. Das sollte einen großen Teil der Ausgabe einnehmen.“

Das konnte ja ein Tag werden, erst das hier und dann später noch das Kaffeetrinken bei seiner Mutter ...

Um 16:00 Uhr verließ er das Büro.

Er fuhr mit dem Rad direkt zur Wohnung seiner Mutter in Wandsbek.

Als er dort ankam, stand das Auto von Janna schon am Straßenrand, schräg gegenüber der Eingangstür. Er seufzte. Das konnte ja wieder was werden. Im Anschluss an diesen Nachmittag würde er wohl einen Whiskey brauchen. Oder auch mehrere.

„Hallo“, begrüßte ihn Janna an der Wohnungstür.

„Hallo, wie geht's dir? Lange nicht gesehen.“ Er hängte seinen Mantel an einen der Haken hinter der Tür.

„Gut, alles gut so weit. Und dir?“

Jonathan konnte deutlich hören, dass das nur Floskeln waren. Er ging weiter Richtung Wohnzimmer.

„Hallo Jonathan“, begrüßte ihn seine Mutter, als er ins Wohnzimmer kam. Sie saß in ihrem Sessel, hatte das gebrochene Bein hochgelegt.

„Willst du einen Kaffee?“ Janna war ihm gefolgt, stand in der Tür.

„Ja, danke."
Janna verschwand in Richtung Küche.
„Deine Schwester bereitet den Tisch vor. Ich kann mich ja leider kaum bewegen."
„Wie ist das passiert?"
„Ach, ich wollte oben ans Regal."
Jonathan sah in die Richtung, in die seine Mutter schaute.
„Vielleicht ist es unpraktisch, wenn du Sachen hast, die so weit oben liegen?", überlegte er laut.
„Ach, was soll man machen. Ich kann ja nun nicht die ganze Wohnung auf den Kopf stellen."
Das war wieder typisch für seine Mutter. „Warum?", fragte er. „Wir besorgen Kommoden und dann kommt der Wandschrank weg."
„Um Himmelswillen. Den habe ich schon ewig. Das ist doch viel zu viel Aufwand!"
Jonathan verdrehte innerlich die Augen. Den Leuten war aber auch nicht zu helfen. „Ich guck´ mal, wie weit Janna ist."
In dem Moment rief Janna sie in die Diele.
Jonathan blickte etwas ratlos zu seiner Mutter.
Sie suchte bereits nach den Gehhilfen.
Er bückte sich nach den am Boden liegenden Krücken und bemerkte in Anlehnung an seinen Gedankengang: „Lass mich dein „Gehilfe" sein."
Sie sah ihn nur irritiert an. Sie wusste ja nicht, dass er soeben über „Gehhilfen" nachgedacht hatte und seine Scherze verstand sie grundsätzlich nie.
Jonathan stellte fest, dass seine Mutter sich ziemlich abmühte mit den Krücken, aber sie wollte sich partout nicht helfen lassen.
Es roch nach Kaffee. Sie verteilten sich um den Tisch und Jonathan stellte fest, dass es Torte vom Bäcker gab.
„Tja, ich hätte gern gebacken, aber das war ja so nicht zu bewerkstelligen", erklärte sich Aurelia.

„Nun, nun. An guter Torte vom Bäcker gibt es wohl nichts auszusetzen." Janna nervte das wohlmeinende Getue ihrer Mutter. Als wenn die wirklich gerne backte. Sie verstand sowieso nicht, was das hier alles werden sollte. Sie war müde von der Arbeit und am liebsten wäre sie auf direktem Weg nach Hause gefahren, hätte sich der unbequemen Hose entledigt und sich mit warmen Socken vor die Heizung gesetzt und noch etwas gelesen. Sie dachte kurz an ihr Buch. Miss Marple las sie gerade wieder. Einfach der Reihe nach durch. Das war entspannend. Da musste man nicht über irgendwelches nerviges Zeug nachdenken. Die Arbeit war schon nervig genug. Die Bücher waren humorvoll und lasen sich einfach gut. Stattdessen saß sie jetzt hier mit ihrer Mutter, die irgendwas von ihnen wollte und ihrem Bruder, der ohnehin die absolute Nervensäge war. Wenn der wieder anfing zu labern, das konnte sie überhaupt nicht leiden. Hoffentlich verging der Nachmittag schnell und sie konnte dann endlich nach Hause fahren.

Aurelia vermied Blicke zu ihren Kindern. Sie fühlte sich seltsam. War ihr Vorhaben eine Schnapsidee? Aber es war doch das Natürlichste der Welt, dass sie wenigstens die letzte Zeit ihres Lebens noch in Frieden verbringen wollte. Das mussten Janna und Jonathan doch verstehen. Es war doch nichts dabei, dies den beiden zu erklären. Dann konnte man vielleicht noch ein paar Mal zusammen Kaffeetrinken und sich auch mit Jannas Kindern und Enkeln sehen.

Jonathan schenkte allen Kaffee ein und nahm sich anschließend Zucker und Milch. Er wollte das Kaffeetrinken möglichst schnell hinter sich bringen. Seine Erfahrung hatte ihn gelehrt, dass nichts Gutes dabei herauskam, wenn er zu lange Zeit mit seiner Mutter und seiner Schwester verbrachte. Wie sollte es auch. Sie hatten sich nichts zu sagen. „Okay, dann wüsste ich jetzt gerne, warum du uns eingeladen hast.“ Er sah seine Mutter fragend an.

Aurelia atmete tief durch. Dann legte sie den Löffel ab, mit dem sie soeben die Milch mit ihrem Kaffee verrührt hatte. „Nun ja, wie soll ich sagen. Ich hatte ja nun ein wenig Zeit, nachzudenken, jetzt, wo ich mich kaum bewegen kann, und ich muss auch zu meinem Bedauern feststellen, dass ich mich nicht mehr so gut fühle, wie noch vor einigen Wochen. Ich weiß nicht, wie es in der kommenden Zeit mit mir weitergeht und ich habe mir überlegt, dass es etwas gibt, was ich mir wünschen würde ...“

Janna und Jonathan sahen ihre Mutter mit skeptischen Blicken an.

Wieder atmete sie tief durch. „Ich würde gerne, also... ich würde gerne, dass ihr eure Streitigkeiten ruhen lasst und wir die letzte Zeit meines Lebens wenigstens ... gemeinsam ... in Frieden ... verbringen können.“

„Was?“ Jonathan hätte sich beinahe verschluckt.
Janna sah Aurelia mit verständnislosem Blick an.
Eine Weile schwiegen alle.

Jonathan meinte, nicht richtig gehört zu haben. Ihre „Streitigkeiten“? Das war keineswegs eine treffende Bezeichnung dafür, was zwischen ihm und Janna stand.

Sie waren schlichtweg grundverschieden und daraus war auch während ihrer ganzen Kindheit kein Hehl gemacht worden.

Während sich ihre Mutter immerzu ausschließlich um Janna gekümmert hatte, hatte er seine Kindheit praktisch komplett in Einsamkeit verbracht und immerzu darauf gewartet, dass Vater nach Hause kam.

Während Janna verwöhnt und verhätschelt worden war, hatte sich seine Mutter keinen Deut um ihn geschert. Und Janna hatte das anscheinend noch nicht einmal gestört. Sie hatte ihre Prinzessinnenrolle vortrefflich ausgefüllt. Das tat sie bis heute. Alles drehte sich um sie. Und wie sie das Universum sah, war Wissenschaft geworden. Und das lief seit 65 Jahren so. Und jetzt sollte er mal eben so tun, als sei nichts gewesen und seiner Mutter zuliebe so tun, als wenn er Janna leiden konnte? Und für wie lange? Es konnte noch ewig dauern, bis seine Mutter tatsächlich abdankte. Um Himmelswillen, wie stellte seine Mutter sich das bitte vor?

Janna sah ihre Mutter schweigend an. Sie ließ sich deren Worte durch den Kopf gehen und spürte, dass sich etwas in ihr tat. Aber das war verwirrend. Vor allem der Gedanke daran, dass ihre Mutter offenbar davon ausging, dass es mit ihr zu Ende ging verwirrte sie maßlos. Gut, sie stand kurz vor ihrem 90. Geburtstag, aber bisher war sie so fit und rüstig gewesen, dass Janna darüber irgendwie noch nie so richtig nachgedacht hatte. Sie hatte auch gar nicht darüber nachdenken wollen. Das wollte sie jetzt auch nicht. Und dann die Vorstellung, mit einem Mal auf Friede, Freude, Eierkuchen zu machen ... Jonathan war schon immer ein Sonderling gewesen. Ein Außenseiter. Seit wann legte ihre Mutter darauf Wert, dass sie sich gut verstanden? Das hatte es auch nicht gegeben, als sie Kinder waren. Einerseits spürte sie, dass sie ihrer Mutter zuliebe gerne versuchen wollte, ihr diesen Gefallen zu tun, andererseits widerstrebte es ihr völlig. Noch nie hatte ihre Mutter den Eindruck vermittelt, ihr wäre daran gelegen, dass sie sich mit Jonathan verstand. Aber jetzt plötzlich doch? Sie sah vorsichtig zu ihrem Bruder hinüber. Der steckte sich gerade die Kuchengabel mit einem Stück Kuchen in den Mund. Das wirkte lustlos. Er schien ebenfalls zu grübeln.

Sie musste daran denken, wie er als Kind gewesen war. Er war ihr großer Bruder gewesen. Ein merkwürdiger Bruder, der immer seinen eigenen Kram machte. Und dann immer das Gejammer nach Vater. Dabei hatte sich ihre Mutter doch gut um sie gekümmert. Gut, manchmal war sie ziemlich gereizt gewesen, aber er hatte ja auch ständig nach Vater geheult und nicht gemacht, was er sollte. Da war sie noch klein gewesen, aber die Auseinandersetzungen zwischen ihm und ihrer Mutter waren ihr gut im Gedächtnis geblieben. Danach hatte sie ihre Mutter oft trösten müssen. Sie erinnerte sich auch noch gut an die Worte ihrer Mutter, nach solchen Streits: „Er ist ein furchtbares Kind. Was wird es für eine Erleichterung sein, wenn er endlich aus dem Haus ist. Zum Glück habe ich dich, mein kleiner Liebling..."

Das war schon irgendwie nicht besonders nett gewesen... Aber das wusste Jonathan ja nicht, weil er es ja nicht gehört hatte. Und andererseits, wenn es ihrer Mutter wirklich so schlecht ging, dann mussten sie ihr den Gefallen wohl tun, es wenigstens zu versuchen. Man konnte ja vielleicht demnächst eine Familienfeier planen. Ja, zu ihrem 90. Geburtstag vielleicht.

Sie richtete ihren Blick auf. „Mutter, also wenn es dir so wichtig ist, dann will ich es versuchen. Was hältst du denn von einer Geburtstagsfeier zu deinem 90.?"

Jonathan sah Janna entgeistert an. Aber dann überlegte er, dass es im Grunde gleichgültig war. Es war die Mühe nicht wert, darüber zu streiten. Er würde einfach zustimmen und so tun, als wäre alles gut. Das hatte er früher ja auch wieder und wieder gemacht. Darin war er also geübt. Sollten die Zwei machen, was sie wollten. Er würde einfach mitspielen und es an sich vorüberziehen lassen. „Ja, versuchen wir es eben", sagte er schulterzuckend. Er stellte fest, dass seine Mutter geradezu wirkte, als wenn sie sich freue.

„Eine Geburtstagsfeier? Ja, das könnten wir planen. Dann könnten wir auch deine Kinder einladen." Aurelia nickte zustimmend. „Hast du mal was von ihnen gehört?"

„Mit Adrian habe ich neulich telefoniert. Sie überlegen, demnächst Urlaub in Deutschland zu machen. Aber jetzt müssen wir wohl erst mal abwarten, wie es sich mit diesem Virus entwickelt.

Isabella ist noch in den USA unterwegs. Sie hat jetzt einen Freund, der macht irgendwas mit IT. Entwickelt Software, oder so. Sie will aber frühestens im Mai nach Deutschland kommen."

„Mit Helena habe ich neulich telefoniert." Jonathan trank einen Schluck Kaffee.

„Ach?" Janna wirkte wieder gereizt. „Ich habe nur kurz mit ihr gesprochen, als ich sie benachrichtigt habe, dass du im Krankenhaus bist", sagte sie an ihre Mutter gewandt.

„Ja, genau. Und sie hat mich informiert", entgegnete Jonathan trocken.

„Ach so, jetzt machst du mir zum Vorwurf, dass ich dir nicht Bescheid gegeben habe?" Janna sah ihn wütend an. „Ich wusste doch sowieso, dass sie dich sofort anruft."

„Hat sie auch. Wenigstens sie."

„Eben habt ihr doch erklärt, ihr wollt euch nicht immer sofort streiten", mischte sich Aurelia dazwischen.

„Okay, okay." Janna versuchte offensichtlich, sich zu beruhigen.

Eine Weile herrschte Schweigen.

„Hat sie denn irgendwas erzählt, darüber, wie es ihr geht?", hakte Aurelia schließlich nach.

Jonathan wirkte, als wenn er sich an das Gespräch erinnerte und dabei machte er einen belustigten Eindruck. „Wie immer. Sie hat gesagt, ich soll endlich richtig schreiben!"

Janna sah ihn stirnrunzelnd an. „Was soll das heißen?"

Jonathan blickte unbeeindruckt zurück. „Sie meint damit, ich soll nicht immer nur das schreiben, was sogenannte Blattlinie ist, sondern das, was ich wichtig finde."

„Blattlinie?" Aurelia schien den Begriff nicht zu kennen.

„Blattlinie ist das, was der Medieninhaber als politisch-weltanschauliche Ausrichtung seiner Zeitung festlegt[54]", erklärte Jonathan. „Hier ist der Begriff Tendenzschutz gebräuchlich. Der österreichische Begriff „Blattlinie", ist aber anschaulicher und weniger verklärend. Der Begriff Tendenzschutz besagt gleichsam, dass es schützenswert ist, dass der Herausgeber seine politisch-weltanschauliche Prägung aufdrücken kann. Das wird auch als grundgesetzlich geschützt angesehen. Pressefreiheit meint damit die Freiheit des Herausgebers, die Linie zu bestimmen. Ihr gegenüber steht die sog. Innere Pressefreiheit, die manche Journalisten fordern."

„Naja, aber das ist doch wohl klar, dass der Herausgeber bestim-

54 Informationen zur sog. Blattlinie finden Sie im Anhang auf Seite 300.

men können muss, was die Zeitung für eine Linie hat." Janna sah Jonathan mit genervtem Gesichtsausdruck an. „Wer denn sonst?"

„Ja, das mag sein. Solange es einen großen Pool von unterschiedlichen Herausgebern gibt, ist das auch sicher richtig. Aber was, wenn es nur noch eine Handvoll Herausgeber gibt, die alle die gleiche Linie haben?"

„Ach was, es steht doch jedem frei, eine Zeitung herauszubringen. Theoretisch."

„Es macht keinen Sinn, mit dir zu reden."

„Nee, ehrlich. Du musst überall immer Probleme sehen. Lass es doch mal gut sein. Wir wollten hier einfach in Ruhe Kaffeetrinken. Und dann geht dein Gelaber wieder los."

„Das ist nun mal mein Beruf. Der Journalismus ist in der Demokratie gelinde gesagt auch nicht ganz unwesentlich", erwiderte Jonathan lakonisch.

„Ja ja, nicht ganz unwichtig. Aber wenn es hier mit diesem Virus losgeht, dann werden es wohl eher die Krankenschwestern sein, auf die es ankommt. Wer braucht dann noch euer Gefasel. Also was mich angeht, bin ich froh, wenn die da oben jetzt mal ein paar nützliche Entscheidungen treffen, denn die Situation in den Kliniken ist auch in normalen Zeiten schon desaströs genug."

„Exakt. Damit triffst du es doch auf den Punkt. Denn warum sind denn die Zustände in Normalzeiten schon desaströs? Bestimmt nicht, weil es investigativen Journalismus[55] zur Frage der Privatisierung der Krankenhäuser[56] gegeben hätte."

„Ach Unsinn. Als wenn vor den Privatisierungen alles besser gewesen wäre. Du hast doch keine Ahnung, wie unwirtschaftlich die Häuser zum Teil gearbeitet haben."

„Das mag sein, aber Privatisierungen waren sicherlich nicht der richtige Weg. Will man in einem Bereich wie dem Gesundheitswesen eine Veränderung herbeiführen, dann muss man eine Grundsatzentscheidung treffen. Entweder man entscheidet sich dafür, dass die Rentabilität im Vordergrund steht oder die Wohlfahrt. Dabei kann man sich sehr wohl für Wohlfahrt entscheiden und dann versuchen möglichst wirtschaftlich zu arbeiten, aber man kann sich nicht für Rentabilität entscheiden und zugleich die

---

55 Investigativer Journalismus: Watergate und die Spendenaffäre der CDU sind Beispiele für investigativen Journalismus. Anderes prominentes Beispiel sind die Whistleblower, wie Snowden, die allerdings einen ausgesprochen schweren Stand haben weltweit.

56 Zur Privatisierung der Krankenhäuser und einer fehlenden öffentlichen Diskussion: https://www.aerzteblatt.de/archiv/56239/Folgen-der-Privatisie-rung-von-Krankenhaeusern-Die-Spielregeln-sind-willkuerlich, aufg. am 11.6. 2020 um 23:02

Wohlfahrt als Hauptziel verfolgen. Das passt nicht zusammen."

„Ach was, du bist einfach ein Pseudo-Weltverbesserer. Dabei weißt du gar nicht, wie es läuft. So ist es eben, wenn man sein ganzes berufliches Leben damit verbringt, irgendein Geschwafel zu Papier zu bringen, anstatt da zu arbeiten, wo Not am Mann ist. Du bist echt einfach weltfremd."

„Weißt du, du kannst nicht mal sachlich argumentieren. Sofort wirst du beleidigend. Aber so ist es eben, wenn man sein Leben lang nur gebuckelt hat, anstatt sich mit wichtigen Fragen zu befassen."

„Das muss ich mir von dir nicht sagen lassen. Ich habe wenigstens Menschen geholfen. Ich habe etwas getan, was wirklich nützt. Von einem wie dir muss ich mir keine Vorhaltungen machen lassen."

„Nun ist es aber gut. Könnt ihr jetzt mal wieder aufhören? Eben habt ihr noch gesagt, ihr wollt versuchen ...", mischte sich Aurelia ein.

„Gar nichts können wir. Mir reichts. Ich gehe jetzt. Das ist ja wohl die Höhe. Macht mal schön allein auf heile Welt." Jonathan stand wutentbrannt auf und stieß den Stuhl geräuschvoll zurück.

„Also mir reichts auch. Das Experiment ist gestorben. Ich gehe auch." Janna stand ebenfalls auf.

Im Flur entschied sich Jonathan, die Treppe zu nehmen. Er wollte keineswegs mit Janna zusammen auf den Fahrstuhl warten.

Aurelia blieb allein zurück. Das war so schnell gegangen, dass sie gar nicht wusste, wo ihr der Kopf stand.

So hatte sie sich das Kaffeetrinken nicht vorgestellt.

Sie fühlte sich mit einem Mal müde und schwerfällig. Schließlich entschied sie, das Geschirr einfach stehenzulassen, bis Fatima morgen kam, und sich im Wohnzimmer in den Sessel zu setzen.

Mühsam schlurfte sie auf den Krücken ins Wohnzimmer und ließ sich in das Polstermöbel fallen.

Da fiel ihr Blick auf das Fotoalbum. Es lag noch auf dem Tisch. Unverändert.

Sie griff danach und klappte es auf. Langsam blätterte sie die Seiten durch, die die Kindheit ihrer Kinder zeigten und sie wurde immer trauriger. So hatte sie sich noch nie gefühlt.

Sie strich über die Fotos und dachte nach. Wann war es so schlimm geworden zwischen Janna und Jonathan? Eigentlich war doch immer alles gut gewesen ... Die beiden hatten doch eine gute

Kindheit gehabt! Sie hatten alles gehabt, was sie brauchten, sie waren keine Scheidungskinder. Ihnen hatte es auch materiell an nichts gefehlt...

Es musste mit Emils Tod begonnen haben ... aber nein, daran wollte sie lieber nicht denken ...

1918

Der Zug ratterte monoton dahin.Sie standen dicht an dicht.

Ernst und Eduard lehnten sich aneinander. Sie waren zusammen. Sie lebten. Es war vorbei.

Der Krieg hatte vier Jahre getobt. Vier Jahre, mit denen die Deutschen nicht gerechnet hatten und auf die sie nicht vorbereitet gewesen waren. Vier Jahre, in denen weit mehr als eine halbe Million Zivilisten allein in Deutschland an Hunger und Entbehrungen gestorben waren.

Eduard konnte nur an Elsa denken. Wenn er nur schon bei ihr hätte sein können. Er hätte nicht beschreiben können, wie sehr er sie vermisste.

Er wusste, dass sie auf ihn wartete. Er war ein glücklicher Mann. Mit ihr warteten zwei Kinder. Leopold und Emilia. Sie war so viel allein gewesen. Drei lange Jahre, aber nun würde er sie nie mehr allein lassen. Er wollte nie wieder von ihr fort sein müssen. Wie dumm sie sich gestritten hatten wegen irgendwelcher alberner Ansichten. Politik. Was bedeutete Politik, wenn man drei Jahre Front hinter sich hatte?

Es würde ein Neuanfang werden. Da war sich Eduard sicher. Er drehte sich zu Ernst, sah Ernst kurz von der Seite an. Ernst war dürr geworden. Die braune Uniform hing schlaff an ihm herunter. Sein kleiner Bruder. Ach, wenn er ihm doch nur diesen ganzen verfluchten Mist hätte ersparen können ...

Ernst schien seinen Blick bemerkt zu haben und blickte zurück. Seine Augen wirkten müde.

Wenn Ernst nur auch eine Ehefrau gehabt hätte, die auf ihn wartete ... Aber das hatte er nicht. Ernst würde in seine Wohnung zurückkehren, die kalt und leer war, überlegte Eduard.

„Komm zu uns, wohn bei uns." Eduard rang sich ein Lächeln ab.

Ernst schüttelte leicht den Kopf. „Vielen Dank, aber ich kehre zurück in meine Wohnung."

Ernst wusste, dass Eduard es gut meinte. Aber der Gedanke allein bewirkte, dass sich ihm die Nackenhaare aufstellten. Er wollte allein sein. Er wusste, dass eine harte Zeit auf ihn zukam, aber die würde er allein durchstehen. Er wollte nicht stören, wenn Eduard seine Elsa und seine Kinder endlich wieder hatte. Und das Einzige, was überhaupt zählte, war, dass der Krieg zu Ende war.

Elsa konnte ihr Glück kaum fassen, als sie erfuhr, dass Eduard endlich heimkehren würde. Endgültig. In den vergangenen Jahren war sie froh gewesen, dass sie ihren Schwiegervater um sich hatte, der sie immer wieder ermutigt hatte. „Du bist noch jung, Elsa, aber wenn du so viele Jahre auf dem Buckel hast wie ich, dann weißt du, dass alles einmal vorübergeht. Drei Kriege habe ich erlebt. Erst den gegen Dänemark, dann den Deutschen Krieg. Das war ein Elend. Deutsche gegen Deutsche ... und dann der gegen die Franzosen. Wenigstens ist dieser Krieg weit weg. Damals, besonders 1866, da war er überall."

Frederike, die froh war, der Atmosphäre im Elternhaus zu entkommen, war neben Hanna und Alexander Elsas wichtigste Stütze gewesen, wenn sie sie wieder und wieder besucht hatte.

Während Elsas Mutter sehr unter dem Verlust der Söhne litt, konnte Elsas Vater nicht oft genug wiederholen, dass sie ihr Leben im Kampf für das Vaterland gelassen hätten und damit Helden geworden seien.

Elsa musste an die Zeit vor dem Krieg und zu Beginn des Krieges denken. Sie konnte nicht mehr begreifen, warum sie und Eduard gestritten hatten. Sie wusste inzwischen, dass es vor allem die Sorgen gewesen waren, die sie sich gemacht hatte, die dazu geführt hatten, dass sie in so gereizter Stimmung gewesen war und wie oft hatte sie in den vergangenen Jahren nachts wach gelegen und gehofft, Eduard möge unversehrt heimkehren. Und jetzt bedeutete nur noch eines wirklich etwas: Dass Eduard endlich heimkehrte.

Als Ernst zum ersten Mal seit dem Kriegsende seine Wohnung betrat, war es ihm als sei seit seiner Abreise ein Jahrzehnt vergangen. Er blieb wie angewurzelt in der weit aufgestoßenen Tür stehen. Alles war bedeckt von einer dicken Staubschicht. Durch die schmutzigen Fensterscheiben fielen die Lichtstrahlen, als wollten sie ihn einladen, aber sie wirkten auf ihn, als wenn sie ihn verhöhnten. Drei Jahre Krieg. Drei Jahre Gräben, Staub, Gasmasken, Wolken, Schüsse, Schreie, Tote...

Ernst spürte, dass seine Beine nachgaben. Er ließ sein Bündel hinabgleiten und sackte zu Boden. Staub wirbelte auf. Eine Wolke, in der die Staubkörnchen in den Sonnenstrahlen tanzten. Reflexartig verbarg Ernst Mund und Nase hinter seinen vorgehaltenen Händen. Er konnte das Gas riechen und musste sich sagen, dass es kein Gas war. Er schleppte sich in die Wohnung und stieß die Tür an, sodass sie ins Schloss fiel. Tanzender Staub und ... Stille.

Elsa hatte schon mehrere Tage gewartet und er war nicht heimgekehrt. Das Warten war ihr unerträglich geworden. Sie konnte sich kaum auf die Kinder konzentrieren. Immer wieder war sie wie ein Löwe im Käfig auf und ab gegangen und hatte aus den Fenstern geblickt und längst wagte sie es nicht mehr, Alexander zu fragen, was er meinte, wann Eduard endlich heimkehren würde. Und dann war der Moment gekommen. Elsa hatte Stimmen im

Korridor vernommen und es traf sie wie ein Schlag. Neben Annes Stimme war es die Stimme von Eduard, die sie hörte. Sie sprang auf und drückte Alexander, der im Sessel saß, die schlafende Emilia in die Arme. Dann stürzte sie aus dem Salon und die Treppen hinab ins Erdgeschoss.

Als sich ihre Blicke trafen, konnte Elsa ihre Tränen nicht zurückhalten. Sie lief die wenigen Schritte auf ihn zu und warf sich in seine Arme. „Du bist da. Du bist endlich da!"

Ernst hörte das Röcheln vieler Gasmasken um sich, aber er selber hatte keine Gasmaske. Dabei bewegte sich die Wolke unaufhörlich auf ihn zu. Er sah sich panisch um, aber niemand sah ihn. Sie rannten einfach auf den Gegner zu, die Gewehre in den Händen. Er konnte sich nicht bewegen. Die Wolke kam näher und näher. Dann drehte der Wind und die Männer rissen ihre Masken ab und brachen würgend zusammen ... Ernst riss die Augen auf und richtete sich abrupt auf. Er war schweißgebadet. Seine Hände zitterten. Sein Herz pochte so rasend, dass er meinte, es müsse jeden Augenblick sein Hals platzen. Er versuchte seinen Atem zu drosseln. Es war nur ein Traum.

Wieder nur ein Traum. Er konnte das nicht mehr ertragen. Nacht für Nacht. Noch nie hatte er sich so sehr nach Opium gesehnt. Er griff nach der Flasche, die auf seinem Nachtschrank stand und nahm einen kräftigen Schluck. Der Whiskey brannte im Hals. Das tat gut. Noch ein paar Stunden schlafen, dann würde er sich etwas besorgen. Er ertrug es einfach nicht mehr ...

Als Ernst wieder erwachte, war es draußen bereits hell. Er fühlte sich müde und matt. Sein Kopf war schwer.

Die Whiskeyflasche war leer.

Mühsam rappelte er sich auf und stellte die Beine neben dem Bett auf. In seinem Kopf drehte sich alles. Er hatte Hunger.

Er kam schwerfällig und wackelig auf die Beine und schlurfte zur Waschschüssel. Das kalte Wasser im Gesicht und an den Handgelenken belebte ihn etwas.

Er wusste, heute würde es sich entscheiden. Wenn er heute standhaft bleiben wollte, dann brauchte er etwas anderes. Etwas, das ihn ins Leben zurückholte. Oder er warf es endgültig weg. Heute würde es sich entscheiden.

Eduard strich Leopold übers Haar, betrachtete ihn im Halbdunkel des matt erleuchteten Raumes. Leise ging Leos Atem, die langen dunklen Wimpern warfen tiefe Schatten unter seinen Augen, das ließ ihn älter erscheinen, als er war. Wie lange er Leo nicht hatte sehen können, welch unfassbare Entwicklung Leo gemacht hatte, seit seinem letzten Heimatbesuch. Hoffentlich brauchte er nie wieder solange fort zu sein.

Lange, sehr lange saß er einfach da und betrachtete seinen schlafenden Sohn, dann schließlich erhob er sich und trat an das Bett von Emilia.

Er setzte sich neben das Bett und betrachtete sie. Auch sie hatte lange dunkle Wimpern, aber noch ein richtiges Babygesicht und helles, samtiges Haar. Etwas hielt ihn davon ab, auch Emilia über das Haar zu streicheln. Es war das Gefühl der Fremdheit. Das war seine Tochter und doch kannte er sie überhaupt nicht. Diese Erkenntnis traf ihn wie ein Schlag. Der verfluchte Krieg hatte dazu geführt, dass er eine Tochter hatte, die ihm völlig fremd war und der er ebenfalls ein Fremder war.

Plötzlich hörte er ein leises Geräusch an der Tür. Er drehte sich um und entdeckte Elsa. Sie lächelte ihm zu. Er stand leise auf und ging zu ihr. Gemeinsam verließen sie die Kinderstube.

„Ich werde ebenfalls schlafen gehen. Ich bin sehr müde." Eduard gab Elsa einen Kuss auf die Wange.

„Das verstehe ich. Du wirst gewiss noch einige Zeit benötigen, um dich von den Strapazen zu erholen. Soll ich dir noch einen Tee machen?"

„Nein, vielen Dank." Eduard ging zügig zum Schlafzimmer. Er wollte nicht, dass Elsa bemerkte, wie sehr er mit sich rang. Mit einem Mal wurde ihm bewusst, dass er drei Jahre verloren hatte. Mehr als drei Jahre. Die ersten Jahre mit seinen Kindern.

Er konnte jetzt nicht mit Elsa sprechen. Er wollte einfach nur seine Ruhe. Sich zurückziehen und niemanden sehen und hören.

Und wofür das alles? Für einen sinnlosen, verlorenen Krieg, den sie für die Oberste Heeresleitung, für den Kaiser geführt hatten, und für die Industrie, die ein Vermögen gemacht hatte, gegen andere Männer, die wie er Jahre ihres Lebens oder sogar ihr Leben selbst verloren hatten...

Wütend wusch er sich am Waschtisch und entkleidete sich, um sich zu Bett zu legen.

„Kann ich noch etwas für dich tun?", vernahm er Elsas leise Stimme von der Tür her.

„Nein. Nichts", herrschte er sie an. Er zuckte davon selbst zusammen. Das hatte er nicht beabsichtigt, aber mit einem Mal spürte er einen solchen Zorn ...

Dann sah er ihr erschrockenes Gesicht und plötzlich fiel der Zorn einfach von ihm ab und mit dem Zorn all seine Kraft.

Er starrte sie hilflos und matt an.

Elsa weinte.

Und mit einem Mal geschah etwas, was beide noch nie erlebt hatten. Auch Eduard musste weinen. Die Tränen brachen einfach hervor, ohne dass er irgendetwas dagegen hätte tun können...

„Es tut mir leid...", sprach er mit gebrochener Stimme. Er schlug die Decke zur Seite und ließ sich ins Bett fallen. Dann verbarg er das Gesicht im Kissen.

Was war aus seinem Vorsatz geworden, nie mehr mit Elsa zu streiten über belangloses Zeug? Und nun hatte er sie angeherrscht, dabei hatte sie freundlich sein wollen ... Waren die Vorsätze so schnell dahin geschmolzen?

Er spürte mit einem Mal pochende Kopfschmerzen. Immer mehr Tränen bahnten sich ihren Weg und zugleich meinte er, nie mehr aufstehen zu können.

Er wollte sich entschuldigen, Elsa in den Arm nehmen, aber es war ihm unmöglich. Er konnte nichts machen, gar nichts.

Und dann spürte er, dass sie sich neben ihn auf die Bettkante setzte.

Er wünschte sich nichts sehnlicher, als dass sie ihn in den Arm nahm, aber nach seiner Unfreundlichkeit ...

Da spürte er ihre Hand auf seinem Rücken...

Er spürte, dass sie über seinen Rücken strich und dann legte sie ihren Kopf auf seinen Rücken und so blieben sie ...

Ernst ließ seine Hand durch das dunkle, lange Haar gleiten und weiter über ihre nackte Haut. Er küsste ihre weiche Schulter. Er schloss die Augen und roch ihr Parfüm.

Dann drehte er sich auf den Rücken und spürte dem weichen Bett nach. Welch ein Unterschied zu dem harten Lager im Graben. Nein. Kein Gedanke mehr daran. Er musste die Erinnerungen abschütteln. Es musste endlich weitergehen und hier bei Belle war die Welt in Ordnung. Er hatte die Hölle hinter sich gelassen und er war dem Opium nicht wieder verfallen. Wenn er es bis hierher ohne Opium geschafft hatte, dann würde er es gewiss nie mehr brauchen.

Es brauchte einiges an Zeit, bis Eduard wirklich wieder dort ankam, wo er sich einmal zuhause gefühlt hatte, bis die ständigen Wechsel zwischen Glück und Wut, Euphorie und Ermüdung, zwischen Erinnerungen an die röchelnden Sterbenden, die Schreie der Versehrten, Hunger, Ungeziefer, Krankheiten, Angst und Verzweiflung Eduard zumindest etwas aus ihrem Würgegriff ließen und sich ein wenig Normalität einstellte.

Dabei überschlugen sich die Ereignisse der Wochen nach dem Krieg in einer solchen Geschwindigkeit, dass es kaum möglich war, ihnen zu folgen. Das Land brauchte nicht nur eine neue Regierung, sondern eine neue Regierungsform, zumindest meinte das mancheiner, während andere alles dafür riskierten, die Monarchie zu erhalten und den König wieder einzusetzen. Es gab Straßenkämpfe und Attentate.

Und dann brach das Flandern-Fieber[57] aus – in den Zeitungen auch als Blitzkatarrh bezeichnet – und raffte die Menschen wie die Fliegen dahin. Eduard selber war nur noch ein hageres Gerippe, fand aber in dieser Zeit kaum Gelegenheit zum Schlafen oder zum Essen, denn er wurde in den behelfsmäßig eingerichteten Lazaretten unablässig gebraucht.

Die Zeitungen waren gefüllt mit Berichten, die Mutmaßungen über den Ursprung der Epidemie, die in zahlreichen Ländern grassierte, anstellten und nahezu alle Zeitungen kamen einhellig zu der Behautpung, der Ursprung liege in China. Nur wenige Zeitungen brachten Schlagzeilen mit anderslautenden Erklärungen heraus. Dort wurde der Ausbruch der Seuche etwa mit dem Krieg in Zusammenhang gebracht und es fanden sich Erklärungsversuche, die einen Zusammenhang herzustellen suchten zwischen dem aufgezwungenen Frieden und der Infektionskrankheit. In all diesen Wirren brach ein Aufstand von Matrosen in den Hafenstädten aus, der deutschlandweit gegenrevolutionäre Aufstände entzündete.

Während sich die Hinweise verdichteten, dass bereits während des Krieges viele Soldaten nicht im Kampf, sondern aufgrund von Erkrankungen umgekommen waren, die dieser neuen Krankheit glichen, weiteten sich die Aufstände zu einer Revolution aus.

Während die Politiker um Friedrich Ebert um eine breite-Mitte-Regierung rangen, versuchten die linken Kräfte die Errichtung einer Räterepublik durchzusetzen.

Am 9. November, Elsa hatte gerade die Kinder zum Mittagsschlaf gelegt, stürmte Eduard in die Wohnung. „Scheidemann hat

57 So wurde die später als Spanische-Grippe bekanntgewordene Infektionskrankheit damals unter anderem bezeichnet.

die deutsche Republik ausgerufen!"
„Was? Woher weißt du das?"
„Er hat vom Balkon des Reichstags ausgerufen, dass Deutschland ab sofort eine parlamentarisch-demokratische Republik sei."
Ungefähr zwei Stunden später klopfte es Sturm und als sie ihn einließen, verkündete Ernst, Karl Liebknecht, der gerade aus dem Gefängnis entlassen sei, habe vom Balkon des Berliner Stadtschlosses aus die freie sozialistische Republik ausgerufen.
Es war geschehen, was Elsas Eltern am meisten befürchtet hatten, Kaiser Wilhelm hatte am 9. November 1918 abgedankt und die Monarchie hatte ein jähes Ende gefunden.
Diese Veränderungen waren so tiefgreifend, dass Eduard und Elsa sie kaum fassen konnten und während Eduard sich darüber durchaus freute, wenngleich er sich auch sorgte, ob nun wirklich alles besser würde, war Elsa einerseits ebenfalls in Sorge, andererseits wollte sie einfach darauf vertrauen, was Eduard dachte. Sie hatte den festen Vorsatz gefasst, sich nicht mehr von ihrem Vater aufreiben zu lassen. Aber das war leichter gewollt als getan. Elsas Eltern nutzten verlässlich bei jedem Besuch und mit jedem Brief die Gelegenheit, um in Elsa Befürchtungen wachzurufen. Sie fürchteten, dass nun, nach dem schrecklichen Krieg, durch das ungewisse Experiment einer Republik neue Gefahren lauerten, die Krisen und Kriege zur Folge haben könnten.
Für Elsas Vater lag die Sache, wie für so viele andere auch, ganz eindeutig: Die Siegermächte waren Schuld, denn sie hatten der obersten Heeresleitung, allen voran dem Kaiser, Friedensverhandlungen verweigert und darauf beharrt, mit einer vom Volk gewählten Regierung zu verhandeln. Damit handelte es sich, nach Ansicht vor allem der Kaisertreuen, um eine von ausländischen Mächten aufgezwungene Regierung.
„Wie soll die Bevölkerung unserer Lande in einer Republik zurecht kommen? Woher sollen sie das gelernt haben? Wer soll das Zeug dazu haben, dieses Wagnis zu einem guten Ende zu führen? Das ist der reinste Wahnsinn", waren die Worte von Elsas Vater.
Eduard hingegen hoffte, dass dieser Neubeginn eine neue Epoche einleiten würde. Eine Epoche, in der die Vernunft höher gehalten wurde als die Herkunft, in der die Interessen Aller mehr zählten, als das Machtstreben Einzelner.
Am 12. Januar 1919 saßen Eduard und Ernst gemeinsam im Salon von Ernsts Wohnung.
„Sieh dir nur diese Zeichnung an!" Ernst klopfte mit dem Zeige-

finger auf eine Karikatur im „Kladderadatsch".

Die Zeichnung zeigte ein Seil, das verknotet war und in dessen Knoten mit verzerrten Gesichtern Rosa Luxemburg und Karl Liebknecht zu sehen waren. Friedrich Ebert stand mit einem Schwert daneben. Die Karikatur forderte Ebert auf, den Gordischen Knoten der Spartakusführer zu durchschlagen.

„Ist das nicht bezeichnend? Wenn mich nicht alles täuscht, sind das die Beiden, die als mehr oder weniger die Einzigen von Beginn an gegen den Krieg waren und zuletzt für ihre Haltung jahrelang im Gefängnis gesessen haben[58] und nun steht der große Schaffer unser Demokratie mit dem Schwert vor ihnen." Eduard blickte betreten auf die Zeichnung. „Ein böses Omen ..."

Nur drei Tage später, am 15. Januar wurden Rosa Luxemburg und Karl Liebknecht sowie der politische Leiter der KPD, Pieck verhaftet und im Auto zum Edenhotel gebracht. Pieck sagte später in seiner eidesstattlichen Erklärung aus, es hätten sich im Vorraum des Hotels viele Soldaten und Offiziere befunden. Rosa Luxemburg sei als „alte Hure!" beschimpft worden.

Ein Offizier sei herumgegangen und habe den Soldaten Zigaretten angeboten mit den Worten: „Die Bande darf nicht mehr lebend das Edenhotel verlassen!" Pieck sei sodann von den anderen getrennt worden. Später habe er ein Dienstmädchen sagen hören, sie werde den Eindruck nicht mehr los, wie man die arme Frau niedergeschlagen und herumgeschleift habe.

In der Berliner Zeitung war am 16. Januar zu lesen, Liebknecht sei auf der Flucht erschossen, Rosa Luxemburg von der Menge getötet worden. Dort war von einer Doppeltragödie und einem verhängnisvollen Fluchtversuch die Rede[59].

Am 31. Mai wurde die Leiche Rosa Luxemburgs aus dem Landwehrkanal gefischt.

Am 18. November erklärte Paul Ludwig Hans Anton von Be-

58 Rosa Luxemburg war ebenfalls für eine Rede verurteilt worden. Sie ver-brachte sodann einige Zeit im Berliner Weibergefängnis und anschließend zweieinhalb Jahre im Zuchthaus in Sicherungsverwahrung. Quelle: Hirsch, S. 118 ff, S. 125; https://www.digitales-deutsches-frauenarchiv.de/akteurinn-en/rosa-luxemburg, aufger. am 19.6.2020 um 8:55; Müller, S. 232.

59 Diese und ähnliche Meldungen beruhten nach heutigen Erkenntnissen auf bewusst falschen Angaben, die von der Garde-Kavallerie-Schützendivision in die Presse gelangten. Tatsächlich war es keine Doppeltragödie, sondern ein geplanter und systematisch ausgeführter Doppelmord, der auf diese Weise vertuscht werden sollte. Beide wurden gezielt erschossen. Quelle: Hetmann, S. 269; BA für Verfassungsschutz, bfv-themenreihe, S. 4; https://www.dhm.-de/lemo/kapitel/weimarer-republik/revolution-191819/ermordung-von-luxemburg-und-liebknecht.html, aufger. am 23.7.2020, um 21:23.

neckendorff und von Hindenburg[60] öffentlich vor dem Ausschuss der Nationalversammlung, Ursache des deutschen Zusammenbruchs im Jahre 1918 sei gewesen, dass in dieser Zeit die heimliche, planmäßige Zersetzung der Flotte und des Heeres als Fortsetzung ähnlicher Erscheinungen im Frieden einsetzte. So hätten die deutschen Operationen misslingen müssen, so habe der Zusammenbruch kommen müssen, die Revolution habe nur den Schlussstein gebildet. Ein englischer General habe mit Recht gesagt, die deutsche Armee sei von hinten erdolcht worden, wo die Schuld liege, sei klar erwiesen.[61]

Und von allen Seiten wurde diese Erklärung schließlich mitgetragen. Von den Parteien, der Presse, den Freikorps, der Reichswehr und den Kirchen[62].

Ein Artikel in der Berliner Volkszeitung[63] vom 1. Dezember 1920, verfasst von Carl von Ossietzky, der zu Ernsts großer Freude im vergangenen Jahr von Hamburg nach Berlin gezogen war, bildete da eine völlige Ausnahme.

Eduard hatte ihn entdeckt und zeigte ihn nun Ernst.

„Wenigstens einer, der es noch wagt, die Wahrheit auszusprechen, nämlich, dass es Lügen sind, dass die Machthaber von 1914 am Ausbruch des Krieges unschuldig gewesen seien und dass der Krieg im Oktober 1918 nicht verloren gewesen sei, die Auflösung der Armee auf verhängnisvolle Einflüsse von Seiten der Heimat zurückzuführen sei, also die Dolchstoßlegende“, fasste Eduard zusammen, was er gelesen hatte.

„Ja, und sieh, was er weiter schreibt: „Und doch braucht über die Bedeutung solcher Legenden kein Wort verloren zu werden: Sie sollen das alte System rechtfertigen, sie sollen die Monarchie und ihre Ratgeber reinwaschen, für schuldlos erklären, am Krieg wie am Zusammenbruch. Damit aber wird der neuen Staatsform, die

---

60 Mit diesem langen Namen stand Hindenburg auch in der Heeresliste unter B, „aber ein Markenartikel kann nicht mit einer solch umständlichen Bezeichnung herumlaufen“, wie Köhler zurecht feststellt. Quelle: Köhler, S. 104.

61 Informationen zur sog. Dolchstoßlegende finden Sie im Anhang auf Seite 300.

62 Natürlich gab es Ausnahmen, aber das Gros dieser Institutionen machte sich diese Deutung zu eigen und verbreitete sie weiter.

63 Die Berliner Volkszeitung wurde in dieser Zeit maßgeblich von Karl Vetter bestimmt. Ossietzky arbeitete nebenberuflich für das Blatt. Bei dieser Zeitung lernte Ossietzky das journalistische Handwerk. Bei den regelmäßigen Redaktionsbesprechnungen nahm häufig auch Tucholsky teil. Die Berliner Volkszeitung sollte nach der Bestimmung dieser Personen ein Gegengewicht zu den traditionellen Kriegsteilnehmerverbänden bilden. Vetter, Ossietzky und Tucholsky ging es darum, die Ursachen des Krieges ins Bewusstsein der Öffentlichkeit zu heben. Der Slogan für ihre Kampagne hieß: „Nie wieder Krieg.“ Quelle: Vinke, S. 51.

doch gerade eine Folge dieses Zusammenbruchs war, der Boden unter den Füßen fortgezogen", las Ernst weiter. „Bleibt zu hoffen, dass Ossietzky nicht Recht behält!"[64]

„So ist es. Auch unsere Demokratie beginnt mit Lügen und Feindbildern und ausgerechnet die Politikerin, die so treffend erkannt hat, dass Freiheit immer die Freiheit der Andersdenkenden ist, ist zum Auftakt dieser Demokratie als Feindbild schlechthin ermordet worden", bemerkte Eduard.

Elsas Vater hatte zur Ermordung von Luxemburg und Liebknecht selbstredend eine ganz andere Einstellung. Die tat er kund, als Elsa und Eduard in Hamburg zu Besuch waren.

„Ach, wenn ich das schon höre. Selbst Scheidemann hat es schließlich mehr als deutlich gesagt: Liebknecht und Luxemburg waren nichts als Spießgesellen von Verbrechern und Wahnsinnigen. Was mit ihnen geschah war, wenn man schon für die Arbeiter spricht, Notwehr im Interesse der Arbeiterklasse[65]. Ihr seht, dass ich Recht hatte. Die verfluchte Republik führt zu nichts Gutem. Überall Revolten und Straßenschlachten, umherziehende Freikorps und Schlägertrupps, Hunger. Die Alliierten ziehen alle Waren und Güter ab, die hier mühsam erwirtschaftet werden. Sollen sie sich doch weiter gegenseitig umbringen, diese verdammten Kommunisten und Sozialdemokraten und Liberalen und Katholiken." Elsas Vater schnaubte verächtlich. „Das habt ihr nun davon. So etwas hätte es unter unserem Kaiser nicht gegeben."

Elsa und Eduard sahen sich müde an. Nun ging es wieder los. Wenn sich der Alte erst in Rage redete, dann wurde das Paradies unter Wilhelm II. in den schönsten Farben in die Luft gemalt.

„Vater, ich muss jetzt die Kinder zu Bett bringen." Schnell erhob sich Elsa und verließ den Raum.

Eduard sah ihr seufzend nach. Nun würde er es allein über sich ergehen lassen müssen.

„Mein Gott, alles war auf dem besten Wege. Wir hätten mit un-

---

64 Ossietzky hat Recht behalten. Die Dolchstoßlegende sollte zu einem der Fallstricke der Republik werden. An diesem Artikel der Berliner Volkszeitung vom 1. 12. 1920 lässt sich zwanglos zeigen, dass es durchaus Menschen gab, wie Ossietzky, die die Dolchstoßlegende als Lüge entlarvten, die die enorme Gefahr erkannten, die mit dieser Lüge geschaffen wurde und die dies auch öffentlich publizierten. Das waren allerdings die Leute, die schon damals in der Minderheit waren und die sich permanent Angriffen von rechts, von den Behörden und durch die Justiz ausgesetzt sahen. Heute hätte man diese Leute wohl als Verschwörungstheoretiker und Spinner bezeichnet. Gegen solche Personen wird auch heute noch mit aller Härte und jedem Mittel (Justiz, öffentliche m Rufmord, Schikane, gefälschten Polizeiberichten) vorgegangen, zum Beispiel Julian Assange. Quelle: Ossietzky, Rechenschaft, S. 31.

65 Quelle: Wohlgemuth, S. 473.

serer Flotte den verdammten Briten die Kolonien abgejagt und dann wäre unser Wohlstand auf Generationen gesichert gewesen. Stattdessen haben diese Querulanten und Besserwisser ihre infamen Lügen verbreitet und das Ansehen des Kaisers mit Schlamm beworfen und nun seht ihr das Ergebnis. Was wollt ihr euren Kindern eigentlich hinterlassen? Ich sage dir. Es wird noch viel ärger kommen, wenn nicht endlich ein tatkräftiger Regent kommt, der das Ruder herumreißt und für Ruhe, Anstand und Ordnung sorgt. Elsas Mutter, sieh sie dir doch an, wie schlecht es ihr geht."

Zurück in Berlin ließ Eduard sich von Ernst dazu überreden, zu einer Friedenskundgebung im Lustgarten mitzukommen.

„Solche Kundgebungen finden jetzt regelmäßig statt. Ossietzky organisiert sie und Albert Einstein nimmt ebenfalls oft daran teil[66]", berichtete Ernst, während sie zum Lustgarten spazierten. „Womöglich sehen wir die beiden auch. Sie fahren manchmal im Automobil herum. Es ist unglaublich, wie die Menschen ihnen zujubeln. Hoffentlich wird ihre Bewegung noch viel stärker!"

Eduard sah seinen Bruder lächelnd an. Er freute sich, das Ernst sich derart für Ossietzky begeistern konnte. Er erinnerte sich noch gut an jene Zeiten, in denen er nicht gewusst hatte, wie es mit Ernst weitergehen würde, in denen er und Vater vor Sorgen nicht ein noch aus gewusst hatten, und Eduard Alexander immer wieder hatte versichern müssen, das mit Ernst würde schon noch werden, wobei er selber sich alles andere als sicher gewesen war. Es war allem voran eine Hoffnung gewesen. Jedenfalls hatte sie sich bestätigt, und das war die Hauptsache.

Die folgenden Jahre waren weiter geprägt von den Nachkriegswirren. Die Jahre wurden überzogen von einer Reihe politischer Morde. 1921 wurde Matthias Erzberger von rechtsterroristischen Attentätern der Organisation Consul ermordet. Er hatte 1918 als Bevollmächtigter der Reichsregierung und Leiter der Waffenstillstandskommission das Waffenstillstandsabkommen von Compiègne unterzeichnet, das die Kampfhandlungen des Weltkriegs formell beendet hatte. Sodann hatte er von 1919 bis 1920 als Reichsminister der Finanzen die nach ihm benannte Erzbergsche

66 Anfang der 20er Jahre gab es Friedenskundgebungen am Lustgarten. Regelmäßig organisiert von Ossietzky. Auch Albert Einstein war als Befürworter einer Friedenspolitik oft dabei. Quelle: Vinke, S. 51; https:// www.bpb.de/apuz/28984/wissenschaft-und-politik-einsteins-berliner-zeit, aufger. am 23.8.2020 um 10:10.

Reform durchgesetzt.[67]

1922 wurde Außenminister Rathenau ermordet. Im Vorfeld hatten die Parolen quer durch Deutschland gelautet: „Schlagt tot den Walther Rathenau, die gottverdammte Judensau."[68]

Eduard konnte in diesen Jahren nicht klagen über Mangel an Patienten. Sie kamen in Scharen. Abends konnte er sich manchmal kaum halten vor Müdigkeit. Leider brachten sie oft kein Geld mit. Woher auch sollten sie es haben? Gold war auch nicht mehr vorhanden, da die meisten es für Eisen gegeben hatten. Trotzdem kamen sie recht gut über die Runden. Mit dem, was Eduard verdiente, konnten sie gut leben.

„Was führt Sie zu mir?" Eduard sah die Alte mit den verhärmten Gesichtszügen und den zerschundenen Kleidern fragend an.

„Den Kleenen von meener Martha hab ick hier." Sie lüftete ihr Tuch und ein Säugling kam zum Vorschein.

„Wie alt ist denn der Kleine?" Eduard erhob sich und ging um den Pult herum, um das Kleinkind von Näherem zu betrachten.

„Det is man grad een Jahr alt."

„Ein Jahr alt?", staunte Eduard. Es wirkte nicht älter als wenige Monate. „Und die Mutter?"

„Meene Martha hats erwischt. Die is nich mehr. Dat Flandern-Fieber."

Eduard untersuchte das Kind gründlich. Es war stark unterernährt und schwach. Solche Kinder sah er häufig.

„Sie haben doch ihre Martha gestillt?"

„Na wat denken Sie denn wohl?"

„Das Kind braucht Muttermilch. Dann wird es vielleicht wieder."

„Das hat mir meene Nachbarin och schon jesacht. Aber ick hab

---

67 Diese Reform, die als umfangreichstes Reformwerk der deutschen Steuer- und Finanzgeschichte gilt, bildet die Grundlage für das heutige Steuersystem. Quelle: https://www.bpb.de/nachschlagen/zahlen-und-fakten/deutschland-in-daten/220217 /weimarer-republik; https://www.bpb.de/izpb/55946/editorials aufger. 23.8.2020 um 9:40. Quelle: https://de.wikipedia.org/wiki/Matthias_Erzberger;https:// www.bpb .de/politik/hintergrund-aktuell/306434/kapp-luett-witz-putsch, jeweils aufger. am 23.8.2020 um 9:50.Quelle: Vinke, S. 52.

68 Anfang der 20er Jahre gab es eine regelrechte Massenpropaganda gegen den Versailler Vertrag, (Vor allem durch das (Hugenberg-Imperium). Diese führte dazu, dass die demokratischen Parteien 1920 von 76 % auf 43% absanken. Damit waren sie auf Unterstützung von „rechts" oder „links" angewiesen Die Regierungen wechselten von da an ständig. Dies führte zu einer Destabilisierung. Keine Regierung konnte sich länger als neun Monate an der Macht halten. Es gab zahlreiche Aufstände und Putschversuche. Schließlich waren 376 politische Morde zu verzeichnen. 354 von rechtsradikalen, 22 von linksradikalen Tätern verübt. Quelle: Fabian, S.318.

ja nu selber nix auf n Rippen."

„Ach, gute Frau, wer hat das schon. Aber einen anderen Rat weiß ich auch nicht. Eine Hebamme kenne ich, die suchen Sie mal auf. Die weiß, wie sie es macht, dass Sie ihre Martha vertreten können."

„Ick hab nu leider gar nix, wat ick Ihnen geben kann."

Eduard seufzte. „Tja, ich hab Sie ja auch gar nicht behandelt."

Nachdem er der Frau erklärt hatte, wo sie die Hebamme finden konnte, rief er den nächsten Patienten herein.

Es waren eine Frau und ein Mann. Der Mann starrte stumm vor sich hin.

Eduard wusste bereits, was die Frau von ihm wollte, bevor sie zu sprechen begonnen hatte. Er wusste auch, was der Mann von ihm wollte. Nichts.

Witwen, die nicht wussten, wie sie ihre hungernden Kinder durchbringen sollten. Kriegsversehrte und Entstellte, die sich eine Milderung ihrer Leiden erhofften. Ehefrauen und Mütter, die in ihrer Verzweiflung ihre zuweilen äußerlich unversehrten Ehemänner oder Söhne brachten, die aber zu nichts mehr taugten, das war es, was seine Tage füllte.

„Und viele, die es am Ärgsten getroffen hat, die sind doch gar nicht heimgekehrt. Weiß der Teufel, wo die versteckt gehalten werden. Man hört so Dinge." Ernst zündete sich eine Zigarette an und schlug den Kragen hoch, während sie gemeinsam den Kurfürstendamm entlang liefen.

„Hier, sieh mal!" Eduard schnappte sich eine Zeitung, die achtlos auf einer Bank liegengelassen worden war.

Auf der Titelseite war ein Artikel über die Besetzung des Ruhrgebiets.

„Was sich die Franzosen davon wohl versprechen. Denken sie, dass die Deutschen das Zeug, mit dem sie im Rückstand sind, mal eben aus den Hemdsärmeln schütteln werden, wenn man sie nur etwas unter Druck setzt?"

Ernst lachte auf.

„Aber die Erklärung, dass nun die Besetzung des Ruhrgebiets die Inflation verursache, ist doch recht kurz gegriffen. Schließlich hat die Inflation bereits zuvor eingesetzt." Eduard seufzte.

„Rein praktisch gesehen, ist es wohl das Gelddrucken, dass den Wertverfall vorantreibt, was aber noch nichts über die Ursachen aussagt."[69]

---

69 Ursache der Hyperinflation war der erste Weltkrieg und damit waren Verursacher

„Vor dem Krieg hat ein US-Dollar noch etwas mehr als 4 Mark gekostet. Jetzt kostet er fast 18 000 Mark. Ich bin schon froh, wenn mich die Patienten mit Naturalien bezahlen. Die verlieren nicht an Wert, bis ich oben im Hause ankomme.“ Eduard nahm ebenfalls eine Zigarette.

„Na, immerhin hast du doch deine Wohnung mit einem Streich abbezahlen können und ich meine ebenfalls.“

„Das ist zutreffend. Aber mir graut davor, wohin diese Talfahrt noch gehen soll.“

„Bezahlen wird's nachher der Mittelstand. Das sind die Leute, die nur ein wenig Erspartes auf der Bank haben und die Leute, die auf Lohnarbeit angewiesen sind, denn sie verlieren ihre Arbeit. Aber genug davon. Heute Abend werden wir uns vergnügen.“ Während er dies aussprach schob er die Tür zum Kakadu auf.

Eduard und Ernst traten ein in die hell erleuchtete, von Zigarettenrauch eingehüllte Halbwelt, die zuweilen mit Künstlern, Leuten aus der Wirtschaft und der Prominenz gespickt war. Der Kakadu galt als die größte Bar Berlins.

Eduard sah sich um. Die Bar war gut besucht, aber sie fanden einen freien Tisch.

Mischa Spoliansky spielte ein Lied am Klavier mit einem Text von Tucholsky.

„Na, was man von Tucholsky halten soll, weiß wohl so recht zur Zeit keiner.“ Ernst schnippte einen Krümel vom Tisch.

„Du spielst auf seine Tätigkeit beim Pieron an?“

„Wie kann einer, der solche Texte gegen den Krieg schreibt, wie er sie für die Weltbühne geschrieben hat, bei der Hetze gegen Polen mitmachen?“[70]

„Er arbeitet doch dort nicht mehr.“

Ernst sagte nichts.

Spoliansky spielte nun das lila Lied. Es wurde von Seiten der Barbesucher, wie seit seiner ersten Aufführung vor etwa drei Jahren, mit begeistertem Beifall aufgenommen.

Eduard beobachtete eine der Animierdamen. „Sieht sie nicht schrecklich jung aus?“, überlegte er laut.

---

der Inflation die Verursacher des Krieges. Der Krieg hatte Unsummen an Geldern verschlungen, die es nicht gab, sondern die in Form von Kriegsanleihen als Schulden aufgenommen worden waren. Diese Schulden, die zurückzuzahlen waren, führten zur Inflation. Die Schulden gemacht haben die Kriegstreiber Die Schulden bezahlen musste die nachfolgende Generation. Quelle: Fabian, S. 319, 322.

70 Kurt Tucholsky hat später selber bereut, für den Pieron geschrieben zu haben, der die Stimmung gegen Polen angeheizt hat. Informationen zur Weltbühne finden Sie im Anhang auf Seite 300.

„Nun, mit irgendetwas muss sie sich ihre Zehntausender verdienen.“ Ernst lachte. „Immerhin, vermutlich hat niemals zuvor ein junges Mädel so viel Geld verdient, wie die Mädels heute!“

Eduard verstand die Anspielung auf die Inflation. „Du sagst es. Andere verdingen sich in weit schlechterer Weise. Heute hatte ich eine vierzehnjährige Patientin. Sie erwartet ein Kind und hat die Syphilis.“

„Du behandelst also noch immer Patienten, die dich nicht entlohnen können?“

„Ich mache einmal die Woche meine Runde im Scheunenviertel. Die Leute dort kennen mich und geben mir immer Bescheid, wo meine Hilfe gerade gebraucht wird. Das hat Vater früher im Gängeviertel auch getan und er hat es an mich weitergegeben.“

„Es ist keine gute Zeit für Kinder.“

„Hoffentlich werden die Zeiten bald besser. Ich habe schließlich selber drei.“ Eduard nahm eine Zigarette aus seinem Etui die Ernst ihm hinhielt und zündete sie an.

„Ich will es für die Kinder aller anderen Leute hoffen. Was mich angeht, bin ich froh, keine Kinder zu haben. Nicht in diesen Zeiten.“

Die Zeiten wurden noch schlechter. Nur wenige Monate später. Im August 1923 kostete der Dollar bereits mehr als 4,5 Millionen Mark und am 15. November desselben Jahres 4,2 Billionen.

Es fehlte an allem.

In Eduards Praxis kamen nun Menschen mit Vergiftungen, weil sie selber Schlachtungen in ihren Wohnungen durchgeführt hatten. Schlachtungen von jeglichem Kleinvieh, das ihnen in ihren heruntergekommenen Wohnvierteln über den Weg gelaufen war.

Das war auch die Zeit, in der erstmals Gerüchte umgingen, es würden massenweise junge Leute eingezogen, gedrillt und wieder entlassen. Dabei konnte das eigentlich nicht sein, denn eine Wehrpflicht war den Deutschen nach dem Friedensvertrag schließlich verboten worden, aber auch Elsa und Eduard hörten von vielen Seiten, es würden junge Männer eingezogen. Es gehe für sie an den Rand der Stadt, oder in Schulen, leer stehende Kasernen, leere Fabriken. In den Zeitungen konnte man hingegen nichts von all dem lesen.

Schließlich brachte Stresemann die Währungsreform auf den Weg, indem er die Rentenmark einführte.

Eduard und Ernst waren sich nicht einig, was sie von Stresemann halten sollten, schließlich war er einer der Befürworter der Annexionspolitik und ein Monarchist gewesen. Andererseits ließ er nunmehr keinen Zweifel, dass ihm durchaus an der Republik gelegen war.

Auch im Reichstag war er umstritten, sodass er kurz nach der Währungsreform am 23. November 1923 an der Vertrauensfrage scheiterte. Er blieb jedoch Außenminister.[71]

Im darauffolgenden Jahr wurde der Massenmörder Fritz Haarmann gefasst. Die Zeitungen berichteten von den damit zusammenhängenden Ereignissen.

Haarmann sollte 27 Jungen und junge Männer im Alter von 10-22 Jahren getötet haben.

Dabei waren die meisten nicht einmal vermisst worden. Die Wohnverhältnisse des Mörders so wenig anonym, dass die ganze Nachbarschaft es mitbekommen haben musste.

„Weil sich seit Jahren niemand um die Kinder schert", stellte Eduard fest. „Und obgleich diese Ereignisse uns aufrütteln sollten, wird sich auch weiterhin niemand um die Kinder scheren. Niemand sorgt für sie. Niemand nimmt sie an die Hand. In Scharen leben sie auf den Straßen, hungern, prostituieren sich, stehlen, ringen mit Krankheiten und sind Gewalt ausgesetzt."

Ernst seufzte und stellte lakonisch fest: „Ach was, es gibt welche, die sich um sie kümmern. Das sind die Banden, die sie als Rekruten benötigen."

In dem Moment kam Leopold in den Salon gelaufen. „Onkel Ernst, ich wusste gar nicht, dass du da bist!" Er umarmte seinen Onkel stürmisch.

„Na, dann will ich euch mal für euch lassen. Ich habe auch noch ein bisschen zu tun." Eduard strubbelte seinem ältesten Sohn über den Kopf.

„Hast du heute Zeit? Kannst du mir bei meinem Schulprojekt helfen?"

„Was denn für ein Projekt?"

„Wir sollen einen Frosch fangen, ihn eine Woche lang studieren und dann einen Bericht über sein Verhalten schreiben."

„Ach, das habe ich schon in der Schule gemacht." Dann fahren

---

71 Stresemann war umstritten, aber er hat mit der Währungsreform die Inflation gestoppt und er hat auch international vieles unternommen, was aus heutiger Sicht sehr vorausschauend war, was aber damals kaum jemand so nachvollzogen hat. Er hat sich z.B. gemeinsam mit Aristide Briand um die Versöhnung mit Frankreich bemüht, er hat einen regelrechten Freundschaftsvertrag mit Russland ratifiziert und versucht, Deutschland international wieder aufzustellen. Quelle: Fabian, S. 324.

wir am besten zu einem Tümpel."

Als sie sich aus der Küche ein Schraubglas geholt hatten und gerade das Haus verlassen wollten, kam Emilia hinzu und wollte unbedingt mitkommen, aber Leopold war dazu nicht zu bewegen. Er wollte seinen Onkel für sich haben.

Das Wetter war genauso, wie man es sich im Mai wünschte.

Sie nahmen eine Droschke und ließen sich an den Stadtrand fahren.

Von hier liefen sie einige hundert Meter zu Fuß, dann standen sie an einem Tümpel in einem Waldstück.

Sie brauchten nicht lange zu suchen.

„Du darfst das Glas nicht zu lange verschlossen halten. Sonst erstickt der kleine Kerl", erklärte Ernst.

„Sollten wir noch etwas Gras und Blätter dazu legen?"

„Wieso nicht. Bau ihm doch ein kleines Biotop."

Während Leopold allerlei Blätter, Stöcker und Moos sammelte, streckte sich Ernst auf dem Moos neben einem Baum aus.

Er atmete tief die Waldluft ein. „Man müsste viel öfter herkommen. Die Stadt ist schrecklich!", rief er Leopold zu.

„Ich würde immer mit dir herkommen!", rief Leopold zurück.

„Na, dann müssten wir aber schon auch deine Schwester mal mitnehmen."

„Naja", Leopold ließ sich mit seinen Schätzen neben seinen Onkel plumpsen. „Wenn wir oft herkommen, dann lässt sich das wohl auch mal machen."

Ernst lachte.

6. Juni 1924

Eduard lief unruhig vor der Tür zum Schlafzimmer auf und ab.

„Junge, nun mach dich mal nicht so verrückt. Das wird schon." Alexander klopfte Eduard väterlich auf die Schulter.

„Da ist man nun selber Arzt und wird trotzdem ganz verrückt dabei." Eduard fuhr sich mit den Händen durchs Haar.

Alexander seufzte, ließ sich in den Sessel fallen und lehnte sich zurück.

Eduard sah seinen Vater nachdenklich an. „Wie war das für dich, damals. Du hast nie darüber erzählt, wenn ich es mir so überlege."

„Was?"

Eduard sah seinen Vater verwundert an. Das „Was?" war plötzlich gekommen, so als sei sein Vater überrascht worden.

„Von Mutter und davon, wie du Vater geworden bist.“
„Ich ... naja, ... was willst du denn hören?“
Eduard verstand seinen Vater nicht. Tatsächlich hatten sie nie über Mutter gesprochen. Eduard wusste nur, dass sie bei Ernsts Geburt gestorben war.
„Ach weißt du, Junge, ich spreche darüber nicht gerne. Es fällt ... mir schwer ...“
Eine Weile schwiegen beide.
Eduard wollte seinen Vater nicht drängen, andererseits wollte er irgendwann einmal etwas über seine Mutter erfahren und wer sollte ihm etwas erzählen, wenn nicht Vater? Es gab nicht einmal ein Portrait.
„Aber du könntest doch erzählen, wie sie war?“
Alexander Hoffmann starrte nachdenklich die Tapete an.
Eduard hätte gerne gewusst, was in seinem Kopf vor sich ging.
„Ich werde irgendwann mit dir sprechen. Aber nicht jetzt. Nicht heute. Ich kann das noch nicht.“
Eduard spürte seine Enttäuschung. Es war doch alles schon so lange her. Wann sollte der Zeitpunkt gekommen sein, an dem sein Vater bereit war, mit ihm zu sprechen?
Wieder schwiegen sie.
„Aber eines kann ich dir versichern. Dass ich euch beide habe, ist das Wunderbarste, das mir in meinem Leben widerfahren ist. Du und dein Bruder, ihr seit die großartigsten Söhne, die man sich wünschen kann.“
Eduard spürte, dass sein Vater dies aufrichtig meinte und es war ein wunderbares Gefühl, das zu hören, aber zugleich war er traurig. Die ganzen blinden Flecken in seiner Erinnerung und in seiner Biographie verursachten ihm ein Gefühl der Unvollkommenheit, der Leere, der Verlassenheit.
Um 12:24 Uhr war es endlich soweit. Die Hebamme öffnete von innen die Tür und hielt ihm ein kleines, in Leinen gewickeltes Bündel entgegen. „Sie haben einen Sohn, Herr Doktor.“
Eduard nahm das Baby in die Arme und betrachtete das kleine, zerknautschte Gesicht. Und er schaute in die dunklen Augen. Lange. Dabei war ihm, als schaute ihn dieses Baby ganz intensiv an. Es war ganz ruhig in seinem Arm und wendete den Blick nicht von ihm ab. Eduard konnte sich nicht entsinnen, jemals so einen intensiven Moment mit einem Säugling erlebt zu haben.
Der frischgebackene Großvater stand daneben und sein Blick ließ keinen Zweifel, dass er sich über sein Enkelkind über die Maßen

freute. „Gib ihn mir auch mal, Eduard! Bitte!“

Eduard riss sich schließlich los von den Augen seines jüngsten Sohnes und gab ihn an seinen Vater weiter. Dann wendete er sich der Hebamme zu. „Wie geht es meiner Frau?“ Er versuchte, an der Hebamme vorbeizuschauen, um einen Blick in Richtung Bett zu erhaschen.

„Es geht ihr gut.“

Eduard drängte sich an der Hebamme vorbei ins Zimmer.

„Öffnest du bitte das Fenster? Es ist furchtbar stickig.“

Eduard war erleichtert, Elsa wohlbehalten vorzufinden. „Natürlich.“ Er öffnete einen der Fensterflügel. Draußen war es auch warm, aber ein leichter Windzug streifte durch den Raum.

Alexander war ebenfalls eingetreten.

„Gibst du ihn mir?“ Elsa streckte ihrem Schwiegervater die Arme entgegen.

Alexander legte ihr das Kind in die Arme. „Ich lass euch dann mal allein.“

Eduard setzte sich auf die Bettkante. „Die Großen warten auch schon. Sie wollen unbedingt herein.“

„Gerne, schick sie nur her.“

Eduard verließ widerstrebend und zugleich glücklich, die Geschwister einlassen zu können, den Raum und eilte zum Kinderzimmer. Elsas Eltern waren auch da. Josephine las soeben Nesthäkchen von Else Ury vor und Elsas Vater baute mit Leopold ein Holzboot.

Leopold war mittlerweile zehn Jahre alt, Emilia Johanna war sieben und Hans Fridolin war zweieinhalb.

„Ist sie wohlauf?“, rief Josephine ihm sogleich entgegen, als er die Tür öffnete.

„Ja, es geht ihr bestens. Ihr dürft jetzt mitkommen.“

„Das nächste Kind, dass in diese furchtbaren Zustände geboren wird“, stellte Elsas Vater seufzend fest, als er sein Enkelkind betrachtete, das nun im Arm von Josephine lag.

„Ja, es ist ein Elend.“ Josephine seufzte ebenfalls, während sie das Kind betrachtete.

Elsa ärgerten die Worte ihrer Eltern zur Geburt ihres Kindes. „Es ist doch viel besser geworden. Was soll er denn denken, wenn er euch reden hört!“, protestierte sie gereizt.

„Naja, ob man das schon so sagen kann...“ Ferdinand Lehmann sah seine Tochter mit verzogener Miene an.

„Lieber Schwiegerpapa, du willst aber doch jetzt nicht von

Politik anfangen?", unterbrach ihn Eduard in freundlichem, aber bestimmtem Ton.

„Und morgen machst du mit deiner Tante Frederike Bekanntschaft", wechselte Josephine tief durchatmend das Thema.

Am nächsten Tag traf Frederike ein. Sie unternahm als erstes einen Ausflug mit Leopold, Emilia und Hans und fuhr mit ihnen in der ersten Straßenbahn, die seit wenigen Wochen in Berlin fuhr. Bis zum Abend wurde Frederike von Elsas Kindern in Beschlag genommen, aber als diese im Bett waren, setzte sich Frederike zu ihrer Schwester ans Bett.

„Wie geht es dir? Wir haben uns lange nicht gesehen!" Elsa ließ sich von Frederike drücken.

„Ich brauchte eine Auszeit. Ich war auf dem Lembkeschen Landsitz."

Elsa sah ihre kleine Schwester nachdenklich an. „Es ist wegen der Eltern, nicht?"

„Es ist unerträglich, bei ihnen zu leben. Ich muss fort von ihnen. Sonst werde ich verrückt."

„Dann leb bei uns." Dieser Gedanke war Elsa einfach in den Kopf geschossen und sie hatte ihn ausgesprochen, ohne auch nur nachzudenken.

Frederike sah sie erstaunt an. Dann rief sie: „Das wäre herrlich. Würdet ihr das für mich tun?"

„Ach, was denkst du denn?" Elsa strich Frederike durchs Haar. „Der Schnitt steht dir gut! Aber ich wage es nicht, mir das Haar so kurz zu schneiden."

„Margit Lembke trägt das Haar so und sie hat mich überredet, es ihr gleichzutun."

„Ich bin froh, wenn du bei uns lebst. Die Kinder sind wahre Wildfänge und Eduard ist doch den ganzen Tag in der Praxis."

„Wird es auch Eduards Vater nicht stören?"

„Unsinn. Alexander ist ein sehr gutherziger Mensch. Ihr werdet euch aufs Beste verstehen."

„Wie geht es Ernst?"

Elsa sah Frederike erstaunt an. Der Klang ihrer Stimme war auffällig. „Es geht ihm gut, denke ich. Warum?"

„Elsa, ich muss dir etwas sagen..."

„Was denn? Du machst es ja so spannend."

„Seit meinem letzten Besuch geht er mir nicht aus dem Kopf. Denkst du ... ist er bereits anderweitig vergeben?"

„Ernst? Nicht das ich wüsste. Aber Frederike, du kennst ihn ...., er ist ... nicht gerade ... beständig."

„Das weiß ich doch, aber was soll ich denn machen? Es ist schon lange so, aber ich habe das nicht ernst genommen ..." Frederike stockte. Die Formulierung war sonderbar. „ ... nicht weiter beachtet. Aber nun kann ich es nicht mehr ignorieren. Er geht mir nicht mehr aus dem Kopf. Ich muss einfach Gewissheit haben ..."

„Nun, ich habe mich bereits gefragt, wie es bei dir mit dem Heiraten aussieht. Du bist ja inzwischen 24 Jahre alt."

„Daran denke ich oft. Aber ich meine, es liegt daran, dass ich mich in Ernst verguckt habe. Alle anderen Männer interessieren mich einfach nicht und Margit hat alles unternommen, um mich mit Männern bekanntzumachen, die geeignet wären."

„Grauenhaft. Ich dachte diese Zeiten wären vorüber. Nun ja, wenn du bei uns wohnst, wirst du sicher genügend Gelegenheiten haben, Ernst zu sehen."

„Was ich längst fragen wollte: Was macht Ernst überhaupt beruflich?"

„Das ist eine interessante Frage. Wir wissen es auch nicht so genau. Er spricht nicht darüber, aber Eduard und ich haben, – im Vertrauen –, den Verdacht, dass er bei der Polizei ist."

„Aber dann wäre er doch Beamter. Das wüsstet ihr doch, oder nicht?"

„Eduard sagt, Zivilpersonen können auch für die Polizei arbeiten. Er beliefert die Polizei vielleicht mit Hinweisen oder etwas Derartiges."

„Oh, wie aufregend." Frederike sah Elsa mit großen Augen an.

Elsa lachte. „Ja ja, es ist furchtbar aufregend!"

Es kostete einige Überredungskunst, Josephine und Ferdinand Lehmann davon zu überzeugen, dass Frederike in Berlin leben sollte, aber es gelang schließlich.

Elsas Kinder waren begeistert und Frederike nahm sich gerne Zeit für sie. Leopold liebte es besonders, wenn Frederike Klavier spielte, denn das konnte sie wirklich fantastisch.

„Du musst dazu singen. Aber nicht diesen langweiligen Kram!", belehrte Leopold seine Tante. „Das sind doch alte Schuhe. So was hört heute niemand mehr. Sing was über die ... äh ... über ..."

Angestiftet durch Leopolds kindliche Fantasie wurden die unverdächtigen Fantasien und Präludien der alten Meister mit satirischen Texten versehen.

„Du solltest dir eine Anstellung suchen. Eduard wird dir gewiss helfen. In den Lokalen suchen sie immer talentierte Pianisten und du kommst ein wenig unter Leute", schlug Elsa ihrer Schwester vor.

Frederike gefiel die Idee. Am Freitag darauf zogen sie und Eduard gemeinsam los und stellten Frederike im Kakadu vor und bereits am nächsten Abend sollte Frederike dort aufspielen.

Frederike war sehr aufgeregt, als sie zum ersten Mal vor Zuschauern am Flügel saß.

Das Licht war zum Glück so grell, dass sie das anwesende Publikum gedanklich ausblenden konnte, doch nach dem ersten Stück, Leopolds traurigem Sattelmacher, der wegen des Automobils keine Arbeit mehr hatte und deshalb darauf umstellen musste, Zaumzeug für die Freikorps und Schlägertrupps herzustellen, die im ganzen Land ihr Unwesen trieben, wurde ihr lautstarker Beifall zuteil. Anschließend war sie weniger angespannt und konnte einige weitere Lieder zum Besten geben.

„Das ist doch Frederike, oder nicht?" Ernst sah Eduard überrascht an, als sie die Bar betraten.

„So ist es. Sie hat jetzt hier eine Anstellung."

Nachdem sich Frederike verbeugt und verabschiedet hatte und Spoliansky übernommen hatte, kam sie an den Tisch zu Eduard und Ernst.

„Die Rolle steht Ihnen. Sie werden sich vermutlich nach diesem Auftritt vor Kavalieren nicht retten können", stellte Ernst mit Augenzwinkern fest. „Sehen Sie?" Er deutete mit einem Kopfnicken in Richtung einiger Tische, an denen Herren saßen, die Frederike mit den Blicken verfolgt hatten und ihr nun anerkennend zunickten. „Aber keine Sorge. Wir werden Sie heil nach Hause bringen." Ernst lachte.

Frederikes Herz machte einen Hüpfer, wegen der Aufmerksamkeit, die Ernst ihr erwies. Er sah an diesem Abend besonders gut aus, wie sie fand.

„Setz dich doch. Du siehst ja aus, als wartest du auf den Autobus." Eduard rückte den dritten Stuhl etwas zurück und Frederike ließ sich darauf nieder.

„Ich wusste gar nicht, dass Sie so gut spielen." Ernst bot Frederike eine Zigarette an. Während er ihr das Etui hinhielt, bemerkte er einige Tische weiter eine vergnügliche Gruppe von Personen. Eine von ihnen kam ihm bekannt vor. Langes, dunkles Haar und die Bewegungen verrieten ihm, dass es sich um Belle handeln musste. Er ertapte sich dabei, eifersüchtig danach zu schauen, wer sie umgab.

„Vielen Dank." Frederike kam sich dumm vor. Wenn ihr doch nur eine originelle Erwiderung eingefallen wäre. Aber was sollte sie sonst antworten. Sie war eben nicht mondän und originell, sondern langweilig und borniert. Es wurde dringend Zeit, dass sie ihr Leben von Grund auf änderte. Schließlich lebten sie nicht mehr zu Kaisers Zeiten. Auch wenn Vater dies so bedauerte. Für sie bedeuteten die neuen Zeiten viel mehr Möglichkeiten. Heute hatte es sich gezeigt. Sie konnte auf eigenen Beinen stehen, Menschen unterhalten, frei sein ... und auf diese Weise konnte sie auch Ernst besser kennenlernen und ihm vielleicht näherkommen und vielleicht würde er sich auch in sie ...

„Du wirst doch nicht eifersüchtig sein?" Ernst zwinkerte verschmitzt. Er fand es amüsant, dass eine Frau von Welt, wie sie es war, sich wegen Derartigem so eingeschnappt aufführen konnte.

Belle stupste ihn unsanft an, sodass er auf dem Rücken landete und beugte sich über ihn. Ihr Haar kitzelte ihn an der Schulter. „Vorsichtig. Wenn du zu übermütig wirst, werde ich mich einfach von dir abwenden."

Ernst griff nach ihren Schultern und richtete sich auf. Er drehte sie herum und zur Seite und beugte sich über sie. „Das wäre aber sehr bedauerlich. Dabei sind wir nun schon so viele Jahre ... befreundet."

„Ich habe genügend Verehrer. Wenn du dich lieber mit deiner kleinen Schwägerin einlassen möchtest, werde ich das ohne Weiteres verkraften."

„Scht." Ernst drückte ihr einen Kuss auf den Mund. „Das wird gar nicht nötig sein. Ich würde dich doch niemals eintauschen. Vor allem jetzt, wo wir endlich die Chance haben, zum ersten Mal eine wirklich gute Partei zu wählen. Vielleicht wird Deutschland noch wirklich zu einer richtigen Republik."

„Du meinst die neue Partei?"

„Ossietzky und seine Mitstreiter haben sie gegründet. Sie tritt zum ersten Mal zu Reichstagswahlen an."

„Aber denkst du denn, sie werden in den Reichstag einziehen?"

„Sie benötigen 60 000 Stimmen für einen Sitz. Aber sie haben immerhin einen Geldgeber, Carl Bosch. Er spendet täglich 1000 Mark. Wir werden sehen."

Frederike

Ernsts Hoffnung zerschlug sich bei der Wahl 1924.
Ossietzkys Partei „die Republik“ erhielt nur 45 000 Stimmen. Die Begründer gaben die politische Arbeit nach diesem Wahlergebnis schnell auf[72].

72 Quelle: Vinke, S. 54.

Frederike hatte nun zahlreiche Auftritte und blieb viel länger in Berlin, als sie es ursprünglich beabsichtigt hatte. Ihr gefiel es, abends aufzutreten. Und Abend für Abend brachte sie Blumensträuße mit nach Hause. Aber am meisten gefielen ihr die Abende, wenn auch Ernst ins Kakadu kam.

Nicht selten besuchten sie und Ernst im Anschluss an einen Auftritt noch ein Restaurant oder eine Bar. Das waren die schönsten Augenblicke für Frederike. Keiner der Verehrer, die sie nun hinter sich herzog, konnten jemals für sie die Bedeutung haben, die diese Stunden mit Ernst für sie hatten.

„Aber Fredi, ich kenne ihn schon lange. Er hat bisher nie einen Zweifel daran gelassen, dass er nicht vor hat, zu heiraten und eine Familie zu gründen", wandte Elsa vorsichtig ein. Sie machte sich Sorgen um ihre verliebte Schwester. Die schien von Ernst ein ganz anderes Bild zu haben, als Elsa. Aber war das nicht vielleicht nur eine Illusion?

„Womöglich hat sich dies geändert. Wir verbringen viel Zeit miteinander. Er kommt oft und sieht sich meine Auftritte an und hinterher reden wir stundenlang."

Elsa winkte Leopold zu, der den Kinderwagen mit Theodor schob, um ihm zu zeigen, dass er ruhig weitergehen konnte.

Der Tiergarten stand zu dieser Jahreszeit, es war Mai, in frischem Grün und voller Blüten aller Farben und Formen.

An Elsas Hand trippelte Emilia, Hans lief neben Frederike her.

„Du meine Güte!", rief Frederike mit einem Mal aus. „Hast du so etwas schon mal gesehen?" Sie hielt sich mit einer Hand den Mund zu, mit der anderen zeigte sie in eine Richtung, wo sich eine Menschentraube gebildet hatte, die gaffend und tuschelnd um etwas herumstand, das sich, die allgemeine Unruhe ignorierend, durch den Park bewegte. Es war eine Familie. Offensichtlich eine Familie, wie Elsa überlegte. Die Frau: Langes blondes Haar, der Mann: Lang gewachsen und schwarzhäutig und das Kind: Etwa vier Jahre alt mit hellbrauner Haut[73]. Nein, auch Elsa hatte so etwas noch nicht gesehen. Aber es erschien ihr falsch, sich in die Reihen der Gaffer einzuordnen. Sie wollte ihren Blick losreißen, aber das war

---

73 Diese Familie scheint es gegeben zu haben. Carl von Ossietzky hat am 18. 4. 1925 in Das-Tage-Buch eine Szene beschrieben, in der sie von Gaffern in der Potsdamer Straße bestaunt wurde. Sogar die „Elektrische" soll langsamer gefahren sein, um den Fahrgästen einen Blick zu ermöglichen. Ossietzky schrieb an die Gaffer gerichtet: „Pfui, schämt ihr euch nicht, Berliner des sozusagen zwanzigsten Jahrhunderts?" Quelle: Ossietzky, Rechenschaft, S. 50 f.

gar nicht so leicht. Das Bild war so ungewöhnlich, dass sie ihren Blick kaum davon lösen konnte. So zischte sie Frederike zu, was für sie genauso gelten musste: „Fredi, hör auf zu starren. Das ist unanständig. Willst du so lächerlich sein, wie die Leute da drüben?"

„Nein, natürlich nicht, aber wenn du mich fragst, dann deutet diese Szene auf eine neue Zeit hin. Neue Chancen. Die Leute bleiben eben immer dumm. Stell dir nur mal vor, in zwanzig oder dreißig Jahren wäre dies ein übliches Bild!"

Elsa stellte sich dies vor. Sie musste unwillkürlich lächeln. „Der Gedanke gefällt mir. Stell dir vor, was dann noch alles Wirklichkeit werden könnte. Und es gehörte nur ein wenig Toleranz dazu. Ein Fünkchen Akzeptanz vielleicht noch, aber vor allem eine Menge von – lass sie doch einfach in Ruhe –." Elsa hakte sich bei Frederike unter.

Eine Weile schritten sie Arm in Arm dahin.

„Ich möchte doch nur nicht, dass du unglücklich wirst", sagte Elsa schließlich.

„Na, wenn du Recht behalten solltest, damit, dass er sich womöglich nicht für mich interessiert, dann wird das wohl nicht zu vermeiden sein."

„Und deine Auftritte, die liebst du doch. Willst du sie aufgeben?"

„Das ist schwierig zu beantworten." Frederike seufzte. „Vielleicht lässt es sich vereinbaren. Oder nicht? Ich weiß es nicht. Aber ich kann auch nicht mein ganzes Leben lang so leben. Vater und Mutter drängen auch immerfort, dass ich doch endlich heiraten soll."

„Das ist schwierig. Aber wenn ich dich so sehe, kann ich mir dich gar nicht vorstellen als Ehefrau. Überleg doch mal: Als du nach Berlin kamst, warst du todunglücklich und verzweifelt und nun? Du bist eine Berühmtheit. Das Publikum jubelt dir Abend für Abend zu und du kannst tun und lassen, was dir gefällt. Wenn du heiratest, ist das vorüber. Dann sitzt du zuhause und kannst deinem Mann die Schuhe putzen."

„Aber Elsa, so arg ist es doch mit Eduard nicht?"

„Nein, ach was, mit Eduard vielleicht nicht. Aber die meisten Männer sind doch so. Und überhaupt. Dann kommen Kinder, dann kannst du nicht mehr so frei leben, wie jetzt."

„Aber willst du mir etwa raten, unverheiratet zu bleiben?"

„Ach, ich weiß es auch nicht. Eigentlich möchte ich nur, dass es dir gut geht. Ich mache mir Sorgen, was wird, wenn es nicht mehr so weitergeht, wie es jetzt geht."

„Ich hoffe einfach nur, dass Ernst mich heiraten wird. Das ist alles, was ich will. Und weiter auftreten. Wir haben doch Glück, wir leben in der besten Zeit. Niemals waren Frauen so frei, wie heute, wie hier in Berlin. Endlich wird der ganze Staub abgeschüttelt und jeder kann nach seiner Facon leben!"

„Ach Fredi, malst du es nicht zu schön aus? Sieh dir nur Eduards Patienten an oder die unzähligen armen Tröpfe an den Straßenrändern mit ihren Beinstümpfen. Sie sind spindeldürr und erbärmlich. Und die vielen verwahrlosten Kinder! Was aus denen nur werden wird?"

8. Juli 1926

Es war ein wunderbarer, lauer Sommerabend. Die Luft war warm und milde.

Die Lutherstraße war hell erleuchtet von den Reklametafeln und den Lokalen und Etablissements, die um Besucher wetteiferten.

Es waren viele Menschen und viele Autos unterwegs. In der Lutherstraße war ordentlich Betrieb.

Die Menschen drängten in die Kinohäuser und Tanzbars, in die Cabarets und Kleinkunstbühnen.

Zwischen den Dahinflanierenden und Dahineilenden saßen die Gebisslosen und die Einbeinigen mit teils flehenden, teils ausdruckslosen Gesichtern mit ihren Schälchen und Tüchern, auf denen hie und da ein paar Münzen glänzten.

Mittendrin standen an allen Lokalen feine Herren mit glänzender Pomade, die darauf warteten, dass eine der vielen einsamen Damen sie als Eintänzer auswählte.

Eduard und Elsa hatten ihren 13. Hochzeitstag und den wollten sie im Restaurant Horcher[74] feiern.

Frederike passte auf die Kinder auf und Alexander hatte angekündigt, sich mit einem Freund zu treffen.

Das Restaurant Horcher befand sich neben der Scala. Dort waren Elsa und Eduard noch nie gewesen.

„Das ist doch verrückt. Die Reichen aus aller Welt stolpern regelrecht über die herumlungernden Kriegskrüppel. Hier sieht man die Reichen mit ihrem Geld um sich werfen und dort stehen die minderjährigen Mädchen in den Ecken und warten darauf, sich für

---

74 Das Restaurant Horcher ist, wie auch das Kakadu historisch belegt, ebenso das Eldorado und die Scala in der Lutherstraße.

einige Pfennige zu verkaufen.“ Elsa schüttelte verständnislos den Kopf.

„Nach dem Krieg haben die ehrlichen Sparer und Kleinanleger, die Mittelständischen und die Kleinunternehmer alles verloren, und die Devisenschieber und Kriegsgewinnler haben alles eingestrichen und wurden zum neuen Geldadel, der nicht weiß, wohin mit seinen Reichtümern. Es geht zu, wie auf Brandts Narrenschiff.“ Eduard musste an tausend Dinge gleichzeitig denken.

Eine Assoziation war vermutlich auf den Straßennamen Lutherstraße zurückzuführen, denn nachdem über zwei Jahre von Seiten der Regierung stets dementiert worden war, es würden Jungen eingezogen, hatte zuletzt Reichskanzler Luther doch eingeräumt, man habe einige tausend Studenten zu Übungen herangezogen und zwar in Zeiten, als die innerpolitischen Verhältnisse eine besonders gefährliche Spannung zeigten[75].

„Was ist das?“ Elsa zeigte auf die gegenüberliegende Straßenseite.

„Dieses Lokal ist gerade neu eröffnet worden. Eldorado“, erklärte Eduard.

„Da drängen sich ja unglaublich viele Menschen.“

„Das ist aber nichts für uns, fürchte ich.“

„Ach?“

Sie waren vor dem Restaurant angekommen.

„Komm, wir wollen hineingehen.“ Eduard reichte Elsa seinen Arm und schob die Tür auf.

„Du siehst ganz hinreißend aus, heute Abend“, sagte Eduard nachdem sie ihre Mäntel abgegeben hatten.

„Danke, du auch.“ Elsa gab Eduard einen Kuss. Sie war glücklich. Endlich waren die Zeiten besser geworden. Die lebendige, aufgewühlte Atmosphäre fühlte sich aufregend an und steckte an.

Auch das Restaurant war gut besucht.

Sie bekamen einen Tisch zugewiesen.

Elsa konnte von ihrem Platz aus dem Fenster auf die Lutherstraße blicken. Sie sah die Menschen, die vor dem neuen Lokal standen. Sie waren fein angezogen mit Smokings und großen Abendroben. Wenn sich Lücken bildeten, konnte Elsa erkennen, dass grelle Plakate das Eldorado von außen zierten.

Elsa und Eduard unterhielten sich wunderbar und das Essen war hervorragend. Es war lange her, dass sie gemeinsam einen so schönen und unbeschwerten Abend genossen hatten.

---

75 Quelle: Ossietzky, Rechenschaft, S. 53.

Nachdem sie mehr als zwei Stunden gemeinsam im Horcher zugebracht hatten, waren sie bester Stimmung.

„Ich möchte sehen, um was für eine Lokalität es sich handelt. Lass uns hingehen!“, bat Elsa vergnügt.

Eduard sah sie überrascht an. „Du willst ins Eldorado gehen?“

„Warum nicht? Lass uns anschauen, was dort geschieht!“

Eduard zögerte. Schließlich willigte er ein. „Gut, gehen wir hin.“

Sie verließen das Restaurant Horcher und liefen Hand in Hand zur Straße. Es waren auch um diese Zeit noch viele Autos unterwegs. Schließlich fanden sie einen Weg, sich durch die Autos zu schlängeln und kamen auf der anderen Straßenseite an.

Vor dem Eldorado herrschte reges Gedränge.

Elsa sah sich verwundert um. Die hochgewachsenen Personen in den Kleidern und mit ihren weitschweifigen Boas waren keine Damen sondern es waren Männer in Frauenkleidern! Nein, einige waren auch Damen. Und Herren in Anzügen waren auch vertreten. Es war ein buntes Gemisch an Gestalten.

Ein Herr zog den Hut und deutete eine Verbeugung an, als Elsa vorüberging.

„Treten Sie nur ein!“, begrüßte sie ein großgewachsener, stämmiger Mann am Eingang. „Claire Waldoff singt gleich. Das werden Sie doch nicht verpassen wollen?“

Elsa und Eduard sahen sich einen Augenblick zögernd an.

„Gehen wir?“, wollte Eduard gerade sagen, als er von hinten grob angerempelt wurde und nach vorne fiel.

„Hey, Moment mal!“, brüllte der Mann, der sie soeben begrüßt hatte.

Eduard rappelte sich auf und drehte sich um. Elsa starrte erschrocken auf die Szene.

Der Mann vom Eingang hatte die Herren, die gegen Eduard gerempelt waren, am Kragen gepackt. „Ihr! Raus hier!“

„Loslassen, wir wollen hier rein!“

„Nichts da. Versoffene Bande. Ihr macht mir hier keine Scherereien mehr.“

„Wir sind Gäste, wie jeder andere. Wir wollen auch hier rein!“, protestierte der andere.

„Mit euch hatte ich genug Ärger. Sucht euch ´ne andere Bar wo euresgleichen verkehrt.“

„Wir wollen aber hier rein!“

„Und dann wieder die Transen dumm anmachen? Kommt nicht in Frage. Seht zu, dass ihr Land gewinnt. Hier kommt ihr nicht mehr rein."

„Das wirst du bereuen. Du widerliche Schwuchtel. Alles hier sind Schwuchteln. Warts ab. Irgendwann machen wir euch fertig. Dann wird der Laden hier dicht gemacht. Dann bekommt jeder von denen was er verdient und dann herrscht wieder Zucht und Ordnung und ...!"

„So, genug jetzt. Macht, dass ihr fortkommt, sonst rufe ich den Wachmann!"

Elsa war wie erstarrt.

„Komm jetzt!" Eduard zog sie mit sich in das Innere des Lokals. Die fröhliche Stimmung war wie ausgelöscht.

Sie hatten sich gerade in eine etwas abseits gelegene Nische gestellt und Eduard wollte den Arm um Elsa legen, damit sie den Schreck verdauen konnte, als beide wie vom Donner gerührt einen Herrn anstarrten, der plötzlich vor ihnen gestanden hatte und sie ebenso fassungslos anstarrte.

Ernst stieg zeitgleich mit dem Fahrer aus dem Mordauto aus.

Hinten öffnete Gennat die linke Hintertür und stieg ebenfalls aus.

Der Fahrer begann die Absperrbänder auszurollen und die Sekretärin, die hinten rechts gesessen hatte, folgte Gennat und Ernst in Richtung des Hauseinganges. Zügig gingen sie auf die Eingangstür zu. Gennat voran, unmittelbar hinter Gennat, der seine voluminöse Gestalt erstaunlich behände die Treppen hoch bewegte, Ernst und dahinter die Sekretärin Paschke mit ihrem Klapptisch und der Schreibmaschine.[76]

Oben klingelten sie und eine Haushälterin mit blassem Teint öffnete.

„Haben Sie irgendwas verändert?" Gennat sah die Frau mit durchdringendem Blick an.

„Äh.. nein, man hat mir dringend befohlen, nichts anzufassen."

„Und das haben Sie auch nicht? Gewiss nicht? Nichts?", bohrte Gennat weiter.

„Nein, absolut nichts."

Ernst wusste, dass sie natürlich irgendwas angerührt hatte. Das hatten sie immer. Es brauchte ein vollkommenes Umdenken, Gennats Methoden zu verinnerlichen. Die Leute fanden immer etwas, von dem sie meinten, dass es von dem strickten Gebot, nichts an-

76 Ernst Gennat ist ein historisch belegter Kriminalkommissar. Bei der Beschreibung der Szenen mit ihm habe ich mich strikt an die Details gehalten, die über ihn und seine Methoden bekannt sind.

zurühren, ausgenommen sei und unbedingt verändert werden müsse. Selbst die Polizisten hatten früher beim Eintreffen am Tatort zunächst dafür gesorgt, dass die Leichen pietätvoll zurechtgelegt wurden und erst einmal Ordnung hergestellt, bevor der Tatort untersucht wurde.

„Gut, dann wollen wir mal sehen." Mit diesen Worten zog sich Gennat Handschuhe an und Ernst tat es ihm gleich.

„Es geht da entlang!" Die Haushälterin zeigte nach hinten durch.

Gennat marschierte gemächlich los.

„Ich habe hier erst mal die ganzen Scherben weggefegt. Das war ja gefährlich! Man ist da gar nicht durchgekommen!", berichtete die Haushälterin in beflissenem Ton.

Gennat war von hinten anzusehen, was in seinem Kopf vor sich ging, als er wie vom Donner gerührt stehen blieb und den Kopf in den Nacken fallen ließ, als habe ihn ein Schlag getroffen.

Ernst atmete tief durch. Soviel dazu, dass sie nichts angerührt hatte.

Langsam drehte Gennat sich um. „Wo lagen Scherben?"

„Hier!" Die Haushälterin zeigte auf den Flurboden. „Überall. Alles voll!"

„Wo sind die Scherben jetzt?"

„In einen Eimer habe ich sie gekippt."

„Wo ist der Eimer?"

„In der Küche. Er steht in der Küche."

„Tun Sie mir bitte einen Gefallen?"

„Natürlich, selbstverständlich. Was sie wollen!"

„Rühren Sie sich nicht vom Fleck. Bleiben Sie dort stehen. Fassen Sie nichts an."

Die Frau sah Gennat mit weit aufgerissenen Augen und verständnislosem Blick an.

Gennat drehte sich um und ging weiter. Ernst folgte ihm.

Die Tür am Ende des Korridors war nur angelehnt. Gennat stupste sie auf. Sie knarrte leise.

Beide traten ein und ließen die Szene auf sich wirken.

„Frau Paschke, sie dürfen sich hier aufbauen." Gennat zeigte in den Raum.

Die Sekretärin folgte umgehend und stellte den Klapptisch auf.

„So, Hoffmann. Erster Punkt?" Gennat sah Ernst mit hochgezogenen Augenbrauen an.

„Allgemeiner Überblick," rezitierte Ernst.

„Korrekt. Was fällt Ihnen auf?“

„Vater?“ Eduard sah sein Gegenüber mit weit aufgerissenen Augen an. „Was machst du hier?“ Es war nicht leicht, die richtigen Worte zu finden.

Alexander stand in einem fein genähten Abendkleid vor ihnen. Er trug eine Perücke mit schwarzem Pagenschnitt.

„Ich... was macht ihr hier?“ Alexander Hoffmann stand wie erstarrt.

„Wir.. waren da drüben essen und nun wollten wir ...“ Eduard wirbelte unbeholfen mit den Armen umher.

„Wir sprechen Zuhause. Nun werden wir eine Droschke nehmen und nach Hause fahren“, unterbrach Elsa ihn in ruhigem Ton. Ihr reichte es für heute und sie wollte keineswegs in der Öffentlichkeit über Privates sprechen.

„Ja, Elsa, das klingt sehr vernünftig.“ Alexander nickte und atmete tief durch.

„Vernünftig?“, prustete Eduard, vermutlich lauter, als beabsichtigt. „Und das aus deinem Munde?“

„Eduard, es ist genug. Wir fahren jetzt.“ Elsa griff nach Eduards Arm und zog ihn in Richtung des Ausgangs.

„Das kann nicht wahr sein. Das ist nicht wirklich geschehen ...“, nuschelte Eduard vor sich hin, als sie in einem Taxi nach Hause fuhren.

Elsa war ebenfalls fassungslos, aber Eduards Fassungslosigkeit führte dazu, dass sie den Impuls verspürte, ruhig und sachlich zu bleiben und so sehr es sie entsetzt hatte, Alexander so zu sehen, so sehr rang das Verbundenheitsgefühl, das sie für ihn empfand, um eine wohlwollende Erklärung, um Verständnis. Sie war innerlich gespalten.

Nur eine halbe Stunde, nachdem sie zu Hause eingetroffen waren, traf auch Alexander ein. Zu Eduards und Elsas Erleichterung in seiner üblichen Aufmachung.

„Es tut mir leid, dass ich euch ... erschreckt habe ...“, begann er stockend.

„Erschreckt?“ Eduard schüttelte verständnislos den Kopf. „Wie kann das sein? Was machst du da?“

„Junge, die Zeiten der Prüderie sind vorüber. Heute darf man sich so vergnügen, wie es einem beliebt und ich habe all die Jahre

nur gearbeitet und für euch gesorgt und jetzt endlich kann ich tun und lassen, was ich will und das ist wunderbar. Berlin ist eine großartige Stadt und ich liebe unsere Republik!"
„Ich kann es nicht glauben! Ich scheine dich gar nicht zu kennen!"
Eine Weile schwieg Alexander, sah seinen Sohn nachdenklich an.
Eduard nahm sich einen Cognac und stellte auch Elsa einen hin.
„Ich nehme auch einen", sagte Alexander.
„Ja, natürlich." Eduard schüttelte verwirrt den Kopf und befüllte ein drittes Glas.
Alexander nahm das Glas und trank es in einem Zug leer. „Vielleicht ist das heute der rechte Zeitpunkt, dass wir reden."
Eduard blickte überrascht auf.

Ernst sah sich um. Sie befanden sich in einem Schlafzimmer. Der Tote lag, umgeben von einer riesigen Blutlache, auf dem Boden. Möglicherweise war er verblutet. Er war unbekleidet. In seinem Rücken steckte ein Messer, an dem sich ein Zettel befand, der auf diese Weise wie an dem Toten angesteckt wirkte.
„Wer nicht mit der Mark zahlt, zahlt mit dem Leben", las Ernst vor. „Darunter befindet sich die Fahne des Ringvereins Adler[77]." Ernsts Ton war seine Verwunderung anzumerken.
Frau Paschke tippte ratternd in die Tasten der Schreibmaschine.
„Interessant. Der Adler!", bemerkte Gennat nachdenklich. „Den Verein kennen Sie doch ganz gut, nicht wahr?"
„Das ist richtig. Aber dieses Vorgehen kommt mir suspekt vor. Eine solche Handlungsweise ist mir von den Brüdern nicht bekannt."
„Nun, der Spur nachgehen werden wir trotzdem. Wer weiß. Was sind die nächsten Punkte?"
„Beweise kennzeichnen, Fotografien anfertigen."
„Ganz recht. Dafür sind Sie zuständig. Ich kümmere mich um die Scherben und die putzwütige Haushälterin."
Ernst sah sich weiter in Ruhe um, ließ alles auf sich wirken.
Schließlich ging er zum Mordauto zurück und holte die Fotoausrüstung und den Koffer mit den Nummernschildern.
Das Mordauto hatte Gennat persönlich nach eigenen Plänen bei Daimler Benz in Auftrag gegeben. Hinten links, wo stets Gennat selbst saß, war eine Spezialverstrebung eingebaut, damit er trotz

77 Der Ringverein Adler ist Fiktion. Die Ringvereine hingegen gab es tatsächlich. Sie waren Zusammenschlüsse des organisierten Verbrechens im ersten Quartal des 20. Jahrhunderts.

seines Gewichts nicht tiefer saß.

Im Mordauto befand sich alles, was sie benötigten. Von Reagenzgläsern über Spaten bis zu Beleuchtungseinrichtungen.

Es war Ernsts erster Mordfall, bei dem er offiziell als Kriminalbeamter mitwirkte. Es war Gennats Verdienst, dass er so schnell in den Dienst aufgenommen worden war. Heute würde er ihm beweisen müssen, dass er diesen Vertrauensvorschuss verdiente.

Ernst umkreiste mit Kreide jedes Detail, das ihm auffiel und machte gewissenhaft Bilder von allem. Zugleich beschrieb er, was er sah, damit Frau Paschke alles notieren konnte.

Schließlich trat Gennat wieder ein. „Sind Sie hier so weit? Wir wollen im Flur und in der Küche weitermachen. Sie wissen ja, auch die Umgebung des Tatorts ist wichtig. Jeder mögliche Fluchtweg, die Außenanlagen."

Ernst nickte.

„Haben Sie eine Vermutung, um was es sich bei dem Glas handelte?" Gennat sah die Haushälterin stirnrunzelnd an.

„Aber selbstverständlich, das kam von den Bildern."

„Was für Bilder?" Gennat wollte es wie immer genau wissen.

„Der Herr Felder hatte hier seine Zeichnungen hängen. Der ganze Flur war voll mit den Zeichnungen in Rahmen. Und nun sind sie alle dahin. Die schönen Rahmen. Und die Zeichnungen waren zerrissen. Und der Herr Felder, ach der arme Herr Felder..."

„Was für Zeichnungen waren das?"

„Na, Herr Felder hat Landschaften gezeichnet. Flüße, Häuser, Bäume ..."

Gennat überlegte kurz. „Wie haben Sie Herrn Felder denn gefunden?"

„Ich kam zum Putzen. Wie immer und da lag er ..."

„Wann sind sie gekommen?"

„Um 22:00 Uhr."

„Sie putzen um 22:00 Uhr?"

„Ja, das ist richtig."

„Das kommt mir aber sehr spät vor."

„Der Herr Felder arbeitet tagsüber in der Wohnung. Da mag ... mochte er nicht gestört werden."

„Haben Sie jemanden gesehen? Ist ihnen etwas anders vorgekommen als sonst?"

Auch Elsa sah Alexander überrascht an. Dann sah sie zu Eduard. Sie wusste, dass Eduard schon lange auf Antworten wartete. Antworten zu seiner Mutter und zu seiner Vergangenheit. Aber was in aller Welt hatte Alexanders Aufmachung an diesem Abend mit Eduards Geschichte zu tun?

„Du sollst wissen, dass du und dein Bruder die wichtigsten Menschen für mich seid.“ Alexander sah Eduard mit ernstem Gesicht an. „Aber ihr seid nicht meine leiblichen Söhne.“

Eduard fiel die Farbe aus dem Gesicht und er starrte seinen Vater mit riesigen Augen an.

Elsa war völlig überrumpelt.

Alexander schwieg eine Weile. Er schien die richtigen Worte zu suchen.

„Damals, das ist schon über dreißig Jahre her, lebte ich allein und war damit auch recht zufrieden. Ich konnte mir nicht vorstellen, zu heiraten. Ich bin kein Mensch für die Ehe. Ich arbeitete viel und traf Freunde. Ich war ein zufriedener Junggeselle.

Aber ich war bereits über dreißig Jahre alt und was ich bedauerte war, keine Kinder zu haben.

Und dann kam eine Frau zu mir, die mich dringend bat, zu ihrer Tochter zu kommen, es gehe ihr sehr schlecht. Du weißt, dass ich damals schon wöchentlich ins Gängeviertel ging, um dort die ärgste Not zu bekämpfen. So ging ich mit ihr, obgleich ich wusste, dass sie mich nicht würde bezahlen können. Ich kam ins Gängeviertel und fand die junge Frau vor. Sie hatte ihr weniges Geld dafür hergegeben, das Kind wegmachen zu lassen, dass sie erwartete.

Ich habe alles getan, was ich konnte, um sie zu retten. Tagelang habe ich in der düsteren, verschmutzten Wohnung alles in meiner Macht stehende getan und es gelang mir auch. Aber das Kind lebte auch und ich bot ihr an, sie während der Schwangerschaft weiter zu betreuen. Sie nahm das an und kam hin und wieder in meine Praxis. Aber sie war verzweifelt und wollte das Kind nicht haben. Ich bat sie immer wieder eindringlich, nichts mehr zu unternehmen, was ihre Gesundheit oder die Gesundheit des Kindes gefährdete und wies sie darauf hin, dass es nicht wenige Frauen gab, die ihre Kinder in Zeitungsannoncen anboten. Das war immerhin besser, als das, was sie zuvor getan hatte. Und irgendwann war dann der Tag gekommen und die Alte kam wieder zu mir und flehte mich an, mitzukommen und ihrer Tochter bei der Niederkunft beizustehen. Ja und dies tat ich und so erblicktest du das Licht der Welt“, endete Alexander.

„Ich?“ Eduard schien das nicht glauben zu können.

„Ja, so war das. Und als ich dich dann auf dem Arm hatte und die Frau immer noch beteuerte, dass sie nicht wüsste, was sie mit dir anfangen solle und so verzweifelt war, da bot ich ihr an, dich zunächst einmal mit zu mir zu nehmen, sodass sie sich in Ruhe überlegen könnte, was sie tun wolle ...“ Alexander stockte.

Schließlich sprach er weiter. „ ... Ich weiß nicht, warum ich das tat. Ich kannte natürlich auch genügend Geschichten von ausgesetzten Säuglingen und von getöteten aber ... im Grunde ... in dem Moment, in dem ich dich im Arm hatte, da fiel dieser Entschluss und so war es eben. Von da an warst du mein Sohn.“ Er lächelte Eduard an und Elsa konnte sich denken, dass Alexander damals wohl denselben Blick gehabt hatte, als er Eduard im Arm hielt.

„Das war kurze Zeit nach dem Hamburger Waisenhausskandal. Es war ohnehin schon grauenhaft, wenn man die Kinder in den Waisenhäusern zu Gesicht bekam. Sie hatten kahlgeschorene Köpfe, waren untererernährt und wurden zu monotonen Arbeiten angehalten. Jeder, der sie zu Gesicht bekam, sah, dass sie dort erst zu den verwahrlosten Geschöpfen wurden, gegen die sie dort hatten etwas unternehmen wollten. Aber damit nicht genug. Just damals waren unvorstellbare Verbrechen ans Licht gekommen, die in dem Waisenhaus in der Averhoffstraße in Uhlenhorst an zahllosen Kindern verübt worden waren. Gedeckt von den Wärterinnen hatte der Leiter des Hamburger Waisenhauses namens Schulz im Mädchentrakt ein System gewohnheitsmäßigen sexuellen Missbrauchs etabliert. Er wurde schließlich wegen über 200-fachen Sittenverbrechens zu 10 Jahren Zuchthaus und Ehrverlust verurteilt. Aber auch damit nicht genug. Nur ein gutes Jahr später stellte sich heraus, dass der Nachfolger dieses Verbrechers monatelang tatenlos geschehen lassen hatte, dass eine Krankenwärterin die Kinder auf der Isolierstation tyrannisiert hatte[78]. Ja, die Isolierstation. Das willst du dir nicht vorstellen, was sich dort abgespielt hat... Der Gedanke, dich, dieses kleine, hilflose Bündel, dort abzuliefern, war für mich unvorstellbar. Ich lief mit dir zu einer Hebamme, die ich gut kannte und die half mir, dich zu wickeln und sie vermittelte mir eine Amme, die Milch für dich hatte und die Zeit verging und die junge Frau kam nicht, um dich zu holen und mit jedem Tag hoffte ich mehr und mehr, sie möge nie mehr kommen.“

---

78 Quelle: https://de.wikipedia.org/wiki/Das_Rauhe_Haus#Hamburger_Waisenhausskandal_und_Reform_der_Jugendf%C3%BCrsorge, aufg. am 1.9.2020 um 13:19.

„Und Ernst?“, brachte Eduard schließlich gequält hervor.
„Bei Ernst trug es sich fast genauso zu.“
„Dann sind wir keine Brüder?“
„Ihr seid genau so Brüder wie ihr es bisher immer wart. Ihr seid auch meine Söhne!“
„Ich muss darüber nachdenken.Das ist alles sehr viel...“
„Ich habe es euch nicht gesagt, denn ich wollte, dass ihr unbeschwert aufwachst. Dass kein Makel an euch haftet.“

Nachdem sie alles abgelichtet und alle Beweise sichergestellt hatten, wurde die Leiche in die Gerichtsmedizin verbracht.
Mortui vivos docent[79], wie Gennat immer sagte.
Die Mordautobesatzung fuhr zurück zum Alexanderplatz und setzte sich dort zusammen, um zu beratschlagen.
„Die Einzelteile der zerrissenen Zeichnungen haben wir weitestgehend zusammengesammelt. Sie müssen rekonstruiert werden, um auch festzustellen, ob sich auf den Fetzen etwas relevantes befindet und die Nachbarschaft muss befragt werden und die Angehörigen müssen ermittelt werden“, führte Ernst auf.
„Ich werde die Kartei durchgehen, um ähnliche Morde zu suchen.“ Gennat lehnte sich in seinem Stuhl zurück.
„Beim Adler kann ich direkt vorstellig werden.“ Ernst atmete tief durch.
„Tun Sie das. Das ist ihr Spezialgebiet.“ Gennat nickte. „Was wissen wir bisher über den Toten?“
„Er heißt Herbert Felder, 26 Jahre alt, unverheiratet, arbeitet an der Börse. Sein Bruder ist Franz Felder, 31 Jahre alt, Leiter des Chemiekonzerns Wittburg AG[80]. Der Alte hat den Konzern vor drei Jahren an Franz übergeben.“ Frau Paschke nickte. „Das ist erst mal alles.“
„Dann wollen wir mit den Familienangehörigen sprechen. Nur weil zunächst der erste Anschein auf einen der Ringvereine hindeutet, schließen wir nicht gleich andere Möglichkeiten aus“, erklärte Gennat. „Wie immer ist es zudem wichtig, schnell zu handeln. Die ersten 24 Stunden sind entscheidend. Suchen Sie bitte umgehend Behling auf, anschließend wollen wir gleich morgen

79 Mortui vivos docent bedeutet: Von den Toten für die Lebenden lernen. Dieser Grundsatz galt seit jeher und bis März 2020 für die Rechtsmedizin. Seit März 2020 gilt der Grundsatz nur noch im Hamburger UKE für Prof. Klaus Püschel.
80 Diesen Chemiekonzern habe ich erfunden, um den großen Chemiekonzernen, die damals aktiv waren und ja bis heute bestehen, nicht in eine fiktive Mordgeschichte zu „verwickeln“.

früh Vater und Bruder des Toten einen Besuch abstatten."

Ernst nickte. Es war ein Uhr morgens. Jetzt war die beste Zeit, um Behling aufzusuchen.

Er erhob sich und verließ den Besprechungsraum. Er ging in sein Büro und zog sich um. In Polizeiuniform würde er nicht ins Scheunenviertel fahren. Vor dem Präsidium winkte er ein Taxi heran.

In der Schönhauser Allee stieg er aus und suchte Behlings Stammlokal auf. Das grüne Dreieck lag etwas abseits in einer Seitenstraße.

Draußen lungerten zahlreiche Gestalten herum. Obdachlose und Arbeitslose. Er zog seinen Hut tief in die Stirn und schritt zügig voran, stieß die Lokaltür auf und trat ein. Drinnen sah er sich um.

Behling saß an einem der Holztische und spielte Karten.

Er verhandelte offensichtlich gerade mit zwei Rekruten. Sie planten also ein Ding. Kurz beobachtete Ernst die Szene unauffällig. Er ging dabei zum Tresen und bestellte sich ein Bier.

Mit dem Bier schlenderte er auf Behling zu.

„Abend", grüßte er beiläufig.

Behling und die zwei Anderen blickten auf. Behling grinste, die Zigarette zwischen den Zähnen. „Na, wen sehen meine alten Augen denn da kommen?"

Ernst deutete auf seine und Behlings Augen.

„Ist jut." Behling nickte. Er drückte die Zigarette auf seiner Hand aus und erhob sich schwerfällig. „Jungs, ick bin gleich wieder da."

Sie gingen in eines der Hinterzimmer.

„Herbert Felder?", fragte Ernst direkt.

„Ist wer?", fragte Behling.

„Jemand, der beim Adler Schulden hatte?", fragte Ernst.

„Das wüsste ich wohl."

„Dann will euch offenbar jemand einen Mord in die Schuhe schieben."

Am nächsten Morgen war Ernst müde, er hatte noch das ein oder andere Glas mit Behling getrunken und das ein oder andere Wort mit ihm gewechselt. Wie immer hatte Behling ihn auch gefragt, ob er sauber geblieben war, wobei dies in seinem Fall immer zweierlei bedeutete. Zum einen war es die Frage danach, ob er sich nach wie vor vom Opium fernhielt, zum anderen war es die Frage danach, ob er auch weiterhin keinen der Brüder und schon gar nicht den Verein selbst verraten hatte. Aber um Punkt sieben stand Ernst im Präsidium in Gennats Büro.

„Ich halte es für eher unwahrscheinlich, dass der Adlerverein damit etwas zu schaffen hat. Meine diesbezügliche Vermutung hat sich gestern Nacht bestätigt. Wenn Behling dahinter stecken würde, dann würde er nicht solch einen albernen Brief hinterlassen. Vielmehr sieht es für mich so aus, als wollte jemand gezielt den Verdacht auf Behling lenken.“ Ernst fuhr sich nachdenklich durchs Haar.

„Warum, fragt sich nur“, stellte Gennat fest. „Fahren wir zu Franz Felder. Ach, die Zeichnungen habe ich weitestgehend wieder zusammengeflickt. Scheußliche Dinger und nichts darauf zu sehen, was wichtig erschiene. Aber ich habe weitere Untersuchungen veranlasst."

„Womöglich hat sich hinter den Bildern etwas befunden, was die oder der Täter gesucht haben/hat?!", überlegte Ernst laut.

„Gennat, Hoffmann, Kriminalpolizei", stellte Gennat sie vor.

„Was kann ich für Sie tun?" Franz Felder sah hinter seinem Schreibtisch hervor, als störten die Beamten ihn bei der Arbeit.

Ernst sah sich interessiert um. Das Büro befand sich in einem großen Gebäude, das sich wiederum recht zentral nahe des Alexanderplatzes befand. Auf dem Korridor waren ihnen Herren in weißen Kitteln begegnet, aber Franz Felder saß im Frack an seinem Schreibtisch.

„Wir müssen mit Ihnen über ihren Bruder Herbert sprechen", erklärte Gennat.

„Was hat er wieder angestellt." Franz Felder seufzte offensichtlich gereizt.

„Ach? Stellt er oft etwas an?", stellte Gennat sich naiv.

„Prostituierte, Schulden, das Übliche. Eben ein jüngerer Bruder, der mit sich nichts anzufangen weiß", klärte sie ihr Gegenüber offensichtlich bereitwillig auf.

„Leider muss ich Ihnen mitteilen, dass ihr Bruder gestern Nacht tot aufgefunden wurde."

Franz Felder ließ sich auf seinen Stuhl fallen. „Was?" Seine Stimme klang spitz. „Mein Bruder ist tot? Wie ist das möglich?"

„Er wurde von seiner Haushälterin am gestrigen Abend tot in seinem Schlafzimmer aufgefunden."

„Pah", Franz Felder schnaubte. „Ich hab´s ihm ja immer gesagt. Sein Lebenswandel musste ihm einmal auf die Füße fallen."

Ernst vermied es, die Stirn zu runzeln, wenngleich ihm danach war.

„Was meinen Sie damit?" Gennat zückte seinen Bleistift und seinen Notizblock.

„Er hat allen geschadet mit seinem verwerflichen Leben. Prostituierte gingen bei ihm ein und aus und mehrfach bat er mich, ihm Geld zu borgen, um seine Verbindlichkeiten wegen Glücksspiels zu begleichen."

„Und Sie gaben ihm Geld?" Gennat sah Franz Felder mit leicht zusammengekniffenen Augen an.

„Sicherlich. Es bleibt schließlich in der Familie. Was will man machen? Wir standen uns sehr nahe. Ich habe ihm immer ausgeholfen, wenn es erforderlich war."

„Wissen sie einen Namen von irgendeiner Prostituierten oder einem Zechkumpan?“

„Er hatte immer Ärger mit dem Zuhälter. Er nannte ihn den langen Karl.“

Ernst wusste nicht, von wem die Rede war, aber das ließ sich leicht herausfinden. Die Spitznamen waren in der Regel geradezu Markenzeichen.

„Sind sie hier der Unternehmensleiter?“ Gennat machte eine beiläufige Bewegung mit der Hand, die andeutete, dass er dieses Gebäude meinte.

„Ja. Ich habe es vor drei Jahren von meinem... unserem Vater übertragen bekommen.“

In dem Moment klopfte es und eine Frau steckte den Kopf herein. „Herr Felder? Entschuldigen Sie, aber die Herren aus Frankfurt sind eingetroffen...“

„Ja, danke Fräulein Bliebenich, ich bin sofort da. Halten Sie sie bitte einstweilen mit einem Kaffee bei Laune.“

„Natürlich.“ Damit verschwand die Frau.

„Frankfurt? Dann wollen wir Sie nicht länger aufhalten.“

„Nun ja, es stehen wichtige Gespräche an.“

„Gut, dann werden wir jetzt gehen.“

Gemeinsam mit Franz Felder verließen sie das Büro.

Auf dem Flur gab er beiden die Hand und lief eiligen Schrittes in die entgegengesetzte Richtung.

Ernst und Gennat wollten soeben zum Ausgang marschieren, als ihnen ein Mann mit Glatze und Schnauzer entgegenkam, der eine Brille mit kreisrunden Gläsern und hoch über die Nasenwurzel geschwungenem Brillensteg trug.

Ernst durchfuhr es wie ein Blitzschlag. Warten, Wolke, Stille, Bewegungen, Pissegeruch, Schießbefehl, Rennen, Würgen, Schreie, totes Getier, Leichenfeld ...

Eilig lief der Andere an ihnen vorüber und nickte ihnen kurz mit einem Lächeln zu.

Gennat nickte zurück.

„Wer war der Mann?“, fragte Gennat, als sie im Polizeiauto saßen.

„Das war Fritz Haber.“

„Der Fritz Haber?“

„Exakt. Er hat den Nobelpreis erhalten, ist im Aufsichtsrat der neuen I.G. Farben, die aus der Fusion zahlreicher Chemieunternehmen im vergangenen Jahr hervorgegangen ist und er gehört mittlerweile auch der Leopoldina an." Es half, sachlich zu sprechen. Die Erinnerungen an den Krieg durften ihn nicht mehr in Beschlag nehmen. Er musste sich zusammennehmen. Tat er das nicht, würden sofort all die furchtbaren Bilder in ihm aufsteigen und das durfte er nicht zulassen.

Gennat schien kurz zu überlegen. „Wie würden Sie jetzt weiter vorgehen?"

Ernst atmete tief durch. Er musste sich auf den Fall konzentrieren. Haber vergessen. „Zum einen würde ich der Spur nachgehen, dass es sich um eine Fehde zwischen Ringvereinen handelt. Hierzu würde ich herausfinden, mit welchen Prostituierten Felder Kontakt hatte. Womöglich wissen die etwas. Zum anderen würde ich Franz Felder näher unter die Lupe nehmen. Er erscheint mir suspekt."

„Woran machen Sie das fest?"

„Er hat gar nicht gefragt, woran sein Bruder starb und er hat auch trotz seiner Behauptung, ein enges Verhältnis zu seinem Bruder zu haben, keinerlei Anzeichen von Erschütterung oder Trauer gezeigt."

„Gut. So machen wir es. Sie ermitteln im Milieu, ich nehme Franz Felder unter die Lupe."

Elsa öffnete die Augen. Die Sonnenstrahlen schillerten bereits durch die Vorhänge. Während sie sich streckte, fiel ihr schlagartig wieder ein, was gestern Abend vorgefallen war. Sie seufzte gequält.

Eduard drehte sich zu ihr. „Was hast du, Liebling?" Er legte den Arm um sie. Dann fiel es ihm offenbar auch wieder ein. „Oh, verdammt ...", stöhnte er.

„Wirst du mit Ernst darüber sprechen?"

„Himmel, ja, das wird auch noch erforderlich sein ... Am liebsten würde ich alles vergessen

„Ich kann dich verstehen, aber Alexander ist ein so feiner Kerl. Gut, dann ist er womöglich etwas ... verrückt ... aber dass er euch aufgenommen hat ..."

„Lass uns nicht gleich heute morgen davon anfangen. Ich brauche zunächst einen kräftigen Kaffee. Vorher will ich über all das nicht nachdenken."

Elsa nickte. Dann stand sie auf. „Emma ist bestimmt schon da, der Kaffee ist also gleich fertig. Ich wecke die Kinder."

Als Elsa gerade die Kinder geweckt hatte, kam Emma angelaufen. „Gnädige Frau, der Herr Hoffmann steht an der Tür."

„Ernst? Um diese Zeit?“ Elsa war irritiert. Ernst wollte heute zum Mittag kommen. Aber dafür war es zu früh.

Sie ging nach unten und begrüßte ihren Schwager.

„Elsa, ich hoffe, ich störe euch nicht. Ich muss leider für heute Mittag absagen. Ich werde es nicht schaffen, zum Essen zu kommen. Wir haben einen Mordfall und – wie Gennat immer sagt – kommt es auf die ersten 24 Stunden an. Ich werde mich also sputen müssen.“

„Gut, dann sehen wir uns ... bald.“ Elsa hatte noch nicht ausgesprochen, da war Ernst auch schon wieder verschwunden.

Ernst machte sich wieder ohne Polizeiuniform auf den Weg.

Diesmal führte ihn sein Weg in die Straße An der Königsmauer und von dort in die Schnurrbartdiele. Dabei handelte es sich um eine recht alte, sehr heruntergekommene Kaschemme im Scheunenviertel. Hier hatte sich der erste Ringverein vor vielen Jahren gegründet und hier trafen sich die Brüder nach wie vor gerne und häufig.

Als er eintrat, schlug ihm der unangenehme Geruch abgestandener Luft entgegen. Darüber lag der Geruch von Erbsensuppe.

An den Holztischen saßen einige Gäste. Sie löffelten ihre Suppe für wenige Pfennige.

Links hinten vereinbarten drei Männer ein Geschäft und auf der gegenüberliegenden Seite vermittelte Muskel-Adolf gerade Tagelöhnerarbeiten. Ernst konnte hören, dass es ums Pferdeäpfeleinsammeln ging.

Mit Muskel-Adolf – mit bürgerlichem Namen Adolf Leib – würde er reden. Der kannte sich bestens aus.

Ernst schlenderte an den Tisch, an dem der Boss vom Verein Immertreu saß.

„Jut, morgen sehen wir uns um dieselbe Zeit.“ Muskel-Adolf nickte dem hageren Kümmerling zu, mit dem er eben gesprochen hatte und grinste Ernst an. „Hoffmann, was führt dich zu mir? Man hört, du habest die Seiten gewechselt? Was sagt denn Behling dazu?“

„Die Leute reden viel. Aber ein Seitenwechsel ist etwas anderes.“

„Na, du bist einer, der gerne mit dem Feuer spielt. Aber dabei kann man sich durchaus verbrennen. Besonders, wenn man zwischen den Feuern gegnerischer Seiten spielt.“

„Wo finde ich den langen Karl?“

„Das kann ich dir sagen. Er gehört dem Verein Deutsche Kraft

an. Keiner meiner Männer. Du findest ihn in Moabit.“
„Er sitzt ein?“
„So hab ich es gehört. Seine Mädchen werden derweil vom Verein unterstützt. Red mal mit Hermann Pickelhaube. Der sitzt dahinten.“ Muskel-Adolf nickte in die Richtung, in der mehrere Männer Suppe löffelten.
Pickelhaube kannte Ernst wiederum. Er verdankte seinen Namen seinem Auftreten, das stets dem eines Feldwebels glich.
„Danke.“ er nickte Muskel-Adolf zu und wandte sich der Gruppe zu, bei der Pickelhaube saß.
„Mit mir?“, bellte Pickelhaube, als Ernst ihm vielsagend zugenickt hatte.
„Ja. Gehen wir eine rauchen?“, schlug Ernst vor und hielt Pickelhaube sein Zigarettenetui hin.
Pickelhaube stand auf, knallte die Füße zusammen, nahm das Etui und ließ es in seiner Jackentasche verschwinden. Dann marschierte er in militärischem Stil auf den Ausgang zu.
„Herbert Felder?“, Ernst nahm sein Ersatzetui aus dem Jacket, ließ Pickelhaube eine Zigarette nehmen und steckte sich selber eine in den Mundwinkel. Dann nahm er Zündhölzer und zündete beide Zigaretten an.
„Da war ich vorgestern Geld abholen.“
„Hat der noch was offen?“
„Nee, jetzt nicht mehr. Aber mit seiner Zahlungsmoral ist es nicht weit her.
„Mit dem werdet ihr keinen Ärger mehr haben.“
„Ach nein?“ Pickelhaubes Blick verriet Unsicherheit.
„Der ist nicht mehr.“
„Wie? Was ist passiert? Und wann?“
„Gestern wurde er gefunden. Der Mörder wollte den Verdacht auf den Adlerverein lenken.“
„Mit dem Adlerverein sind wir gut befreundet.“
„Das weiß ich. Was könnte dahinter stecken?“
„Rede mit den Mädchen. Vielleicht wissen die etwas.“
„Wo finde ich sie?“
„Helene ist in ihrer Wohnung. Wir gehen gleich hin.“

Wenige Minuten später standen sie in einer winzigen Zweiraumwohnung, deren einen Raum Helene bewohnte, während das andere Zimmer von einer achtköpfigen Familie, die mit der Miete, die Helene zahlte wiederum ihre Miete begleichen konnte, bewohnt

wurde.
„Herbert ist tot?“ Helene ließ sich auf einen Stuhl – es war der einzige im Raum – fallen. Sie wurde bleich bei diesen Worten.
„Haben Sie eine Vermutung, was dahinter stecken könnte?“
„Wo sind die Bilder? Haben Sie die Bilder untersucht?“
„Welche Bilder?“
„Herbert hatte Bilder in seiner Wohnung hängen. Die hat er selber gemalt. Er fand sie wunderschön, aber eigentlich waren sie ... na ja ... man soll ja nicht schlecht über Tote reden. Da waren jedenfalls die Unterlagen hinter versteckt.“
„Unterlagen?“ Ernst sah das Mädchen verwundert an.
„Er hat mir erzählt, dass er seinem Bruder Unterlagen gestohlen hat. Die hatte er in den Flaschen versteckt. Nur die letzten Unterlagen, also die, die er zuletzt gestohlen hat, die hat er in ein Schließfach verbracht. Den Schlüssel habe ich hier.“
Ernst sah überrascht auf. „Den haben Sie hier?“
Helene stand auf und ging zu ihrem Bett. Sie beugte sich hinab und holte etwas unter der Matratze hervor. Das überreichte sie Ernst.
„Was wollte er mit den Unterlagen?“
„Sie dienten dem Zweck, seinem Bruder na ja, ein bisschen die Notwendigkeit vor Augen zu führen, ihm hier und da mal was ... zuzustecken ... Der wollte nämlich unter keinen Umständen, dass die Unterlagen bekannt werden.“

Kurz darauf fand sich Ernst im Büro von Gennat ein.
„Gut, Hoffmann, dann legen Sie mal los. Was haben Sie herausgefunden?“
Ernst erzählte Gennat alles und endete damit, dass er ihm den Schlüssel und die Unterlagen, die er bereits aus dem Schließfach geholt hatte, auf den Schreibtisch legte.
„Wenn Pickelhaube gewusst hätte, dass Felder tot ist, dann hätte er nicht so freimütig eingeräumt, vorgestern Geld bei ihm eingetrieben zu haben. Damit hat er ja geradezu den Verdacht auf sich gelenkt. Zudem ist es tatsächlich so, dass Deutsche Kraft und Adler befreundet sind.“
„Das ist in der Tat hochinteressant, Hoffmann. Und ich habe recherchiert, was Franz Felder so treibt. Dann gilt es nur noch, herauszufinden, ob und in wie weit die entwendeten Unterlagen in Zusammenhang mit seinen Tätigkeiten stehen. Folgendes: Heute findet ein großes Treffen der IG Farben statt. Da sind Agfa, Bay-

er und die Chemische Fabrik Kalle und viele mehr vertreten. Ich habe natürlich auch weiter recherchiert, um den Hintergründen auf die Spur zu kommen. Haber, den wir da heute gesehen haben, ist derzeit und schon seit langem damit befasst, Möglichkeiten der Goldgewinnung aus dem Meerwasser zu erforschen, um damit die Reparationszahlungen zu finanzieren. Er ist damit besonders hervorgetreten, dass er im letzten Krieg die Gastruppen geleitet hat und Giftgas, das er selber entwickelt hat, einsetzte. Ich habe auch herausgefunden, dass seine Ehefrau, Clara, sich aufgrund dieses Engagements Habers selbst erschossen hat.

Haber hat sich zuletzt auch intensiv mit der Schädlingsbekämpfung befasst. Er erforscht die Verbesserung der Methoden des Einsatzes von Zyaniden zur Begasung mit Blausäure. Das gleiche gilt für Franz Felder. Er hat zuletzt Studien erstellt zu möglichen Schädlingsbekämpfungsmitteln und deren Folgen. Es ist offenbar beabsichtigt, den Einsatz von Giften in der Landwirtschaft stark voranzutreiben.“

Nach diesem Gespräch sahen sie die Dokumente durch und es bestätigte sich, was sie vermutet hatten. Die Dokumente enthielten Untersuchungsergebnisse, die nahelegten, dass die beabsichtigte Vorantreibung der Schädlingsbekämpfungsindustrie mit gravierenden Risiken für die Gesundheit verbunden sein würde. Zudem gab es Unterlagen über die Planung einer Fabrik, einschließlich der Auswirkungen für die ansässige Bevölkerung, sowie zu der geplanten Enteignung. Über den Dokumenten prangte jeweils in Großbuchstaben „Verschlusssache“.

Als Ernst an diesem Nachmittag das Präsidium verließ, war er müde und abgeschlagen, aber zufrieden. Gennat und er hatten die Verhaftung Franz Felders veranlasst. Er würde die Nacht in der Zelle auf der Holzpritsche verbringen und am nächsten Tag verhört werden.

Ernst war gespannt auf den morgigen Tag. Er spürte, dass es diesmal um viel mehr ging, als gewöhnlich. Gewöhnlich machten sie Raubmörder dingfest. Das waren dann Langfinger, die die Nerven verloren hatten. Aber diesmal ging es um etwas anderes. Es würde ihn nicht wundern, wenn in der morgigen Vernehmung bekannte Namen fallen würden und sich aus dieser Sache ein handfester Skandal entwickeln würde.

Am nächsten Morgen ging Ernst sogleich in Gennats Büro.

Gennat empfing ihn in ungewöhnlich schlechter Verfassung. „Wir müssen Felder gehen lassen. Sogleich.“

„Was?“ Ernst meinte, sich verhört zu haben.

„Die Unterlagen sind weg.“

„Wie ist das möglich?“

„Das kann ich Ihnen nicht sagen. Aber sehen Sie selbst. Die Akte ist da, aber alles was wir hatten an Beweisen ist weg. Der Schlüssel fehlt ebenfalls.“

„Wir haben die Prostituierte als Zeugin.“

„Die ist heute Nacht tot in der Nähe der Jannowitzbrücke aufgefunden worden.“

„Ach lieber Eduard, nun sei doch nicht gar so borniert.“ Ernst klopfte seinem Bruder auf die Schulter.

„Was willst du damit sagen? Hast du es etwa bereits gewusst?“ Eduard sah Ernst ungläubig an.

„Selbstverständlich. Du weißt, ich komme dank meiner beruflichen Tätigkeiten viel herum."

„Und du hast mich nicht eingeweiht?"

„Der Vater hat mich gebeten, es dir selber sagen zu dürfen. Es ist nicht meine Angelegenheit. Das musst du verstehen."

„Aber alles, woran ich geglaubt habe, war eine Lüge."

„Ach, Eduard. Lüge... Was ist schon eine Lüge? Es war eine ... Geschichte. Aber darauf kommt es doch überhaupt nicht an."

„Worauf kommt es denn an?" Eduard kickte einen kleinen Stein weg, der auf dem Bordstein lag und machte einen kleinen Bogen um den Straßenkehrer, um mit diesem nicht zusammenzustoßen.

„Für mich kommt es darauf an, was unsere Kindheit ausgemacht hat. Es kommt darauf an, dass er zu jeder Zeit ein fürsorglicher Vater war. Das war er schließlich, oder willst du das abstreiten?"

Eduard zuckte die Schultern.

„Für mich kommt es darauf an, dass wir uns immer Brüder waren. Oder willst du das etwa abstreiten?"

Eduard sah von seinen Füßen auf und Ernst an und atmete tief durch. Dann nickte er.

„Daran kann doch nicht ändern, dass er etwas absonderliche Vorlieben hat. Was mich angeht, bin ich froh, dass es heute nicht mehr so bieder zugeht, wie noch vor wenigen Jahren, dass diese bigotte und verlogene Prüderie und Heuchelei ein Ende gefunden hat."

„Nun, da magst du wohl Recht haben. Aber wenn es einen selber betrifft, dann ist das vermutlich schwerer zu erkennen, als wenn es nur andere angeht. Warum kannst du dich damit so leicht anfreunden?"

„Vermutlich, weil es doch niemandem schadet. Ich sehe jeden Tag die Dinge, die verbrochen werden und dabei anderen schaden. Da freue ich mich geradezu über alles, was unschädlich ist und sei es noch so verrückt oder absurd." Während Ernst dies sagte, war er in Gedanken bei den verschwundenen Beweisen und dem getöteten Kartenmädchen im Fall Felder. Es lag auf der Hand, wer dieses Verfahren auf diese Weise beendet hatte. Es musste jemand sein, der Zugang zu Gennats Büro, beziehungsweise zu der Akte hatte und es musste jemand sein, dem persönlich daran gelegen war, dass dieser Fall nicht aufgeklärt wurde. Es kam nur der Amtsrichter vom Alexanderplatz in Frage. Er hatte die Akte noch an dem Abend zugestellt bekommen und er hatte damit zum einen als einziger Einblick in den Sachverhalt gehabt und den Beschuldigten gesprochen. Doch vor dem Büro des Amtsrichters endete die Ermittlungsarbeit. In der Sache war nichts mehr zu gewinnen.

„Ernst wusste Bescheid?“ Elsa sah Eduard überrascht an.

„Worüber? Störe ich?“ Frederike stand in der Tür und sah Elsa und Eduard mit entschuldigendem Blick an.

Elsa überlegte kurz. „Nun, warum solltest du es nicht wissen? Es soll nur in der Familie bleiben, aber dazu gehörst du ja.“

Und so erzählten Elsa und Eduard Frederike von dem, was sie über Alexander erfahren hatten.

Frederike zuckte nur mit den Schultern. „Wir leben jetzt in neuen Zeiten. Lasst ihm den Spaß. Ich, als Frau möchte schließlich auch tun und lassen, was mir gefällt. Soll er es doch auch tun. Es tut ja keinem weh.“

Eduard und Elsa sahen sich verblüfft an. Dann sagte Eduard: „Sind wir denn schon so alt und verstaubt, dass wir nicht sehen, was Fredi und Ernst selbstverständlich finden?“

Elsa lächelte. „Liebe Fredi, wenn du es auch so siehst, dann muss ich mich wohl bei den Ohren packen und mir die Leviten lesen.“

Am 5. Oktober 1927 war Frederikes 27. Geburtstag.

Eduard und Elsa hatten Karten fürs Varieté in der Scala gekauft. Emma hütete die Kinder und Elsa, Eduard, Alexander und Frederike verließen gegen 19:00 Uhr das Haus.

Im Taxi fuhren sie zur Lutherstraße, dort trafen sie Ernst, der sie begleitete.

Frederike hatte sich sehr auf den Abend gefreut und freute sich besonders, dass Ernst mitkam.

Sie kannten sich bereits so gut und waren sich so verbunden, dass sie keinen Zweifel hegte, dass er an diesem Abend um ihre Hand anhalten würde.

Als erstes trat die als Frau mit den zehn Gehirnen berühmte Thea Alba auf. Sie konnte mit ihren zehn Fingern zehn Ziffern simultan schreiben. Das war sehr erstaunlich. Für einen Augenblick vergaß Frederike ihre Aufregung wegen des erwarteten Antrags.

„Heute hatte ich wieder mehrere Patienten, die Schmerzmittelpräparate verschrieben bekommen wollten, dabei machten sie keineswegs den Eindruck, als bräuchten sie diese aufgrund von Schmerzen“, raunte Eduard Ernst zu. „Das wird immer häufiger.

Und ich hatte etliche Patienten in den Jahren nach dem Krieg, die Morphium wirklich benötigten. Heute habe ich diese Patienten zum Teil noch immer, weil sie nun das Morphium brauchen, auch ohne noch Schmerzen zu haben und die anderen kommen nicht mehr, weil sie entweder verstorben, oder in die Kriminalität abgerutscht sind."

„Nun ja, leider bin ich nicht im Rauschgiftdezernat. Da haben sie es vor allem mit Kokain zu tun. Gestern wurde die Excelsior-Bar am Alexanderplatz hochgenommen. Bei der Razzia wurden mehrere Hundert Gramm Kokain sichergestellt."

Der Auftritt der Alba wurde mit tosendem Applaus belohnt. Nachdem sie abgetreten war, betrat Enrico Rastelli die Bühne. Er vollbrachte kaum vorstellbare Jonglierkünste.

„Sie bieten einem hier wirklich ordentlich etwas", stellte Alexander anerkennend fest. „Gut, dass ich das noch erleben durfte, nach all den Jahren unter dem Kaiser. Allein, dass man das heute sagen darf!"

„Aber es ziehen Wolken am Horizont auf, Vater. Ungute Vorzeichen. Noch scheint alles zu feiern und man hat sich schon so an all das Neue gewöhnt, dass man fast meint, es sei einem sicher, aber wenn man sich anschaut, was da für braune Gruppen durch die Straßen ziehen ..." Ernst trank einen Schluck Cognac. „Und nicht nur das. Seit März diesen Jahres ist Bernhard Weiß unser Vizepolizeipräsident. Er hat bereits im Mai angeordnet, dass die NSDAP und alle ihre Unterorganisationen im Bereich Berlin und Brandenburg verboten werden und sieht sich seitdem einer unbeschreiblichen Verleumdungskampagne ausgesetzt. Sie ziehen seinen Ruf in den Schmutz, immer wieder unter Verächtlichmachung seiner Zugehörigkeit zu den Juden. Was bitte soll das mit seiner Tätigkeit zu tun haben? Und meint ihr etwa, dass er von Seiten der Politik Unterstützung erfährt? Jeder, der die Augen und Ohren nur ein wenig offen hält und verfolgt, was in der Regierung und in der Presse geschieht, der muss schon vollkommen kindlichen Gemüts sein, wenn er nicht in höchstem Maße alarmiert ist. Und dabei sind es gerade Weiß, Grzesinski und Abegg, die die Polizei grundlegend reformiert haben. Ihnen ist es zu verdanken, dass wir eine Polizei haben, die vom republikanischen Gedanken getragen ist. Seit Jahren sind sie es, die sich gegen die braune Gefahr stemmen, gegen den Widerstand aus der Regierung. Wenn es einen Bereich gibt, an dem das Gefährdungspotenzial der Nazis deutlich wird, dann daran, dass sie ausgerechnet diese Personen der Berliner Polizei als erstes Feindbild betrachten."

„Aber die sind doch nicht ernst zu nehmen!", protestierte Eduard. „Wer könnte ehrlich daran glauben, dass diese Leute in der Lage sind, das Land zu regieren?"

„Da wäre ich mir nicht so sicher. Sie sprechen die vielen Unzufriedenen an, die Verlierer, die Alten, die den Kaiser wieder herbeisehnen und es gibt so viele Kinder, die die ganzen Jahre über vergessen wurden. Die finden dort ihr Zuhause. Manchmal denke ich, alle rennen und rennen, aber leider in die falsche Richtung."

Rastelli trat ab und eine bis auf ein Bananenröckchen und Pumps gänzlich unbekleidete Frau mit riesigen Ohrringen betrat die Bühne. Es war Josephine Baker. Das Orchester spielte einen der neumodischen Charleston-Tänze und die Baker tanzte unter wildesten Augenverrenkungen

Josephine Baker

„Das eine ist, wenn unsere Polizei den Banden, den Ringvereinen und den umherziehenden Schlägertrupps nichts entgegenzusetzen hat. Das ist besorgniserregend, aber womöglich heilbar. Das andere ist, und das bereitet mir die größeren Sorgen, wenn der Staatsapparat durchsetzt ist mit Personen, die selber die Durchsetzung von Recht und Gesetz unterminieren und vereiteln. Das sind Kräfte, die den Apparat in ganz andere Richtungen ziehen und von denen haben wir sehr viele in unserem Land. Sie werfen den Kräften, die versuchen die Republik voranzubringen, Tag für Tag Knüppel vor die Beine und Steine in den Weg. Sie sind wie hunderte kleiner Einfallstore, die nur jemand Gewieftes ausnutzen muss, um alles zu Fall zu bringen und dem sind wir viel näher, als es uns recht sein sollte und viel näher, als es wahrgenommen wird."

Nun trat ein Zauberkünstler auf.

„Seht ihr? So geht's. Alles schaut gebannt auf seine Show, was er tatsächlich treibt, seine Tricks, spielen sich ab, ohne Aufmerksamkeit auf sich zu ziehen."

Der Abend verging wie im Fluge und wurde sogar noch recht fröhlich.

Nachdem der letzte Varietékünstler die Bühne verlassen hatte, gingen sie gemeinsam etwas essen und machten sodann einen Spaziergang nach Hause.

Als sie sich schließlich vor der Haustür verabschiedeten – Elsa, Eduard und Alexander waren bereits ins Haus gegangen –, brachte Ernst das Thema schließlich zur Sprache. „Liebe Frederike. Ich denke, wir sollten nun endlich offen sprechen."

Ernsts Ton war ein anderer als der, den sie sich ausgemalt hatte und das bereitete ihr Sorgen. Sie sah ihn erwartungsvoll und zugleich verunsichert an.

„Frederike, ich schätze dich sehr, das weißt du, aber ich werde nicht heiraten. Nicht nur dich nicht. Ich habe beschlossen überhaupt nicht zu heiraten."

Frederike meinte, der Boden würde ihr unter den Füßen weggezogen.

„Aber ...", begann sie, ohne zu wissen, was sie sagen wollte. Sie hatte solange auf Ernst gewartet. So oft hatte sie sich in den letzten Jahren ausgemalt, ihn zu heiraten. Und mit diesen wenigen Worten hatte er nun all ihre Hoffnungen zerstört.

Als Frederike ins Haus kam, wollte Elsa mit ihr sprechen, sie trösten, aber das konnte Frederike nicht ertragen. Sie ging in ihr Zimmer und schloss sich ein. Am nächsten Morgen reiste sie ab, zurück nach Hamburg zu ihren Eltern.

Erst neun Monate später erreichte Elsa ein Brief von Frederike, in dem diese schrieb, es gehe ihr besser und sie habe einen Mann kennengelernt. Viktor. Sie seien bereits mehrfach ausgegangen. Mutter und Vater wären auch ganz angetan von Viktor.

Eduard berichtete Ernst davon im Café, wo sie sich getroffen hatten.

„Da bin ich sehr erleichtert. Es war nicht meine Absicht, ihr falsche Hoffnungen zu machen."

„Behältst du noch immer deinen Entschluss bei, dich nicht zu verheiraten?"

„Daran hat sich nichts geändert. Sieh dir nur an, wohin sich alles entwickelt. Das ist nicht die Zeit, eine Familie zu gründen."

„Gewiss, das ist nicht abzustreiten, aber hast du denn gar keine Hoffnung, dass es einmal besser wird?"

„Nein. Eher nicht."

Eduard deutete mit dem Kopf in Richtung eines Herren, der an einem der anderen Tische saß, über ein Notizbuch gebeugt. „Sieh mal, wer dort sitzt."

Ernst warf einen Blick in die gedeutete Richtung. „Kästner."

„Kennst du das Land, wo die Kanonen blühn?", fragte Eduard.

„Na, vor allem kenne ich das Land, wo die Syndikate blühn!", erwiderte Ernst.

Eduard nahm einen Schluck Kaffee. „Du gehst wohl noch unter die Dichter, was?"

Ernst sah nachdenklich aus dem Fenster. „Vielleicht." Eduard konnte es nicht wissen, aber Ernst trug sich tatsächlich seit einiger Zeit mit dem Gedanken, ein Buch zu schreiben. Ihm war der Gedanke zum ersten Mal ganz eindringlich gekommen, als er vor einigen Wochen einen Artikel von Ossietzky zu dem Bremer Kupplerprozess gelesen hatte. Dabei ging es um eine Frau, die ihre Töchter mit Männern zusammengebracht haben sollte und die über ihre anschließenden Erfahrungen mit der Sittenpolizei ein Buch mit dem Titel „Vom Leben getötet" veröffentlicht hatte[81].

Ossietzky kritisierte, dass die Richter das soziale Umfeld der Frauen außer Acht gelassen hätten. „Das Gericht fällt Werturteile über das Liebesleben von Arbeitertöchtern, aber es weiß nichts von dem dumpfen proletarischen Stadtmilieu, nichts von der warmen Sehnsucht junger Dinger herauskommen: Immer am Rand der Prostitution, manchmal einen Schritt darüber. Kuppelei ist ein typisches Verbrechen armer Leute, Kuppelei gehört zur Wohnungsnot. (...) Dieses Gericht über eine Mutter, die in ihrer armen Behausung in langen Nächten die mühsamen Schrift-

81 Quelle: Hermann Vinke, S. 77.

zeichen ihres toten Kindes nachgemacht hat, gehört zu den ärgsten Herausforderungen unseres Gegenwartsgefühls. In jenem schmalen Büchlein zuckt eine verlorene Seele noch einmal wie ein kleines Flämmchen auf und erlischt. Ein religiöses Jahrhundert hätte diese Frau Kolomak vielleicht als Hexe verbrannt. Aber um sie mit dem Kuppeleiparagrafen zu justifizieren, dazu war schon der moderne Rechtsstaat notwendig[82]." Dieser Artikel trug die ganze Tragik einer verlorenen Gesellschaftsschicht in sich. Einer Schicht, die vom Rest der Gesellschaft im Stich gelassen wurde und eine verlorene Generation um die andere heranzog. So war es bereits unter dem Kaiser gewesen und so war es auch im modernen Rechtsstaat. Und alles, was die Richter, vielleicht die Einzigen, die eine Einwirkungsmöglichkeit hatten, vermochten, war mit dem Zeigefinger auf den Sittenverstoß zu zielen.

Zunächst hatte Ernst jedoch keine Zeit, sich mit der Idee, ein Buch zu schreiben, weiter zu befassen, denn die Mordkommission wurde mit einem grauenhaften Fall befasst.

Zunächst war die Sache nicht so ernst genommen worden bei der Polizei, denn das konnte ja schon mal vorkommen, dass ein Mädchen nicht vom Spielen nach Hause kam. Womöglich war es mit zu einer Freundin gegangen und hatte vergessen zuhause Bescheid zu geben, aber auch am darauffolgenden Tag tauchte es nicht im Elternhaus auf und so wurde eine Fahndung an alle Dienststellen herausgegeben.

Einige Tage später dann wurde das Kind gefunden. Es war missbraucht und erwürgt worden, wie die Gerichtsmedizin feststellen musste.

Mit solch einem Kindermord hatten sie es selten zu tun. So rau die Ringvereine vorgingen, das war nicht ihre Sache, ganz im Gegenteil, das war eine Sache, die vom Ring und von der Brüdern als das Niederste verurteilt wurde.

Für Gennat stand also zweierlei ziemlich sicher fest. Erstens, dass der Täter nicht in den Vereinen zu finden sein würde und zweitens, dass mit der Unterstützung der Polizei durch die Vereine in dieser Sache zu rechnen war.

Die Öffentlichkeit nahm großen Anteil an dieser Angelegenheit, sodass es auch deshalb galt, schnell einen Erfolg vorzuweisen.

Aber alle Razzien und Vernehmungen möglicher Zeugen blieben ergebnislos und bevor die Polizei auch nur einen Schritt weiter

82 Quelle: „Maß für Maß in Bremen" von Ossietzky, Weltbühne Nr. 25 vom 21.6. 1927, S. 993 ff.

war, geschah der zweite Mord. Wieder ein kleines Mädchen, wieder ein Sexualvergehen und wieder wurde es erwürgt.

Diesmal suchte Ernst gemeinsam mit Gennat die Vorstände mehrerer Ringvereine, unter anderem der Nordpiraten, von Immertreu und des Adlervereins auf.

„Wer ist denn hier für die Verbrechen zuständig?“ Behling war die schlechte Stimmung deutlich anzumerken.

„Es geht darum, so schnell wie möglich den Täter zu stellen, damit er keine weiteren Taten verübt. Das ist das Einzige, was zählt.“ Gennat war mindestens genauso verstimmt wie Behling. „Zu euch kommt jeder. Auch jeder, der nicht zur Polizei geht.“

„Keine Sorge, Gennat, Du kannst dir sicher sein, dass der Ring alles tut, um dieses Grauen zu beenden. Aber eines ist gewiss. Wenn wir diesen Dreckskerl zuerst in die Finger kriegen, dann wird er auch abgeurteilt. Und bei uns gibt's keinen § 51.“

„Wenn ihr ihn erwischt, dann müsst ihr ihn der Polizei überstellen. Vergesst nicht, wenn ich meine Finger im Spiel hatte, dann hat es für jeden von euch immer ein faires Verfahren gegeben und niemand hat euch angefasst, bevor ihr nicht vor dem Richter gesessen habt. Das muss jetzt auch gelten.“

„Unter unseren Männern gibt es aber keinen, der so ein Verbrechen begehen würde. Solche Leute finden im Ring keinen Platz. Da gibt es kein Pardon.“

„Dagegen muss ich protestieren.“

„Tu das, aber es wird nichts ändern. Dann muss die Polizei uns eben zuvorkommen.“

Damit war das Gespräch beendet.

Schließlich war es jedoch der Ring, der den Täter ergriff. Ein Schnürsenkelverkäufer hatte beobachtet, dass ein Mann ein Kind angesprochen und ihm Süßigkeiten angeboten hatte. Er hatte einen Ringbruder alarmiert und der hatte umgehend Ringalarm gegeben, woraufhin mehrere Ringbrüder die Verfolgung aufgenommen und die beiden tatsächlich entdeckt hatten.

Sie waren ihnen bis in ein leerstehendes, verfallenes Haus gefolgt und hatten in dem Moment eingegriffen, als der Mann bereits begonnen hatte, das Kind zu entkleiden.

Das Mädchen wurde der nächsten Polizeiwache übergeben und der Mann, der tatsächlich fremd war und nicht dem Ring angehörte, wurde im Hafen Moabit in ein Warenlager verbracht, dass dem Ring gehörte.

Dort kamen alle Brüder, die Huren und die Bettler Berlins zusammen, um das „Monstrum“ zu sehen.

Hier wurde dem Mann der Prozess gemacht und das Todesurteil auch sogleich vollstreckt.

Die Polizei erfuhr von all dem schließlich aus der Presse, denn unter den Journalisten gab es Leute, die mit Ringbrüdern gut befreundet waren.[83]

Die Polizei konnte den Fall abschließen, ohne in die Klärung auch nur involviert gewesen zu sein.

Aber diese Sache war einer der ausschlaggebenden Gründe für Ernst, mit seinem Manuskript zu beginnen. Diese Sache, war für ihn wie die Spitze des Eisberges, wie der Tropfen, der das Fass zum überlaufen gebracht hatte.

Denn während die Polizei nichts für den Schutz der Kinder hatte tun können, die Polizei, die für den Staat die Prävention und die Verfolgung von Straftaten vornehmen sollte, während also letztlich der Staat in dieser Aufgabe versagt hatte, war diese Polizei doch maßgeblich damit befasst, die Ringbrüder zur Strecke zu bringen, eben diese Ringbrüder, die hier die Aufgabe von Polizei und Staat übernommen und erfolgreich ausgeführt hatten und während all dies geschah, wurde eines konsequent weiterhin übersehen und ignoriert, nämlich die Kinder selber. Die Kinder blieben Objekt in dieser Sache und die, die die Gefahren für die Kinder bewirkten, wurden nicht einmal ins Blickfeld gerückt.

Und alles würde so weitergehen. Die Polizei setzte sich erfolglos mit dem Ring auseinander, der seit Jahren in weiten Teilen die Ordnung überwachte und durchsetzte und machte sich damit vor der Bevölkerung unmöglich und das Verbrechen außerhalb des Ringes, wie auch diese Morde Verbrechen außerhalb des Ringes gewesen waren, blieben von der Polizei, vom Staat unbehelligt. Sie, die den Kindern, den Jungen die Zukunft raubten, denen schenkte niemand Aufmerksamkeit. Sie konnten in aller Seelenruhe ihr Treiben weiterführen. Ob das nun die Rattenfänger von Hameln des Großen Krieges waren, die damals die Jungen um sich gescharrt hatten und sie in einen sinnlosen, fatalen Krieg gejagt hatten, der ihr Leben vernichtete und die nun weitermachen konnten, ungestraft und ihr Treiben in der Industrie, in der Politik, in der Wirtschaft fortsetzten, oder ob es die Rattenfänger von Hameln der NSDAP waren, die die Jungen um sich scharrten,

83 Die Kindermorde sind belegt. In etwa so hat sich die Geschichte zugetragen. Quelle: Feraru, S. 157 ff.

um sie für ihre Ideen gefügig zu machen. Es war ein Phänomen, dass sich durch die ganze Gesellschaft zog und von dem Ernst keine Ahnung hatte, wie es noch aufgehalten werden konnte, aber womöglich kam ihm eine Idee, wenn er all das aufschrieb. Womöglich ordneten sich dann seine Gedanken und es würde sich ein Weg auftun.

Die erste Person, die er noch im Jahr 1927 traf, um sie zu einem Thema zu befragen, das für sein Buch relevant sein konnte, war Alma Wartenberg. Eduard hatte ihm das vermittelt. Er kannte Alma Wartenberg seit vielen Jahren und er hatte Ernst erklärt, dass das, was seine gute Freundin Alma zu sagen hatte, gewiss ein wichtiges Thema für sein Buch wäre.

Gemeinsam mit Eduard fuhr er also nach Altona, wo Frau Wartenberg mittlerweile lebte und arbeitete.

Ernst war sehr gespannt, was ihn erwartete.

Sie trafen sich in einem Café.

Alma Wartenberg war eine ältere Dame von etwa fünfzig Jahren. Sie wirkte jedoch sehr tatkräftig und resolut.

Eduard und sie begrüßten sich überaus herzlich.

„Liebe Alma, das ist mein Bruder Ernst. Ich musste euch einander vorstellen, denn mein Bruder beabsichtigt, ein Buch zu schreiben über die Situation der Kinder. Als er mir das erläuterte, musste ich sogleich an dich denken und da ist mir auch aufgefallen, wie schrecklich lange wir einander nicht mehr gesehen haben."

„Das ist leider wahr. Aber es freut mich sehr, dass du an mich gedacht hast. Vielleicht sprechen wir einfach in Ruhe bei einem Kuchen und Kaffee."

Als sie ihre Bestellungen aufgegeben hatten, lehnte sich Alma Wartenberg bequem zurück.

„Ja, hier bin ich nun gelandet, lieber Eduard. Im Schleswig-Holsteinischen. Hier bin ich nun die einzige Abgeordnete unter lauter Abgeordneten im hiesigen Provinziallandtag."

„Mein Bruder würde sicherlich gerne von deinem Lebensweg erfahren. Ernst, ich versichere dir, Alma kann großartig erzählen. Sie hat Geschichten erlebt, die würden ein ganzes Buch füllen."

„Für welche Partei sitzen Sie denn im Landtag?"

„Selbstverständlich für die SPD."

Ernst kam der Ton seines Gegenübers so vor, als wenn er eine ganz ungehörige Frage gestellt hätte, aber die darauf folgende Bemerkung seines Bruders belehrte ihn eines Besseren. „Erzähl meinem Bruder doch von dem Parteiausschlussverfahren!"

Alma Wartenberg lachte auf. „Das wusste ich sogleich, dass du jenes ansprechen würdest, wenn ich sage, dass ich selbstverständlich für die SPD im Landtag sitze." Sie lachte. Dann wandte sie sich Ernst zu. „Sie sollten vielleicht wissen, dass ich eine sehr hartnäckige Person bin. Mein Interesse galt immer den Rechten der Frauen und ihrer Selbstbestimmung. Das sieht mancher Platzhirsch nicht gerne. Solche Platzhirsche haben wir in der SPD natürlich auch und im Jahre 1906 gab es dann einige Funktionäre, die mich aus der Partei ausgeschlossen sehen wollten. Ich hatte mich im Vorfelde an den Protesten im Zusammenhang mit einem wirklich skandalösen Urteil des Altonaer Schwurgerichtshofes beteiligt, durch das die vier Vergewaltiger eines jungen Mädchens freigesprochen worden waren, obgleich sie der Tat überführt worden waren. Zudem habe ich auch entgegen der Parteilinie und im Widerspruch zur Parteiführung eine Zusammenarbeit mit den „Radikalen" innerhalb der bürgerlichen Frauenbewegung befürwortet. Das hat vielen nicht gefallen."

„Was wurde aus dem Verfahren?" Ernst hatte den Eindruck, dass Eduard Recht hatte und es sehr interessant werden würde, mit Frau Wartenberg zu sprechen.

„Es musste eingestellt werden. So ein Unfug, aber sie wollten mir unbedingt demonstrieren, dass sie stärker seien und setzten mich, trotz der Unterstützung meiner Genossinnen als Vertrauensfrau ab."

„Was taten Sie dann?"

„Solche Steine, die man mir in den Weg geworfen hat, die haben stets bewirkt, dass ich mir danach meiner Sache noch sicherer wurde, und noch überzeugter war, welchen Weg ich zu gehen habe und wo mein Engagement gebraucht würde. Man könnte sagen: Da wo die Steine liegen, dort musst du gehen!" Alma Wartenberg lachte wieder. „Ich habe dies als Neubeginn genutzt und mich von da an noch viel stärker den Themen Mutterschutz und Geburtenkontrolle gewidmet. Sehen Sie, das ganze Elend beginnt doch für breite Schichten der Gesellschaft mit den ungeregelten Geburten und der Rechtlosstellung sowie der fehlenden Bildung der Frauen. Das sind die drei großen Einfallstore, die Familien von Generation zu Generation ins Elend reißen und darin halten. Daran schließen sich sodann die großen Folgeprobleme an. Die hohe Säuglingssterblichkeit und die weite Verbreitung der „Frauenleiden" aufgrund zu vieler Geburten und Fehlgeburten und der häufigen Abtreibungen unter grausigsten Bedingungen. Ich zum Beispiel habe elf Geschwister!“ Alma Wartenberg setzte eine Pause.

In dem Moment wurde ihnen der bestellte Kuchen und der Kaffee serviert.

Als die Kellnerin wieder gegangen war, fuhr Alma Wartenberg fort. „Der Weg ist so einfach. Es bedarf einer Verbesserung der Lebensverhältnisse und es braucht Bildung, Aufklärung und Rechte für Frauen. Und, ich sage es ganz frei heraus, Eduard wird es dir als praktizierender Arzt bestätigen: Es braucht Verhütungsmittel. Diese Forderung jedoch, die doch am einfachsten umzusetzen wäre, stößt in breiten Kreisen bei den Verantwortlichen auf eine unvorstellbare Gegenwehr. Mit dieser Forderung habe ich keine Geringeren als die Beamtenärzteschaft und die Kirche gegen mich gehabt und mir wurde mehrfach mit Gefängnisstrafen wegen „Vergehens gegen das sittliche Empfinden“ gedroht. Leider muss ich Ihnen sagen, es ist keineswegs so, dass man mit Vorschlägen für eine Verbesserung die Mehrheit für sich hätte und nur einen kleinen Kreis von Gegnern. Ganz im Gegenteil. Man steht immer gegen die Mehrheit und die großen Hetzer sind ausgerechnet solche großartigen „Heilsbringer“ wie die Kirchenvertreter. Hat man die jedoch gegen sich, dann wird man von allen Seiten als ein Ketzer, eine Hexe oder eine Irre verachtet. Da hat sich nichts verändert in den letzten Jahrhunderten. Gerade die Kirchen steuern die öffentliche Meinung.“[84]

Sie sprachen lange mit Alma Wartenberg. Im Anschluss schrieb Ernst den Anfang seines Buches.

Er endete mit dem Abschnitt:

„(...) An den Grundsteinen, die also bereits vor der Geburt unzähliger Kinder gelegt werden und die ihr künftiges Leben maßgeblich im schlechten Sinne bestimmen, wird demnach partei- und institutionenübergreifend von der großen Mehrheit im Lande festgehalten, obgleich es längst Stimmen gibt, die dies anprangern, obgleich alle vernünftigen Argumente dafür sprechen, diese Zustände zu verändern und obgleich dies auch durchaus im Bereich des Möglichen liegt. Stattdessen werden die Befürworter solcher Reformen verunglimpft, verfolgt und bekämpft. Und es sind allen voran Institutionen wie die Kirchen, die diese Hetzte befeuern.

Es ist nur einer der Bereiche, die sich in verheerender Weise für den Großteil der Kinder im Land schädigend auswirken. Darüber hinaus gibt es weitere Bereiche, die im Folgenden dargestellt werden sollen.“

84 Alma Wartenberg hat es tatsächlich gegeben. Das Gespräch ist fiktiv, aber alles was sie über ihren Lebensweg berichtet, ist belegt. Quelle: Bake, Alma-Wartenberg-Platz.

Dann folgte der Beginn des darauffolgende Abschnitts:

„Einen dieser Bereiche stellen die, zumeist durch die Umstände der Geburt ausgelösten, nachteiligen Bedingungen des sozialen Umfelds des Kindes dar. Dieser Aspekt wird unter dem Begriff der Sozialen Frage, dessen Teilproblem der sogenannte „Pauperismus“ (die als neuartig und katastrophal empfundene Massenarmut auf dem Lande) ist, diskutiert.

Der Auslöser ist in dem seit etwa 1900 in Europa eingesetzten starken Bevölkerungswachstum zu sehen, einhergehend mit dem Entstehen des lohnarbeitenden Proletariats, der Bauernbefreiung, der Landflucht, der Verstädterung und dem Wachsen der Fabrik-industrie, der Industrialisierung also.

Dabei wird die Soziale Frage zwar erst mit dem Beginn der Industrialisierung, – in Deutschland zu Beginn des 19. Jahrhunderts – in Zusammenhang gebracht und erkannt, allerdings hat es solche sozialen Missstände bereits lange davor gegeben, nur nicht in solch großem Umfang. Es gibt vor allem zwei Gründe für Massenarmut auf dem Land: Die unzureichende Quantität und Qualität der Nahrung, die nicht mit den steigenden Energieansprüchen der industriellen Fabrikarbeit Schritt halten kann, sowie die rasch wachsenden Städte als Brutherde von Gesundheitsrisiken. Auslöser tödlich verlaufender Krankheiten sind dabei nicht konzentriert auftretende Epidemien, sondern beengte, unhygienische Lebensverhältnisse unter Bedingungen, die nur als Elend bezeichnet werden können. Umstände also, die sich durch politische Maßnahmen durchaus beseitigen ließen, wenn es gewollt wäre.

Somit stellen diese Entwicklungen doch letztlich Folgen der gesellschaftlichen Entwicklung dar, die nicht zwangsläufig hätten in sozialem Elend für große Bevölkerungsanteile münden müssen, wenn die Politik darauf lenkend reagiert hätte.

Jedoch geschah dies nur höchst unzureichend, etwa durch teilweisen Abriss der Elendsviertel in den Großstädten, etwa Teilen des Gängeviertels in Hamburg. Der entstehenden und wachsenden Industrie wird jedoch weiter freie Hand gelassen, die verelende Bevölkerung wird sich weitgehend selbst überlassen. Gegen die auf den Missständen gründende Kriminalität hingegen wird mit aller Härte durchgegriffen. Dabei wird der jüdische Teil der Bevölkerung, der nur räumlich in Zusammenhang mit der Kriminalität steht, wieder und wieder mit ins Zentrum der ordnungsbehördlichen Aufmerksamkeit gezerrt. Es sei nur erinnert an die Großrazzia des Berliner Polizeipräsident Wilmhelm Richter vor noch nicht langer Zeit gegen die jüdische Bevölkerung im Scheunenviertel, bei der rund 300 jüdische Männer, Frauen und Kinder von der Polizei aufgegriffen und in einem „Judenlager“ bei Zossen interniert wurden.[85]

Ein Bereich, in dem von staatlicher Seite her Verbesserungen herbeigeführt wurden, ist die Wasserversorgung. Hierzu war der wesentliche Schritt, Wasser als öffentliches Gut anzuerkennen[86].

Es sind bisher jedoch ansonsten bestenfalls karitative Institutionen, die außerpolitisch entstanden sind, die sich des Elends annehmen.

Allerdings wird auf diese Weise lediglich etwas am „wie" der Situation verändert. Das eigentliche Problem wird nicht identifiziert.

Die Probleme liegen nicht im System. Das System selbst ist das Problem. Das System der Industrialisierung.

Dass dies nicht erkannt wird, mag der tiefen Industrialisierung geschuldet sein.

Tiefe Industrialisierung bedeutet, dass die Industrialisierung nicht nur zu äußeren Veränderungen geführt hat und führt, sondern auch die Menschen selber verändert. Die Industrialisierung führt dazu, dass die Menschen Menschen der Industrialisierung werden.

Denn der Mensch muss, um in der Instustrialisierung zu überleben, diese verinnerlichen und in sich aufnehmen. Dazu passt er seine Gedankenwelt, sein Vorstellungsvermögen, seine ganze Wahrnehmung, sein Wollen, letztlich sein Wesen der Industrialisierung an.[87]

Seit etwa drei Generationen leben wir in Deutschland in der Industrialisierung und die Anpassungen lassen sich durch einen Vergleich dieser drei Generationen miteinander hervorragend aufzeigen.

Zugleich wird ein solcher Vergleich Hinweise darauf geben, wie sich die Auswirkungen der Industrialisierung weiter auf die Gesellschaft und auf jeden einzelnen auswirken werden, wenn ihr weiter zügellos die Entwicklung überlassen wird, wenn immer mehr Lebensbereiche von ihr durchdrungen und bestimmt werden.

Ein Blick weit in die Vergangenheit zeigt eines deutlich: Jahrtausende kamen die Menschen ohne die Industrialisierung zurecht. Es gab Krisen, es gab Nöte, aber die Menschen haben sich wieder aufgerappelt und es ging weiter. Seit jedoch die Industrialisierung eingesetzt hat, hat eine immer rasantere Entwicklung begonnen, die den Lebensraum und die Grundlagen der künftigen Generationen vernichtet.

Das wird so weitergehen und immer rasanter verlaufen, wenn dem nicht Einhalt geboten wird und die Frage, die man sich lieber heute als morgen stellen sollte, muss lauten: Wollen wir diese Entwicklung?

Dazu muss aber das Dogma in Frage gestellt werden, dass die Industriali-

---

85 https://de.wikipedia.org/wiki/Scheunenviertel_(Berlin), aufg. 06.03.2023 11:40.
86 Quelle ganzer Abschnitt: Osterhammel, S. 194, 259 f.; https://de.wikipedia. Org/wiki/Soziale_Frage, aufg. am 2.9.2020 um 8:12.
87 Quelle: Welzer, S. 57 ff.

sierung Schicksal ist. Das ist sie keineswegs.

Solche Dogmen aber zu überwinden wird mit jeder Generation schwerer, die hineingeboren wird.

Es wird heißen:

Aber die Industrialisierung bringt so viele Vorteile.

Man kann die Geschichte nicht zurückdrehen.

Man kann Entwicklungen nicht aufhalten.

An der Industrialisierung hängen Fortschritte, die ohne sie unmöglich wären. Wer das eine will, muss das andere lieben.

Aber ist es so? Das klingt alles sehr nach Schicksal, nach der Unfähigkeit zu planmäßiger Gestaltung über Triebe hinweg.

Zwei Fragen, die es sich zu stellen lohnt, um die Denkschranken zu durchbrechen, könnten lauten: Wer profitiert eigentlich von der Industrialisierung und wozu führt sie, wenn wir sie so weiterdenken, wie sie jetzt stattfindet?"

Nur wenige Wochen später erfuhr Ernst von Eduard, dass Frau Wartenberg einen Schlaganfall erlitten und alle Ämter niedergelegt habe. Einige Monate später erhielt Eduard die Sterbenachricht.

Ernst war froh, Frau Wartenberg noch kennengelernt zu haben. Wie schnell sich die Dinge plötzlich ändern konnten...

Er verfasste den nächsten Abschnitt in seinem Buch über die Folgen, die die soziale Misere für die Kinder mit sich brachte. Dazu zog er die Ausführungen Joseph Arnons, eines engen Freundes Janusz Korczaks über die Kinder in Korczaks Waisenhaus, heran.

„Ins Waisenhaus kamen Kinder aus dem Dschungel des Lebens, aus den Armenvierteln, der Prostitution, der Erniedrigung und der Härte. Diese Kinder brachten Ängste und Furcht mit sich, Gewohnheiten des Selbstschutzes vor Erwachsenen, Misstrauen gegenüber der Welt, Argwohn und eine Wertskala, die auf Gerissenheit und Betrug basierte".[88]

Ernst hatte weitere Anregungen von Heinrich Finkelstein und Adolf Baginski erhalten, die er beide über seinen Vater kennengelernt hatte.

Finkelstein zeichnete sich vor allem dadurch aus, dass er das Wohl der Kleinsten in den Fokus rückte. So war es ihm gelungen, seit der Übernahme der Direktion des „Kaiser und Kaiserin Friedrich-Kinderkrankenhauses" die Säuglingssterblichkeit auf 4,3 % zu senken, ein Wert, der nirgends unterschritten wurde. Er forsch-

---

88 Arnon, S. 32 ff., zit. aus Dauzenroth S. 19.

te unter anderem zu Ernährungsstörungen und hatte gemeinsam mit Ludwig F. Meyer als erste künstliche Säuglingsnahrung die Eiweißmilch entwickelt und er hatte die Finkelstein-Regel erdacht. Damit war bereits zahlreichen Säuglingen das Leben gerettet worden.

Besonders ein Zitat Finkelsteins, „nur derjenige, wird Säuglinge richtig beurteilen und mit Erfolg behandeln können, der sich angewöhnt, das kranke Kind und nicht den kranken Darm zum Gegenstand seiner Aufmerksamkeit zu machen", machte einerseits deutlich, dass die Herangehensweise an die Heilung von Kindern nur gelingen konnte, wenn deren Situation umfänglich beachtet wurde und zweitens, dass eben dies in der Praxis nicht die Regel war.

Finkelstein vertrat auch die Auffassung, dass eine gesetzliche Fürsorge für Schwangere und Wöchnerinnen eingeführt werden sollte, eine angemessene Ruhezeit vor und nach der Entbindung und er trat dafür ein, dass Anstalten geschaffen werden sollten für unterkunftslose Mütter für längere Zeit, die das Zusammenleben mit deren Kindern ermöglichten. Er machte sich dafür stark, dass eine einwandfreie Säuglingsmilch kostenlos an Arme auszugeben sei und dass Säuglingsheime und Säuglingshospitäler eingerichtet werden müssten.

Mit all diesen Forderungen stand er weitgehend allein. Es war dasselbe wie bei Alma Wartenberg. Kaum einer hatte für solche Anliegen Verständnis, dabei sprachen gewichtige Argumente dafür, dass die Umsetzung dieser Forderungen dringend erforderlich war.

Ernst zitierte Finkelstein mit den Worten:

„Der Reichen Kinder leben, weil alle Bedingungen erfüllt werden, die Bürgschaft für ihr Gedeihen geben, der Armen Kinder sterben, weil in bitterer Not die Ernährung und Pflege versagt."[89]

---

89 Quelle ganzer Abschnitt: https://de.wikipedia.org/wiki/Heinrich_Finkelstein. Die Finkelstein-Regel gilt bis heute. Mit ihr lässt sich der Flüssigkeitsbedarf von Neugeborenen errechnen. Quelle: https://de.wikipedia.org/wiki /Finkelstein-Regel, jew. aufg. am 25.8.2020 um 10:40.

„Hast du die Weltbühneausgabe vom 6. November schon gelesen?“ Ernst tippte auf das rote Heftchen, das auf dem Flügel in Eduards Salon lag.

„Gestern Abend hatte ich dafür etwas Zeit. Besonders gefallen hat mir „Ludendorff oder Der Verfolgungswahn“ von Theobald Tiger. Hier...“ Eduard griff nach der Wochenschrift und blätterte darin herum. Schließlich reichte er Ernst das Heft mit der aufgeschlagenen Seite.

Ernst las. Schließlich las er auszugsweise laut vor:

„... Denn die Jesuiten, Erich – und die Maurer, Erich –
und die Radfahrer – die sind schuld
an der Marne, Erich – und am Dolchstoß, Erich –
ohne die gäbs keinen Welttumult.

Jeden Freitag Abend spielt ein Kapuziner
mit dem Papste Skat – dazu ein Feldrabbiner;
auf dem Tische liegt ein Grand mit Vieren –
dabei tun sie gegen Deutschland konspirieren ...
Hindenburg wird älter und auch müder ...
Alles Unheil ist das Werk der Brüder.
Fährst du aus dem Schlaf? Die blaue Brille
liegt auf deinem Nachttisch wohl bereit?
Hörst du Stimmen?
Das ist Gottes Wille,
Ludendorff, und weißt du, wer da schreit –?
Hunderttausende, die jung und edel
sterben mussten, weil dein dicker Schädel
sie von Grabenstück zu Grabenstück gehetzt
bis zuletzt ...“[90]

„Und dennoch glauben alle das Märchen vom Dolchstoß.“ Eduard zog verständnislos die Augenbrauen hoch. „Und das Märchen von der jüdischen Weltverschwörung ebenfalls.“

„Wen wunderts? Greifst du ins Zeitungsregal und nimmst wahllos eine Zeitung, wird es trotz der Unmengen an Zeitungen mit großer Wahrscheinlichkeit ein Hugenbergblatt sein, das du in den Händen hälst. Und all diese Blätter streuen immerzu ihr Gift unter die Leute, denen nicht einmal bewusst ist, dass sie alle, egal was sie nun lesen, immerzu Hugenberg lesen.

Die Weltbühne mag an die 10 000 Leser haben. Hugenberg hat mehrere Millionen Leser. Sie alle halten sich für klug, dabei lassen sie sich an der Nase durch Hugenbergs Geschichts- und Politik-Gruselkabinett führen.“

„Geradewegs in den nächsten Krieg“, führte Eduard Ernsts Gedanken fort.

Ernst sah irritiert auf. Er dachte nach. „Ja, vermutlich. In den nächsten Krieg.“

„Hier, ließ dies:“ Eduard zeigte Ernst einen anderen Artikel und darin den letzten Satz.

Ernst las: „Massengräber in Berlin. Massengräber in München, an der Saale, am Rhein und an der Ruhr. Ein tiefes Vergessen liegt über diesen Gräbern, ein trauriges Umsonst...“[91]

... In Ernst stiegen augenblicklich wieder die Bilder hoch, die er seit langem erfolgreich zurückgedrängt hatte...

---

90 Quelle: „Ludendorff oder Der Verfolgungswahn“ von Theobald Tiger (Tucholsky) in Weltbühne Nr. 45 vom 6. 11. 1928, S. 700.
91 Ossietzky, „Deutschland ist...“ in Weltbühne Nr. 45 vom 6.11. 1928 S. 689 ff.

„Ich fürchte, diese Zeilen stehen am Beginn eines bald einsetzenden Abstiegs unseres Landes." Eduard hätte Ernst am liebsten antworten hören, dass dieser das anders einschätze.

Aber Ernst blickte nur schweigend zurück.

An diesem Abend begann Ernst das Kapitel über die mangelhafte Bildung:

„Unsere Schule ist eine Kaserne. Die Kinder machen wir mit Uhren in der Hand zu Mannequins, wir gleichen ihre Charaktere an, ordnen ihre Initiative aus. Wir haben die Kinder nummeriert, haben eine mit Tausenden von Gesetzen, Verordnungen und Anordnungen dem Gefängnis ähnliche Disziplin eingeführt: Wir führen mit ihnen kluge Reden, die zum sophistischen Verständnis beitragen sollen. Die Kinder bekommen fast keine Luft in diesem brutalen, kalten, künstlichen Leben, das ohne jegliche Poesie ist..."[92]

Diese Einleitung war ein Zitat Janusz Korczaks.

„Nach der Gründung der Republik wollten die Parteien der „Weimarer Koalition" mit einer Reform des Schulsystems entscheidende Impulse für die Demokratisierung von Staat und Gesellschaft setzen. Hierzu haben sozialdemokratische und linksliberale Kräfte in den örtlichen Arbeiter- und Soldatenräten und in den sich konstituierenden Länderregierungen auf eine rasche Prüfung und Umsetzung reformpädagogischer und weltlicher Erziehungs- und Volksbildungskonzepte gedrängt. Weiter forcierten sie die Herstellung von Chancengleichheit im Schul- und Hochschulbereich und die Abschaffung von Klassenschranken. Dabei haben die Initiatoren erkannt, dass besonders problematisch der reaktionäre Einfluss der Kirchen auf die Erziehung und die Schulbildung der Kinder und Jugendlichen ist, soweit sie eng mit den gestürzten Herrscherhäusern verbunden sind. So gab es in Preußen eine kirchliche Ortsschulaufsicht. Diese wurde unter SPD und USPD-Führung mit sofortiger Wirkung aufgehoben.

Dann jedoch setzten um den Jahreswechsel 1918/19 Machtkämpfe und bewaffnete Auseinandersetzungen der maßgeblichen Revolutionsparteien SPD, USPD und KPD ein und die Ansätze zur Reform des Schulwesens fanden keinerlei Beachtung mehr. Auch nach der Stabilisierung durch die Wahl Friedrich Eberts zum Reichspräsidenten und der Ernennung Philipp Scheidemanns wurden keine weiteren Schritte mehr unternommen, um das Schulwesen zu verbessern. So blieben die vorrevolutionären Strukturen im Schulwesen weitgehend beibehalten. Folglich wurde auch beibehalten, dass weiterhin die soziale Herkunft maßgeblich bestimmte, welche Chancen jedes Kind haben würde.

---

92 Dauzenroth, S. 37.

Wer das Gymnasium besuchen sollte, musste zuvor auf eine schulgeldpflichtige „Vorschule“ gehen.

Schließlich nahmen die Parteien der Weimarer Koalition die Verhandlungen über eine Schulreform doch wieder in Angriff, wobei die Vorstellungen jedoch weit auseinanderklafften. So einigten sie sich nach zähem Ringen auf den Weimarer Schulkompromiss. 1920 wurde daraus das Grundschulgesetz.

Erstmals sollte es eine für alle Schüler gemeinsame „Grundschule“ von vier Jahren geben. Private Vorschulen sollten eine Ausnahme werden. Nach der Grundschule sollten sich unterschiedliche Schulformen der einfachen, mittleren und höheren Schulbildung anschließen. Damit war die Grundlage geschaffen, grundsätzlich an einer Drei-Klassengesellschaft festzuhalten. Zugleich stellt sich seit Beginn der Umsetzung des Gesetzes die Frage, inwiefern und in welcher Form, republikanische, oder demokratische Werte und Vorstellungen „anerzogen“ werden dürfen, können, sollen oder müssen. Heinrich Wetterling vertritt beispielsweise die Auffassung: „Die wahre republikanische Gesinnung beruht auf einem selbstständigen politischen Urteil, auf dem Vertrauen zu den selbstgewählten Führern, auf dem opferbereiten Gemeinsinn, auf dem Verständnis für eine freiheitliche Entwicklung und für soziale Gerechtigkeit. Der Republikaner muss Neigung und Fähigkeit haben, das Leben im Staate zu verfolgen, damit er jederzeit von seinen Rechten und Pflichten den richtigen Gebrauch machen kann.“[93] Aber woher soll all das kommen?

Weiter hat sich gezeigt, dass es für die Schulen ein Problem darstellt, wie sie mit dem tagespolitischen Geschehen umgehen sollen. Angesichts der gesellschaftlichen Unsicherheiten und fehlender didaktischer Konzepte, insbesondere in Phasen starker politischer Unruhen und extrem polarisierender politischer Vorstellungen erschien es den Lehrenden in den Schulen in den vergangenen Jahren, als dass ein völliger Verzicht auf politische Themen im Unterricht der einzige gangbare Weg sei.[94]

Seit einiger Zeit nun kommen Stimmen auf, dass dies doch keine zielführende Entscheidung gewesen sein könnte, sondern statt einer Tabuisierung politischer Themen die außerschulische Umwelt der Jugend als Tatsache anerkannt, und ihr durch eigene Bildungsarbeit begegnet werden müsse. So hat der Hamburger Lehrer Nicolaus Henningsen vor gar nicht allzu langer Zeit geschrieben: „Und wenn an einem hochpolitischen Tag Elternhaus und Straße mit Reden, Plakaten, Flugblättern, Abzeichen, Fahnen, Demonstrationszügen das junge Menschenkind und seine Seele eingefangen, mitgerissen haben, dann

93 Quelle ganzer Abschnitt: https://www.bpb.de/gesellschaft/bildung/zu kunft-bildung/229629/schulgeschichte-bis-1945, aufg. Am 25.8.2020 um 13:08; https://de.wikipedia.org/wiki/Weimarer Schulkompromiss, aufg. am 25.8.20 um 12:25; Wetterling, S. 500, zitiert aus: https://www.bpb.de/apuz/306962/ demokratielernen-in-der-weimarer-republik, aufg. am 25.8.20 um 14:00

94 Quelle: https://www.bpb.de/apuz/306962/demokratielernen-in-der-weimarer-republik, aufg. am 25.8.2020 um 21:47.

ist es ein Unding, wenn an der Schwelle der Schule nun die Warnungstafel erfolgreich sein soll mit der Aufschrift: „Hier darfst du die Politik nicht mitbringen!“ (...)Wir Erzieher verurteilen uns doch selbst zur Ohnmacht, ja zur Lächerlichkeit, wenn wir einfach so tun, als brauchten wir alles Unbequeme und Widrige nur nicht zu beachten, damit es nicht mehr vorhanden ist![95]“

Leider ist damit zu konstatieren, dass bis vor zwei Jahren alle Generationen, die in Deutschland leben, nur nach monarchistischen Prinzipien erzogen wurden. Und nur unter der Voraussetzung, dass es den Lehrern nun seit zwei Jahren gelingt, im Rahmen des Unterrichts demokratische Prinzipien zu vermitteln, gerade einmal die heute acht bis zwölfjährigen je zwei Jahre erste demokratische Inhalte vermittelt bekommen haben. Das ist ein verschwindend kleiner Teil der Bevölkerung mit noch verschwindenderem politischen Einfluss. Zudem steht zu befürchten, dass unter den vielen Lehrern auch nur wenige republikanisch gesinnt sind und tatsächlich ernsthaft den Anspruch an sich haben, die Schüler in diesem Sinne zu bilden.

Das Bild, dass Korczak von der Schule hat, scheint jedenfalls bis heute wohl auch für die allermeisten deutschen Schulen zu stimmen. Dies wird auch daran ersichtlich, dass so wenige ehemalige Schüler sich zur Demokratie und zur Republik bekennen und dass dagegen so viele sich den Gegnern der Republik anschließen, was schon daran zu erkennen ist, dass der Hugenberg-Konzern das größte Medienimperium Deutschlands ist, mit Millionen Lesern, Hörern und Filmschauern. Während sich die Schule bisher weitgehend aus der politischen Erziehung herausgehalten hat, haben andere dies nicht getan, sondern insbesondere die Medien üben einen großen politischen Einfluss auf die Massen aus. Wer aber steckt dahinter? Wem wird im großen Stil die politische Bildung heranwachsender und kommender Generationen übelassen?“

Hiermit leitete Ernst über zum folgenden Abschnitt:

„Zwischen 1912 und 1928 ist es in Deutschland zu wirtschaftlichen Konzentrationsprozessen mit Überschneidungen der Montanindustrie und Rüstungsindustrie und Medienbranche gekommen.

Diese Entwicklung begann mit der ökonomischen Schieflage des Scherl-Verlages vor einigen Jahren. Der Scherl-Verlag hatte auf prägnante kurze Nachrichten gesetzt und damit Millionenauflagen erzielt. Aber er war schließlich wirtschaftlich nicht erfolgreich, so dass er sein Presseunternehmen 1913 an den „Deutschen Verlagsverein“ verkaufte und 1914 ausschied. Sein überregionales Zeitungsimperium hingegen wurde 1916 von dem Vorsitzenden der Friedrich Krupp AG, Alfred Hugenberg übernommen. Von da an gab es nur noch drei

---

95 Quelle: Henningsen, S. 153 f., zitiert aus: https://www.bpb.de/apuz/306 962/demokratielernen-in-der-weimarer-republik, aufg. am 25.8.20 um 21:47.

Medienkonzerne in Deutschland: Mosse, Ullstein und Hugenberg.
Als Hugenberg Scherl übernahm, wurde er dabei vom Reichsinnenministerium finanziell mit 5 Millionen Reichsmark unterstützt.
1914 gründete Hugenberg mit 17 „Freunden" aus der Industrie die „Auslands-GmbH" mit Sitz in Essen, später „ALA" genannt. Zweck der Gesellschaft ist es, über Anzeigenaufträge die Presseberichterstattung zu beeinflussen.
Hugenberg hat schon zuvor bei Krupp einen Nachrichtendienst aufbauen lassen, der 1913 beim Korruptionsprozess gegen Krupp-Mitarbeiter seine Bewährungsprobe bestand.
Um seine Position weiter auszubauen und zu festigen, gründete Hugenberg VERA. Sie fungiert als Fachberatungsstelle für Industrielle, die Eigentümer von Zeitungen werden. Zudem begann er einen Kampf um die Provinzpresse durch weitere Übernahmen. Die Flaggschiffe aus Scherls Imperium geben Hugenberg eine monarchistische, rechtsnationale, inzwischen auch nationalsozialistische Ausrichtung.
1922 hat Hugenberg die Mutuum Darlehen Aktiengesellschaft, eine Zeitungsbank, die an Zeitungen Kredite vergibt, sich an Zeitungen beteiligt und Zeitungen mit VERA verbindet, gegründet. So können sich Aktionäre über das Instrument der Zeitungsbank Einfluss auf Organe sichern.
Der Konzern tut sich im Sinne der Pflege nationalistischen Denkens sowie einer Herabsetzung der republikanischen Einrichtungen hervor.[96]
Wie aber soll die Republik überleben, wenn die Schulen versagen und die Medienkonzerne wie Rattenfänger die Ver-"Bildung" in dieser Weise übernehmen? Die Republik verschläft es, die eigenen Kinder zu Demokraten zu erziehen, die teilhaben wollen, teilhaben können und teilhaben werden.
Dabei gibt es längst Pädagogen, die veranschaulichen, was es dazu braucht. Pestalozzi, Korczak und Montessori, um nur einige zu nennen. (...)"

Im selben Monat sollten Elsa und Eduard zum ersten Mal Be-

---

96 Quelle ganzer Abschnitt: http://www.munzinger.de/document 00000 000096, aufg. am 16.8.2020, 7:38; http://www.polunbi.de/inst/hugenberg.html, aufger. Am 16. 8.2020 um 21:22; Hachmeister, S. 157 ff. 1931 bildete sich auf Initiative Hugenbergs aus DNVP, NSDAP, dem „Stahlhelm" und dem „Alldeutschen Verband" das gegen Brünings Kabinett gerichtete Bündnis „Harzburger Front". Bis 1933 baute Alfred Hugenberg, ein Medienimperium auf. Der Hugenberg-Konzern war ein Medienkonzern aus Verlagen, Pressediensten und -agenturen (Telegraphen-Union, Transocean), Werbeagenturen, Korrespondenzdiensten, Filmgesellschaften (wie UFA mit Wochenschauen) und Zeitungsbeteiligungen. Vor 1933 belieferte Hugenberg täglich 1600 Zeitungen mit Nachrichtenmaterial. 1933 wurde er kurzzeitig Wirtschaftsminister unter Hitler. Nach 1933 war Hugenbergs lukrativstes Objekt ab 1939 die Luftwaffen-Zeitschrift „Der Adler" mit 1943 wöchentlich 2,3 Millionen Exem-plaren. Quelle: http://www.munzinger.de/document/00000000096 (aufg. am 16.8.2020, 7:38) Quelle: http://www.polunbi. de/inst/hugenberg.html, aufger. am 16.8.2020 um 21:22; Hachmeister, S. 157 ff. Näheres mit Ausblick auf Teil 2 des Romans im Anhang Seite 303.

kanntschaft mit Frederikes Verlobtem Viktor machen, Frederike und Viktor wollten für einige Tage nach Berlin kommen.

Ernst hingegen hatte beschlossen, ein Treffen mit Frederike zu vermeiden, um nicht alte Wunden aufzureißen, aber er hatte auch viel zu tun bei der Kripo. Mittlerweile hatten sich die Ringe in Hamburg, Bremen und Kiel zum Norddeutschen Ring zusammengeschlossen und arbeiteten Hand in Hand mit sowohl dem Berliner Ring als auch dem mitteldeutschen Ring. Die Arbeit war mühsam, da alle Polizeipräsidien durchsetzt waren mit Spitzeln, sodass die Ringe der Polizei stets einen Schritt voraus waren.

Elsa freute sich sehr. Seit Frederikes Abreise damals, nach ihrem 27. Geburtstag, hatten sie sich nicht mehr gesehen und Elsa litt sehr darunter, denn sie hatten sich immer sehr nahe gestanden. Sie war auch zudem sehr neugierig, Viktor kennenzulernen. Frederike hatte eigentlich noch fast gar nichts über ihn geschrieben.

Elsa stellte ihn sich so ähnlich wie Ernst vor. Vermutlich, weil Frederike schließlich in Ernst verliebt gewesen war.

Wie immer hatte Elsa das Gästezimmer für Frederike hergerichtet doch diesmal hatte sie auch das danebenliegende Zimmer für Viktor vorbereitet.

Als es endlich soweit war, dass sie jeden Moment eintreffen konnten, lief Elsa eilig noch einmal in jedes der beiden Zimmer und warf einen prüfenden Blick hinein. Noch einmal zupfte sie an den Bettdecken und versicherte sich, dass die Blumen in den Vasen ordentlich auf den Tischen standen. Sie hatte gerade die Tür zu Frederikes Zimmer geschlossen, als Emilia angerannt kam. „Sie kommen!“, rief sie aufgeregt.

Elsa lief mit Emilia die Treppe hinab. Sie waren gerade unten angelangt, als es auch schon klopfte.

Elsa riss die Tür auf und stand Frederike gegenüber.

Sie fielen sich sofort in die Arme. Elsa hatte Viktor noch nicht einmal wahrgenommen, so glücklich war sie, ihre Schwester wiederzuhaben. „Wie habe ich dich vermisst, Fredi...“ schnell wischte sie eine Träne weg, die sich verselbstständigt hatte.

Frederike ließ sie nicht los. Lange standen sie so da.

Zum Glück war der vierzehnjährige Leopold an der Tür angelangt und hatte Viktor begrüßt, der unschlüssig draußen wartete.

Beim Abendessen hatten sie schließlich Gelegenheit und Ruhe, sich zum ersten Mal mit Viktor zu unterhalten.

Eduard schenkte zur Feier des Abends einen seiner besten Jahrgänge aus.

„Ja, einen Grund zum Feiern haben wir und genaugenommen sogar zwei Gründe!“, erklärte Viktor mit frohem Gesicht.

Alle sahen ihn erwartungsvoll an.

„Nun, das Redeverbot gegen Adolf Hitler ist doch vor wenigen Wochen am 28. September nämlich, aufgehoben worden und natürlich eure freundliche Einladung. Meine liebe Frederike hat schon so viel von euch erzählt. Ich war sehr gespannt, endlich eure Bekanntschaft zu machen.“

Eduard horchte unwillkürlich auf. Es gefiel ihm überhaupt nicht, was er soeben gehört hatte. Er warf seinem Vater Alexander einen Blick zu und dieser erwiderte Eduards Blick möglichst unauffällig.

Elsa bemerkte die Blicke von Eduard und Alexander. Sie selber empfand es ebenfalls als sehr unsympathisch, dass sich Viktor offensichtlich über die Aufhebung des Redeverbots freute.

Sie hatten vor wenigen Tagen mit Ernst darüber gesprochen. Es war ausgerechnet Grzesinski gewesen, der dieses Verbot aufgehoben hatte. Ernst sah dies auch mit Sorge. Grzesinki war bis zuletzt Berliner Polizeipräsident gewesen. Er war es vor zwei Jahren auch gewesen, der öffentlich angezeigt hatte, dass ein Rechtsputsch drohte. In jedem seiner Ämter hatte er ganz offensichtlich die Demokratisierung gefördert. So hatte er etwa mit Wilhelm Abegg dafür gesorgt, dass die oberen Polizeiränge mit Republikanern besetzt wurden, wie Ernst ihnen berichtet hatte.

Aber Elsa wollte an diesem ersten Abend keine Diskussionen über Politik. Sie überlegte deshalb, wie sie das Gespräch auf ein anderes, ein unverfängliches Thema lenken konnte. „Was wollen wir denn morgen unternehmen?“, fragte sie schnell.

„Ich werde morgen keine Zeit haben, etwas mit euch zu unternehmen, aber fühlt euch ganz frei, etwas Schönes zu machen. Ich stoße dann am Abend wieder zu euch.“ Viktor nahm einen Schluck von dem Rotwein.

„Ach so, hast du einen Termin hier in Berlin?“, fragte Eduard erstaunt.

„Nun, einen Termin nicht gerade, aber morgen findet doch die Rede im Berliner Sportpalast statt! Die will ich mir unbedingt anhören.“

Alexander verschluckte sich bei diesen Worten prompt an seiner Kartoffel.

Elsa sah ihn besorgt an. Sie wusste, dass er Angst vor den Nazis hatte. Er sei nicht mehr der Jüngste, sagte er immer, und es gebe eine Sache, die er ganz bestimmt nicht mehr erleben wolle, nämlich, dass dieser wütende, kleine, hasserfüllte Wicht Macht in die Hände bekäme.

Sie ließen es schließlich auf sich bewenden und verbrachten am nächsten Tag ohne Viktor einen herrlichen Tag mit einem Spaziergang durch die belebten Straßen Berlins, mit heißer Schokolade für die Kinder und Berliner Weiße für Frederike, Elsa und Eduard.

„Theolein, kommst du?", rief Frederike, als sie das Café verlassen wollten.

Aber Theodor dachte gar nicht daran. Er war ganz und gar vertieft darin, Zuckerkrümel zu ordnen, die seine größeren Geschwister auf dem Tischchen verstreut hatten.

Frederike sah Elsa irritiert an.

„Er ist ein sehr in sich gekehrtes Kind", erklärte Elsa schnell. Wieder verwunderte auch sie selbst sich darüber, dass Theodor so ganz anders war, als seine Geschwister.

Eine Weile standen sie unschlüssig herum. Leopold, Emilia und Hans waren schon hinausgelaufen und tobten auf der Straße herum.

„Na komm." Eduard versuchte, Theodor auf den Arm zu nehmen, aber Theodor starrte ihn mit weit aufgerissenen Augen an, machte sich dann so lang, dass Eduard ihn nicht zu fassen bekam und begann zu schreien.

Elsa wäre am liebsten im Erdboden versunken, als sich alle Blicke der anderen Cafébesucher auf sie richteten.

Eduard fühlte sich ebenfalls schlagartig unwohl und griff eilig und fest zu, um die Situation schnell zu beenden. Im Eilmarsch verließ er mit dem zappelnden und verzweifelt schreienden Theodor das Café.

Draußen versuchten Elsa und Eduard, Theodor und auch sich selbst zu beruhigen.

Frederike stand schweigend daneben und beobachtete die Szene.

Schließlich gelang es Eduard, Theodor zur Ruhe zu bringen. Theodor ließ sich in die Arme seinen Vaters fallen und wirkte, als sei er nicht mehr anwesend.

Elsa war hin und her gerissen, zwischen dem Gefühl, an Theodor zu verzweifeln und der Scham, dass ihre Schwester dieses Szenario mitangesehen hatte.

„Wie, wollt ihr ihm das etwa durchgehen lassen? Wollt ihr ihn denn nicht bestrafen?", fragte Frederike offensichtlich empört.

Elsa atmete tief durch. „Das führt ja zu nichts."

„Wie, das führt zu nichts? Ihr müsst ihn doch wissen lassen, dass er sich so nicht benehmen darf!“

„Das können wir lieber zu Hause besprechen“, fuhr Eduard auf.

„Nein, nein, ich will mich gar nicht einmischen. Das müsst ihr selber wissen.“ Mit diesen Worten griff Frederike mit fröhlichem Gesicht nach Emilias Hand und lief mit ihr vergnügt schwatzend vor allen anderen her.

Elsa beobachtete ihre Schwester und Emilia traurig. Hatte Frederike Recht? Aber sie hatten doch alles versucht. Es war an Theodor vergeudete Mühe. Kein Erziehungsmittel hatte bisher bei ihm Wirkung gezeigt. Er war tief verschlossen in seiner eigenen Welt. Frederike hatte leicht Reden: Sie hatte keine Kinder und sah ihre Nichte und ihre Neffen nur selten.

Natürlich hatte sich Elsa schon oft wegen Theodor gesorgt, aber zuletzt hatte sie das beinahe aufgegeben und es einfach akzeptiert, dass er war, wie er war und das hatte eine deutliche Verbesserung gebracht, in dem Sinne, dass er ruhiger und verträglicher geworden war. Je weniger sie seine Schrullen beachtete, je weniger sie ihm abverlangte und ihn einfach so nahm, wie er war, dessto seltener gab es diese furchtbaren Kämpfe, die auch Theodor ganz offensichtlich jedesmal entsetzlich aufrieben und entkräfteten.

Aber es waren genau diese Vorhaltungen, die auch von anderen, nicht nur von Frederike, kamen, die Elsa wieder daran zweifeln ließen, ob sie eine gute Mutter war, ob sie Theo gerecht wurde, ob sie geeignet war, dieses Kind großzuziehen oder ob sie alles verkehrt machte.

Plötzlich drehte sich Emilia zu ihr um. Sie ließ Frederikes Hand los und kam an Elsas Seite. „Mama, mach dir nicht so viele Sorgen. Theo ist eben anders.“

Elsa spürte die Erleichterung, die diese Worte ihrer Tochter in ihr auslösten. Sie lächelte Emilia liebevoll an. Welch ein Glück sie hatte, diese Tochter zu haben.

Doch während sie noch unterwegs waren, soeben auf dem Rückweg in die Wohnung, schlug die Stimmung auf den Straßen um und mit einem Mal zogen von allen Seiten braune Horden heran, die grölten und johlten.

Eduard bemerkte besorgt, dass die Stimmung immer bedrohlicher wurde. „Wir sollten eilig nach Hause zurückkehren“, erklärte er, noch immer mit Theo auf dem Arm und beschleunigte seinen Gang intuitiv. Frederike griff nach Hans´ und Elsa nach Emilias Hand, dann liefen sie so schnell sie konnten.

Sie waren aber noch etliche Blocks von ihrem Haus entfernt, als sie auch schon Scheiben bersten hörten.

Als sie endlich an ihrer Haustür anlangten, hörten sie Polizeiautos heranpreschen

Eduard schloss auf, so schnell er konnte.

Drinnen empfing Anne sie. „Du liebe Zeit. Was ist denn plötzlich los?“, rief sie aufgebracht. „Bin ich froh, dass die Herrschaften zuhause sind. Mein Gott, die lieben Kinderchen. Ich habe schon Todesängste um sie ausgestanden!“

„Aber Anne, so schlimm war es doch auch wieder nicht“, tröstete Eduard sie.

Anne nahm ihm Theo ab, der sich widerstandslos in sein Zimmer tragen ließ.

„Ach, wenn nur Viktor bald kommt. Hoffentlich geschieht ihm nichts!“ Frederike sah aufrichtig besorgt aus.

„Mach dir keine Sorgen. Er kann schon auf sich aufpassen.“ Eduard nahm Frederike den Mantel ab.

„Kinder, wir wollen gleich essen, danach geht's ins Bett.“ Elsa wollte sich nicht anmerken lassen, dass sie Angst hatte und dass sie sich ausgerechnet um Viktor keine Sorgen machte. Sie war immer noch irritiert, wegen der Äußerungen, die er am gestrigen Abend abgemacht hatte. Sie vermutete den Ursprung der Unruhe auf den Straßen bei der Rede, zu der Viktor so unbedingt hatte gehen wollen.

Sie hatten Hans und Theodor bereits ins Bett gebracht, als Viktor noch immer nicht zurück war.

„Ihm wird doch nichts zugestoßen sein?“ Frederike war ein Nervenbündel.

Elsa sah sie etwas ratlos an. „Fredi, ich vermute, offengestanden, dass diese Unruhen mit der Rede zusammenhängen.“

Frederike sah Elsa erstaunt an. „Das meinst du doch nicht im Ernst?“

„Aber natürlich. Was denkst du denn?“

„Nun, es ist Berlin. Es ist hier doch immer unruhig!“

„Aber nicht so. Fredi, findest du es richtig, dass er mit den Nazis sympathisiert?“

„Nun, was heißt schon richtig? Ihr wisst doch auch nicht, was die richtige Politik ist...“

„Wir wollen uns nicht über Politik streiten.“ Eduard sah die beiden streng an.

Elsa wusste, dass er nicht wollte, dass sie im Beisein von Leopold und Emilia stritten. „Ja, du hast Recht. Es tut mir leid. Ich hoffe auch, dass er gleich kommt und dass alles in Ordnung ist."

Frederike schwieg.

Leopold und Emilia sahen sie vorsichtig von der Seite an.

Wenig später klopfte es an der Tür und Viktor war zurück.

Frederike warf sich ihm voller Erleichterung in die Arme.

Mit irritierter Miene ließ er dies über sich ergehen. „Was ist denn nur los?", fragte er.

Eduard und Elsa stellten fest, dass er bester Laune war.

Eduard musste an einen Artikel in der Weltbühne denken, den Ernst ihm vor wenigen Tagen gezeigt hatte.

Es war der Artikel vom 6. November 1928 von Carl von Ossietzky gewesen, in dem dieser geschrieben hatte: „Ein tiefes Vergessen liegt über diesen Gräbern, ein trauriges Umsonst".

„Ein merkwürdiger Mensch", stellte Alexander fest, als Frederike und Viktor wieder abgereist waren. „Mit ihm werden wir noch Probleme bekommen."

„Ja, ich verstehe auch nicht, was Frederike an ihm findet." Elsa hätte am liebsten mit Frederike darüber gesprochen, aber nach der Rede im Sportpalast brach in Berlin das Chaos aus.

Menschenmassen lieferten sich mit der Polizei regelrechte Straßenschlachten und wer nicht zwischen die Fronten geraten wollte, blieb besser zuhause.

Auf diese Unruhen reagierten die Behörden mit einem Demonstrationsverbot, aber sie ließen sich nicht eindämmen.

Kurz darauf, am 30. Januar 1929 wurde die Berliner Polizei zur Disconto-Gesellschaft in der Kleiststraße 23 am Berliner Wittenbergplatz gerufen. Auch Ernst fuhr mit zu diesem Einsatz. Die Polizisten wussten nur, dass ein Einbruch gemeldet worden war.

„Das soll doch die sicherste Bank von ganz Deutschland sein!" Kommissar Leuner runzelte die Stirn und hielt sich an der Tür fest, als der Wagen scharf in einer Kurve einbog.

Als sie eintrafen, wurden sie bereits erwartet.

„Gut, dass Sie da sind. Es ist unbegreiflich. Der Tresorraum wurde geknackt. Er hat Stahlbetonwände und nur eine Tür, die mit modernster Technik gesichert ist. Gestern haben wir versucht, die Tür zu öffnen, aber sie klemmte. Nun haben Techniker und ein Maurer die Tür endlich frei bekommen, – dazu musste die Wand aufgestemmt werden – und Sie können nicht ahnen, welcher Anblick sich uns bot!" Der Filialleiter rang die Hände wild in der

Luft.
„Führen Sie uns bitte zu dem Tresorraum", sagte Kriminalobersekretär Fabich.
Den Beamten bot sich ein erstaunliches Bild. Die Tür und die Wand hatten in erklärter Weise starken Schaden genommen. Zudem waren von sämtlichen 181 Schließfächern 179 geöffnet.
Über den Boden lagen verstreut kleine Geldscheine in Franc, Dollar, schwedischer Krone und Deutscher Mark, Wertpapiere und Schmuckstücke.
Auf einem Tisch standen fein säuberlich zwei leere Weinflaschen.
„Der Luftschacht. Wo befindet sich der Luftschacht?" Fabich war sofort bei der Sache.
Eine Stunde lang sahen sich die Beamten vor Ort gründlich um. Bei den zurückgelassenen Wertsachen handelte es sich um Kleingeld, schwer zu veräußernde Aktien und wertlosen Tand. Die Schränker mussten ausgesprochene Kenner sein. Für Fabich stand damit fest. „Das waren die Brüder Sass."
Ernst wusste von Gennat, dass Fabich es auf Franz und Erich Sass abgesehen hatte. Er verübelte ihnen noch immer, dass sie vor zwei Jahren die Beamten verkohlt hatten, als diese die Vorbereitungsarbeiten der Brüder bemerkt und sich auf die Lauer gelegt hatten, um die Sass-Brüder auf frischer Tat zu ertappen.
Die Sass-Brüder, die die Polizei ebenso bemerkt hatten, hatten sich einen Spaß daraus gemacht, die Beamten dabei zu beobachten, während diese auf sie lauerten.[97]

Am folgenden Tag lasen Ernst und Leopold, Elsas und Eduards Ältester, im Berliner Tageblatt unter dem Titel „Der Große Bankraub" von der Sache. Leopold liebte es, von seinem Onkel von der Arbeit der Polizei zu hören.
„Sieh nur, Onkel Ernst. Die Fachleute sagen, dieser Einbruch stelle das Tollste dar, was sich in der Kriminalgeschichte Berlins in den letzten Jahren ereignet habe."
„Ja, und andere Zeitungen sprechen davon, dass die Diebe ihre „Meisterprüfung" abgelegt hätten."
„Und, Onkel Ernst, wird Fabich die Brüder Sass verhaften?"
„Nun, es ist gut möglich, dass sie es waren. Aber Beweise braucht er trotzdem." Ernst grinste amüsiert.
„Und du sagst, sie haben noch vor Ort ihren Erfolg mit Wein

97 Die Geschichte der Brüder Sass ist belegt und hat sich in etwa so zugetragen. Quelle: Feraru, S. 145 ff.

gefeiert?“ Leopold grinste ebenfalls.

„Ja, das hat Fabichs Zorn bestimmt nicht abgemildert.“

„Wie viel haben sie denn erbeutet?“

„Das ist nicht zu sagen. Sie haben alles mitgenommen, was von Wert war, aber die Besitzer wollen nicht sagen, wie viel sie dort gehortet hatten.“

„Warum denn nicht?“

„Vermutlich, weil sie es dort vor der Steuerbehörde versteckt hatten und es würde mich nicht wundern, wenn einiges dieser Wertsachen aus illegalen Machenschaften stammt. Sie werden gewiss alles tun, um zu vermeiden, dass ihre Geheimnisse an die Polizei gelangen.“

„Und denkst du, dass er Beweise findet?“

„Wir werden sehen. Die Zwei sind gewieft. Er wird die Wohnung observieren und möglicherweise durchsuchen, aber ich bezweifle, dass sie sich so leicht überführen lassen werden.“

„Onkel Ernst, ich weiß zwar, dass du Polizist bist, aber wenn ich ganz offen sein darf: Ich hoffe, er bekommt sie nicht.“

„Nana, lieber Leo. Du wirst doch nicht mit dem Berliner Verbrechen sympathisieren?“

„Natürlich nicht“, lavierte Leopold. „Aber wer ist denn schlimmer? Die, die solche Geheimnisse vor der Öffentlichkeit haben, dass sie lieber auf einen Teil ihres Vermögens verzichten, als sich in die Karten schauen zu lassen, oder die, die sie dafür bestrafen?“

„Du bist nicht der Einzige, der eine Faszination für die Beiden hegt. In dieser Zeit, wo wir immer mehr Arbeitslose auf den Straßen haben und die Leute im Winter in ihren Wohnungen erfrieren, wollen alle gerne an die Rächer der Armen glauben. Und die Zeitungen feuern die Legende noch an, indem sie von „Meisterdieben“ und „Gentlemen-Ganoven“ schreiben, dabei wurde den Zweien noch kein einziger Bruch nachgewiesen. Und das ist ein Spiel mit dem Feuer in einer Zeit, in der die Nazis immer stärker werden und sich ihnen niemand in den Weg stellt. Eine Ausnahme bildet ausgerechnet Bernhard Weiß und der wird mitsamt der ganzen Berliner Polizei von der Presse einmündig als unfähig veralbert.

Während die Disconto-Gesellschaft bankrott ging, suchte Fabich Beweise. Er ließ die Wohnung der beiden observieren und durchsuchen, erfolglos. Das Einzige, was er hatte, waren Indizien. So fand er bei der Mutter der Beiden etwas Schmuck und er hatte die Zwei beobachtet, wie sie aus dem Grunewald kamen. Aber Fabich war sich seiner Sache so sicher, dass er die Sassbrüder dennoch verhaftete.

Die Zeitungen berichteten fortwährend. Manche zweimal täglich und es gab zu dieser Zeit mehr als 3000 verschiedene Zeitungen[98].

Doch der Prozess platzte, da die Ermittler keine Beweise vorlegen konnten.

Als die Brüder Sass am 6. April 1929 als freie Männer das Gericht verließen, standen draußen hunderte Menschen und jubelten. Vom Gericht aus ging es für die Zwei direkt in das Nobelrestaurant Lutter & Wegener am Gendarmenmarkt zur Pressekonferenz. Auf der Pressekonferenz teilten sie unter anderem mit, dass sie bereits Filmangebote hätten[99].

Anfang Mai 1929 wurden die Unruhen in Berlin so dramatisch, dass der Mai als Blutmai in die Geschichte einging. Nach amtlichen Angaben hatte die Polizei 11 000 Schuss gegen Demonstranten abgefeuert. 23 Menschen waren tot, zahlreiche Menschen verwundet. Allein Eduard behandelte siebenundzwanzig angeschossene Demonstranten in seiner Praxis. Ernst hatte aufgrund dieser Ereignisse im Morddezernat keine Mehrarbeit, denn es wurde kein einziger Polizist angeklagt.

Auf diesen Mai folgte im Herbst der große New Yorker Börsencrash und darauf eine Wirtschaftskrise, die große Teile der Welt erfasste.

Viele hatten nach dem großen Krieg mit Aktien spekuliert, um am Aufschwung teilzuhaben. Sie hatten sich von Bankern, Geldhaien, Aktienbrokern und Spekulanten weismachen lassen, dass an der Börse das große Geld zu machen war. Aber nicht nur die Anleger, sondern auch Großbanken waren in das Geschäft eingestiegen.

Dadurch waren die Aktienkurse gestiegen. Dann hatte es regelrechte Spekulationsorgien gegeben und schließlich gingen die Kurse – wie man so sagt –, durch die Decke. Das wiederum wurde den Aktionären zu gefährlich, viele verkauften, was zu einem Wertverlust führte. Viele verloren ihr ganzes Vermögen.

9000 Banken gingen schließlich pleite und 100 000 Firmen. Eine Welle von Zwangsversteigerungen setzte ein und landwirtschaftliche Nutzflächen mussten enteignet werden. Etwa 450 000 ha

---

98 Einer Statistik Carl von Ossietzkys ist zu entnehmen, dass es 1925 3152 Zeitungen gab. Quelle: Ossietzky, Rechenschaft, S. 57.

99 Quelle:https://www.sueddeutsche.de/geld/schatzsucher-die-brueder-sass-verbuddelt-im-grunewald-1.40381, aufg. am 8.7.2020 um 20:11.

Land wechselten den Besitzer.[100]

Deutschland traf dies auch deshalb, weil der Staat selbst, aber auch viele Unternehmen schon zuvor hochverschuldet waren.

Schließlich gab es in Deutschland fast 30 % Arbeitslose.

Sicherungssysteme wie die Arbeitslosenversicherung waren mit dieser Situation überfordert. Es kam vor, dass die Menschen vor den Arbeitsämtern standen und warteten und es mit einem Mal hieß, es sei kein Geld mehr da.

Die Regeln, wann ein Anspruch bestand, wurden verschärft. Schließlich bekam nur noch jeder 7. Arbeitslosenhilfe. Der Rest war auf die Wohlfahrt angewiesen.

Wieder herrschten Elend, Obdachlosigkeit, Hunger. Jede zweite Familie war in irgendeiner Weise betroffen.

Und wieder traf es vor allem die Jungen, die nun keine Ausbildungen machen konnten oder ihre Arbeit verloren, die hungerten und verelendeten und es trat in noch dramatischerem Ausmaß das ein, was Ernst bereits vor der Krise beobachtet und in seinem Buch geschrieben hatte. Viele Junge flüchteten regelrecht zur NSDAP, die ihnen Arbeit versprach. Arbeit, Ordnung und Sicherheit.

Genauso, wie für viele, die nach wie vor dem Kaiser nachtrauerten, lag das Übel in der Demokratie selber.

Dabei rangen die Parteien in der großen Koalition um Lösungen für die Wirtschaftskrise.

Ende Dezember 1929 wurde auf Druck der DVP Finanzminister Hilferding von der SPD gegen das DVP Mitglied Moldenhauer, der dem Aufsichtsrat der I.G. Farben angehörte, ersetzt. Es wurde um Steuersenkungen, die Erhöhung der Arbeitslosenversicherungsbeiträge, die Kürzung des Arbeitslosengeldes und langfristige Sparprogramme gestritten, aber die Koalitionspartner wurden sich nicht einig.

Ende März 1930 war Ernst bei Eduard und Elsa zum Abendessen eingeladen. Eduard tippte auf die Titelseite der Vossischen Zeitung, die vor ihm auf dem Frühstückstisch lag. „Da war die SPD zum ersten Mal als solche wiederzuerkennen, nach zwei Jahren, in denen sie offenbar nur ein einziges Parteiziel hatte, nämlich die große Koalition um jeden Preis zu erhalten, selbst wenn dafür sämtliche Werte verraten werden müssen, die die SPD ausmachen und da beißt sie sich an einer Frage fest, die die ganze Koalition wie ein Kartenhaus zusammenstürzen lässt.“

100 Quelle ganzer Abschitt: Fabian, S. 325 f.

„Du meinst den Kompromissvorschlag von Brüning?“ Ernst nahm einen Schluck Kaffee.

„Pah!“, machte Eduard verächtlich. „Was sollte der denn bewirken? Die Frage, ob die Versicherungsbeiträge zur Arbeitslosenversicherung erhöht, oder die Leistungen der Versicherung gekürzt werden, wäre doch nur verschoben worden. Wenn sie hier nicht einmal Farbe bekannt hätten, dann hätte sich doch endlich die Frage gestellt, ob es sie überhaupt noch gibt, die SPD. Dann wäre der Sozialstaat nur noch Makulatur gewesen.“

„Das mag sein, aber damit haben sie sich in die Falle treiben lassen. Das war doch abgekartet. Nur drei Tage nach dem Rücktritt der Regierung Müller schüttelt Hindenburg ohne vorherige Koalitionsverhandlungen einen neuen Reichskanzler aus dem Ärmel.“

„Du meinst, es sieht nur so aus, als sei der Bruch der Koalition durch die kompromisslose Haltung der SPD verursacht worden?“

„So ist das. Wenn man sich an den Teufel verkauft, dann steht man irgendwann mit dem Rücken zur Wand und braucht einen Plan, um sich seinen Platz zurückzuerobern. Aber den hatte die SPD nicht, so sind sie kopflos in die Falle getappt.“[101]

Im Juli desselben Jahres wurde Elsas und Eduards jüngstes Kind, Aurelia geboren. Zu dem Zeitpunkt war Leopold schon sechzehn Jahre alt.

Wenige Monate später geschah dann das, was Alexander schon befürchtet hatte: Die NSDAP konnte die Anzahl ihrer Sitze im Vergleich zu 1928 fast verneunfachen und stellte mit 107 Abgeordneten die zweitstärkste Fraktion dar.

„Jetzt kehren die ausländischen Kapitalanleger Deutschland endgültig den Rücken, die amerikanischen und französischen Banken ziehen ihre kurzfristigen Kredite auch noch ab. Das wird die Wirtschaftskrise noch mehr anheizen“, überlegte Eduard laut, von der „Tante Voss“[102] aufblickend.

„Hitler wird zitiert, dies sei dem „internationalen Finanzjudentum“ zuzurechnen“, sagte Elsa und fütterte Aurelia weiter.

„Woher hast du das denn?“, staunte Eduard.

---

101 Bereits am 18.3.1929 hatte Hindenburg insgeheim mit dem DNVP-Fraktionsmitglied Graf Westarp die Möglichkeit einer Regierung seines Vertrauens – ohne und gegen die SPD – erörtert. Parallel dazu nahmen Wirtschaftskreise verstärkt Einfluss auf die DVP, um deren Austritt aus der Großen Koalition zu erreichen. Der Bruch erfolgte somit im Zusammenspiel einflussreicher Vertreter autoritärer politischer – zum Teil monarchistischer - Bestrebungen und wirtschaftlicher Interessen. Quelle: Sturm, S. (bpb) 49 f.

102 „Tante Voss“ war die umgangssprachliche Bezeichnung für die Vossische Zeitung.

„Im Kolonialwarenladen haben sich Nachbarinnen unterhalten. Die Harder aus dem Nachbarhaus links, die sagt, sie wisse ganz genau Bescheid, weil ihr Mann nämlich Postbeamter sei, und der kenne jemanden, der mit jemandem vom Finanzamt befreundet ist und der hätte gesagt…" Elsa verdrehte die Augen.

„Brüning lässt Hitler aber mittlerweile auch wie eine Laus in seinem Pelz gewähren. Hauptsache, es geht irgendwie weiter." Alexander stellte den Kaffeebecher etwas zu schnell zurück auf den Tisch, sodass es schepperte.

„Er scheint tatsächlich den „Legalitätseid" so auszulegen, dass Hitler die Verfassung wahren wird." Ernst, der eigentlich nur kurz hatte vorbeischauen wollen, dann aber doch auf einen Kaffee geblieben war, schüttelte verständnislos den Kopf. Damit bezog er sich darauf, dass Hitler am 25.9.1930 als Zeuge unter Eid im Leipziger Reichsgerichtsprozess, in dem drei junge Offiziere wegen nationalsozialistischer Betätigung in der Reichswehr angeklagt wurden, erklärt hatte, seine Bewegung kämpfe nicht mit „illegalen Mitteln", „noch zwei bis drei Wahlen", dann werde sie „in der Mehrheit" sitzen und „den Staat so gestalten, wie wir ihn haben wollen".[103]

„Und die SPD macht das alles still und artig mit, Hauptsache, es gibt keine erneute Reichstagsauflösung und Neuwahlen. Sie haben ihren Namen wirklich untreffend gewählt. Viel treffender wäre so was wie PdäSD, Partei der ängstlichen Stillhalter Deutschlands oder HPD, wie Hasenpartei Deutschland"

„Oder WKTP: „Wir stellen uns in jeder Krise tot-Partei". Alexander versuchte ein Grinsen, aber es missglückte ihm.

Eduard und Elsa wussten, dass er Angst hatte vor der NSDAP. Er wusste genau, dass es ihm, anders als der SPD nichts nützen würde, sich totzustellen, wenn die Nazis an die Macht kämen. Wenn sie herausfanden, dass er sich im Eldorado herumtrieb und dass er schwul war, dann würden sie kein Pardon kennen, diesbezüglich hatten sie nie einen Hehl aus ihrer Einstellung gemacht.

„Es wäre aber in der Tat fatal, wenn Neuwahlen dazu führten, dass die Nationalsozialisten die stärkste Partei würden. Die Lage ist schon verzwickt", überlegte Elsa laut.

„Was soll das nützen? Wie lange wollen sie es so weitergehen lassen? Wahlen werden ohnehin wieder kommen. Und wenn sie so weitermachen, werden sie bis dahin kein Gesicht mehr haben. Und dann? Was haben sie damit gewonnen? Zwei Jahre? Drei Jahre? Ja

---

103 Quelle: bpb Weimarer Republik S. 51.

und? Aber vielleicht können sie nur legislaturperiodeweit denken?", sagte Eduard zornig.

Als Ernst am Abend endlich Zeit fand, an seinem Buch weiterzuschreiben, überflog er noch einmal seine Darstellung der verschiedenen reformpädagogischen Ansätze.

„Johann Heinrich Pestalozzi hat bereits vor mehr als Einhundert Jahren dafür plädiert, dass pädagogisches Ziel die ganzheitliche Volksbildung zur Stärkung der Menschen für das selbstständige und kooperative Wirken in einem demokratischen Gemeinwesen sein muss. Dazu wiederum braucht der Mensch ein sicheres Fundament an Elementarbildung, das ihn befähigt, sich selbst zu helfen.[104]

Janusz Korczak schreibt in „Der Frühling und das Kind", in „Von Kindern und anderen Vorbildern: „Das Kind ruft nach Befreiung, das Kind ruft um Hilfe. Das Kind hasst seine Kindheit, es erstickt. „Kind" ist nur ein Schimpfwort..."

Korszaks Herangehensweise wird von Igor Newerly folgendermaßen beschrieben: „Korczaks Bemühungen gehen dahin, ein Höchstmaß an Initiative, Selbstständigkeit und einträchtigem Zusammenleben der Zöglinge in ihrer organisierten jungen Gemeinschaft zu erreichen."

Nach Korczak sind vier Faktoren maßgeblich: Die Vererbung, die Umgebung, die eigene Aktivität des Kindes und die Erziehung. Seine Erziehungsmethode zielt darauf ab, eine passende Lebenssituation zu schaffen, in der sich der Zögling, entsprechend seinen individuellen Gegebenheiten, versuchen kann. Man muss die Schichten kennen, aus denen die Zöglinge kommen.

Korczak tritt mit einer Erziehungsidee auf, die durch die offiziellen Stellen nicht akzeptiert wird. Er steht allein und wird bekämpft. Von Anfang an stand er in einer Ecke, gegen die staatlichen Behörden und gegen die gesellschaftlichen Konventionen.[105]

Maria Montessori, die seit 1909 die Leitung des Casa die Bambini in der italienischen Stadt San Lorenzo inne hat, hat aus ihrer Arbeit mit Kindern aus prekären Verhältnissen die Montessori-Methode entwickelt, die seit einem Jahr an den italienischen Schulen umgesetzt wird. Maria Montessori hat mit ihrem Werk „Die Entdeckung des Kindes" ihre Erkenntnisse allen zugänglich gemacht. In Deutschland setzt sich seit längerem besonders Clara Grunwald dafür ein, die Erkenntnisse Montessoris in die Pädagogik einzubinden.

Gemeinsam mit Elsa Sachs hat sie in diesem Jahr die Montessori-Gesellschaft ins Leben gerufen.

---

104 Quelle https://de.wikipedia.org/wiki/Johann_Heinrich_Pestalozzi, aufg. am 28.8.20 um 8:00.

105 Quellen ganzer Abschnitt: Newerly, S. XXVII, zit. aus: Dauzenroth, S. 21, 26, 33.

Maria Montessori plädiert dafür, das Kind und seine Individualität in den Mittelpunkt zu stellen. Nach Maria Montessori hat jedes Kind einen Eigenwert. Vergleiche mit traditionellen Standards sind nicht sinnvoll. Kinder sollten frei lernen, ohne Behinderung und Wertung. Kinder lernen aus einer inneren Motivation heraus, so dass sowohl Strafen als auch Belohnungen schädlich sind für die innere Einstellung des Menschen. Kinder lernen, weil es in ihrer Natur liegt, am (Erwachsenen-)Leben teilzuhaben. Nach Maria Montessori lernen Kinder am besten in ihrer eigenen Geschwindigkeit und nach ihrer eigenen Art. Die Pädagogik muss sich an den Bedürfnissen, Talenten und Begabungen des Kindes ausrichten. Das Leitmotiv muss die Pflege der natürlichen Freude des Kindes am Lernen sein. Mit Respekt und Achtung unterstützt und angeleitet, führt diese Freude am Lernen zur Entwicklung einer in sich ruhenden und ausgeglichenen Persönlichkeit.[106]

Und was haben wir in Deutschland? Nichts von all dem wird auch nur ansatzweise berücksichtigt.

In unseren Schulen sitzen die Kinder in Reih und Glied. Sie haben zu gehorchen und zu parieren. Strebertum und Ellenbogenmanier werden mit guten Noten honoriert und das Gegenteil mit schlechten Noten und Rohrstock vergolten.

Und was an Staatslehre vermittelt wird, zeigt beispielhaft das Werk „Geographie für höhere Lehranstalten" von Dr. Michael Geistbeck und Dr. Alois Geistbeck, Achter Teil. Staatenkunde von Frankreich, Großbritannien und den außereuropäischen Staaten, München und Oldenburg 1925, Sechste Auflage: Kurt Tucholsky zitiert daraus unter dem Pseudonym Ignaz Wrobel in seinem Artikel „Verhetzte Kinder – ohnmächtige Republik" in der Weltbühne vom 9.10.1928: „Eine hervorstechende Eigenschaft des Franzosen ist sein Fleiß und seine Sparsamkeit. Die Folge ist ein allgemeiner Wohlstand. Doch es fehlt dem Franzosen der Tätigkeitsdrang und die Unternehmungslust des Deutschen; Er strebt nach frühzeitigem Rentnertum. Kennzeichen des französischen Volkes sind aber auch glühender Ehrgeiz und Herrschsucht. Sie haben Frankreichs Schuldenlast vor der Revolution bis zum Staatsbankrott gesteigert, sie haben seine Volkskraft in der Zeit Napoleons erschöpft, sie haben zur Niederlage von Sedan geführt und haben es angetrieben, den Weltkrieg mit allen Mitteln vorzubereiten, aus dem es, aus den schwersten Wunden blutend, lediglich durch fremde Hilfe als „Sieger" hervorgegangen ist." Tucholsky hat festgestellt, dass sich hier „Lüge an Lüge" reihen. Der Artikel von Tucholsky wäre geeignet, für den Geschichtsunterricht, stattdessen wird dieses Hetze und Volksverdummung an den Lehranstalten unterrichtet. Und sie wird jenen Kin-

106 Quellen ganzer Abschnitt: https://de.wikipedia.org/wiki/Maria_Montes-sori; https://de.wikipedia.org/wiki/Clara_Grunwald; https://de.wikipedia.org/wiki/Montessorip%C3%A4dagogik, jew. aufg. am 28.8.2020 um 8:30.

dern mit dem Rohrstock eingeprügelt, die diese Volsverhetzung nicht bereitwillig und fügsam in ihren Schädel bekommen wollen. In dem Buch heißt es weiter, wie Tucholsky zitiert: „Es lässt sich nicht in Abrede stellen, dass die französische Kunst trotz mannigfacher Schwächen tonangebend in der Welt geblieben ist.“ Tucholsky merkt hierzu treffend an: „Cézanne erhält also auch in Kitzingen die Note im ganzen befriedigend und darf sich setzen.“

Tucholsky zitiert weiter: „Es kann aber auch nicht in Abrede gestellt werden, dass Paris mehr als andre Millionenstädte ein Ausgangspunkt sittlicher Zersetzung ist.“ Sodann zitiert er aus dem Buch Passagen über Großbritannien: „Es fehlte den leitenden Männern der englischen Industrie vielfach eine gründliche technische und wissenschaftliche Durchbildung. Man begnügte sich zu einseitig mit der praktischen Erfahrung. Die englische Industrie blieb hinter der deutschen hauptsächlich in den Zweigen zurück, die am meisten auf wissenschaftlicher Forschung aufgebaut sind, so in der Stahlbereitung, in der chemischen Industrie und der Präzisionsmechanik.“ Hier wird also den Kindern in der Schule unter Ausbreitung infamster Lügen eingetrichtert, ausgerechnet die Kriegsindustrie sei das deutsche Steckenpferd, auf das wir stolz sein dürfen! Ich werde gerne später darauf zurückkommen, wenn hier behandelt werden soll, welche Beiträge diese Industrie allein in Friedenszeiten für unsere Kinder liefert.

All das steht in einem Lehrbuch der deutschen Republik. Der Artikel von Tucholsky ist einmal erschienen. Das Buch in der sechsten Auflage.

Sechste Auflage bedeutet dabei, das jahraus, jahrein in den aufnahmefähigen Kindergehirnen eine Verhetzung und eine Lüge eingetrommelt wird, die sie wahrscheinlich nie wieder vergessen werden und die auszuradieren nur Wenige Gelegenheit und Kraft haben werden. Durch die Autorität der Schule gestützt, werden diese Lügen und diese Verhetzung noch rascher und noch kräftiger auf das Kindergehirn wirken. Haben Sie einmal versucht, Ihrem Kind zu erklären, dass etwas, dass der Lehrer gesagt hat, nicht richtig ist? Pazifistische Eltern, die das Unglück haben, ihre Kinder in so eine Verbildungsanstalt schicken zu müssen, dürfen sich dann an die sehr zweischneidige Aufgabe machen, Tag für Tag die Schule zu desavouieren. Hoffentlich tun sie´s, und beweisen einem kenntnislosen und größenwahnsinnigen Schulmeister, dass seine Fälschungen hundertmal von seiner vorgesetzten Behörde genehmigt sein können, ohne deshalb jemals Wahrheit zu werden.[107]

So bleibt es dabei, was Janusz Korczak schreibt: „Das Kind ruft nach Befreiung, das Kind ruft um Hilfe. Das Kind hasst seine Kindheit, es erstickt. „Kind“ ist nur ein Schimpfwort ...““

---

107 Quelle ganzer Abschnitt: „Verhetzte Kinder – ohnmächtige Republik“ von Ignaz Wrobel (Tucholsky) in Weltbühne Nr. 41 vom 9.10. 1928, S. 557. Zur Qualität heutiger Lehrbücher lesen Sie im Anhang.

Anschließend schrieb Ernst an dem nächsten Abschnitt weiter.

„Diese sträfliche Vernachlässigung setzt unser Land fort mit einer überbordenden Gesetzgebung, in die sich der Bürger schließlich einzufügen hat, denn er hat nicht gelernt, sich selbst zu regulieren. Er hat nicht gelernt, sich mit der Demokratie zu identifizieren und diese aus eigenem Interesse, eigener Kraft und eigenem Verstand zu pflegen. Er glaubt stattdessen, er sei frei, denn er hat gelernt, zu denken, dass er will, was er will, dass er braucht, was er soll.

Er stellt sich nicht die Frage, ob irgendetwas von all dem richtig oder falsch ist, ob es erforderlich oder überflüssig ist. Er schluckt es und schluckt und schluckt und fügt sich ein.

Nur wer einmal erlebt hat, an die Grenzen zustoßen, weil ihm bei irgendeiner Sache übel aufstößt, der spürt mit einem Mal, dass die Freiheit dort endet, wo sie anfangen will.

Was hat Tacitus in den Annalen geschrieben?

„Corruptissima re publica plurimae leges." Annalen III, 27.

Übersetzt bedeutet dies: „Je verdorbener ein Staat, desto mehr Gesetze hat er."

Nehmen wir hierzu das Beispiel des Straßenverkehrs und lassen wir Tucholsky sprechen: „Der Verkehr ist in Deutschland zu einer nationalen Zwangsvorstellung geworden. Zunächst sind die deutschen Städter auf ihren Verkehr stolz. Ich habe nie ergründen können, aus welchem Grunde.

Krach auf den Straßen, Staub und viele Autos sind die Begleiterscheinung eines Städtebaues, der mit den neuen Formen nicht fertig wird – wie kann man darauf stolz sein? Es ist wohl so, dass sich der Einzelne als irgendetwas fühlen muss – der soziale Geltungsdrang, an so vielen Stellen abgestoppt, gebremst, zunichte gemacht, findet hier sein Ventil und dringt zischend ins Freie. (...)

Nachdem die allgemeine Wehrpflicht weggefallen war, sah sich der Deutsche nach einem Ersatz um. Die Wohnungsämter... das war schon ganz schön, aber noch nicht das Richtige. Die Sportverbände – hm. Die Reichswehr: zu klein. Da fuhren ein paar tüchtige Beamte nach Amerika und London kamen, sahen, machten Notizen... und der Ersatz war gefunden. Der Ersatz der allgemeinen Wehrpflicht ist die deutsche Verkehrsregelung.

Was da zusammengeregelt wird, geht auf keine Kuhhaut. Die organisationswütigen Verwaltungsbeamten haben jeden gesunden Sinn für Maß und Ziel verloren (...) Wie immer in Deutschland, ist hier kodifiziertes Recht; Diese Regelung hat weiter keinen Wunsch und Willen, als den von ihr aufgestellten Regeln um ihrer selbst willen Geltung zu verschaffen. Es ist die Staatsautorität, die hier herumwirtschaftet. (...) Gehst du zum Beispiel durch Berlin, so siehst du an Hunderten von Stellen Wagen halten, ohne dass ein anderer Grund dafür vorläge, als dass vor ihnen eine rote Ampel brennt (...).

Es ist eine Qual, durch Berlin zu fahren.

Die Folgen sind denn auch katastrophal. Kommt ein Wagen an eine Straßenecke, so ist das ein „Problem"; die Radfahrer sitzen ab, alle Leute haben überspitzte Aufmerksamkeit, in ihre Augen tritt ein seltsamer Ausdruck: Sie machen Fahrdienst.

Nichts ist locker, alles ist gespannt, viel zu sehr gespannt, um nicht bei jeder kleinen Schwierigkeit zu reißen – alle machen Dienst.

Es ist soviel Freude am Befehlen in diesem Kram; Die Polizisten (...) kommen gar nicht auf den Gedanken, dass sie dazu da sind, den Verkehr zu glätten – sie achten auf die Durchführung von Vorschriften, die keinen andern Sinn haben, als durchgeführt zu werden. Das kommt den Leuten kaum zu Bewusstsein – so eingedrillt ist ihnen das alles. (...) und ob sie sie respektieren! Sie sind wirklich stolz darauf, gewissermaßen kantig zu gehorchen, es ist das alte Kommiss[108], das da unausrottbar in ihrem Blut sitzt. (...)[109]

Angenommen Sie schlafen gemütlich in ihrem Bett. Sie wollen auch schlafen und zwar mindestens bis um acht Uhr am Morgen. Gegen ein Uhr am Morgen schließt jemand die Tür ab, sodass Sie den Raum nicht verlassen können. Sie merken das nicht, sondern schlafen friedlich weiter. Gegen sechs Uhr am morgen wird die Tür wieder aufgeschlossen. Sie stehen, wie beabsichtigt gegen acht Uhr auf. Waren Sie der Freiheit beraubt?[110]"

Zu Weihnachten 1930 reisten Elsa, Eduard und die Kinder nach Hamburg zu Elsas Eltern. Anne fuhr auch mit, um Elsa etwas zu entlasten mit den Kindern und um nicht allein zu sein in Berlin.

Alexander wollte Weihnachten bei Ernst verbringen, sodass auch er nicht allein war.

Elsa und Eduard waren in der Weihnachtszeit gerne in Hamburg. Sie genossen Spaziergänge an der Alster und die Kinder genossen die Zeit bei ihren Großeltern. Es war jedoch das erste Mal, dass Elsa und Eduard auffiel, dass besonders Josephine Lehmann deutlich weniger Kraft hatte, als noch bis vor kurzem. Sie war sehr ruhig und verbrachte die meiste Zeit im Sessel. Sie sprach langsamer und sie dachte länger nach. Ihre Bewegungen waren auch langsamer geworden.

Gleich am zweiten Abend, – es war der 22. Dezember –, lud Viktor Eduard ein, mit ihm und seinen Brüdern auszugehen.

---

108 Kommiss ist das Militär/militärische.

109 „Der Verkehr" von Kurt Tucholsky, zit. aus: Rieg, S. 39 ff.

110 Bitte haben Sie jetzt nicht gehofft, an dieser Stelle die Antwort zu finden. Wer sollte Sie Ihnen geben? Ich? Der Gesetzgeber? Oder Tucholsky?

Gegen 20:00 Uhr trafen sie am „Carlssons“ ein. Es handelte sich dabei um ein Lokal nahe der Großen Freiheit.

„Am 22. Dezember feiern wir traditionell auf das Jahr. Zu diesem Anlass können alle Konzernmitglieder auch nahe Angehörige mitbringen. Es ist immer eine große Veranstaltung“, erklärte Viktors Bruder Wilhelm.

„Wir gehen seit Jahren gemeinsam zu diesem Banquette. Anschließend findet sich immer noch eine vergnügliche Stätte, wo man in den Morgen hineinfeiern kann.“ Viktor legte in einer vertraulichen Geste die Hand auf Eduards Schulter. „Ich freue mich, dich ab sofort auch immer dabeizuhaben!“

Als sie das „Carlssons“ betraten, schlug ihnen eine Wolke von aufgeheizter Luft, Zigarettenrauch, einem Gemisch von Parfüms und Rasierwassern und dem Geruch alkoholischer Getränke entgegen. Die fröhliche Stimmung wurde allseits lautstark zum Ausdruck gebracht.

„Die Lorenz-Brüder!“, wurden Viktor und seine Brüder von einem höchst korpulenten Herrn mit Zigarre im Mundwinkel begrüßt. Er schlug Wilhelm kameradschaftlich auf die Schulter. Mit einem Blick auf Eduard fügte er hinzu: „Hach, ihr werdet ja immer mehr!“ Er lachte wiehernd.

„Darf ich vorstellen?“ Wilhelm legte seinen Arm um den Stiernacken des Zigarrenrauchers. „Das ist mein angehender Schwager Eduard und das ist Herbert Hebeler. Mit ihm habe ich das Vergnügen, derzeit mit DNP zu forschen. Ein sehr interessanter Stoff, nicht wahr?“ Wilhelm zwinkerte seinem Kollegen zu

„Durchaus. Sehr vielseitig auch. Wir hoffen, weitere Verwendungsmöglichkeiten zu entdecken. Aber schon jetzt erweist er sich als nützlich für die Synthese von Farbstoffen, als Mittel in der Landwirtschaft gegen Insektenbefall und zur Herstellung von Sprengstoffen.“ Hebeler nahm einen tiefen Zigarrenzug.

„Aber wir wollen euch nicht langweilen mit diesen Dingen. Heute wollen wir feiern.“ Wilhelm lachte.

„Dann bedienen Sie sich doch am Büfett. Ich kann es wärmstens empfehlen.“ Mit diesen Worten mischte sich Herbert Hebeler wieder unter die Leute.

„Eduard, du musst das entschuldigen. Aber hier kommen die Gespräche immer wieder aufs Geschäftliche. Hör einfach drüber hinweg und genieß das gute Essen.“

„Wozu forscht ihr denn an Sprengstoffen?“ Eduard sah Viktor verwundert an.

„Wenn Deutschland auf dem Weltmarkt bestehen will, dann müssen wir da voranschreiten. Es gibt folgende große Forschungsfelder: Pharmazeutik, Ölindustrie, Pestizide und Kampfstoffe. Und die Produktionen hängen alle miteinander zusammen. In den Leuna-Werken zum Beispiel stellen wir synthetisches Benzin her und dort läuft auch die Stickstoffproduktion. Carl Bosch, – du siehst ihn dort drüben stehen, er unterhält sich mit Krauch –, hat die Anlage bauen lassen. Wir haben dort Kapazitäten von 100 000 Tonnen Hydrierbenzin pro Jahr, mein Lieber. Pro Jahr!" Dann fügte Wilhelm leiser hinzu: „Aber ich sag´s dir im Vertrauen. Das Geschäft läuft nicht gut dort. Alles hängt eigentlich nur noch an der Stickstoffproduktion. Als Bosch das Werk gebaut hat, ging man davon aus, dass die Erdölvorkommen alsbald zum Erliegen kommen würden. Allerdings hat man seitdem Unmengen an neuen Vorkommen ausgemacht. Nun ist das synthetische Benzin nicht wettbewerbsfähig[111]. Bin ich froh, dass ich da nicht mit drinsitze, sondern ein anderes Forschungsfeld habe."

Eduard musste an Ernst denken. An Ernsts Plan, ein Buch zu schreiben. Ernst hatte ihm erzählt, worüber er schrieb. Eduard hatte gleich das Gefühl, es würde sich für Ernst lohnen, sich mit Wilhelm zu unterhalten. Wilhelm war zudem offensichtlich ein Typ, der es liebte, zu erzählen. Allerdings war die Frage, wie Wilhelm und Ernst zueinanderfinden konnten und wie man es anstellen konnte, dass Wilhelm auch Ernst alles erzählte... Eduard konnte sich kaum vorstellen, dass Wilhelm diese Informationen preisgab, wenn er wusste, dass sie Eingang ein Buch finden sollten. Nun, da würde Eduard noch drüber nachdenken müssen. Andererseits war Ernst Kriminalbeamter. Eigentlich sollte er am besten wissen, wie er an Informationen kam. Jedenfalls stand für Eduard fest, dass er Ernst diesen Hinweis geben musste, sobald er zurück in Berlin war. Womöglich konnte er Wilhelm auch noch die eine oder andere Information entlocken. Dann konnte er Ernst vielleicht auch gleich sagen, wie man Wilhelm am besten aushorchen konnte. Es würde schon interessant sein, herauszufinden, wie sich Wilhelm verhielt, wenn er dem Alkohol erst einmal genügend zugesprochen hatte.

„So, gehen wir was trinken. Oder wofür sind wir hergekommen?" Viktor legte den Arm um Wilhelms Schultern.

---

111 1931 sank auch der Stickstoffabsatz massiv ab, sodass erwogen wurde, das Leuna-Werk zu schließen. Die Wende kam mit dem Dritten Reich, da die Regierung nun die Benzinpläne aufs Stärkste förderte. Es entstanden zahlreiche Treibstoffwerke. Quelle: Henseling, S. 110 ff.

Das konnte Eduard nur Recht sein.

Sie gingen auf das Büfett zu und waren kaum dort angelangt, als sie auch schon von einer Kellnerin mit einem Tablett mit gefüllten Champagnergläsern als willkommene Abnehmer ausgemacht wurden. Eduard tat es den Lorenzbrüdern gleich und nahm sich eines der Gläser. Der Champagner war vorzüglich.

„Ach, es ist doch jedes Mal wieder ein Vergnügen, dich auf die Weihnachtsfeier zu begleiten!“, stellte Viktor grinsend fest. „Solche hervorragende Bewirtung kennt man bei der Polizei leider nicht.“

„Selbst Schuld, lieber Bruder. Wir haben dir vorher gesagt, dass du in die Industrie oder zur Reichswehr gehen solltest. Aber du wusstest es besser.“ Wilhelm sah seinen Bruder mit hochgezogenen Augenbrauen an.

„Das kann ich nur bestätigen, Viktor. Das kann ich nur bestätigen.“ Viktors und Wilhelms Bruder Berthold zuckte mit verzogenen Mundwinkeln die Schultern. „Selbst ein Arzt hat noch eher die Möglichkeiten, etwas zu werden, als ein Polizist.“ Berthold lachte mit einem an Eduard gerichteten Zwinkern.

„Nun, einer aus der Familie musste ja sauber bleiben“, erwiderte Viktor mit saurer Miene. Dann wandte er sich dem Büfett zu. „Seht nur den Kaviar!“ Viktor griff nach einem Teller und bediente sich nicht gerade in bescheidenem Maße.

„Sauber bleiben? So wie du zuschlägst, kann man schon zwanglos von Raubüberfall sprechen!“, konterte Wilhelm lachend.

Eduard musste feststellen, dass das Essen wirklich von ausgezeichneter Qualität war. Das erstaunte ihn, denn es stellte einen krassen Gegensatz zu dem Elend dar, das seit Beginn der Wirtschaftskrise in Deutschland herrschte. In diesen Kreisen hatte die Krise wohl keinen Zutritt. Eduard musste an die Familie denken, die er vor einer Wochen notfallmäßig betreut hatte, nachdem sie sich an dem Fleisch einer kranken und selbst geschlachteten Katze vergiftet hatte.

Eduard beobachtete Wilhelm genau und stellte fest, dass der ziemlich trinkfest war, aber dennoch allein aufgrund seiner vergnüglichen Stimmung als sehr redselig bezeichnet werden konnte.

Nachdem sie es sich auf der Feier hatten gut gehen lassen, zogen sie weiter, durchstreiften Chinatown und fanden sich anschließend in der Allotria, einem Tanzlokal auf der Reeperbahn ein. Es wurde eine sehr lange Nacht. Erst gegen vier Uhr morgens kehrten sie zurück in Viktors Wohnung und schliefen dort ihren Rausch aus.

Dennoch, eine Gelegenheit, Wilhelm weiter auszufragen, bot sich Eduard nicht. Dafür war die Stimmung zu heiter und es hätte nicht gepasst. Aber das machte Eduard nichts aus. Er war sich sicher, dass Ernst das allein bewerkstelligen konnte.

Wie erwartet, wurde Ernst sofort hellhörig, als Eduard ihm nach seiner Rückkehr von dem berichtete, was er von Wilhelm Lorenz erfahren hatte.

„So ein Zufall! Wie ist das nur möglich? Dass Frederike ausgerechnet einen Verlobten hat, dessen Bruder in der Chemieindustrie arbeitet", überlegte Ernst laut.

„Das ist keineswegs ein Zufall. Ganz im Gegenteil. Ferdinand hat Umgang in diesen Kreisen durch seine Stellung. Er hat auf einem der Treffen der Obersten Heeresleitung Bekanntschaft mit Viktors Vater und Viktors Bruder Berthold gemacht. So haben letztlich Viktors Vater und Ferdinand das Kennenlernen arrangiert", gab Eduard die Geschichte an Ernst weiter, die Viktor ihm erzählt hatte. „Endlich bekommt der alte Major einen standesgemäßen Schwiegersohn!"

Ernst musste im Anschluss an Eduards Bericht wieder vermehrt an den Krieg und das Giftgas denken. Dann wieder kamen die Bilder von Felder in ihm auf und wieder und wieder sah er Habers Gesicht vor sich. Er überlegte fieberhaft, wie er an Informationen von Wilhelm Lorenz gelangen konnte. Offiziell brauchte er es nicht zu versuchen. Und auch nicht im Rahmen seiner Tätigkeit bei der Polizei. Schließlich hatte sein Buch damit nichts zu tun. Nein. Er musste das anders aufziehen. Es gab einen Ansatzpunkt und den würde er nutzen. Die Tanzbar Allotria. Eduard hatte gesagt, dies sei die Stammbar von Wilhelm.

Ernst und Eduard entwickelten schließlich einen Plan.

Bereits im Januar 1931 reiste Eduard mit Elsa und den Kindern nach Hamburg.

Eduard verabredete sich mit Viktor, Wilhelm und Berthold und besuchte mit ihnen die Tanzbar Allotria. Dort trafen sie – zufällig – auf Ernst. Eduard stellte Ernst als Freund vor, der in Hamburg lebe.

Gleich an diesem Abend fand Ernst einen allzuleichten Zugang zu Wilhelm. Während sich Viktor, Eduard und Berthold amüsierten, unterhielten sich Ernst und Wilhelm.

„Das ganze Geld haben sie im großen Krieg verdient. Nein, nicht *im* großen Krieg, sondern *mit* ihm. *Durch* ihn!" Wilhelm nahm einen kräftigen Schluck Whiskey. „Vor allem mit Kampfstoffen. Und das ist nicht allein hier in Deutschland so. Wir arbeiten ja vor allem mit DuPont aber auch mit den Allied Chemical & Dye und der Union Carbide and Carbon Corporation in den Vereinigten Staaten sowie mit British Dyestuff und Nobel Industries Ltd. in Großbritannien zusammen. Vor allem DuPont und Nobel Industries haben mit dem Krieg ein Vermögen gemacht. DuPont war der führende Militärsprengstoffhersteller der Entente! Und es sind die ganzen Überreste der Kriegsindustrie und die Neben- und Vorprodukte, die nun Riesengewinne versprechen. Man muss nur wissen, wie man sie einsetzt. Da ist die Pestizidentwicklung ein interessanter Bereich. Ein weiterer interessanter Bereich ist die Automobilindustrie."

„Ach, die Automobilindustrie? Wie ist das möglich?" Ernst schenkte Wilhelm noch einmal nach.

„DuPont hat maßgebliche Beteiligungen an dem Autohersteller General Motors. Der Automobilmarkt ist ein gewaltiger Absatzmarkt für die Chemie. Gummi, Erdöl und Nitrocelluloselacke sind da nur einige Beispiele. Nitrocellulose ist ein Zwischenprodukt der Sprengstoffherstellung. DuPont hat einen großen Einfluss auf die Automobilindustrie. Das ist ein gewaltiges Geschäft und Deutschland muss da Marktanteile in bedeutendem Ausmaß haben. Die Regierung hat längst noch nicht begriffen, wie wichtig das ist. Unter dem Kaiser wäre das keine Frage gewesen. Wir brauchen jetzt einen Führer, der in diesen Fragen eine klare Haltung hat und das Geschäft vorantreibt, bevor wir weltweit abgehängt werden. Dieser ganze Dreck mit der Republik bringt nur Probleme und Hindernisse. Jeder verfluchte Beamte will seinen Käse dazu geben und meint, er wüsste Bescheid. Zum Verrücktwerden ist das."

„Dann verstehe ich dich richtig, dass die Gewinne, die durch den großen Krieg erzielt wurden, nun in die Industrie fließen, und die Industrie damit Gewinne zu machen beabsichtigt, dass die Vor- und Nebenprodukte, die im Krieg angefallen sind, für die Automobilindustrie und die Pestizidentwicklung nutzbar gemacht werden?"

„Ja, so kann man das wohl durchaus sagen. Aber das genügt schließlich nicht. Ich meine, wir müssen auch an morgen denken und die USA und die Briten tun es schließlich auch. Wenn, was Gott verhüten möge, wieder ein Krieg anstehen sollte, dann müssen wir schließlich gerüstet sein und wie es vor zwei Jahren im

Journal of Chemical Education stand, so ist es: Moderne Kriegsführung ist angewandte Chemie gigantischen Ausmaßes[112]. Dass wir damals nicht bereits 1915 kapitulieren mussten, ist schließlich nur, aber wirklich nur der chemischen Industrie zu verdanken. Das sollten sich diese politischen Quaksalber mal gut überlegen."

1931 wurde der Herausgeber der Weltbühne, Carl von Ossietzky mit dem sog. Weltbühneprozess überzogen.

Weil er veröffentlicht hatte, dass die Reichswehr heimlich eine Luftwaffe aufbaute, wurden er und Walter Kreiser wegen Landesverrats und Verrats militärischer Geheimnisse angeklagt und schließlich im November zu jeweils 18 Monaten Freiheitsstrafe verurteilt.

Ernst konnte diese Heuchelei kaum fassen: Während die Nazis immer unverhohlener randalierten und Menschen zusammenschlugen, verlangte Innenminister Groener in einem Zeitungsinterview neue, verschärfte Gesetze gegen „Staatsverleumdung", wobei die „Staatsverleumder in seinen Augen vor allem die linksliberalen Journalisten waren. Er war der Ansicht, die Triebfeder solcher Autoren seien fanatischer Hass oder Gewinnsucht[113].

Ossietzky hatte darauf in einem offenen Brief mit den Worten reagiert: „Der Krieg ist ein besseres Geschäft als der Friede. Ich habe noch niemanden gekannt, der sich zur Stillung seiner Geldgier auf Erhaltung und Förderung des Friedens geworfen hätte. Die beutegierige Canaille hat von eh und je auf Krieg spekuliert.[114]"

Der Prozess erregte nicht nur in Deutschland enormes Aufsehen, dabei wusste Ernst, dass er kein Einzelfall war. Vor wenigen Jahren waren im Ponton-Prozess die Journalisten Berthold Jacob und Fritz Küster wegen publizistischen Landesverrats verurteilt worden. Wie ihnen, erging es Hunderten anderen Personen.

Ernst fand auf seine Recherchen hin schnell heraus, wer auf Seiten der Staatsanwaltschaft gegen Ossietzky agierte. Es war kein geringerer als Reichsanwalt Paul Jorns. Ausgerechnet Paul Jorns, der damals an den Ermittlungen gegen die Mörder von Rosa Luxemburg und Karl Liebknecht beteiligt gewesen war und sich da-

---

112 1929 stand in der Zeitschrift „Journal of Chemical Education": Moderne Kriegsführung sei angewandte Chemie gigantischen Ausmaßes. Quelle: Henseling, S. 112.

113 Quelle: Vinke, S. 88.

114 Quelle: „Offener Brief an Reichswehrminister Groener" von Ossietzky, Weltbühne Nr. 49 vom 8.12.1931, S. 839.

mit verdient gemacht hatte, dort Spuren zu verwischen[115].

Indes schrieb Ernst weiter an seinem Manuskript. Dabei war er schon weit fortgeschritten. Er hatte sich bereits mehrmals mit Wilhelm Lorenz getroffen und einige interessante Details erfahren Zum Beispiel, dass es bereits seit den Jahren 1896, 97 und 98 Warnungen gab, das gewisse Stoffe wie Benzol oder Asbest, aber auch Strahlung sehr schädlich seien[116], dass diese Warnungen jedoch keine Berücksichtigung fanden. Allerdings fiel es ihm angesichts der politischen Entwicklungen zunehmend schwerer, sich auf sein Manuskript zu konzentrieren. Andererseits gewann er immer mehr den Eindruck, dass eintrat, was er in seinem Buch als Gefahr beschreiben wollte. Als käme ihm die Wirklichkeit zuvor.

Immer mehr braune Gruppen zogen durch Berlin. Die NSDAP sammelte mit ihren Versprechungen die arbeitslosen, hoffnungslosen, zukunftslosen jungen Menschen, von denen so viele ohne Väter aufgewachsen waren und ihre Kindheit im Elend verbracht hatten, von den Gossen und ließ sie im Gleichschritt die Straßen einnehmen.

Auch im Polizeipräsidium verschafften sich die Nazis immer mehr Aufmerksamkeit. Hinter vorgehaltenen Händen raunten sich manche Polizisten bereits zu, dass sie guthießen, dass endlich ein Führer kam, der aufräumen und ein neues Deutschland einläuten würde. Auch waren die Anfeindungen, denen sich Bernhard Weiß durch die immer stärker werdende NSDAP ausgesetzt sah, immer öfter Thema. Ganz offen zogen diese Leute Weiß´ Ansehen in den Schmutz.

115 Quelle: Hetmann, S. 274, 288 f.
116 Quelle: Henseling, S. 162.

8. März 1932

Der Bahnhof Berlin Jungfernheide war voll von geschäftig dreinblickenden Menschen. Auf einem anderen Gleis fuhr der Zug der Siemensbahn rumpelnd an und wurde immer schneller.

Elsa hielt ihre Tasche fest, sie wusste, dass es hier von Langfingern nur so wimmelte.

Leopold hingegen wirkte unbeschwert und vergnügt.

„Pass gut auf dich auf, hörst du?“ Elsa drückte Leopolds Hand. Sie wusste, dass er über die Maßen empört gewesen wäre, wenn sie ihrem Impuls nachgegeben hätte und ihn umarmt oder gar geküsst hätte. Mit seinen 17 Jahren war er längst dem Alter entwachsen, in dem sich Jungen noch von ihren Müttern in der Öffentlichkeit umarmen ließen.

Sie hingegen musste an den im letzten Jahr erschienenen Kinofilm Emil und die Detektive denken, als sie zusah, wie Leopold mit seinem Koffer den Zug nach Hamburg bestieg. Dabei wusste sie genau, dass, wenn es jemanden in der Geschichte Emil und die Detektive gab, mit dem Leopold sich identifiziert hätte, es sicherlich nicht Emil, sondern vielmehr die legendären Sass-Brüder waren, die, so war jedenfalls Leopold überzeugt, hinter dem in der Geschichte erwähnten Banküberfall steckten. Zwar hatte Leopold keine Ambitionen zur Delinquenz, aber es gab wohl kaum einen Jungen in Deutschland, für den die Brüder nicht Idole gewesen wären, und Leopold hatte das Glück, einen Onkel zu haben, der ihm die Geschichten brühheiß vom Polizeipräsidium brachte. Nach dem Einbruch in der Diskonto-Gesellschaft hatten Gerüchte die Runde gemacht, es seien in Briefkästen armer Moabiter Geldscheine gefunden worden.

„Mutter, ich bin schon beinahe erwachsen und Tante Fredi holt mich doch vom Bahnhof ab.“ Leopolds Blick verriet, dass er die

Sorgen seiner Mutter für überzogen hielt. „Wir sehen uns in wenigen Wochen wieder.“ Mit diesen Worten griff er nach der Metallstange in der Tür der Berlin-Hamburg-Bahn und stieg die zwei Stufen zum Waggon hinauf. Er lief durch das Coupé und suchte nach einem freien Platz am Fenster. Durchs Fenster konnte er seine Mutter sehen.

Er freute sich auf diese Reise. Er würde Großvater Ferdinand und Großmutter Josephine besuchen und sicherlich auch Zeit mit Tante Fredi verbringen und er würde die Universität kennenlernen und sich dort umsehen. Wenn alles glatt ging, würde er in wenigen Wochen dort sein Studium beginnen.

Leopold freute sich besonders auf Tante Fredi. Er erinnerte sich noch gut an die Zeit, als sie bei ihnen in Berlin gelebt hatte. Sie hatten oft zusammen Musik gemacht. Er hatte viele Einfälle gehabt für lustige Texte, wobei er diese oft albern fand, aber Tante Fredi hatte etwas aus diesen Ideen gemacht und das waren so schöne Erinnerungen...

Ja, es würde eine großartige Zeit werden in Hamburg. Endlich war er groß genug, sein Elternhaus zu verlassen!

Tante Fredies Verlobten Viktor hatte er auch schon kennengelernt. Aber nicht gut. Doch das würde sich ja nun gewiss ändern.

Im Zug konnte man telefonieren. Das war eine recht moderne Angelegenheit, aber er brauchte es nicht, sodass auch das die Zeit nicht verkürzte.

Die Zugfahrt dauerte mehrere Stunden. Es ging über Spandau, Wittenberge, Ludwigslust, Boizenburg, Büchen, Aumühle nach Hamburg hinein. In Hamburg passierten sie zahlreiche Stadtteile.

Endlich fuhr der Zug in den Hamburger Hauptbahnhof ein.

Gespannt blickte Leopold aus dem Fenster. Die Bahnhofshalle war beeindruckend. Sie war unglaublich hoch und dabei sehr lang.

Dunkel erhob sich das Gewölbe über die Gleise und Bahnsteige. Dieser Bahnhof war nicht zu vergleichen mit Berlin Jungfernheide.

Leopold verließ seinen Platz und ging zur Tür. Er versuchte durch das Fenster Tante Fredi zu entdecken.

Dann kam der Zug zu stehen und er konnte die Tür öffnen.

Draußen blickte er sich um.

„Da bist du ja, herzlich Willkommen in Hamburg!“

Leopold drehte sich um und stand seiner Tante gegenüber. „Tante Fredi!“

„Na mein Lieber, du hast doch wohl nicht geschlafen und dir

dein Geld stibitzen lassen?“

Leopold verdrehte die Augen. „Der ist doch alt, Tante Fredi. Der Film ist vor einem Jahren gelaufen!“

„Er war aber großartig. Das kannst du nicht leugnen!“ Frederike lachte. „Komm, wir wollen eine Droschke nehmen!“

„Wie geht es den Großeltern?“, fragte Leopold, während sie den langen Bahnsteig entlang liefen.

„Ach Leo, ich hoffe, du erschrickst nicht, wenn du sie siehst. Sie werden nicht jünger. Deine Großmutter geht kaum mehr unter Leute und dein Großvater wird auch immer wunderlicher. Aber überzeuge dich selber. Du hast ja auch noch mich. Keine Sorge, ich lass dich nicht allein mit den beiden.“ Frederike zwinkerte Leopold verschwörerisch zu.

„Tante Fredi, trittst du eigentlich auch hier in Hamburg auf?“

Frederike sah Leopold kurz nachdenklich an. „Nein, Leo. Die Zeiten sind vorüber. Jetzt will ich schließlich bald heiraten.“

„Aber weshalb kannst du denn dann nicht mehr auftreten?“

„Nun, das würde Viktor nicht gerne sehen und deine Großeltern sehen mich auch lieber daheim.“

„Aber du bist doch immer so gerne aufgetreten!“

„Ja, sicherlich, aber so ist es eben. Die Zeiten ändern sich.“

Leopold überzeugte diese Antwort nicht gerade. Er konnte aber nicht sagen, ob es daran lag, dass sie ihm nicht gefiel, oder daran, dass der Ton seiner Tante nicht eben überzeugt geklungen hatte.

Mit der Droschke erreichten sie bald das Haus des Major Lehmann und seiner Gattin.

Als Leopold seiner Großmutter die Hand gab, verstand er mit einem Mal, was seine Tante gemeint hatte. Großmutter blickte ihn kaum richtig an. Sie schien vielmehr durch ihn hindurch zu sehen. Ihre Bewegungen waren langsam und unsicher.

„Wie schön, dich zu sehen, Eduard.“ Josephine nahm Leopolds Hand in die ihre. „Du bist gar nicht älter geworden. Du siehst noch genauso aus, wie bei deiner Hochzeit. Wo ist meine Tochter? Kommt sie gleich herein?“ Josephine blickte neugierig zur Tür.

„Mutter, das ist doch der Leopold!“, erklärte Frederike und nahm ihre Mutter bei der Hand, um sie zum Sessel zu führen.

„Ach ja, wie dumm von mir! Das kommt, weil ich eben geschlafen habe. Danach bin ich immer etwas tüddelig.“

„Junge, willkommen in Hamburg. Wie geht es deiner Mutter!“

Erleichtert reichte Leopold seinem Großvater die Hand. Wenigstens Großvater schien zu wissen, wer er war.

„Mutter ist wohlauf. Sie lässt grüßen."
„Komm rein, stell den Koffer ab. Wann geht es zur Reichswehr?"
Leopold sah seinen Großvater verwirrt an. „Wie bitte?"
„Na, Junge. Zur Reichswehr."
„Aber..."
„Hast du diesen unsäglichen Unsinn etwa mitverfolgt? Geßler[117] mag ein Zivilist unter Soldaten gewesen sein, aber er hat immerhin dafür gesorgt, dass unser Land endlich wieder zu alter Stärke zurück findet. Dieser verheerende Angriff gegen ihn aufgrund der Lohmann-Affäre, das war infam. Ich habe den Mann persönlich kennengelernt. Was wollen die nur? Wir brauchen ein starkes Heer und er hat dafür alles getan. Dieser verfluchte Wenkel und diese Schmierfinken von der Weltbühne. Wenigstens hat man sie verurteilt. Also, wann geht's zur Reichswehr?"
Leopold wusste nicht, was er antworten sollte. Er wusste nicht, wovon sein Großvater redete. Aber er wollte ihn auch nicht verärgern. Zum Glück kam in diesem Moment seine Tante Frederike und lenkte das Thema in eine andere Richtung. „Ich habe einen Kuchen gemacht. Wollen wir den nun anschneiden?"
Leopold atmete erleichtert auf. Das würde doch schwieriger werden, als er es erwartet hatte.
„Sehr gerne." Ferdinand Lehmann nickte zustimmend. Ist denn Viktor auch da?"
„Nein, Vater, er ist leider verhindert."
Ferdinand Lehmann legte den Arm um seinen Enkelsohn. „Der Viktor, das ist ein ganz feiner Junge. Von dem wirst du dir mal ein wenig erzählen lassen, dann verstehst du auch, warum es so wichtig ist, seinen Dienst am Vaterland zu tun, mein Junge."

Leopold war froh, bei seiner Tante wohnen zu dürfen. Im Hause seiner Großeltern war es sehr anstrengend für ihn.
Nach dem Kaffeetrinken gingen sie zu Frederikes Wohnung, aber obgleich es nur wenige Straßen waren, die sie zurücklegten, fühlte es sich an, als hätten sie eine ganze Welt verlassen.
„Ich habe es da auch nicht mehr ausgehalten. Deshalb habe ich mir die Wohnung genommen. Es wird auch immer schlimmer, je älter sie werden." Frederike seufzte.
„Und Viktor denkt wie Großvater?", fragte Leopold verunsichert.

---

117 Es geht um den Reichswehrminister Otto Geßler, der im Zuge der sog. Lohmann-Affäre sein Amt verlor.

„Nein, nein.“
Eine Weile liefen sie schweigend nebeneinander her.
„Nein, so wie dein Großvater nicht. Großvater wünscht sich den Kaiser zurück. Noch immer. Viktor sympathisiert mit der NSDAP. Die wollen ja was ganz anderes.“
Leopold runzelte die Stirn.
„Ja ja, ich weiß schon, deine Eltern halten nicht viel von denen, aber der Viktor sagt, sie tun wenigstens was. Sie holen die Leute da ab, wo sie stehen und kümmern sich um ihre Belange. Und es gibt einen engen Zusammenhalt. Es muss ja auch irgendwie weitergehen. Mal besser werden. Die anderen Parteien, die reden ja nur und den Leuten geht's immer schlechter. Das kann ja auch nicht ewig so laufen. Ich weiß ja auch nicht, was das Richtige ist. Und du bist jetzt fast erwachsen. Da wirst du dir eine eigene meinung zulegen müssen. Die muss nicht dieselbe sein, wie die deiner Eltern!“
Leopold konnte nicht mit Sicherheit sagen, ob Frederike ihm das erklärte, oder sich selber. Er sagte nichts dazu. Frederike war seine liebste Tante. Er war nur ein, der Schulbank entwachsener, Junge. Was wusste er schon. „Wir wollen nicht über Politik reden. Ich freu mich, dass ich bei euch wohnen darf.“
„Ich freu mich auch. Mensch, du bist so groß, inzwischen. Sieh nur, du bist größer als ich!“
„Na, das sagt aber auch wirklich jeder.“
„Siehst du, ich bin eben alt. Das heißt, es wird Zeit für mich, zu heiraten! Und du willst dir die Universität ansehen?“
„Ja, unbedingt.“
„Warum willst du in Hamburg studieren?“
„Ich will fort von Zuhause. Es ist mir dort zu eng geworden.“
„Und dabei hast du wirklich Glück mit deinen Eltern.“
„Du bist ja nicht ihr Kind!“
„Nana!“, machte Frederike gespielt streng.
„Nein, so war das nicht gemeint, aber ich bin jetzt zu alt, um Zuhause zu wohnen. Ich muss etwas erleben.“
„Morgen fahren wir zur Universität. Wir sehen uns alles an, und trinken einen Mokka in einem der schönen Cafés am Dammtor.“
Kurz darauf standen sie vor Frederikes Wohnung.
Leopold wartete gespannt, bis Frederike aufgeschlossen hatte. Er war noch nie hier gewesen.
„Es ist eine schöne Wohnung. Ich lebe gerne hier.“
„Und nach der Hochzeit?“

„Na, dann werden wir natürlich bei Viktor leben. Dann beginnt ein neuer Lebensabschnitt, da werde ich mich von vielem Liebgewonnenen verabschieden müssen. Aber sag ihm das bloß nicht. Dann ist er sicher eingeschnappt."

Leopold sah sich um. Ihm gefiel die Einrichtung. Es wirkte gemütlich und an jeder Ecke schien Tante Fredies Wesen durch. Ihre Leidenschaft für die Bühne leuchtete aus jedem Bild an den Wänden. Bilder von Josephine Baker und zahlreichen Theaterinszenierungen. Ein Flügel nahm die Hlfte der Wohnstube ein. Darauf standen Requisiten, die Tante Fredi gekauft hatte, weil sie ihr so gut gefallen hatten. Eine Maske, eine Laterne, Kerzen in verschnörkelten Haltern und hübsche Dosen und vieles mehr. Ein Grammophon stand auf einem Schrank mit vielen Schallplatten.

„Die Wohnung hat fünf Räume, eine Küche und ein Bad", riss seine Tante ihn aus seinen Gedanken. „Eines der Zimmer habe ich für dich hergerichtet. Hier, schau!" Frederike schob eine Tür auf und ließ Leopold eintreten.

Im Zimmer standen ein Bett, ein Schrank, ein Waschtisch und vor dem Fenster ein Tisch mit Stuhl. Auf dem Tisch stand eine Blume in einer Vase.

„Richte dich in Ruhe ein, ich bereite etwas zu Essen vor. Viktor kommt auch noch. Er will dich unbedingt kennenlernen."

Nachdem Frederike den Raum verlassen hatte, legte Leopold seinen Koffer ab und öffnete die Schnallen.

Er war gerade dabei, seine Hosen in den Schrank zu legen, als es schellte. Er konnte hören, dass Frederike die Wohnungstür öffnete.

„Hallo Liebes, ist alles gut gegangen? Ist er wohlbehalten eingetroffen?" Das war Viktors Stimme.

„Ja, er packt gerade aus. Wir können gleich essen."

Leopold legte schnell die Hosen in den Schrank und verließ den Raum. Frederike sollte nicht seinetwegen warten müssen.

„Guten Abend Leopold, wie schön, dass du uns besuchst!", begrüßte ihn Viktor und hielt ihm die Hand hin.

„Ja, ich bin sehr froh, dass Tante Fredi hier lebt und ich sie besuchen darf."

„Ich habe schon gehört, du willst studieren!?"

„Setzt euch doch an den Tisch, dann können wir mit dem Essen beginnen.

Frederike hatte Canapés vorbereitet.

„Hast du deine Großeltern schon besucht?" Viktor nahm sich eines der Häppchen.

Leopold nickte kauend.

„Vater konnte wieder nicht an sich halten und begann einen Vortrag über die Reichswehr und die Lohmann-Affäre." Frederike verdrehte die Augen.

„Ach Liebes. Er wird eben alt. So ist das leider. Mach dir darum keine Sorgen. Du musst wissen", fügte er an Leopold gerichtet hinzu, „die alte Generation trauert in weiten Teilen noch dem Kaiser nach. So geht es deinem Großvater auch. Aber die Geschichte lässt sich nicht zurückdrehen. Es braucht auch keinen Kaiser mehr. Es braucht etwas neues. Einen starken Führer, der diesem unübersichtlichen Durcheinander ein Ende bereitet und unser Vaterland wieder zu neuer Stärke und Größe verhilft, damit es den Platz einnehmen kann, den es innehaben sollte in der Welt. Jemanden, der das Reich aus der Misere herausführt, in die der Dolchstoß es erst gebracht hat. Dazu braucht es eine würdigere Person als den Kaiser. Der hat es schließlich auch nicht verstanden, die Semiten aus dem Land zu jagen."

„Nun fang doch du nicht auch noch mit Politik an", seufzte Frederike.

Leopold war sich nicht sicher, ob er verstand, was Viktor da sagte, aber auch er hatte keine Lust mehr, über Politik zu sprechen.

„Morgen seht ihr euch also die Universität an?", wechselte Viktor das Thema.

„Ja." Leopold wusste nicht, was er darauf sonst sagen sollte.

„Schön schön, ich bin zwar der Meinung, dass sie da auch zu viele Juden haben, aber wir wollen nicht wieder davon anfangen. Nicht wahr, Liebes?" Viktor lächelte Frederike besänftigend an. „Übrigens, lieber Leopold, wenn es dich interessiert, kannst du mich auch gerne einen Tag bei der Arbeit begleiten. Vielleicht überlegst du es dir noch und kommst lieber zur Polizei?"

„Ach, du bist Polizist?" Leopold sah Viktor überrascht an.

„Ja ja, und das ist der beste Beruf, den du dir denken kannst. Immer was los auf den Straßen. Aber wem sag ich das. In Berlin geht's schließlich genauso zu. Haben sie nun eigentlich die Sass-Brüder endlich dingfest gemacht?"

„Nein."

„Ja, ein Unding. So etwas dürfte es gar nicht geben. Und so etwas würde es auch nicht geben, wenn man nur die richtigen Verhörmethoden anwenden würde. Aber die Berliner Polizei ist auch ein ganz fragwürdiger Laden, das muss ich leider sagen. Viel zu republikanisch. Die Polizei ist ureigen mit dem Militär verknüpft und da gehört sie auch hin. Das wollen sie in Berlin nur nicht wahrhaben und so kann man auch keine Verbrecher zur Strecke bringen. Jeder Schwarzfahrer wird verurteilt, aber gegen die wirklichen Verbrecher kommen sie nicht an. Rechtsstaatlichkeit hin oder her. Es braucht einen starken Staat mit einem starken Führer. Anders ist der Organisierten Kriminalität doch gar nicht beizukommen. Die Justiz wird bestochen, die Ringbrüder – die haben wir hier nämlich auch – bezahlen mit den Schutzgeldern, die sie erpressen, die besten Anwälte und setzen die Zeugen unter Druck und die Polizei steht da und weiß sich nicht zu helfen."

„Viktor, bitte." Frederike sah Viktor flehend an.

„Ja ja, schon gut. Also, überleg es dir. Wenn du dir die Arbeit bei der Hamburger Polizei ansehen willst, dann nehme ich dich gerne mit."

Leopold blieb vier Tage in Hamburg, dann stand sein Entschluss fest: Er würde in Hamburg Rechtswissenschaften studieren.

Mit Frederike hatte er auch herausgefunden, dass es in der Rentzelstraße eine Mensa gab und ein Studentenwohnheim in der Elsässer Straße in Dulsberg, dass der Verein Hamburger Studentenhilfe im Jahre 1922 gegründet hatte, weil es, so hieß es von dem Verein, besonders die Studenten seien, die unter den schlechten wirtschaftlichen Bedingungen zu leiden hätten. Dort wollte er wohnen. Es war doch ein verrückter Zufall, wie er fand, dass die Straße ausgerechnet „Elsä"sser hieß. So würde er aus dem haus seiner Mtuter Elsa in die „Elsä"sser Straße ziehen!

Er kehrte zurück nach Berlin und erklärte seinen Eltern, dass er beabsichtige, im Oktober in Hamburg mit dem Studium zu beginnen.

Am Abend nach seiner Rückkehr wollte auch sein Großvater Alexander genauesten Bericht über Leopolds Reise.

„Ja, Großvater. Tante Fredi wohnt in einer sehr hübschen Wohnung. Du solltest sie sehen. Sie ist so mondän und modern. Sie ist die beste Tante, die man sich vorstellen kann."

„Und singt sie auch noch in Cabarets?" Alexander lehnte sich im Sessel vor und stützte sein Kinn auf den Knauf seines Stockes, den er seit einigen Monaten vermehrt benötigte.

„Nein." Leopold vermochte es nicht, sein Bedauern in seinem Tonfall zum Ausdruck zu bringen.

„Weshalb? Sie war großartig am Klavier."

„Sie sagte, Viktor würde das nicht gutheißen und Großvater Fer-

dinand auch nicht."
„Ach du liebe Zeit, na das fängt ja gut an."
„Ich bedaure es auch sehr. Und ihre Wohnung will sie auch aufgeben, wenn sie heiratet."
„Ach nein, ach nein, diese Frauen!"
Leopold sah seinen Großvater stirnrunzelnd an. „Was sagst du?"
„Da hat sie nun die Möglichkeiten, die zuvor kaum eine Frau hatte und für den Erstbesten, der ihr über den Weg läuft, gibt sie all das auf..." Alexander schüttelte versonnen den Kopf.
„Aber Alexander, das ist doch sehr ungerecht, sie so zu verurteilen!", protestierte Elsa.
„Ja, du wirst Recht haben", räumte Alexander ein, „aber es ist doch zu schade! Sie müsste doch nicht heiraten!"
„Na, erzähl das mal Vater. Er wird sie ordentlich unter Druck setzen!"
Kurz schwiegen alle.
„Wie ist er denn so, der Viktor? Wie war dein Eindruck?"
„Zu mir war er sehr freundlich. Er ist auch Polizist, wie Onkel Ernst."
„Ja, das habe ich gewusst." Elsa nickte. „Als er hier war, hat er es erzählt. Aber er ist viel draußen unterwegs, als Schutzmann."
„Er hat viel von der Partei erzählt."
„Welche Partei denn?" Alexander sah Leopold neugierig an.
„Von der NSDAP."
„Ach du liebe Zeit.", seufzte Alexander.
„Hier sind die ja auch schon viel unterwegs", stellte Leopold fest.
„Und, was für einen Eindruck machen sie auf dich?" Alexander sah Leopold interessiert an.
„Sie kommen immer nur in Gruppen und sehen alle gleich aus. In ihrer braunen Aufmachung. In der Schule waren auch ein paar Jungens, die mit denen sympathisierten. Sie reden nicht, sie bellen und sie treten auf, als wollten sie alles platt treten"
Alexander lachte auf. „Ja, das hast du schön dargestellt. So kann man das wohl sagen. Sehr gut."
„Viktor sagt, es brauche einen starken Staat und einen starken Führer, weil alles schlecht sei in diesem Land. Trifft das zu?"
„Das ist keine leicht zu beantwortende Frage, jedenfalls nicht in einem Satz." Elsa seufzte. „Aber alles ist nicht schlecht und der Ruf nach einem starken Staat ist ein zweischneidiges Schwert. Dann kommt es doch sehr auf den Führer des starken Staates an. Ich meine, die Freiheiten, die deine Tante zum Beispiel hat, die

wären unter dem Kaiser nicht möglich gewesen."
„Aber Viktor sagt, einen Kaiser würde er auch nicht zurück haben wollen. Es soll ein neuer Führer sein."
„Aber auch da gilt, wenn die Stärke darauf beruht, dass er allein entscheiden kann, ohne die Bürger, dann wird es viele Verlierer geben, nämlich alle die, die nicht so leben wollen, wie er es für richtig hält."
Und Alexander fügte hinzu: „Und wenn es die Nationalsozialisten sein sollten, dann kann ich dir schon sagen, wer es auf jeden Fall schwer haben wird: Die Juden, die Kranken und die Verrückten, wie ich einer bin." Er erhob sich und ging zu seinem Schreibtisch. „Ich habe etwas aufgehoben. Das will ich dir zeigen, mein Junge."
Leopold verfolgte seinen Großvater mit den Augen, während dieser etwas vom Schreibtisch nahm und ihm überreichte. Es handelte sich um einen Zeitungsausschnitt aus der Weltbühne von 1931. Ossietzky war der Verfasser. Leopold las: „Die gleiche Not, die alle schwächt, ist Hitlers Stärke. Der Nationalsozialismus bringt wenigstens die letzte Hoffnung von Verhungernden: den Kannibalismus. Man kann sich schließlich noch gegenseitig fressen. Das ist die fürchterlichste Anziehungskraft dieser Heilslehre. Sie entspricht nicht nur den wachsenden barbarischen Instinkten einer Verelendungszeit, sie entspricht vor allem der Geistessturheit und politischen Ahnungslosigkeit jener versackenden Kleinbürgerklasse, die hinter Hitler marschiert[118]."

Am 10. Mai 1932 trat Ossietzky seine Haftstrafe an. Das war zwei Monate, nachdem er in der Weltbühne vom 22. März Paul von Hindenburg, der als Reichspräsident für Ossietzkys Gnadengesuch zuständig war, als „realpolitisches Zero"[119] bezeichnet hatte. Auf sein Gnadengesuch hatte er mit dieser Äußerung keine Rücksicht genommen. Das Gnadengesuch war sodann Ende März abgelehnt worden.
Als er bereits in Berlin-Tegel saß, wurde er wieder angeklagt, wegen der Äußerung „Soldaten sind Mörder!"
Nur zwei Tage nach Ossietzkys Haftantritt ereignete sich ein unbegreiflicher Vorfall: Ernst bekam den Einsatz, gemeinsam mit weiteren Polizeibeamten unter Leitung von Bernhard Weiß den Plenarsaal des Reichstages zu stürmen und mehrere Abgeordnete

118 Quelle: Bpb deutscher Widerstand 1933-1945, Wolfgang Benz, S. 5.
119 Quelle: „Gang zwei" von Ossietzky, Weltbühne Nr. 12 vom 22.3. 1932, S. 427.

festzunehmen.

Als sie eingetroffen waren, ging alles sehr schnell. Sie drangen in den Plenarsaal ein, umstellten die darin sitzenden Abgeordneten und Weiß forderte die Betreffenden auf, sich zu stellen. Während er noch sprach, begannen zahlreiche Abgeordnete Weiß verächtlich „Isidor Weiß“ zu rufen. Zwei der vier Personen konnten sie daraufhin mitnehmen, die anderen stellten sich kurz e Zeit später.

Schließlich erfuhr Ernst die Geschichte, die dahintersteckte.

Reichstagsabgeordnete der NSDAP hatten auf Helmuth Klotz, der im Jahre 1923 am Hitlerputsch beteiligt gewesen war und inzwischen zur SPD gewechselt hatte und mehrfach mit der Forderung nach Maßnahmen gegen die NSDAP aufgefallen war, eingeschlagen. Zu diesem Zeitpunkt hatte Klotz mit Otto Wels im Restaurant des Reichstags gesessen. Klotz war dabei verletzt worden.

Daraufhin waren vier Angreifer für 30 Tage von den Sitzungen ausgeschlossen worden. Als sich die Täter geweigert hatten, den Plenarsaal zu verlassen, hatte Reichstagspräsident Löbe die Sitzung abgebrochen und die Polizei verständigt.

Wenige Monate später, es war der 20. Juli 1932 überraschte Ernst Eduard und Elsa am späten Abend mit einem Besuch.

Sie merkten gleich, dass etwas mit ihm nicht stimmte, aber zunächst sprach er nicht. Sie drängten auch nicht in ihn, denn sie wussten, dass das zwecklos wäre. Stattdessen boten sie ihm einen Whiskey an, den er ohne Dank annahm und in einem Zug leerte.

Es dauerte bestimmt eine Stunde, bis Ernst ihnen erzählte, was geschehen war.

Am Nachmittag hatte Papen mit der etwa 100 000 Mann starken Reichswehr das preußische Innenministerium, das Berliner Polizeipräsidium und die Zentrale der Schutzpolizei besetzt.

Im Präsidium war man von diesem Akt völlig überrascht worden.

Ernst hatte, ebenso wie alle anderen Polizisten des Polizeipräsidiums, zusehen müssen, wie Polizeipräsident Albert Grzesinki, sein Stellvertreter Bernhard Weiß und der Kommandeur der Schutzpolizei Magnus Heimannsberg in Arrest genommen worden waren[120].

„Sie sind abgeführt worden, wie Verbrecher. Wie ist das nur mög-

---

120 Später wurde dieses Ereignis als Preußenschlag oder Staatsstreich in Preußen bekannt. Grzesinki, Weiß und Heimannsberg mussten unterschreiben, dass sie keinerlei Amtshandlungen mehr vornehmen würden, erst danach wurden sie aus der Schutzhaft der Moabiter Offizier-Arrestanstalt entlassen.

lich?"

„Du sagtest einmal zu Leopold, dass Grzesinski und Weiß maßgeblich vorangebracht haben, dass die Polizei demokratischer wird und eine Abkehr vom Militarismus genommen hat."

„Ganz Recht und sie haben konsequent die Verbrechen der Rechten und der Linken aufgeklärt."

„Nun, dann hast du deine Antwort. Frag dich nur noch, wer sie vermutlich loswerden wollte."

„In einem Land, in dem jeder Ansatz von Demokratie permanent von Seiten der alten Eliten in Industrie, Wirtschaft, Politik und Presse und durch die Bequemlichkeit der feiernden höheren Gesellschaft, sowie der ungebildeten breiten Massen zerstört, vernebelt und verdämmert wird, hat die Republik keine Chance. Die wenigen, die sich dagegen stemmen, werden einfach hinweggefegt. Das ist kaum mehr eine Randnotiz wert."

„Es deutet alles darauf hin, dass Ossietzky Recht behält und die Republik nun zertrampelt wird." Eduard nahm ebenfalls einen kräftigen Schluck Whisky.

Am nächsten Tag bekam Ernst die neue Polizeispitze präsentiert. Nachfolger von Heimannsberg sollte der Kommandeur der Höheren Polizeischule Potsdam-Eiche Georg Poten werden. In dieser Funktion war er nun Kommandeur der Schutzpolizei Berlins.

Für Ernst änderte sich damit erst einmal nicht so viel, da er als Kriminalpolizist vor allem Gennat unterstand, wie er es bisher auch getan hatte. Und wenn man unter Gennat arbeitete, dann bekam man von allem darüber ziemlich wenig mit.

Grzesinskis Nachfolger wurde Kurt Melcher.

Kurz darauf fand am 31. Juli die Wahl statt. So viele Menschen, wie an diesem Tag, waren in der Geschichte der Republik noch nie zu einer Wahl gegangen.

Ernst, Eduard und Alexander hatten wie auf heißen Kohlen auf das Wahlergebnis gewartet.

Ernst starrte fassungslos auf die Titelseite der Tante Voss. Dort stand es schwarz auf weiß.

„Das ist doch nicht möglich!", stöhnte Alexander gequält. „Wie kann das nur sein?"

13,7 Millionen Menschen hatten die NSDAP gewählt. Das waren 37,3 Prozent der Wähler[121].

„Und denkt nur an die Wahlplakate! „Deutschland erwache!",

---

121 Bpb Weimarer Republik, S. 57.

stand darauf. Das war der selbe Wortlaut wie der Titel eins Gedichts Kurt Tucholskys vor zwei Jahren. Und weiter hatte Tucholsky seinerzeit geschrieben: „Das der Nazi dir einen Totenkranz flicht: Deutschland, siehst du das nicht?“[122] Warum sind sie ihm nicht gefolgt? Zwei Männer sagen den gleichen Spruch. Der Eine: dick, groß, traurig und freundlich, der Andere: dünn, klein, zornig und boshaft. Sie folgen dem Anderen. Warum?“ Eduard hätte die Zeitung am liebsten zerrissen.

„Und wo ist die SPD geblieben?“ Ernst rieb sich über die Augen.

„Na, wie du es vorhergesehen hast: Bahnt sich eine Katastrophe an, stellt die SPD sich tot und versinkt in der Bedeutungslosigkeit“, stellte Eduard niedergeschlagen fest.

„Es liegt nun alles in Hindenburgs Hand...“, überlegte Alexander laut.

„Um Gottes Willen! Sag nur das nicht!“ Ernst schüttelte sich.

„Nun ja, er hat immerhin viele Jahre Erfahrung in politischen Dingen. Er muss Hitler doch durchschauen!“ Eduard wollte gerne glauben, was er sprach.

„Tja, leider ist er kein Demokrat sondern ein bornierter Monarchist und inwiefern er überhaupt jemanden außer sich selbst ernst nimmt, bleibt dahingestellt“, sprach Ernst aus, was Eduard nicht glauben wollte. „Er wird denken, dass er das letzte Wort hat, für alle Ewigkeit, fürchte ich. Er lebt wohl in der Überzeugung, er repräsentiere die Monarchie als Einziger und Letzter.“

„Und in dieser Überzeugung wird er wohl glauben, er könne auch die Nazis lenken“, führte Alexander Ernsts Gedanken fort.

„Keine guten Aussichten!“ Ernst seufzte.

Zunächst aber stand nun für die Hoffmanns eine Reise nach Hamburg an, denn am 15. August sollte die Hochzeit von Frederike und Viktor stattfinden. Dieser Anlass bot die Gelegenheit, die politischen Begebenheiten vorübergehend auszublenden.

Sie trafen am Abend vor der kirchlichen Trauung ein. Elsa war sehr aufgeregt. Auf der Fahrt nach Hamburg hatte sie sich immer wieder vorgestellt, dass sie wenigstens noch diesen einen Abend mit Frederike hatte, um mit ihr allein Zeit zu verbringen. Allein den letzten Abend zu genießen, bevor Frederike heiratete.

Für Elsa war Frederike noch immer die kleine Schwester. So wie Frederike für sie bei ihrer Hochzeit vor etwa zwanzig Jahren der wichtigste Mensch gewesen war, so wollte sie für Frederike an de-

---

122 Bpb, Deutscher Widerstand 1933-1945, Wolfgang Benz, S. 5.

ren Hochzeit der wichtigste Mensch sein. Dabei war Elsa bewusst, dass sie sich in den letzten Jahren auseinandergelebt hatten. Das tat ihr sehr weh, aber jetzt, vor Frederikes Hochzeit konnten sie ihre enge Verbindung vielleicht endlich wieder aufleben lassen. Elsa wusste schließlich auch, dass es mit den Eltern schwierig geworden war und Frederike sie nun gewiss sehr brauchte, denn sie hatten kaum mehr andere Familienmitglieder. Es gab noch die große Schwester Emilia Luise, aber mit ihr verband Frederike und Elsa nicht sonderlich viel. Sie lebte fernab bei einem ihrer Söhne, nachdem ihr Mann Ludwig im großen Krieg gefallen war.

Als sie endlich eintrafen, war es bereits nach 18:00 Uhr.

Lene, die Haushälterin öffnete ihnen.

„Frau Hoffmann, herzlich willkommen. Fräulein Frederike hat mich instruiert, Ihnen drei Zimmer herzurichten."

Elsa stellte erstaunt fest, dass es im Hause totenstill war. Sie hatte erwartet, auf reges Treiben zu stoßen. „Ist denn meine Schwester nicht im Hause?"

„Nein, nein, Fräulein Frederike ist heute Abend im Hause der angehenden Schwiegereltern geladen. Sie trifft gewiss erst spät ein. Aber ich habe alles für Sie hergerichtet."

„Und meine Schwiegereltern?" Eduard schob den elfjährigen Hans und den achtjährigen Theodor in den Flur. Elsa folgte ihm mit der zweijährigen Aurelia auf dem Arm. Hinter Elsa traten Emilia, die vor wenigen Tagen fünfzehn geworden war und Leopold ein. Zuletzt folgte Anne, ihre Haushälterin, die Elsa auch in Hamburg mit den Kindern helfen wollte, damit diese Zeit für die Feierlichkeiten ihrer Schwester hatte.

„Die Herrschaften halten sich im Salon auf."

„Vielen Dank, Lene. Wir wollen uns zunächst frisch machen, im Anschluss gehen wir in den Salon."

„Sehr gerne." Lene deutete eine Verbeugung an und schloss die Tür hinter ihnen.

Sie liefen die Treppe hoch in den ersten Stock.

Oben verteilten sie sich auf die Zimmer und die Betten und die Kinder begannen unter aufgeregtem Gekicher ihre Koffer auszupacken. Leopold half Theodor bei dessen, und Emilia half Elsa bei Aurelias Gepäck. Elsa war dankbar, dass Leopold Theodor half, wobei genau genommen Leopold allein den Koffer auspackte. Theodor war damit beschäftigt, die mitgebrachten Schuhe in einer geordneten Reihe aufzustellen und ansonsten in seiner eignen Welt versunken.

Kurz betrachtete Elsa ihren Achtjährigen. Er wirkte ein wenig wunderlich auf sie. Das Schuheaufstellen machte er schon seit er sich fortbewegen konnte und früher war es niedlich gewesen, aber inzwischen musste sie sich beherrschen, um ihm dies nicht zu untersagen. Aber Eduard hatte gesagt, sie solle ihn nur machen lassen, das gebe sich schon irgendwann. Zudem graute ihr bei dem Gedanken an Theodors zu erwartende Reaktion auf ein Eingreifen ihrerseits.

„Können wir nun endlich zu Großmama und Großpapa?" Hans konnte es kaum erwarten.

„Nun, wie seht ihr denn aus?" Elsa begutachtete kurz ihre Kinder. „Sie zog Aurelia schnell ein frisches Kleid an. „So, wird es gehen."

„Ich will hier bleiben. Wenn Aurelia müde wird, können Sie sie gerne hereinbringen. Ich werde sie dann zu Bett bringen." Die alte Anne ließ sich auf einen Sessel sinken.

Leopold rückte eilig einen Schemel heran, sodass Anne ihre Füße hochlegen konnte.

„Danke, junger Mann." Anne lächelte.

Hans ließ sich nicht aufhalten. Mit Theodor im Schlepptau erreichte er als Erster den Salon.

Nacheinander traten alle anderen auch ein.

Lene stand bei den Lehmanns, die in Sesseln saßen.

Elsa betrachtete ihre Eltern flugs, um einzuschätzen, wie es um sie bestellt war.

Ihr Vater wirkte eingesunkener, als bei ihrem letzten Besuch. Leopold und Hans hatten sich bereits neben ihn gestellt und begrüßten ihn glücklich. Sie hingen an dem Alten. Sie kannten ihn besonders von seiner einnehmenden Seite. Er hatte mit ihnen Schiffe geschnitzt und ihnen alte Geschichten erzählt.

Er wirkte nun müde und langsam, aber seine Augen waren klar.

Josephine Lehmann dagegen hatte Augen, die in eine andere Welt zuschauen schienen. Ihr Blick war freundlich und traurig. Ihr Kopf leicht zur Seite geneigt. Sie war sehr schmal und wirkte wie aus altem Pergament, dass bei jeder Berührung zu zerbröseln drohte.

„Großmama!", rief Emilia leise aus, machte die wenigen Schritte auf Josephine zu und ließ sich an ihrer Seite nieder. „Großmama! Wie freue ich mich, dich zu sehen!" Emilia griff nach der Hand ihrer Großmutter.

„Großmama!" Josephine kicherte offensichtlich amüsiert. „So

vorlaut warst du schon immer, mein Kind! Aber ich will es dir nachsehen. Schließlich hattest du einen langen Tag, nicht wahr, Elsa?"

Emilia zuckte zusammen, sah ihre Mutter hilflos an.

„Aber Frau Lehmann, sehen Sie doch nur!" Lene legte ihre Hände fest auf die Schultern von Josephine. „Dort ist Ihre Elsa doch!" Sie deutete auf Elsa.

„Ach ... ja, da ist meine ... nein, nein. So alt ist doch meine Elsa nicht! Das ist doch ... Wer sind Sie bitte?"

Elsa durchfuhr es wie ein Blitzschlag. Sie starrte ihre Mutter entgeistert an. Dabei hatte sie doch gewusst, dass sie tüddelig geworden war. Gewusst von Leopold und von Frederike ... Aber es war trotzdem ein Schock für sie. Da stand sie nun, umgeben von ihren Kindern und ihrem Ehemann und wurde von ihrer Mutter nicht mehr wiedererkannt ... Sie spürte, dass sie das nicht ertrug. Dabei sollte sie doch nun vorführen, wie mit Ruhe und Anstand auf solch eine Sache zu reagieren war. Aber das vermochte sie nicht ... Ehe sie es sich versah, hatte sie auf der Schwelle kehrt gemacht und war mit Aurelia aus dem Raum gelaufen. Sie sah sich ratlos um, dann stürzte sie die Treppe hinauf und zurück in das Zimmer, in dem sie schlafen sollte.

Anne schreckte aus dem Sessel hoch.

„Frau Hoffmann, was ist Ihnen?"

Elsa drückte Aurelia an sich, die gar nicht verstand, was geschah und Tränen liefen über Elsas Wangen.

Anne rappelte sich auf und schlurfte zu Elsa herüber. „Na geben Sie das Kind mal lieber her." Anne nahm Aurelia und setzte sich mit ihr auf dem Schoß neben Elsa.

„Du verstehst das gar nicht, nicht wahr meine Kleine?" Anne schaukelte Aurelia leicht hin und her.

„Es war furchtbar. Sie erkennt mich nicht mehr. Ihre eigene Tochter!"

„Ach Gott, das ist ja entsetzlich!"

„Und ich habe wie ein Kleinkind reagiert und bin davon gelaufen, dabei ist der ganze Salon voll von meinen Kindern, denen ich ein Vorbild sein sollte. Und nun? Nun sitze ich hier und heule ..." Elsa wischte zornig ihre Tränen fort.

„Nunu, und das soll besser werden, wenn Sie auf sich einschimpfen?"

Elsa nahm ihr Taschentuch und putzte sich die Nase. Sie atmete tief durch. „Nein, ich kann da nicht wieder hineingehen. Das kann ich einfach nicht."

„Dann bleiben Sie eben hier. Der werte Herr ist doch auch noch da. Der nimmt das gewiss gelassener. Er ist doch ein Doktor."

„Aber was bin ich denn für eine Mutter!"

„Eine traurige Mutter sind Sie eben." Anne setzte Aurelia auf den Boden und ging zu dem Korb, in dem sie ihren Reiseproviant mitgeführt hatten. Sie griff hinein, dann kehrte sie zu Aurelia zurück. „Sieh mal, meine Kleine. Hier haben wir noch ein schönes belegtes Brot für dich. Dann kannst du gleich gewiss schön schlafen." Sie begann, Aurelia zu füttern und beachtete Elsa gar nicht mehr.

Elsa erhob sich und ging zum Waschtisch. Im Spiegel sah sie ihr verweintes Gesicht. Sie spritzte sich etwas Wasser über die Augen. Das fühlte sich angenehm an, bewirkte aber leider nicht, dass man ihr das Weinen nicht mehr ansah. So konnte sie nicht zurück in den Salon kehren, aber das wollte sie auch keinesfalls, wenn sie ehrlich zu sich selbst war. Anne hatte Recht. Eduard würde mit dieser Situation gewiss zurechtkommen.

Mit einem Mal fühlte sich Elsa unendlich schwer und müde. Woher kam diese Niedergeschlagenheit mit einem Mal? War das wirklich auf das wenig erbauliche Wiedersehen mit ihrer alternden Mutter zurückzuführen?

Schwerfällig schleppte sie sich zum Bett, setzte sich und zog die Schuhe aus.

Sie beobachtete Anne, die Aurelia die letzten Brothäppchen gab.

Eigentlich hatte sie sich vorgestellt, diesen Abend mit Frederike zu verbringen ... Nun saß sie hier und sah ihrer Tochter beim Essen zu. Das hätte sie auch in Berlin tun können ...

Ja, daher kam ihre Traurigkeit. Sie war enttäuscht, weil Frederike nicht da war.

Frederike hatte offensichtlich nicht auf sie gewartet. Für Frederike schien es keineswegs so wichtig zu sein, dass Elsa auf ihrer Hochzeit war, wie es damals für sie wichtig gewesen war, dass Frederike sie auf ihrer Hochzeit begleitete.

Elsa seufzte traurig.

Anne blickte kurz zu ihr, konzentrierte sich aber sogleich wieder auf Aurelia.

Elsa zog die Beine aufs Bett, legte sich hin und drehte sich zur Wand.

Eine Fliege krabbelte auf der Tapete.

Wie war das möglich? Sie waren immer so vertraut miteinander gewesen. Ihr ganzes Leben lang. Alles hatte sich geändert, als Ernst Frederike zurückgewiesen hatte. Wie konnte solch eine Sache solche Auswirkungen auf ihre Beziehung haben? Wie hatte eine Sache, auf die Elsa überhaupt keinen Einfluss hatte nehmen können, eine unsichtbare Wand zwischen ihnen errichten können. Oder hatte sie es dazu kommen lassen? Hätte sie nach diesem Schock für ihre kleine Schwester hinter Frederike herreisen und für sie da sein müssen? Hatte sie als Schwester versagt und Frederike im Stich gelassen? Es war ihr, als befinde sich die Wand, auf die sie jetzt starrte, zwischen ihr und Frederike. Und darauf krabbelte völlig ungerührt eine Fliege, putzte sich mit dem Bein die Nase, surrte herum und setzte sich auf die Decke.

Elsa versuchte die Fliege wegzuscheuchen, aber sie setzte sich sogleich wieder auf die Decke.

Auf was hatte sie eigentlich Einfluss? Nicht auf ihre Beziehung zu ihrer Schwester, nicht auf ihre Mutter, nicht darauf, was aus Theo wurde, nicht darauf, wo die Fliege sich hinsetzte und auch sonst auf nichts, was derzeit um sie herum geschah ...

Eduard hatte seine Praxis, seine Patienten. Leopold würde nach Hamburg gehen, um zu studieren, die anderen Kinder wurden unaufhörlich groß und brauchten sie immer weniger. Frederike heiratete und hatte sie offenbar einfach vergessen. Ihre Eltern verabschiedeten sich allmählich aus dieser Welt ...

Im Alltag spürte Elsa das vielleicht oft nicht, wenn sie mit den alltäglichen Dingen befasst war, aber jetzt, wenn sie darüber nachdachte, dann fühlte es sich an, als wenn alles seinen Lauf nahm, seinen unaufhaltsamen, unabwendbaren Lauf und sie war nur ein Ball, der auf der Wasseroberfläche tänzelte ... Das Leben spielte sich im Wasser darunter ab, ohne sie. Sie stand außerhalb allen Geschehens und konnte es nur beobachten.

Als Eduard mit den Kindern hereinkam, war Elsa eingeschlafen. Anne hatte Aurelia ins Bett gebracht und war an ihrem Bett ebenfalls eingenickt.

Eduard, Leopold, Emilia, Hans und Theodor machten sich leise bettfertig und gingen schlafen, ohne Elsa zu stören.

Als Elsa am nächsten Morgen erwachte, musste sie sich kurz orientieren, wo sie war. Sie überlegte schließlich, dass sie offenbar einfach eingeschlafen war, ohne sich um ihre Kinder zu kümmern.

Sie stellte fest, dass alle da waren und schliefen, und schloss noch einmal kurz die Augen, bevor sie alle aufstehen mussten. Dann jedoch überlegte sie sich, eilends das Bad aufzusuchen, solange das Haus noch still dalag. So hatte sie Ruhe, sich vorzubereiten, bevor sie sich um die Kinder kümmern musste.

Sie nahm also leise ihr Kleid aus dem Koffer, lief schnell zum Bad, wusch sich und kleidete sich an.

Währenddessen dachte sie an die Hochzeit und überlegte, wie es werden würde, Frederike wiederzusehen. Würden sie heute ein wenig Zeit für einander haben?

Zumindest war diese Schwere etwas von ihr gewichen.

Frederike musste spät nach Hause gekommen sein. Gewiss schlief sie erst einmal aus und würde dann vor der Hochzeit auch nicht mehr viel Zeit haben.

Als sie fertig war ging sie in die Küche. Dort fand sie Lene vor, die bereits das Frühstück vorbereitete.

„Könnte ich freundlicherweise einen Kaffee bekommen?“, fragte sie.

„Natürlich. Sehr gerne.“ Lene reichte ihr eine Tasse und füllte den dampfenden Kaffee ein, den sie schon aufgebrüht hatte.

„Guten Morgen!“, hörte Elsa eine Stimme hinter sich.

Elsas Herz machte einen Hüpfer. Sie drehte sich um. Vor ihr stand Frederike im Nachthemd.

„Elsa!“, rief Frederike und warf sich Elsa in die Arme.

Elsa war völlig überrumpelt, aber eine Welle von Glück rollte über sie. „Fredi!“, war das Einzige, was sie herausbrachte.

„Du bist ja schon angekleidet!“ Frederike sah Elsa verwundert an.

„Ich habe die Zeit genutzt, solange die Kinder noch schlafen.“

„Ich hätte auch gerne Kaffee.“ Frederike setzte sich neben Elsa an den Tisch. „Und Milch bitte!“

Lene schenkte auch Frederike Kaffee ein und stellte ihnen ein Kännchen Milch auf den Tisch, von dem sie sich beide nahmen.

Elsa roch an ihrem Kaffee. Sie liebte den Geruch.

„Ich freue mich, dich wiederzusehen. Ich hatte ein furchtbar schlechtes Gewissen, gestern Abend. Aber ich konnte mich nicht losmachen. Viktors Brüder haben beide sehr nette Frauen. Sie haben mich gleich wie eine Schwester aufgenommen... aber du bleibst natürlich meine liebste Schwester!“

Elsa spürte, dass Frederikes Worte ihr guttaten. Hatte sie sich unnötig verrückt gemacht? War sie einfach nur albern gewesen?

„Heute wird ein aufregender Tag. Ich bin schon jetzt so durcheinander! Hoffentlich klappt alles, wie geplant!“, plapperte Frederike.

„Um 10:00 Uhr beginnt die Trauung. Soll ich dir helfen, dich anzukleiden?“

„Ja, sehr gerne. Mutter wird mir wohl nicht helfen können.“

„Sie ist furchtbar alt geworden, nicht wahr?“ Elsa nahm einen Schluck Kaffee.

„Ja, leider. Aber was nützt es. Sie wird mit Lene zuhause bleiben. Sie begreift es ja doch nicht mehr.“

„Ja, das wird wohl das Beste sein. Komm nimm den letzten Schluck, ich will dich endlich in deinem Hochzeitskleid sehen!“

Frederike tat was Elsa ihr befohlen hatte, und lief dann, gefolgt von Elsa in ihr Schlafzimmer.

Als Elsa an dem Zimmer vorbei lief, das Eduard und sie bewohnten, hörte sie die Stimme von Theo. Eilig klopfte sie, öffnete und rief hinein, Anne werde den Kindern beim Ankleiden zur Hand gehen, sie müsse Frederike helfen.

Elsa schloss eilends hinter sich die Tür von Frederikes Zimmer und atmete tief durch. Sie war glücklich. So hatte sie sich Frederikes Hochzeit vorgestellt.

Frederike stand mit dem Rücken zu ihr am Spiegel und drehte sich nun plötzlich um. Mit den Händen hielt sie das Kleid vor ihren Körper, sodass Elsa sehen konnte, wie es an ihr aussehen würde. Frederike strahlte.

Elsa trat näher. Sie ließ ihre Hand über den Stoff gleiten. „Wunderschön, Fredi. Wunderschön!“

Als Elsa in der kleinen Kapelle umgeben von ihren Kindern und Eduard saß und ihre Schwester wie gebannt anstarrte, während diese in dem weißen, enganliegenden und bodenlangen Kleid am Arm ihres und Elsas Vaters den Mittelgang entlangschritt, die Augen auf Viktor gerichtet, der im einfarbigen, schwarzen Zweireiher vorne beim Pfarrer stand, war Elsa glücklich. Das Wichtigste an der ganzen Zeremonie war es für sie gewesen, Frederike dabei behilflich zu sein, sich herzurichten. Es war doch alles in Ordnung zwischen ihnen. Nichts und niemand konnte ihre enge Bindung jemals zerstören und das war das Einzige was zählte.

Elsa musste an ihre eigene Hochzeit denken. Sie sah ihre Kinder der Reihe nach an. Wie groß sie geworden waren! Dann blieb ihr Blick an Eduard hängen.

Er bemerkte es und lächelte sie an. Nun waren sie schon so viele

Jahre glücklich. Sie musste an die Zeit vor dem großen Krieg denken. Damals hatten sie sich manches Mal gestritten. Sie ärgerte sich inzwischen über sich selbst, dass sie damals wie ein kleines Mädchen immerzu nach ihrem Vater gelaufen war, wenn sie Rat gesucht hatte. Sie sah zu dem alten Major, der nun neben Frederike stand und sie symbolisch an Viktor übergab. Er sah noch immer wie ein hochdekorierter Militär aus. Ein sehr alter hochdekorierter Militär.

Damals hatte sie sich hilflos gefühlt. Vater hatte ihr immer Gewissheit und Sicherheit bedeutet. Das hatte sich längst geändert. Es war eine trügerische Gewissheit und eine noch trügerische Sicherheit gewesen. Heute war sie sich sicher, dass es die Militärs wie ihr Vater gewesen waren, die sie in den großen Krieg getrieben hatten. Ihr Vater hatte immer der Obersten Heeresleitung nahe gestanden und ihr Vater war es höchstpersönlich gewesen, der Eduard und seinen kleinen Bruder Ernst in das Desinfektionsregiment gesteckt hatte, was, so war sie überzeugt, jedenfalls Ernst bis heute nicht verwunden hatte, auch wenn er darüber gewiss nicht sprach. Hoffentlich würden nie Menschen wie er Macht überihre Söhne bekommen und sie in irgendwelche unnützen Kriege treiben ...

Nun, sie wollte nicht länger über all das grübeln. Sie wollte sich auf Frederikes Hochzeit konzentrieren. Das zählte nun. Die anderen Dinge lagen lange zurück und waren nicht mehr zu ändern. Blieb nur zu hoffen, dass Frederike eine ebenso lange, glückliche Zeit mit ihrem Viktor bevorstand, dass die Schatten der Vergangenheit ein für allemal fortgeweht waren.

Nun würde sie vielleicht bald Tante werden. Ihr fielen plötzlich wieder Frederikes Worte von damals ein. „Am Sedantag werden wir vielleicht schon wissen, ob ich bald Tante werde!"...

Der Sedantag. Das Feiern einer Schlacht. Ja, das war es, woher sie und Frederike kamen und nun? Seitdem war so viel geschehen ... und jetzt gab es wieder so viele Anzeichen dafür, dass unruhige Tage auf sie zukommen würden, aber nein, daran wollte sie nicht denken. Vielleicht waren die Menschen doch klüger geworden und würden nicht wieder ... Das durfte nicht geschehen. Jetzt wollte Frederike ein glückliches Leben leben und Leopold und Emilia waren auch schon groß. Bald würden sie ihre Leben zu leben beginnen. Sie sollten es gut haben. Sie sollten es so gut haben, wie Elsa und Eduard es gehabt hatten.

Frederike und Viktor gaben sich in diesem Augenblick das Ja-

wort.
Elsa lehnte sich an Eduard an und sah ihm liebevoll in die Augen, als dieser zu ihr hinunterblickte.
„Ich liebe dich, als sei es gestern gewesen", flüsterte er.

Als alle draußen vor der Kirche versammelt waren, versuchte Elsa sogleich, zu ihrer Schwester zu gelangen, um ihr zu gratulieren, doch als sie ihr bis auf wenige Schritte nahegekommen war, wurde Frederike bereits von zwei Frauen in ihrem Alter umringt, die sie umarmten und ihr gratulierten, sich bei ihr unterhakten und niemanden an sie heranließen.
Elsa beobachtete Frederike, die offensichtlich ganz in Glück aufging. Gerade wurde sie von Viktors Bruder Wilhelm umarmt und gleich darauf von Viktors anderem Bruder Berthold.
Eduard hatte ihr von den beiden erzählt. Wilhelm arbeitete in der Industrie bei der I.G.Farben und Berthold war in der Reichswehr.
Elsa sah auch ihren Vater. Er sprach mit Viktors Vater, der ebenfalls hochdekoriert war.
„Ich freue mich sehr über die Verbindung unserer Kinder!", hörte Elsa ihren Vater sagen. „Ach, da ist ja meine Tochter Elsa!" Major Lehmann winkte Elsa zu sich heran. „Darf ich vorstellen? Elsa, das ist Viktors Vater, Major Lorenz."
„Es freut mich, Sie kennenzulernen." Major Lorenz reichte Elsa die Hand.
„Mein anderer Schwiegersohn, Elsas Mann Eduard, ist bedauerlicherweise nicht beim Militär, aber als Arzt hat er ja auch einen recht ordentlichen Beruf."
Elsa musste sich zusammennehmen, um nicht die Augenbrauen zu runzeln. Was redete ihr Vater denn da? „Ich muss mich um Theo kümmern. Ich hoffe, Sie entschuldigen mich!", sagte sie schnell und entfernte sich eilig.

Auch beim Hochzeitsessen gelang es Elsa nicht, auch nur in der Nähe von Frederike zu sitzen. Sie saß weit ab an der großen Tafel und konnte Frederike nur aus der Ferne sehen.
„Sehr verehrte Damen und Herren Hochzeitsgäste!", begann Viktor eine Rede. „Ich freue mich, diesen glücklichen Tag gemeinsam mit euch und Ihnen feiern zu dürfen. Ab heute beginnt ein neuer Lebensabschnitt und ich bin mir vollkommen sicher, dass mein Glück nur noch gesteigert werden kann, wenn es nun hof-

fentlich bald auch politisch bergauf geht. In diesem Sinne, an die Urnen für die NSDAP!“

Elsa sah Viktor entsetzt an. Was hatte so etwas in einer Hochzeitsansprache zu suchen?

Viktor setzte sich und alles applaudierte

Berthold erhob sich nun. „Lieber Bruder, ich kann dir nur beipflichten. Ich wünsche euch beiden alles Glück der Welt und auf bessere Zeiten!“ Berthold hob sein Glas.

Beim Essen driftete das Gesprächsthema alsbald zur Politik.

„Mit dem Preußenschlag haben wir ja die ersten und wichtigsten Aufräumarbeiten geleistet. Aber nun muss es schnell vorangehen, damit endlich wieder Ordnung hergestellt wird und die Wirtschaft wieder in die richtige Richtung auf den Weg gebracht werden kann“, erklärte Wilhelm, Viktors anderer Bruder seinem Tischnachbarn. „Die Industriellen haben längst erkannt, dass die NSDAP der richtige Weg ist. Der einzig richtige. Emil Kirdorf vom Rheinisch-Westfälischen Kohlensyndikat und Fritz Thyssen von den vereinigten Stahlwerken unterstützen Hitler seit Jahren[123].“

Elsa wurde mit jedem aufgeschnappten Gesprächsfetzen trauriger und niedergeschlagener. Die Gefühle vom gestrigen Abend kehrten zurück und sie stellte sich die Frage, ob sie sich etwas vorgemacht hatte, als sie meinte, zwischen ihr und Frederike sei alles beim alten. Genauso etwas vorgemacht wie damit, alles könne gut werden.

Hier waren sich ganz offensichtlich alle einig, dass alles gut werden würde. Nämlich wenn die NSDAP an die Macht käme.

Elsa hatte das Gefühl, an einem falschen Ort zu sein. Alle hier schienen eine ganz andere Wahrnehmung von der Wirklichkeit zu haben, als sie. Sie wollte am liebsten mit Eduard und ihren Kindern die Feier verlassen und sich zurückziehen. Spielte denn alles verrückt? Wie war es möglich, dass sich all diese Menschen Hoffnung versprachen von diesen braunen Banden? Oder waren sie verrückt? Hatten sie den Blick für die Wirklichkeit verloren? Wie

---

123 Quelle: bpb Weimarer Republik, S. 61. Die Kontakte von Hitler und seinen Vertrauten verdichteten sich im Juni 1932 zur Bildung zweier, miteinander verzahnter, wirtschaftspolitischer Beraterstäbe. Der ehemalige Reichsbankpräsident Hjalmar Schacht rief die „Arbeitsstelle Dr. Schacht“ ins Leben, für die er einige namhafte Industrielle und Bankiers gewann, Der süddeutsche Chemie-Unternehmer Wilhelm Keppler leitete den am 20.6.1932 gegründeten „Studienausschuss für Wirtschaftsfragen“, in dem elf Großindustrielle, Bankiers und Großagrarier mitarbeiteten. Vor allem der Keppler-Kreis“ bildete im Herbst 1932 die „Keimzelle für wichtige Grundsatzentscheidungen nationalsozialistischer Wirtschaftspolitik und zwar im Sinne der Großwirtschaft“ (Dirk Stegmann) Quelle: bpb Weimarer Republik, S. 62.

konnte es sein, dass so viele Menschen das anders sahen als sie? So unglaublich viele Menschen ...

Elsa musste an Ernst denken, der ihnen von Bernhard Weiß und Albert Grzesinki erzählt hatte, die mit dem Preußenschlag aus dem Dienst entfernt worden waren. Sie gehörten zu den wenigen, die sich der NSDAP in den Weg gestellt hatten und wo waren sie nun?

Wo waren die Menschen, die sich schützend vor sie stellten? Es gab sie nicht. Stattdessen befürwortete anscheinend die Mehrheit, was da geschah ...

Elsa machte sich Sorgen. Sorgen um Leopold, der nun bald allein in Hamburg leben würde und dann ohne sie unter diesen Befürwortern der NSDAP leben würde. Welchen Einfluss würde das auf ihn haben? Würde er sich ihnen anschließen? Sollten Elsa und Eduard ihn davon abhalten, nach Hamburg zu gehen? Noch konnten sie die Entscheidungen über ihn treffen. Aber würde das dazu beitragen, dass er Abstand zu den Nazis hielt? Oder würde es eher ihr uns Leopolds Vertrauesnverhältnis beeinträchtigen? Mussten sie ihn nun schützen oder ihm vertrauen? Sie wusste es nicht. Sie hatte keine Ahnung, was sie tun sollten ...

Sie machte sich um Alexander Sorgen. Sie wusste, dass er ihren Zorn auf sich ziehen würde, wenn sie herausfanden dass er homosexuell war und es liebte, sich in Frauenkleidern in das Berliner Nachtleben zu stürzen. Mein Gott, wie konnte Alexander den Zorn von irgendjemanden auf sich ziehen? Was musste man für ein Mensch sein, um Alexander zu verachten? Was hatte es für eine Bedeutung, welche Vorlieben er hatte? Er war ein liebenswürdiger älterer Herr. Er hatte zwei Kinder als seine angenommen, anstatt sie dem Leben in der Gosse zu überlassen. Er hatte unzähligen Menschen im Laufe seines Lebens als Arzt das Leben erleichtert und ihnen geholfen. Er war ein liebenswerter, fürsorglicher Großvater und ein feiner Mensch, der immer ein offenes Ohr hatte und einem besonnene, freundliche Ratschläge gab und ihn würden sie verachten... Was also konnten das für Menschen sein?

„Was grübelst du? Wir sind auf einer Hochzeit!“, flüsterte Eduard ihr zu.

Sie sah ihn traurig an. „Leider fühle ich mich gar nicht wie auf einer Hochzeit, sondern eher wie auf einem Begräbnis!“, flüsterte sie zurück.

„Das kann ich sehr gut verstehen!“, gab er leise zurück. „Es geht mir genauso. Sie tragen alles zu Grabe, wohinein wir all unsere

Hoffnungen gesteckt haben." Eduard sah sie ernst an.
„Ich habe Angst um Leo und um Alexander..."
„Ich auch." Eduard legte den Arm um Elsa und drückte sie fest an sich. „Wir sprechen heute Abend darüber."
Elsa lächelte Eduard verkrampft an. Dann atmete sie tief durch. Aber sie hatten sich und das war viel. Sehr viel.

Elsa und Eduard verließen die Feier zeitig. Mit den Kindern machten sie einen Spaziergang zum Hause der alten Lehmanns.

„Warum sind wir bereits so früh gegangen? Ich habe mich mit dem Johann sehr gut verstanden!" Hans sah seinen Vater fragend an.
Eduard wusste nicht recht, was er sagen sollte. Er musste daran denken, dass er froh war, seinen Sohn dem Einfluss des Sohnes von Viktors Bruder Berthold entzogen zu haben, aber das konnte er nicht aussprechen.
Bevor er antworten konnte, antwortete Leopold. „Zu fortgeschrittener Stunde sind solche Feiern nichts mehr für Kinder. Dann wollen die Erwachsenen unter sich sein."
Das war eine einfache Antwort, die Hans genügen ließ. Eduard bedachte Leopold mit einem erstaunten Blick. Ihm war es, als wenn Leopold genau gewusst hatte, dass er keine richtige Antwort gefunden hatte und ihm zu Hilfe geeilt war. Während Hans nun vergnügt vor ihnen her hüpfte, bedachte Eduard Leopold mit einem dankbaren Lächeln. Dann legte er den Arm um Elsas Schultern und gab ihr einen Kuss auf die Wange.
Elsa schwieg.
Sie musste sich zusammennehmen, um nicht zu weinen. Am liebsten hätte sie sich ins Bett gelegt und sich die Decke über den Kopf gezogen. Sie fühlte sich, als sei ihre Schwester an diesem Tag gestorben. Die Frederike, die heute Viktor geheiratet hatte, war eine andere Frederike als jene, mit der sie aufgewachsen war.
Wie war das geschehen? Elsa sah Viktor vor sich. Er redete immerzu, war sehr charmant und wirkte sehr souverän.
Die Mauer war da. Genauso, wie sie sie am Abend zuvor wahrgenommen hatte. Elsa spürte, dass sie hier nicht mehr dazu gehörte.
Es war ein warmer, stiller Sommerabend.
Schweigend liefen sie dahin, Hans vorweg.
Nur Emilia mit Theodor an der Hand, unterhielt sich leise mit Leopold.

Am späten Abend, als die Kinder im Bett waren, sprachen Elsa und Eduard miteinander.

„Dein Vater darf nicht mehr so leichtfertig sein. Die Zeiten sind gefährlicher geworden", überlegte Elsa laut.

„Wir sprechen mit ihm. Ich spreche mit ihm."

„Ich werde Frederike bitten, Viktor gegenüber nicht auszusprechen, was sie von Alexander weiß. Ich hoffe, sie tut mir diesen Gefallen." Elsa dachte eine Weile nach. „Mir graut davor, Leo allein nach Hamburg gehen zu lassen. Er wird hier ohne Unterlass diesen Einflüssen ausgesetzt sein..."

„Aber er ist groß. Wir werden ihn nicht dauernd zuhause halten können. Vielleicht sollten wir mit ihm sprechen."

Elsa seufzte. Es war ohnehin nicht leicht, das Kind ziehen zu lassen. Aber unter diesen Umständen war es unerträglich.

Am nächsten Tag reisten sie ab.

Zur Verabschiedung sahen sie Viktor und Frederike noch einmal.

Elsa wollte die Gelegenheit nutzen, denn sie hatte Angst, dass, wenn sie zu lange wartete, Frederike vielleicht Viktor schon etwas erzählt haben könnte, bevor sie sie darum gebeten hätte, es nicht zu tun.

„Was verlangst du?" Frederike sah Elsa fassungslos an.

„Es ist doch nur diese kleine Bitte, Fredi."

„Ich habe gar nicht mehr daran gedacht. Aber jetzt, wo du es sagst ... Du verlangst von mir, meine Ehe mit einer Lüge zu beginnen?"

„Keine Lüge, Fredi, du sollst einfach nur nichts erzählen."

„Das ist dasselbe wie eine Lüge. Und nenn mich nicht Fredi. Diese Zeiten sind vorüber. Ich bin kein kleines Mädchen mehr. Ich bin nicht mehr Fredi und schon gar nicht für dich."

Elsa sah Frederike entsetzt an. Solch eine Reaktion hatte sie in keiner Weise erwartet. „Aber..."

„Nein. Kein Wort mehr. Du ahnst nicht, wie schwer es für mich war, die Zeit nach Ernsts Zurückweisung. Ich war allein und dann mit den Eltern die immer schwieriger wurden ... Du bist nicht da gewesen. Du hast mich mit all dem allein gelassen. Es waren Viktor und seine Familie, die mich unterstützt haben und die für mich da waren und nun verlangst du, dass ich gleich nach der Hochzeit einen Keil zwischen uns treibe? Nein, das werde ich nicht tun. Das kannst du nicht erwarten. Nicht mehr."

Zurück in Berlin holte sie sofort der Alltag wieder ein.

Noch auf dem Weg vom Bahnhof nach Hause wurden sie Zeugen, wie braune Gruppen Hauswände mit den Worten „Juden raus“ beschmierten. Grölend und um sich schlagend marschierten sie durch die Straßen und erweckten den Eindruck, als gehörten die Straßen längst ihnen.

Die Zeitungen berichteten, dass Hindenburg Hitler nicht zum Reichskanzler ernannt habe, Hitler aber auch nicht bereit sei, unter einem anderen Kanzler mitzuregieren. Es würde also Neuwahlen geben.

Elsa und Eduard sprachen mit Leopold, aber Leopold konnte die Sorgen seiner Eltern nicht so recht nachvollziehen. Er war jung und freute sich auf sein Abenteuer. Er sagte seinen Eltern, sie sollten sich nicht so viele Sorgen machen, es würde schon alles gut werden. Mit der Familie von Viktor würde er vermutlich nicht sehr viel zu schaffen haben. Stattdessen wollte er an der Universität Freunde finden und etwas lernen.

Elsa und Eduard ließen ihn schweren Herzens ziehen.

Wenige Wochen nach später erhielten sie seinen ersten Brief:

Liebe Mutter, lieber Vater, es ist großartig hier in Hamburg!

Ich bin euch so dankbar, dass ihr mich habt gehen lassen. Ich werde euch nicht enttäuschen. Ich lerne so viel und so gut ich kann. Aber es ist alles sehr neu für mich.

Ich wohne hier im Studentenwohnheim mit zwei Kommilitonen in einer Bude. Der eine hat eine Schwester, die lernt bei Frau Professorin Agathe Lasch. Das wird dich, Mutter, gewiss interessieren: Sie ist die erste Professorin an der Hamburger Universität und lehrt niederdeutsche Philologie[124]*.*

Ich lerne bei Professor Albrecht Mendelssohn-Bartholdy, Er ist ein Enkel von Felix

124 Quelle: Bake, Agathe-Lasch-Weg.

Mendelssohn-Bartholdy, den du, Vater, so schätzt. Man weiß über ihn, dass er zwei Töchter hat, die er aber adoptiert hat, genau wie Großvater dich, Vater, und Onkel Ernst angenommen hat.

Er hat das Hamburger Institut für auswärtige Politik gegründet[125].

Professor Mendelssohn-Bartholdy lehrt das Völkerrecht. Das ist ein besonders spannender Bereich der Juristerei.

Ich freue mich, euch zu Weihnachten zu sehen, lasst es euch gut gehen, gebt den Geschwistern einen Kuss von mir, auf bald, Leo

Elsa las den Brief gleich mehrmals. Sie spürte den Enthusiasmus und die Freude von Leo und darüber freute wiederum sie sich. Es war wohl doch die richtige Entscheidung gewesen, ihn ziehen zu lassen und sie spürte auch, dass sie nun mehr Zeit für ihre jüngeren Kinder hatte. So galt es, sich zu überlegen, was Emilia anfangen würde, sobald die Schule für sie beendet war.

Elsa wollte dabei weder, dass Emilia, wie sie, früh heiratete, noch wollte sie, dass Emilia, wie Frederike, so viele Jahre ein ungeregeltes und haltloses Leben führte. Sie konnte nicht sagen, was für ihre Tochter das Richtige sein könnte.

Emilia war nicht wie Leopold. Leopold war immer strebsam gewesen in der Schule, hatte ehrgeizig am Erreichen guter Noten festgehalten.

Emilia hingegen hatte immer gerne gelesen, hatte sich auch gerne mit ihren jüngeren Geschwistern beschäftigt und war Elsa zur Hand gegangen, aber für die Schule hatte sie keinerlei Ehrgeiz entwickelt. Ganz im Gegenteil. Sie war dort nie gerne hingegan-

125 Das Hamburger Institut für auswärtige Politik wurde unter anderem von den Warburg-Bankiers finanziert. (M.M.Warburg & co).Quelle:https://de.wiki pedia.org/wiki/Albrecht_Mendelssohn_Bartholdy. Nach einer wechselvollen Geschichte, konnte die Gesellschaft sich bis heute erhalten. Zum Konzern gehören heute Bankhäuser, Kapitalanlagegesellschaften und Schifffahrtsgesellschaften. Die Warburg Gruppe ist heute einer der größten privaten Finanzdienstleister Deutschlands. Quelle: https://de.wikipedia.org/wiki/M.M.War burg_%26_CO Zuletzt ist bekannt geworden, dass die Bank in den Cum-Ex-Skandal verwickelt ist. Im März 2020 wurde sie vom LG Bonn dazu verurteilt, 176 Mio Euro Kapitalertragssteuer zurückzuzahlen. Die Bank legte daraufhin Revision ein. Schließlich forderte auch die Stadt Hamburg 160 Mio. EURO zurück. Die Anklage umfasst etwa 280 Seiten. Zwei aktive und zwei ehemalige Mitarbeiter der Bankengruppe sind offenbar wegen besonders schwerer Steuerhinterziehung in 13 Fällen angeschuldigt. Der Schaden wird auf 326 Mio. EURO beziffert. Quelle: https://de.wikipedia.org/wiki/M.M.Warburg_%26_CO; Nun hat der Bundestag ein Gesetz verabschiedet, das weitreichende Folgen im Cum-Ex-Skandal haben dürfte. Nach Recherchen von WDR und SZ hat Bundesfinanzminister Scholz im sog. Zweiten Corona-Steuerhilfegesetz einen Passus eingearbeitet, wonach die Gelder im Cum-Ex-Skandal von den Staatsanwaltschaften nicht mehr zurückgefordert werden können. Sog. Lex-Cum-Ex. Quelle: https://www.tages schau.de/cum-ex-139.html; https://www.n-tv.de/wirtschaft/Cum-Ex-Geld-ist-in-vielen-Faellen-weg-article21915514.html, jeweils aufg. am 1.8.2020 um 8:23.

gen. Wie oft hatte sie vorgegeben, an Kopfweh oder an Bauchschmerzen zu leiden, woraufhin Elsa sie zuhause behalten hatte, um dann festzustellen, dass Emilia den ganzen Morgen mit Theo, Hans und Aurelia spielte. Das waren für Elsa die friedlichsten Vormittage gewesen, wie sie zugeben musste.

Nun war Emilia fünfzehn Jahre alt. Sie stand kurz vor dem Abschluss der höheren Mädchenschule. Den Besuch des Mädchengymnasiums strebte sie nicht an.

Im November fanden die Neuwahlen statt.

Als die Zeitungen endlich die Ergebnisse brachten, lasen Elsa und Eduard zeitgleich.

„Die NSDAP hat 34 Mandate verloren!" Eduard konnte es kaum fassen.

Von Seiten der renommierten Zeitungen wurde erklärt, die NSDAP habe ihren Höhepunkt erreicht und begänne nun wieder abzuflauen.

Eduard und Elsa konnten nur hoffen, dass das stimmte, aber sie trauten diesen Anzeichen nicht wirklich. Alles wirkte vielmehr wie die berüchtigte Ruhe vor dem Sturm und die Erfahrung lehrte, dass, wenn man sich in dieser Phase in Sicherheit wiegte, man bestenfalls die Zeit ungenutzt verstreichen ließ, die einem blieb, um sich zu wappnen, jedoch meist zudem auch noch Fehler machte, die die tragische Entwicklung nurmehr beschleunigten.

Eva war wunderschön. Ein zartes Gesicht, ruhige, dunkle Augen, langes, dunkles Haar, zierlich von Gestalt. Eine junge Lehrerin aus der Provinz und sie wollte heiraten. Ihr Auserwählter war der Pädagoge Dr. Kurt Hiller.

Dann erfuhr sie ohne jede Absicht, dass er bereits Vater sein sollte.

Aber anstatt zu verzagen, brachte sie in Erfahrung, dass sein vierjähriger unehelicher Sohn bei Pflegeeltern lebte. Gustav hieß er. Und ihr Entschluss stand fest. Sie wollte ihrem Verlobten das größte Glück bescheren, das sie sich nur denken konnte. So fuhr sie zu der Pflegefamilie und brachte das Kind zu seinem Vater.

Doch alles kam anders, als sie es erwartet hatte. Anstatt sich zu freuen, erkannte er sein eigenes Kind nicht und wurde zornig. Und plötzlich standen er und die Bewohner der ganzen Stadt gegen Eva und unterstellten ihr, es sei ihr eigenes uneheliches Kind, das sie dem Verlobten nun unterschieben wollte.

Schließlich stand sogar ihre Stelle als Lehrerin auf dem Spiel. Man wollte keine Lehrerin, die solch ein fragwürdiges Vorbild darstellte ...

Emilia umklammerte den Arm ihres Großvaters Alexander und lehnte den Kopf an seine Schulter. Er tätschelte beruhigend ihre kalte Hand.

Andere Kinobesucher äußerten ihre Empörung über diese Heuchelei.

Alexander spürte Evas Verzweiflung beinahe selbst. Er konnte sich nur zu gut vorstellen, wie erbärmlich ihr zumute sein musste. Und ihm stellten sich die Nackenhaare auf, wenn er all die heuchlerischen Gestalten, allen voran den Dr. Pädagogen auf der Leinwand sah.

In der Wirklichkeit gab es in solchen Geschichten keine glückliche Wendung. aber hier musste es sie einfach geben, denn wie sollte er sonst seine Enkelin wieder beruhigen? Es war wie da draußen: Um den Kindern Frieden und Sicherheit zu geben, musste die Wirklichkeit schon vollkommen auf den Kopf gestellt werden ...

Und dann geschah das Wunder. Es waren ausgerechnet Evas Schüler, die diese zum Himmel schreiende Ungerechtigkeit entlarvten und aufklärten. Die Schüler, die vorgeblich vor Eva hatten geschützt werden sollen[126].

Als der Film zu Ende war, blickte Alexander vorsichtig nach seiner Enkelin. Sie richtete die Augen zu ihm auf und seufzte: „Ich weiß nun, was ich machen möchte. Ich werde Kindergärtnerin und wenn ich klug genug bin, dann werde ich Kindergärtnerin 1. Klasse[127]!"

Am selben Abend, als Emilia bereits eingeschlafen war, mit den Bildern der wunderschönen Henni Porten im Sinne, öffnete Alexander leise die Tür zu ihrem Zimmer, schlich über die leicht knarrenden Dielen und strich ihr zärtlich über das gelockte Haar. Dann legte er sachte ein Buch auf ihren Nachttisch. Es war ein Buch, das ihm einst Alma Wartenberg empfohlen hatte. Es war Fröbels „Die Menschenerziehung". Dann verließ er Emilias Zimmer und ging zufrieden zu Bett. Er freute sich, dass sie nun endlich einen Weg für sich aufgetan hatte.

---

126 Emilia und Alexander sehen im Kino den Film „Skandal um Eva", mit Henni Porten in der Rolle der Eva, der 1930 in Deutschland in die Kinos kam. Quelle: https://de.wikipedia.org/wiki/Skandal_um_Eva, aufg. am 1.8.2020 um 8:23.

127 Kindergärtnerin 1. Klasse waren solche Kindergärtnerinnen, die auch die ersten Klassenstufen unterrichten durften.

Emilia las Fröbel und ihr Entschluss blieb.

Elsa hatte das Gefühl, ihre Tochter kaum wiederzuerkennen. „Man muss den Kindern Zeit geben, ihren Weg zu finden", erklärte Alexander zwinkernd. „Diesen Rat hat mir mal ein kluger Mensch gegeben. Du hast ihn übrigens geheiratet. Damals ging es um meinen kleinen Ernst."

„Danke, Alexander." Elsa sah von ihrem Haushaltsbuch auf, das sie weiter gewissenhaft führte, obwohl die Haushaltslage in ihrem Haushalt katastrophal war. Wie sie die Zahlen auch drehte und wendete, es war kaum zu machen, mit dem Wenigen, das Eduard in den letzten Monaten verdiente, über die Runden zu kommen. Sie mussten schließlich auch für den Unterhalt von Leopold sorgen, der natürlich um einiges höher ausfiel, seit dieser in Hamburg studierte. Und die Wirtschaftskrise zeigte auch bei ihnen Wirkung. Viele Patienten blieben lieber mit ihren Leiden zuhause, anstatt eine nicht bezahlbare Arztrechnung zu verursachen und mancher der kam, brachte Eduard in die Not, ihn entweder unverrichteter Dinge nach Hause zu schicken, was er niemals tat, oder ihn umsonst oder für ein paar Knöpfe, ein paar Schuhe oder eine Uhr zu behandeln.

Im Haus hatten sich längst zahllose Knöpfe, Schuhe und Uhren angesammelt.

„Dank nicht mir, dank der guten Henni Porten oder Eva."

„Wie soll ich das verstehen?"

„In ihr hat Emilia ihr Vorbild gefunden."

„Ein Vorbild, sagst du?" Elsa seufzte. „Ich habe immer geglaubt, meine Tochter würde mich als Vorbild wählen."

„Elsa, sei nicht traurig, aber so ist das mit den Kindern. Im Übrigen, du wolltest doch gar nicht, dass sie sogleich unter die Haube kommt."

Elsa sah ihren Schwiegervater stirnrunzelnd an.

„Nun, du hast doch recht früh geheiratet, nicht?"

Elsa überlegte. Alexander hatte Recht, wenn sie ehrlich war. Worin hätte sie Emilia ein Vorbild sein sollen? „Ja, wahrscheinlich hast du Recht, ich bin ein denkbar schlechtes Vorbild..."

„Nein, nein, nein, so habe ich das weder gesagt noch gemeint." Alexander setzte sich zu Elsa an den Tisch und nahm ihre Hände in seine. Er sah ihr direkt in die Augen. „So einen Unsinn würde ich niemals denken, geschweige denn sagen. Ganz im Gegenteil. Offensichtlich bist du ihr wirklich ein Vorbild gewesen."

„Wie sollte ich? Ich habe nie etwas anderes getan, als den Haushalt zu führen und meine Kinder zu versorgen. Und das habe ich noch nicht einmal bemerkt. Wie kann man so blind sein?“ Elsa blickte bestürzt auf die Tischplatte. Sie sah die Linien, die die Kinder über die vielen Jahre, die sie in diesem Haushalt hatte verstreichen lassen, durch ihr Spiel mit den Gabeln auf der Platte verursacht hatten.

„Jetzt erscheinst du mir blind.“

Elsa sah erstaunt auf.

„Emilia möchte Kindergärtnerin werden. Wie oft hast du mir berichtet, dass sie wieder nicht zur Schule ging und stattdessen mit dir ihre kleinen Geschwister versorgte? Wer wird es wohl gewesen sein, der ihr vorgelebt hat, wie man kleine Kinder umsorgt? Wer, wenn nicht du, hat bewirkt, dass ihr diese Tätigkeit am meisten behagt? Und im Übrigen. Hast du ihr etwa nicht vorgelebt, so zu leben, wie man leben möchte? Es war doch dein Wille, jung zu heiraten und dich der Kindererziehung zu widmen, oder nicht?“

„Aber ich häte ihr doch vorleben können, ein Leben mit Freiheiten zu leben, eigenes Geld zu verdienen, wie es meine Schwester getan hat!“

„Wäre das denn ein Leben gewesen, das du bevorzugt hättest?“

Elsa überlegte. Hätte sie lieber so gelebt wie Frederike, anstatt Eduard zu heiraten und die Kinder zu bekommen? Wäre sie lieber einer Arbeit nachgegangen und hätte die Kinder einer Kinderfrau überlassen? Nein. Ihr graute bei dem Gedanken.

„Wärest du ein besseres Vorbild gewesen, wenn du ihr vorgelebt hättest, dass es gut ist, sich ein Leben auszusuchen, mit dem man nicht glücklich ist, nur um etwas zu beweisen? Sie wird auch das tun, was sie möchte. Sie hat sich keinen Augenblick die Frage gestellt, ob es irgendwelchen Erwartungen gerecht wird. Sie hat nur gewählt, was sie wollte. Das hast du damals auch getan. Und glaube mir. Ohne dich wäre Eduard nie der Arzt geworden, der er geworden ist. Er wäre womöglich auch am Krieg zerbrochen, wie so viele andere. Etwas nicht zu tun, was man tun möchte, weil Konventionen dem entgegenstehen mag ein Fehler sein, aber etwas zu tun, was man nicht möchte, nur weil keine Konventionen dem entgegenstehen ist ganz bestimmt ein ebenso großer Fehler.“

Elsa spürte, dass Alexanders Worte ihr eine andere Sicht ermöglichten. Das war ein ganz seltsames Gefühl. Wie viel hatte sie zuletzt an sich gezweifelt und an ihren Entscheidungen, aber was Alexander sagte war richtig und es erleichterte sie, es von ihm zu hören. „Womöglich hast du Recht. Womöglich sind die Pfade, die das Schicksal schlägt, manches Mal absonderlich..."

„Ich habe Recht. Verlass dich drauf. Jedenfalls in dieser Sache. Und du wirst es sein, die sich mit Emilia gemeinsam nach einer Ausbildungsstätte umsieht, oder nicht? Emilia braucht niemanden, der ihr sagt, was ihr Weg ist. Sie braucht aber womöglich jemanden, der sie darin bestärkt und unterstützt."

Elsa lächelte. Der Gedanke war wunderbar. Ja, sie freute sich darauf. Dann hatte sie zwei Kinder, die ihren Weg gehen konnten. Aber dann fasste sie einen Entschluss. „Dennoch. Ich will nun auch endlich mal eigene Wege gehen. Ich will mich selber umsehen nach einer nützlichen Tätigkeit." Dann würde sie auch vielleicht nicht mehr so oft an Frederike denken und diese Traurigkeit spüren müssen...

Frederike konnte ihr Glück kaum fassen. Aber es war bestimmt, wie es die Hebamme ihr versichert hatte. Sie spürte, dass es so war.

Während sie das letzte Stück zum Haus ihrer Eltern lief, hätte sie hüpfen mögen. Ihre Mutter würde sich so freuen. Sie sprang die Stufen zur Haustür hoch und klopfte. Lene öffnete.

„Hallo Lene! Wo finde ich Mutter?"

„Sie befindet sich im Salon. Ich war eben noch bei ihr. Bin nur heruntergekommen, um die Tür zu öffnen."

„Vielen Dank!" Frederike lief zur Treppe. Als sie gerade am Treppenabsatz angekommen war, hörte sie die Stimme ihrer Mutter von oben rufen.

Frederike blickte hoch und da stand sie. Direkt an der Treppe.

„Elsa, wo bist du?", rief Josephine und blickte ins Nichts.

„Ach du lieber Gott!", rief Lene mit unterdrückter Stimme und schlug sich die Hände vor den Mund

Frederike hielt den Atem an vor Schreck. „Mutter, geh zurück!", rief sie.

„Elsa, ich bin hier, ich komme schon!", rief Josephine und trat ins Nichts...

Frederike schrie entsetzt auf, als sie sah, wie der dürre Körper ihrer Mutter wieder und wieder auf den harten Stufen aufschlug, während sie unaufhaltsam herabstürzte.

Elsa erreichte am darauffolgenden Tag ein Telegramm mit der Nachricht, dass ihre Mutter, Josephine Lehmann am gestrigen Tage in Folge eines Sturzes unerwartet aus dem Leben geschieden war.

Die Trauerfeier fand im kleinen Kreis in der darauffolgenden Woche statt. Es herrschte eine überaus bedrückende Stimmung.

Frederike schien am Boden zerstört zu sein.

Es war Ferdinand Lehmann, der alte Major, der Elsa berichtete, dass die Tragödie geschehen sei, als Frederike ihnen hatte mitteilen wollen, dass sie ein Kind erwartete.

Elsa blickte betroffen zu ihrer Schwester, doch die hatte offenbar beschlossen, von Elsa keinerlei Notiz zu nehmen.

Elsa tat Frederike leid. Es musste schrecklich sein, dass diese frohe Botschaft nun mit dieser Tragödie verquickt war.

„Ja, es ist höchst bedauerlich, mein Kind. Wenn die Eltern sterben, ist es der schlimmste Verlust, denn die Eltern sind nicht zu ersetzen. Ein Kind hingegen, ist bald vergessen und dann kommt ein neues ...“

Elsa sah ihren Vater schweigend an. Was redete er da? Dann wollte er wohl auch behaupten, einen Ehegatten oder eine Gattin zu verlieren wäre nicht so tragisch, denn man könne ja einen neuen finden? Aber das sprach sie nicht aus. Vermutlich trauerte er einfach auf seine eigene, sonderbare Art und brauchte Zeit, um diesen Verlust zu verkraften.

Elsa war auch traurig, aber sie wusste auch, dass die letzten Jahre mit ihrer Mutter sehr schwierig geworden waren und dass es vor allem für ihre Mutter schwierig geworden war. Irgendwann einmal war eben die Zeit gekommen. Sie wollte nur in aller Ruhe Abschied nehmen, und dass dieser Abschied nicht von Seiten Frederikes dadurch gestört wurde, dass diese sie mit Feindseligkeit bestrafte und von Seiten ihres Vaters, indem dieser ihr seine absonderlichen, kruden Vorstellungen von Leben und Tod aufdrängte. So hielt sie sich vor allem an Leopold, den sie endlich wieder sah, weil er natürlich auch diese Trauerfeier besuchte.

Viel zu schnell war die gemeinsame Zeit mit Leopold vorüber und während er zurück in seine Bude fuhr, brachen Elsa und Eduard mit Hans auf zurück nach Berlin.

Emilia hatte nicht kommen können und Theodor und Aurelia hatten sie bei Anne und Alexander gelassen.

Ernst klopfte kurz an die Tür, dann trat er ein.

Belle saß an ihrem Frisiertisch und kämmte ihr Haar. Sie trug ein bodenlanges Nachthemd.

Ernst stellte die Champagnerflasche auf dem Nachtschrank ab und trat hinter Belle.

„Du versprachst den Champagner für den Fall, dass ich dir interessante Nachrichten überbringe“, stellte Belle fest, während sie ihn im Spiegel in den Blick nahm.

„Und die überbringst du mir gleich“, stellte Ernst unbeirrt fest.

Belle drehte sich zu ihm herum. „Ach, tu ich das?“

„Aber gewiss.“ Ernst küsste sie auf den Mund, dann zog er sie zu sich heran. „Aber das hat noch Zeit. Erst haben wir etwas anderes zu tun.

Belle lachte auf. „Wenn du bei der Arbeit die Reihenfolge aller Punkte in dieser Weise durcheinanderbringen würdest, dann würdest du gewaltig Probleme bekommen.“

Sie spielte auf Gennats 7-Punkteplan an. Von dem hatte er ihr gewiss schon mal erzählt. An die Arbeit auf dem Präsidium wollte er jetzt jedoch keinesfalls denken. Er konnte sich kaum etwas vorstellen, was auf seine Freude, Belle endlich wiederzusehen eine noch zersetzendere Wirkung hätte haben können. Seit Grzesinki, Heimannsberg und Weiß fort waren und bestimmt mehr als die Hälfte der Beamten ihre republikanischen Masken hatten fallen lassen, um nun tagtäglich ihre braunen Visagen zur Schau zu tragen, fiel es ihm zunehmend schwerer, auf dem Präsidium zu arbeiten. Zwar zählte wenigstens Gennat nicht zu denen, die nun unverhohlen mit den Nazis sympathisierten, aber die Reihen der Nichtopportunisten wurden immer lückenreicher. „Nun, hier bin ich mein eigener Vorgesetzter. Hier verantworte ich das selber und ich entscheide, dass erst das Vergnügen und dann die Arbeit kommt. Dass du mir Arbeit aus Hamburg mitgebracht hast, das sehe ich deinem Blick an.“

„Das dürfte ein untrügliches Anzeichen dafür sein, dass wir uns zu gut kennen. Ich sollte dich seltener treffen.“

„Untersteh dich!“, rief Ernst entrüstet. Dann fügte er grinsend an: „Keine Sorge. Ich will immer nur das Eine von dir. Ganz gleich wie oft wir uns treffen.“

Eine Stunde später rollte sich Belle seufzend von Ernst herunter und streckte ihren Arm nach der halbleeren Flasche Champagner aus. Sie nahm einen großen Schluck und wischte sich grinsend über den Mund. „Du gefällst mir besser als Lorenz.“

Ernst sah sie stirnrunzelnd an. „Nein, tu das nicht. So etwas will ich nicht hören!" Leider verschwand das Bild von Belle und Wilhelm Lorenz nicht so schnell wieder aus seinem Kopf, wie es sich dort eingepflanzt hatte. Kurz sah er auch Wilhelms Frau vor seinem geistigen Auge. Er versuchte die Bilder abzuschütteln.

„Ach, ihr Männer seid doch alle gleich. Erst schickst du mich zu ihm hin und dann bist du dir zu fein, davon zu hören. Was hast du dir bislang vorgestellt? Dass ich ihn mit einer Tüte Drops zum Reden gebracht habe?" Belle lachte.

„Ach, komm schon." Ernst griff nach der Champagnerflasche und nahm ebenfalls einen kräftigen Schluck. „Dann erzähls eben. Also. Jedes Detail. Wenn du das so willst, soll es mir Recht sein."

Belle streckte sich lang aus und drehte sich zu Ernst. „Nun gut. Wir waren im Alkazar und schon dort fiel es ihm schwer, die Finger von mir zu lassen."

Ernst spürte, dass er vielleicht doch nicht jedes Detail hören wollte.

„Er mag trinkfest sein, aber die richtige Dosis Kokain hat ihre Wirkung nicht verfehlt. Wir fuhren in ein Hotel und dort..."

„Gut, gut", unterbrach Ernst sie eilig. „Schließlich hat er begonnen zu plaudern. Es genügt, wenn du dort ansetzt."

Belle grinste Ernst offensichtlich amüsiert an.

Er beachtete es nicht. Hauptsache, sie kam nun zur eigentlichen Sache und übersprang die Darstellung des „Vorspiels".

„Er hat gesagt, es habe im Oktober, November Gespräche gegeben zwischen zahlreichen Industriellen, Bankern, der Großlandwirtschaft, dem Handel und der Schifffahrt. Darunter seien auch Mitglieder des Keppler-Kreises gewesen. Sie haben mit dem Reichspräsidenten gesprochen und versucht, ihn zu überzeugen, endlich dem Führer der größten nationalen Gruppe die Leitung eines mit den besten sachlichen und personellen Kräften ausgestatteten Präsidialkabinetts zu übertragen, aber Hindenburg hat sich darauf nicht eingelassen. Zu der Zeit habe sich bereits eine Verbesserung der Konjunktur abgezeichnet[128]."

„Und die NSDAP hatte deutliche Verluste bei der Neuwahl eingefahren!", ergänzte Ernst. „Also stehen diese Kreise eindeutig den Nationalsozialisten nahe."

Ernst überflog wieder die letzten Zeilen, bevor er begann, weiterzuschreiben:

---

128 Quelle: bpb Weimarer Republik, S. 62.

„Während die Gesetzesflut jedoch die Freiheit aller ad absurdum führt, hat die Industrie freie Hand und nutzt diese, um Profit zu machen unter Schädigung der Natur, der Umwelt, der Bürger, ohne Rücksicht auf die zukünftigen Generationen.

Erinnern Sie sich noch an das Unglück von Oppau? 1921?

Bayer hatte, als das gute Munitions- und Giftgasgeschäft zu Ende war, den hohen Kriegsstand seiner Arbeiter von etwa 16 000 auf 6122 abgespeckt. In Höchst senkte man das Arbeitspersonal aus demselben Grund von 12747 Arbeitern im Jahre 1918 auf 7836 im Jahre 1919.

Was jedoch sehr sonderbar anmutet: In Ludwigshafen hat es keine Entlassungen gegeben. Selbst dann nicht, als die Werke wegen Kohlemangels stilllagen. Im Gegenteil. Bei Wiederaufnahme des Betriebs wurden im Gesamtbereich der BASF gar 7000 Arbeitskräfte zusätzlich eingestellt.Es ist bisher nicht aufgedeckt worden, was genau da in Oppau getrieben wurde. Bei der Ammoniaksynthese ist alles drin, vom Düngemittel bis zur Chemiebombe.[129]

Hierzu bedarf es eines kleinen Rückblicks:

Ende des letzten Jahrhunderts haben sich in groben Zügen die Strukturen, herausgebildet, die den Stoffwechsel zwischen Natur und Mensch weiterhin bilden. In Energiewirtschaft und Schwerindustrie sind die Grundformen der modernen Techniken zur Nutzung von Kohle und Erz entstanden. Die Land- und Forstwirtschaft produzieren nach „rationellen" Grundsätzen für den Markt und die industrielle Weiterverarbeitung. Daneben ist die chemische Industrie zu einem neuen Wirtschaftszweig herangewachsen, dessen Produktpalette sich ständig erweitert.[130]

Dabei spielt vor allem die Düngemittelproduktion eine wichtige Rolle, denn zwischen 1800 und 1900 ist die Bevölkerung weltweit von 1 Milliarde auf 1,65 Milliarden angewachsen[131]*, in Deutschland wuchs die Bevölkerung zwischen 1900 und 1914 von 54 Millionen auf 65 Millionen.*

Mit dem Wachstum der Bevölkerung ist auch der Bedarf an Nahrungsmitteln sowie an Energie gestiegen.

Für die mineralische Stickstoffdüngung stand bis vor wenigen Jahren nur Ammoniumsulfat aus der Nebenproduktgewinnung der Kokereien, etwa ein Drittel und Chile-Salpeter, etwa zwei Drittel des weltweiten Verbrauchs zur Verfügung[132]*. Dabei gab es bereits seit längerem die Befürchtung, dass Chile-Salpeter aufgrund seiner Endlichkeit irgendwann einmal nicht mehr nutzbar sein könnte.*

Der Verbrauch hatte sich in den vergangenen Jahrzehnten vervielfacht. Wäh-

---

129 Quellen ganzer Abschnitt: Köhler, S. 151, Duisberg, S. 94, zit. aus Köhler, S. 152.
130 Quelle: K. O. Henseling, S. 30.
131 Quelle: https://www.bpb.de/nachschlagen/zahlen-und-fakten/globalisierung/ 52699/bevoelkerungsentwicklung, aufger. am 23.8.2020 um 14:04.
132 Quelle: Henseling, S. 56.

rend 1830 von der Westküste Südamerikas nur 8500 Tonnen verschifft wurden, waren es 1856 23 000, 1870 132 000, 1891 675 000 und 1900 1,43 Millionen Tonnen. Ein Drittel davon über Hamburg[133].

Im Jahre 1898 hielt Sir William Crookes, britischer Chemiker und Physiker und Präsident der „British Association", einer Gesellschaft britischer Naturwissenschaftler, einen Vortrag über die Weizenfrage. Wobei diese Rede mehr einem Alarmruf gleichkam, denn einem Vortrag.

Er rief seinen Zuhörern zu: „Die Weizenernte der Welt hängt von Chiles Salpeterlagerstätten ab." Gelänge es nicht, Ersatz zu finden, indem man die Stickstoffverbindungen aus der Luft in Düngemitteln bindet, dann werde „die große kaukasische Rasse aufhören, die erste der Welt zu sein, und wird durch Rassen, für die das Weizenbrot nicht lebensnotwendig ist, aus dem Dasein verdrängt werden. Die Frage der Stickstoffbindung ist eine Frage auf Leben und Tod für die kommende Generation."[134] Er ging davon aus, Chiles Salpetervorräte neigten sich dem Ende zu. Dieser Vortrag fand weltweit große Beachtung[135].

Crookes Worte sind vor allem auch in Deutschland auf offene Ohren gestoßen, denn die Abhängigkeit Deutschlands von Rohstoffimporten behinderte den wirtschaftlichen und politischen Expansionsdrang. In diesem Punkt galt es als besonders nachteilhaft, dass Deutschland über keine Kolonien verfügte[136].

So wurde von der deutschen chemischen Industrie die Entwicklung eines Verfahrens zur künstlichen Erzeugung von Stickstoffverbindungen als vorrangige Aufgabe im „Ringen des menschlichen Geistes mit der Natur"[137] angesehen.

Es waren Carl Bosch und Fritz Haber, die sich durch diesen Aufruf berufen gefühlt hatten, die Weizenfrage im Sinne der „kaukasischen Rasse" zu einem erlösenden Ende zu führen.

Carl Bosch soll schon als Kind eine große Leidenschaft für die Natur und die Tierwelt gehegt haben, wobei hierbei zu bedenken ist, dass zu Boschs Kinderzeit die chemische Industrie und die Industrie an sich genau wie er selber noch in den Kinderschuhen steckten, sodass er tatsächlich von einer unbeschädigten, ja sogar unbedrohten Natur umgeben war[138]. Von daher muss es für ihn entsetzlich gewesen sein, als er ausgerechnet den Ort am Rhein, einschließlich der unberührten Tümpel und Wiesen nahe dem idyllischen Örtchen Oppau, wo er in Kindertagen Ausflüge in die Natur unternommen hatte, als junger Chemiker opfern musste, für das hehre Ziel, die kaukasische Rasse vor dem Hungertod zu erretten, denn ebenda, wo er bislang Lurche gesammelt

133 Quelle: Brockhaus 01, Nd. 4, S. 124, zit. aus Köhler, S. 20.
134 Crookes, S. 438-448 DuBois, Josiah E,, The Devil´s Chemists, Boston 1952, zit. aus: Köhler, S. 20, 22.
135 Quelle: Köhler, S. 20; Henseling, S. 57.
136 Quelle: Henseling, S. 57.
137 Quelle: Lenk, zit. aus: Henseling, S. 57.
138 Quelle: Holdermann, S. 46, zit. aus: Köhler, S. 19 f.

hatte, wurde am 7. Mai 1912 der erste Spatenstich für eine Riesenfabrikanlage mit eigener Eisenbahnlinie gesetzt.

Der Widerstand der ortsansässigen Landwirte wurde durch den Eingriff des damaligen Frankenthaler Bezirksamts-Vorstand Fischer gebrochen, der in einer Nachtsitzung am 7. September 1911 nach eingehender Darlegung der Vorteile, welche der Gemeinde Oppau aus der Industrialisierung erwachsen könnten, die Mehrheit der Stimmen des Gemeinderates erhielt.

„Dieses Ja muss nicht falsch gewesen sein, schließlich überlebten ja auch einige Gemeinderäte, als genau zehn Jahre später, im September 1921, die erwähnten Vorteile in einer der größten Katastrophen der Industriegeschichte explodierten".

1912 gelang Bosch schließlich, die großtechnische Stickstoffsynthese und im September 1913 nahm das Werk in Oppau seinen Betrieb auf. Im Sommer 1914 war alles vollständig ausgebaut[139]*. Gerade rechtzeitig, für den Einsatz im großen Krieg. Ein überaus günstiger Zufall und mit einem Mal war die Weizenfrage nur noch von untergeordneter Bedeutung. Kurz darauf sollte sich ein ganz anderes Problem stellen, das den Deutschen einen Strich durch die Rechnung zu machen drohte, innerhalb weniger Monate eine Kontinentalmacht zu werden, indem es Frankreich wie nach dem Schlieffenplan vorgesehen besiegte. Denn nun befand sich das Land seit einigen Wochen im Krieg und die Munitionsbestände drohten zur Neige zu gehen. Es hatte sich herausgestellt, dass die großen Köpfe der Obersten Heeresleitung zwar den Schlieffenplan gründlich studiert, aber nicht auf seine Umsetzbarkeit geprüft hatten. Außerdem hatten sie nicht verstanden, zu welchem Zweck er nach Schlieffen hatte dienen sollen, nämlich, einen Zweifrontenkrieg zu verhindern, in dem sich Deutschland jetzt aber befand.*[140] *Die Probleme betreffend der Umsetzbarkeit bezogen sich vor allem auf die Munitionskapazitäten.*

Als Beispiel des ungeheuren Munitionsaufwandes bei Großkämpfen ist errechnet worden, dass durch den Artillerie- und Minenbeschuss auf dem Schlachtfeld von Verdun in den 30 hauptsächlichen Kampfwochen rund 1 350 000 Tonnen Stahl niedergingen. Das ist eine Ladung von 135 000 Eisenbahnwaggons. Jeder Hektar Boden des etwa 260 Quadratkilometer großen Kampfgeländes von Verdun wurde im Durchschnitt mit 50 Tonnen Stahl belegt. In den beiden ersten Angriffsmonaten wurden bei Verdun von der deutschen Armee rund 8,2 Millionen Artilleriegeschosse verfeuert."[141]

In dieser Situation war Kriegsminister Erich von Falkenhayn zunächst zu der Überlegung gekommen, das Problem lasse sich durch Sparsamkeit an der Front lösen. Er empfahl den Schülern und Studenten, die dort, militärisch unausgebildet, bei Langemarck in das gegnerische Artilleriefeuer getrieben wur-

139 Quelle ganzer Abschnitt: Köhler, S. 26.
140 Quelle: Köhler, S. 10.
141 Riebicke, S. 91, zit. aus: Köhler, S. 13.

den, „das weittragende feindliche Artilleriefeuer zu unterlaufen, die französischen Infanteriestellungen zu überrennen und möglichst zahlreiche feindliche Artillerie fortzunehmen."[142]

Professor Goebel, ab 1915 Mitglied der Wissenschaftlichen Kommission des Kriegsministeriums, der Zugriff auf sämtliche Unterlagen betreffend den großen Krieg hatte, hielt später fest, dass man damals, Herbst 1914 „in wenigen Monaten aus Pulvermangel" hätte kapitulieren müssen.[143] Matthias Erzberger, der mit Hilfe von Priestern der Gesellschaft Jesu die Auslandspropaganda für das Reich organisiert hatte, bekannte, dass er den völligen Zusammenbruch des Munitionsnachschubs für Anfang 1915 vorausgesehen hatte.[144]

Aber in dieser Situation war den Herren Haber, Bosch und Duisberg die falkenaugenscharfe Erkenntnis gekommen, dass hier ein Vermögen zu machen und Ruhm und Ehre zu erlangen waren. So standen sie mit ihrer Ammoniaksynthese bereit, um damit in großem Stil in die Munitionsproduktion einzusteigen und aus dem künstlich erzeugten Stickstoff, der eigentlich Grundstoff zum Leben hatte werden sollen, nun einen Grundstoff zum Sterben zu machen.

Aber damit nicht genug. Haber und Bosch heckten neben diesem zynischen Plan, einen noch genialeren Plan aus, nämlich, aus den in der Farbproduktion entstandenen Chlorüberschüssen, chemische Kampfstoffe zu produzieren.

Man hätte zu diesem Zeitpunkt durchaus auch zu dem Schluss kommen können, dass so eine Haager Landkriegsordnung gerade für den Kriegsfall entworfen worden war und man sich explizit in dieser Lage daran zu halten hatte, was man da unterzeichnet hatte, aber das war der Deutschen Sache nicht. Das hätte womöglich bedeutet, zu kapitulieren und mehreren Millionen Menschen das Leben zu bewahren. So wurde nun seitens der großen Wissenschaftler mit Feuereifer daran gearbeitet, der Welt ein Vorbild zu werden darin, dass, wenn es hart auf hart kam, ein jeder sich selbst der nächste sei und auch ein Völkerrechtsbruch ein probates Mittel war.

1914 hatten schon die Franzosen Reizgase an der Front eingesetzt, diese Bromessigester waren jedoch nicht so gefährlich, wie das Gas, das Deutschland einsetzte.[145]

Und in China war gar bereits im vierten Jahrhundert Rauch aus Senfgas als Kampfstoff verwendet worden, und die Mongolen hatten unter ihrem Führer

142 Reichsarchiv (Weltkrieg), Bd. 5, S. 574, zit. aus: Köhler, S. 11.
143 Quelle: Goebel, S. 14, zit. aus: Köhler, S. 18. Professor Otto Heinrich Goebel war ein Pfarrerssohn aus dem Rheinland. Während des Großen Kriegs war er ab 1915 Mitglied der Wissenschaftlichen Kommission des Preußischen Kriegsministeriums und Kriegsreferent im Kriegsamt, Technischer Stab. Nach dem Krieg wurde er 1919 an die technische Hochschule Hannover als Professor für Volkswirtschaft berufen. Im Nov. 1933 hat er das Bekenntnis der deutschen Professoren zu Adolf Hitler unterzeichnet. Quelle: https://de.wikipedia.org/wiki/Otto_Goebels aufg. am 23.8.2020 um 9:30.
144 Quelle: Erzberger, S. 1, 6, zit. aus: Köhler, S. 18.
145 Quelle: Köhler, S. 49.

Orda im Jahre 1241 „dampfausstoßende Kriegsmaschinen“ gegen Heinrich II. Und sein polnisch-deutsches Ritterheer eingesetzt.[146] Daran ließ sich doch traditionell anknüpfen.

Die Kampfstoffproduktion brachte der chemischen Industrie (BASF, Bayer, ML&B) während des ersten Weltkriegs gute Gewinne und eine erhebliche Erleichterung hinsichtlich ihrer schwer verwertbaren Chlorüberschüsse. Kriegspolitik und Industrie spielten sich somit bestens in die Hände und verwirklichten durch den Chemiewaffeneinsatz bestmögliche Gewinne unter Verwertung schwer verwertbarer Abfallprodukte.[147] Eine „winwin Situation“also.

Hätten damals nicht zwei besonders ehrgeizige Chemiker, aus Prestigegründen und finanziellen Absichten, und tatkräftig unterstützt von Duisberg, ihre gewitterte Chance ergriffen und sich bereitwillig angebiedert, dieses völkerrechtswidrige Verbrechen begehen zu helfen, wäre der Krieg mit Abermillionen Toten weniger, spätestens 1915 zu Ende gegangen. Zu diesem Zeitpunkt hatten die Deutschen ungefähr 142 000 Tote zu beklagen. Dank dem aufopfernden Einsatz von Carl Bosch und Fritz Haber, die dafür nach dem Krieg mit Nobelpreisen ausgezeichnet wurden, sollten sich die Toten bis 1918 auf deutscher Seite mit mehr als 2 Millionen Toten verfünfzehnfachen und auf Seiten der Opfer der Verbündeten, der Feinde und unter den Zivilisten weitere 42 Millionen Tote hinzukommen[148].

Zu dieser Sache ist noch eine kleine Geschichte zu erzählen.

Die Geschichte von Clara Immerwahr.

Sie kennen diesen Namen nicht? Ganz anders als die Namen Haber und Bosch? Damit sind Sie gewiss keine Ausnahme

Clara Immerwahr war die erste Ehefrau von Fritz Haber.

Nach Habers großen Erfolg bei Ypern, wo er ein Leichenfeld von Tausenden Franzosen zurückgelassen hatte, machte sie ihm Vorwürfe deswegen. Mit ihr hatte Haber zu dem Zeitpunkt einen dreizehnjährigen Sohn.

Clara war selber Chemikerin und lehnte den Giftgaseinsatz als „Barbarei“ und „Perversion“ ab. Sie stellte Haber vor dem Einsatz in Polen zur Rede und drohte ihm mit Selbstmord, falls er weiter an der Verwendung von Giftgasen mitwirke. Sie war der Auffassung, man müsse auch gegenüber dem Feind Humanität und Güte an den Tag legen. Aber Fritz Haber war beseelt von seinem Werk und ließ sich von solchen Reden weder beeindrucken noch erpressen.

An dem Tag, als Haber nach Polen abreisen wollte, erschoss sie sich mit einer Dienstpistole. Der Sohn, der als Einziger im Morgengrauen den Schuss gehört hatte, fand seine Mutter. Sie starb zwanzig Minuten später. Haber indes ließ den Sohn bei seiner toten Mutter zurück und verabschiedete sich an die Ost-

146 Quelle: Meidenbauer, S. 120 f.
147 Quelle: Henseling, S. 77; 109.
148 Quelle: Köhler, S. 18.

front.[149]

Ich bin mir ganz sicher, dass die Namen Fritz Haber und Carl Bosch der Nachwelt ein Begriff sein werden. Sie wurden für ihr Werk, dass Abertausende, wenn nicht Millionen Tote zum Resultat hatte und gewiss noch Abertausenden weiteren Menschehn zum Tod verhelfen wird, mit Nobelpreisen für Chemie ausgezeichnet.

Ich bin mir ebenso sicher, dass der Name Clara Immerwahr der Nachwelt kein Begriff sein wird und sie auch in hundert Jahren für ihren erfolglosen Versuch, das Grauen aufzuhalten, nicht mit dem Friedesnobelpreis ausgezeichnet worden sein wird.

Seit dem Ende des Krieges verdient der IG Farben Konzern offiziell vor allem mit der Produktion von Düngemitteln[150] *und forscht eifrig nach neuen Absatzmöglichkeiten für die in der chemischen Industrie anfallenden, schwer und teuer zu entsorgenden Abfall- und Nebenprodukte – die es ohne die chemische Industrie gar nicht gäbe –.*

Die Chlorüberschüsse, die nach dem Ende des großen Krieges wieder anfielen, werden nun zum Beispiel in sog. TETRA vergoldet. Für TETRA konnte ein breites Anwendungsgebiet als Standartlösemittel für Öle, Fette, Harze, Wachse, Bitumen, Teer, Asphalt und Firnis erschlossen werden. Es wird in der Leder- und Textilindustrie eingesetzt und in den USA als Vergasungsmittel für Getreideschädlinge, zur Entwesung des Ackerbodens und als Lösemittel für Pestizide verwendet.[151] *Bereits 1920 hat das Chemische Zentralblatt bemerkt: „Gegen seine Verwendung als Feuerlöschmittel ist einzuwenden, dass es hierbei erstickende und giftige Dämpfe erzeugt.“*[152]

Aus einem Untersuchungsbericht, der mir von meinem Informanten zugespielt wurde, der aber im übrigen der Geheimhaltung unterliegt, weiß ich, dass dieses TETRA in Gluthitze Phosgen erzeugt. Die Wirkung von Phosgen ist aus dem Kampfstoffeinsatz hinreichend bekannt.

Seit dem 28. Juli 1930 wurde durch Erlass des Preußischen Ministers für Handel und Gewerbe zwar die Verwendung von TETRA-Löschern im Bergbau untertage verboten, übertage wird TETRA jedoch weiter als Löschmittel verwendet und somit die Löscheinheiten der Feuerwehr letztlich Phosgen ausgesetzt.

Derzeit bewerben die Hersteller TETRA als weniger giftigen Benzinersatz. Die Untersuchungen zur Giftigkeit und die unzähligen Vergiftungen, die bereits aufgetreten sind, werden einfach verschwiegen.

---

149 Quelle: Haber 70, S. 90, zit. aus Köhler, S. 52; Henseling, S. 75 f.

150 Quelle: Henseling, S. 60 f.

151 Quelle: Henseling, S. 78 f.

152 Chemisches Zentralblatt 1920, 91, II, S. 691, zit. aus Henseling S. 79.

Die IG Farben behauptet stattdessen im Zentralblatt für Gewerbehygiene 17 (1930), S. 123-133, „bei sachgemäßer Verwendung des TETRA als Fett- und Harzlösemittel ... ist das Arbeiten mit TETRA toxikologisch in keiner Weise zu beanstanden (...) Als Spezial-Feuerlöschmittel ist es bei vernunft- und vorschriftsgemäßer Anwendung für geeignete Fälle als unbedenklich zu bezeichnen (...)".“

Im Jahre 1925 haben sich die großen Chemiekonzerne in Deutschland zur IG Farben zusammengeschlossen.

Aber auch in anderen Staaten kann der große Krieg als Initialzündung für wirkmächtige chemische Großkonzerne angesehen werden. In den USA hat sich DuPont de Nemours gebildet. DuPont war der führende Hersteller von Militärsprengstoffen aufseiten der Entente.

Auch DuPont hat nach dem Krieg neue Renditemöglichkeiten gesucht, um die enormen Gewinne aus Kriegszeiten gewinnbringend einzusetzen. (Denn es ist gar nicht so leicht, wo man mit seinem Geld hin soll! Der einfache Mann macht sich kein Bild von solchen Schwierigkeiten...) DuPont hat hierzu vor allem Unternehmen der Grundstoffchemie, der Farben und Lacke, der organischen Chemie, der Kautschukindustrie und der Holzverarbeitung erworben sowie sich eine maßgebliche Beteiligung beim Autohersteller General Motors gesichert. Damit hat DuPont einen starken Einfluss auf die Automobilindustrie gewonnen, die ein bedeutender Absatzmarkt für die Chemie geworden ist.

In Großbritannien ist mit starker staatlicher Unterstützung die British Dyestuff Corporation Ltd. Entstanden.

All diese Konzerne sind zuvor im großen Krieg reich geworden.

Die durch den großen Krieg verursachten oder verstärkten Konzentrations- und Umstrukturierungsprozesse in der Weltchemiewirtschaft haben ein Oligopol multinational operierender Großkonzerne nach sich gezogen.[153]

Allerdings stellt sich noch immer die Frage, was nun in Oppau produziert wurde, und nach dem zügigen Aufbau und weiteren Explosionen in den vergangenen Jahren weiter produziert wird.

Im Friedensvertrag ist eine Kontrolle der Kriegsbetriebe durch die Alliierten vorgesehen. Aus vertraulichen Quellen habe ich in Erfahrung gebracht, dass Duisberg die US-Kommission zum Beispiel in Leverkusen in sehr angenehmer Atmosphäre empfängt. Ganz anders in Oppau[154]*. Dort wird nur eine oberflächliche Inspektion zugelassen. Auf meine Frage, wie das möglich sei, erklärte mir mein Informant, dass ein Hinweis auf eine Mitteilung zur Friedenskommission in der Regel genüge, um die Spitzel der Alliierten klein beigeben zu lassen.*[155]

Möglicherweise hätte eine gründliche Überprüfung im Jahr 1921 mehr als

153 Quellen ganzer Abschnitt: Henseling, S. 79 f., 110 ff., 112.
154 Quelle: Köhler, S. 152 f., Ernst hat diese Inform. von Wilhelm Lorenz.
155 Quelle: Lefebure S. 208, zit. aus Köhler, S. 152.

500 Menschen das Leben gerettet.

Es war ein Inferno, was sich am 21. September in Oppau abspielte. Es war ein nebliger, kühler Mittwoch, als um 7:30 Uhr eine dumpfe Explosion ganz Mannheim und ganz Ludwigshafen erschütterte. Ein greller Feuerblitz durchbohrte in Oppau das Firmament, ein Stoß mit der Gewalt eines Erdbebens drückte kilometerweit Wände, Türen und Fenster ein und deckte die Dächer ab.

Es wurde dunkel um das Werk – eine riesige schwarze Wolke aus Staub und Gas verhüllte alles.

Als die Wolke sich verzogen hatte, klaffte dort, wo zuvor das Lager gestanden hatte, ein mächtiger Krater von 125 Metern Länge, 90 Meter Breite und 19 Metern Tiefe.[156]

Dort, wo sich vor Jahren der Gemeinderat gegen den Willen der Bürger von den großartigen Vorteilen einer Industrialisierung durch die BASF hatte überzeugen lassen, da lagen jetzt die Häuser in Schutt und Asche, da bedeckten die Trümmer die Verletzten und die Toten.[157]

Es wurden 565 Tote, mehr als 2000 Verletzte und über 7000 Obdachlose gezählt.

Anschließend begann das große Rätseln. Was ist da explodiert? Die großen Nobelpreisträger Bosch und Haber wussten sich keinen Reim darauf zu machen. Die an dem explodierten Projekt Arbeitenden sind sämtlich mit explodiert. Duisberg gar äußerte sich dahingehend, man habe gar nicht gewusst, dass die in Oppau lagernden Stoffe zur Detonation gebracht werden könnten. Es habe sich um ausschließlich für die Landwirtschaft bestimmtes Material gehandelt.

Was seit 1918 dort getrieben wurde, ist ein Geheimnis und was in Oppau wirklich explodiert ist, wurde nie geklärt. Allerdings setzten jedenfalls kurz nach der Explosion die Bemühungen zur Reaktivierung der Gaswaffe wieder ein. Haber hat sogar schon am 11.11.1920 vor Offizieren des Reichswehrministeriums ein begeistertes Bekenntnis zum Gaskampf abgelegt.[158] „Die Gaskampfmittel sind ganz und gar nicht grausamer, als die fliegenden Eisenteile; Im Gegenteil, der Bruchteil der tödlichen Gaserkrankungen ist vergleichsweise kleiner, die Verstümmelungen fehlen und hinsichtlich der Nachkrankheiten, über die naturgemäß eine zahlenmäßige Übersicht vorerst nicht zu erlangen ist, ist nichts bekannt, was auf ein häufiges Vorkommen schließen ließe. Aus sachlichen Gründen wird man unter diesen Umständen zu einem Verbot des Gaskrieges nicht leicht gelangen."[159]

Im Jahre 1923 hat dann auch Dr. Hugo Stoltzenberg bei einer Besprechung mit Vertretern des Heereswaffenamtes offiziell eine Wiederaufnahme der

---

156 Quelle ganzer Abschnitt: Köhler, S. 153.
157 Quelle: Schiffmann S. 235 f..; BASF S. 94 zit. aus Köhler, S. 153.
158 Quelle ganzer Abschnitt: Köhler, S. 153, 156 f.
159 Quelle: Haber, S. 34 f., zit. aus Köhler, S. 157 f.

Kampfstoffproduktion angeregt. Im November desselben Jahres hat die Reichswehr eine geheime „Kommission für chemische Fragen“ eingesetzt und Stoltzenberg hat 20 Millionen Reichsmark für den Bau einer Fabrik zur Herstellung von Lost und Phosgen erhalten.[160]

Stoltzenberg hat das Geschäft mit den chemischen Kampfstoffen ohnehin nie ganz aufgegeben, sondern eine Firma in Hamburg gegründet, über die er die ihm zur Vernichtung anvertrauten chemischen Kampfstoffe seit 1921 an Spanien liefert. Damit hat er etwa der Regierung bei der Niederschlagung des Aufstandes der Rif Kabylen geholfen.[161]

Am 20. Mai 1928 kam es zum „Gasangriff auf Hamburg“, wie Carl von Ossietzky in der Weltbühne schrieb[162]*. Aus dem Freihafengebiet Veddel trieb ei-ne Phosgengaswolke auf die Stadt zu. Sie ist dem Werk von Stoltzenberg entwichen und hat zum Tod von 10 Menschen geführt und weitere 300 Verletzte zurückgelassen.*[163] *Ossietzky schrieb in Bezug auf die Menge, die dort an Phosgen lagerte „von einer „Quantität (...) die nach Meinung Sachverständiger hinreicht, um ganz Norddeutschland auszuräuchern“. Zudem wies bereits Ossietzky in seinem Artikel darauf hin, dass hier über den sog. Herrn von Borries Verbindungen zurück zur „Gefu“, jener berüchtigten Reichswehrzentrale führen. Mit den Geschäften, die Deutschland Stoltzenberg dort abwickeln lässt, verstößt es eindeutig gegen den Versailler Vertrag. Peinlich allerdings, dass sich auch amerikanische Abnehmer unter Stoltzenbergs Kunden tummeln. Da wird die Völkerbundskontrolle zu einer haarigen Angelegenheit.*

Ossietzky schrieb indes: „Von kompetenter Seite sind Zweifel ausgesprochen worden, ob man es hier überhaupt mit Phosgen zu tun habe, dass eine gelbliche Färbung aufweise, während das ausgeströmte Gas ganz farblos gewesen sei, es sich hier also um einen noch unbekannt gebliebenen wissenschaftlichen Fortschritt handle. Man wird richtig tun, sich nicht von amtlichen Beschwichtigungen einnebeln zu lassen.“[164] *Es spricht also einiges dafür, das aus Stoltzenbergs Werk nicht nur Phosgen in der Welt verteilt wird und dass in irgendeinem Werk der IG Farben längst an anderen Kampfgasen geforscht wird. Wenn sich hier nicht gerade ein Kreis schließt zu Oppau, dann darf wohl getrost wieder an den Osterhasen geglaubt werden.*

Doch warum haben die führenden Köpfe ab diesem Zeitpunkt und vor allem ab 1929 wieder vermehrt begonnen, auf die chemischen Kampfstoffe zu setzen? Das lässt sich einfach erklären. Die IG Farben hat die vergangenen Jahre ihre Kapazitäten rapide ausgebaut, was sich jedoch bis 1929 als Fehlent-

160 Quelle: Köhler, S. 158.
161 Quelle: Henseling, S. 78.
162 Quelle: Carl v. Ossietzky, „Gasangriff auf Hamburg“, Weltbühne Nr. 22 vom 29.5.1928, S. 813.
163 Quelle: Köhler, S. 158.
164 Quelle ganzer Abschnitt: Carl v. Ossietzky, „Gasangriff auf Hamburg“, Weltbühne Nr. 22 vom 29.5.1928, S. 813 f.

scheidung erwies, denn der Weltmarkt war und ist übersättigt, weil auch andere Industriestaaten inzwischen selber produzieren. Die IG Farben benötigt also Geld und neue Absatzmärkte. 1930 konnten die Kapazitäten nur noch zu 41,4 % und 1931 sogar nur noch zu 27 % ausgelastet werden.[165]

Es gilt jedoch für das ganze Oligopol an Chemiekonzernen, dass die Bedeutung der Chemie für die Rüstungsproduktion nach dem großen Krieg noch erheblich zugenommen hat. Eine Rolle hierbei spielen die Motorisierung der Truppen, die Entwicklung der Panzerwaffe, der Aufbau der Luftwaffe und auch die Fortentwicklung der chemischen Kampfstoffe, sowie der weiterhin hohe Bedarf an Eisenwerkstoffen und Sprengstoffwaffen, einhergehend mit einem enormen Bedarf an Kraftstoffen, Schmiermitteln, Frostschutzmitteln, Kraftstoffzusätzen, Kautschuk, Leichtmetallen, Lösemitteln, Kunststoffen, Faserstoffen, Vernebelungsmitteln und mehr.[166] *Wozu jedoch werden in diesem großen Stil Rüstungsgüter produziert?*

„Zusammenfassend lässt sich also sagen: Abgesehen davon, dass der chemischen Industrie aufgrund von geheimnisumwitterten Experimenten in der Vergangenheit, eine exorbitante Katastrophe sowie zahlreiche weitere Unglücke zu verdanken sind, dient sie im Kriege der Produktion von durch Völkerrecht verbotenen Kampfstoffen und im Frieden der massiven Überproduktion von Stickstoffdüngemitteln und anderen Produkten, deren hochgradige Schädlichkeit vermutet werden muss. Untersuchungen werden nur hausintern vorgenommen und der Öffentlichkeit und den Behörden nicht offengelegt, sodass es im Grunde keine, der Öffentlichkeit zugängliche Erkenntnisse darüber gibt, ob diese Düngemittel und Stoffe, die aus denselben Grundstoffen wie Kampfstoffe bestehen, bei massenhaftem Einsatz in der Natur, eigentlich unschädlich sind oder nicht.

Von meinem Informanten ist mir zugetragen worden, dass es Untersuchungen durchaus gibt, diese aber nicht bekannt gegeben werden.

Der ganze Bereich der chemischen Industrie ist mit anderen Worten ein rechtsfreier Raum, im Vergleich zu der Lebenswelt eines jeden Bürgers, der vollkommen und bis in den kleinsten Winkel mit Gesetzen, Verordnungen und Anordnungen ausstaffiert ist.

Darüber hinaus zeigt sich, dass die chemische Industrie längst an den „Zutaten“ für einen neuen Krieg arbeitet.“

Weihnachten 1932 verbrachte Ernst bei Eduard und Elsa.

Auch Leopold war aus Hamburg angereist. Ernst freute sich besonders, von ihm zu erfahren, wie das Studium verlief. Sie aßen das Weihnachtsessen, das bescheiden ausfiel, aber dennoch alle

165 Quelle: Henseling, S. 62.
166 Quelle: Henseling, S. 112.

satt machte und anschließend gab es Krambambuli[167]. Das hatte sich Eduard ausgedacht, um mit Leopold dessen Studium zu feiern. Er kannte es noch aus seiner eigenen Studienzeit.

Ernst hatte in den letzten Wochen wieder mehr mit sich ringen müssen, um seinem Weg treu zu bleiben und nicht rückfällig zu werden. Was ihm immer half, war, Zeit mit Leopold und Hans zu verbringen. Er mochte die beiden sehr. Leopold erinnerte ihn sehr an Eduard und Hans erinnerte ihn sehr an sich selber, als er klein gewesen war. Leopold war so strebsam und nachdenklich, aber auch humorvoll wie Eduard. Und Hans war wild und unbändig und hatte nur verrücktes Zeug im Kopf, genau wie er damals.

Theodor war ganz anders als alle anderen. Aber Ernst störte das nicht. Er wusste, das Elsa hoffte, Theodor würde irgendwann einmal aufwachen und sich normal entwickeln, aber das würde er niemals. Da war sich Ernst sicher. Er wusste auch, dass Eduard das realistischer einschätzte, als Elsa, aber dass der mit Elsa nicht drüber sprach. Es war ein heikles Thema. Aber irgendwann würden die beiden sich abfinden müssen. Er hoffte nur, dass Theo seinen Weg dennoch machen würde ...

Emilia war nicht wie Elsa. Sie war auch nicht wie Frederike. Sie war ein ganz eigenes Persönchen. Ernst konnte sich mit ihr über Korszak und Pestallozzi unterhalten.

Es wurde ein sehr fröhliches Weihnachtsfest. Einerseits erreichte sie die Nachricht, dass Carl von Ossietzky im Wege einer Weihnachtsamnestie für politische Häftlinge vorzeitig aus dem Gefängnis entlassen worden sei und andererseits verkündete Elsa, dass sie beabsichtige, ein Modewarengeschäft für bereits getragene Kleidung zu eröffnen, um damit eine Möglichkeit für Arbeiterfrauen zu schaffen, an bezahlbare Kleider zu kommen.

Keiner von ihnen wusste, aber jeder von ihnen ahnte, dass dies ihr letztes, unbeschwertes Weihnachtsfest sein würde.

Für Ferdinand Lehmann war es ein sehr schweres Weihnachtsfest. Das schwerste, an dass er sich überhaupt erinnern konnte.

Seit dem Tod seiner Frau, seiner Josephine, war es, als hätte man einen Teil von ihm genommen.

Zugleich war aller Lebensmut dahin. Er nahm kaum wahr, wenn Lene um ihn herum fuhrwerkte, das Haus auf Vordermann brachte, mit ihm sprach...

---

167 Mit Krambambuli ist in diesem Fall die Feuerzangenbowle gemeint. Der Begriff wurde von den Studentenverbindungen hierfür gebraucht. Quelle: https://de.wikipedia.org/wiki/Krambambuli_(Getr%C3%A4nk).

Ja, sie war schwierig gewesen, zuletzt, aber genau dies fehlte nun und die Leere, die Stille waren unerträglich.

So war es einerseits ein Entschluss, andererseits geschah es beinahe von selbst an diesem Weihnachten 1932.

Lene war gerade gegangen, da nahm der alte Major seinen Revolver, legte sich aufs Bett, hielt ihn an seinen Kopf und drückte ab.

Was danach geschah, war jedoch vollkommen anders, als er es beabsichtigt hatte. Wahnsinnige Schmerzen dröhnten in seinem Kopf und Schwärze umgab ihn, durchzuckt von grellen Blitzen. Er wollte, er musste noch einmal abdrücken, aber es gelang ihm nicht. Der Revolver war hinabgefallen und er konnte sich nicht bewegen.

Die Schmerzen in seinem Kopf waren unerträglich ...

Dann stieg Panik in ihm auf ...

Und dann war da eine Stimme. Es war Lenes Stimme ...

Schließlich war da eine weitere Stimme ... viele Stimmen...

Wie viel Zeit mochte vergangen sein?

Die Schmerzen waren nun erträglicher, aber er konnte noch immer nichts sehen. Nur Schwärze und Lichtblitze.

„Vater ... was hast du getan?"

Ferdinand Lehmanns Herz schlug wild, als er die Stimme seiner jüngsten Tochter vernahm.

„Vater, bitte werde wieder gesund!"

Major Lehmann musste kurz nachdenken ... Das war schwierig ... Immer wieder driftete er ab, konnte die Gedanken nicht fassen, nicht halten ... Aber eines wusste er sicher. Er würde nicht wieder gesund werden ... Das Einzige, was er sich wünschte war, jemand möge ihm den Revolver geben, oder es selbst zu Ende bringen. Es gab kein Zurück mehr ...

„Frederike, mach es deinem Vater nicht so schwer. Nimm Abschied." Das war die Stimme von Viktor ...

Ja, Abschied nehmen, und dann sollte es endlich enden ..."Viktor ...", flüsterte Ferdinand Lehmann. Die Worte kamen ihm nur mit größter Anstrengung über die Lippen. „Sorge gut für Fredi, Gott sei Dank hat sie dich erwählt und nicht diesen Nichtsnutz Ernst ...", endete er mit seiner letzten Kraft, dann atmete er zum letzten Mal aus und versank in der Dunkelheit.

Im Januar schließlich geschah doch, was Ernst schon lange befürchtet und Eduard nicht hatte glauben wollen. Hitler wurde

Reichskanzler.
Am 17. Februar besuchten Eduard und Ernst gemeinsam eine Veranstaltung des Schutzverbandes Deutscher Schriftsteller, Ortsgruppe Berlin in den Teltower Kammersälen. Neben Ossietzky waren auch Erich Mühsam, Rudolf Olden und Ernst Toller[168] vertreten. Es war so eng aufgrund der zahlreichen Besucher, dass alle gedrängt standen, aber man hätte eine Feder fallen hören können, so gespannt verharrten alle in vollkommenem Schweigen und absoluter Stille.
Ossietzky war sehr dünn und wirkte kraftlos. Er sprach mit leiser Stimme all das aus, was viele der Zuhörer dachten. „Ich gehöre keiner Partei an. Ich habe nach allen Seiten gekämpft, mehr nach rechts, aber auch nach links. Heute jedoch sollen wir wissen, dass links von uns nur noch Verbündete stehen. Die Flagge, zu der ich mich bekenne ist nicht mehr die schwarz-rot-goldene dieser entarteten Republik, sondern das Banner der geeinten antifaschistischen Bewegung. Und ich, der Pazifist, reihe mich nun ein in das große Heer, das für die Freiheit kämpft[169]."
Während Ossietzky sprach, bemerkten Ernst und Eduard, dass ein älterer, bärtiger Herr sich an den Tisch zu einem anderen Herrn setzte und diesem eine Zeitung unter die Nase hielt. Der Bärtige wirkte aufgeregt.
„Ich weiß, um was es geht!", raunte Ernst Eduard zu.
„Ich auch. Der Schießerlass von Innenminister Göring. Er werde jeden nationalen Mann decken, der für den nationalen Staat schießt. Lieber eine Kugel zu viel als eine zu wenig.[170]"
Für beide war es ein besonderer Abend und sie erinnerten sich, als sei es gestern gewesen, an den Zirkelabend vor vielen Jahren, nämlich im Jahre 1914, auf welchem sie Ossietzky zum ersten Mal gesehen und gehört hatten.
Als sie nach Schluss den Heimweg antraten und schweigend im Dunkeln nach Hause gingen, hatten beide das niederdrückende Gefühl, es sei das letzte Mal gewesen, dass sie Ossietzky gesehen hatten.
Der einzige Lichtblick für Ernst war zu diesem Zeitpunkt, dass Ossietzky endlich wieder Papier und Stift in die Hände genommen

---

168 Ein Teilnehmer, Bruno Frei berichtete später:" Die Kundgebung galt dem freien Wort, dem Protest gegen seine Unterdrückung. Die da unter den Augen der Polizeispitzel zur Ehre des deutschen Geistes sprachen, waren Tote auf Urlaub: Nicht einer hat die Jahre der Schmach überlebt." Quelle: Vinke, S. 111.
169 Quelle: Vinke, S. 112.
170 Quelle: Vinke, S. 112.

hatte und in seiner wunderbaren Art kommentierte, was vor sich ging. Ossietzky schrieb neuerdings zwar nur noch zu Kunst und Literatur, jedoch verstand er es, auch in diesen Artikeln Botschaften zu platzieren, die an die Adresse der neuen Machthaber gerichtet waren. Am 21. Februar las Ernst in dem Artikel „Richard Wagner": „Wir leben jetzt wieder im Traum der bürgerlichen Renaissance, und als klingender Herold dieser Sehnsucht tritt Richard Wagner wieder auf. Nicht mehr so exklusiv wie früher, im Gegenteil, sehr kleinbürgerlich geworden. Der Bürger ist pleite, seine Ideale wehen zerfetzt in allen Winden, nur seine Parvenuansprüche sind geblieben. Bei Wagner ist nicht nur das ganze Inventar des nationalsozialistischen Schwertglaubens enthalten, sondern auch, immer neu variiert, die angenehme Vorstellung, von allen Übeln erlöst zu werden, ohne dass man dafür etwas zu tun braucht. Es erübrigt sich, näher auszuführen, was für eine Rolle in Deutschland der Wunderglaube spielt und das Verlangen nach einem Hexenmeister, der mit Hokuspokus Verschwindibus alle Kalamitäten für ewig beseitigt."[171]

Ein weiterer sehr aufschlussreicher Artikel fand sich in derselben Ausgabe, verfasst von Kaminski. „In Deutschland herrscht jetzt die Ruhe, die die autoritären Regierungen lieben. Die Opposition ist zum Schweigen verurteilt, denn wer kann ermessen, ob nicht ein unbedachtes Wort als Verunglimpfung von Persönlichkeiten, Verächtlichmachung von Einrichtungen, Aufforderung zum ungehorsam gegen die Gesetze oder gar als Aufreizung zum Generalstreik angesehen und bestraft werden wird? (...) Mit Neid blicken Journalisten jetzt auf so gefahrlose Berufe wie sie Seiltänzer und Dachdecker ausüben. Sagen, was sie denken, dürfen allein die Vertreter des herrschenden Regimes[172]."

Am 27. Februar stand der Reichstag in Flammen und im Laufe des Tages begann eine Verhaftungswelle.

Zur selben Zeit stellte Elsa fest, dass sie noch keinen Schritt weitergekommen war mit ihrem Vorhaben, ein Modewarengeschäft zu eröffnen. So bat sie Eduard, seinen Patienten davon zu berichten und sie um Kleiderspenden zu bitten. Zudem beschloss sie, Mitstreiterinnen für diesen Plan zu finden.

So ging sie mit einem Aushang in den Blumenladen, der sich zwei

171 Quelle: „Richard Wagner" von Ossietzky, Weltbühne Nr. 8 vom 21.2.1933, S. 285.
172 Quelle: „Die neue Luft" von Hanns-Erich Kaminski, Weltbühne Nr. 8 vom 21.2. 1933, S. 265.

Straßen von ihrem Haus entfernt befand und hing diesen dort aus. Als sie aus dem Geschäft kam, stand sie einem Zeitungsverkäufer gegenüber, der ihr die Vossische entgegen wedelte. „Ossietzky erneut verhaftet[173]!", rief der Junge.

Dann kam der März und während sich die ersten Vorboten des beginnenden Jahres in der Natur zeigten, hatte Ernst das Gefühl, immer unruhiger zu werden. Das war nicht auf den beginnenden Frühling zurückzuführen, sondern es war etwas anders. Er hatte dieses Gefühl schon einmal gehabt. Vor etlichen Jahren. Damals, als in Deutschland die Stimmung umschlug und den großen Krieg heraufbeschwor. Nein, ein Krieg drohte jetzt vielleicht nicht, aber es war wie damals. Es lag ein Stimmungswandel in der Luft, der nichts Gutes verhieß. Wie ein Donnergrollen am Horizont, wie ein aufkommender, bedrohlicher, kalter Wind, der begann, die Wolken schnell vor sich herzutreiben und das Sonnenlicht abzuschirmen.

Vermutlich schlug auch das, was er in den letzten Wochen und Monaten zusammengetragen und zusammengeschrieben hatte auf sein Gemüt, aber dieses Gefühl war nicht nur in ihm, es wurde auch von außen bewirkt.

Ernst ließ sich auf den Sessel fallen, der neben seinem Schreibtisch stand. Er rieb sich über die Augen, dann nahm er eine Zigarette aus dem Etui und zündete sie an. Er lehnte sich zurück und nahm einen tiefen Zug.

Langsam stieß er die Rauchwolke durch die zusammengebissenen Zähne aus.

Auf dem Schreibtisch lagen einige Ausgaben der Weltbühne der letzten Wochen. Er griff wahllos nach einer der Zeitschriften und schlug sie irgendwo auf. Er musste an etwas anderes denken, als an sein Buch.

Er war bei einem Artikel von Gerald Hamilton gelandet, der „John Simons chemische Geschäfte" hieß. Diesen Artikel hatte er bereits gelesen und auch in seinem Buch thematisiert. Er veranschaulichte die Verstrickungen des Genannten, der der wichtigste britische Staatssekretär, sowie der mächtigste Einzeldelegierte der sogenannten Abrüstungskonferenz, zugleich aber persönlich Ak-

---

173 Am 28.2.1933 wurde Carl von Ossietzky als engagierter Pazifist und Demokrat auf Betreiben der Nationalsozialisten wieder verhaftet und in Berlin-Spandau interniert. Ossietzky hatte bis zuletzt gehofft, dass sich eine Einheitsfront aus Sozialdemokraten und Kommunisten der drohenden NS-Diktatur entgegenstellen würde. Er glaubte zudem, dass die NSDAP an ihren eigenen Widersprüchen zugrunde gehen würde. Aber auch private Gründe hatten ihn an einer, vermutlich angedachten, rechtzeitigen Ausreise gehindert. Näher dazu: Anhang Seite 302.

tienbesitzer an der Imperial Chemical Industries war. Als solcher hatte Simons selbst großes Interesse an einer Gesellschaft, die als Bindeglied zwischen dem Britischen Chemie-Trust (Imperial Chemical Industries) und dem größten britischen Rüstungskonzern (Vickers Armstrong) fungierte und sich selbst als Erzeugerin von „Düngemitteln und synthetischen Produkten" betitelte.

Hamilton stellte die Frage, wie es angehen konnte, dass ein Konzern, der sich vorgeblich nur mit Düngemitteln und synthetischen Produkten befasste, von der britischen Regierung als so wichtig betrachtet wurde, dass ihm seitens der Regierung sowohl die Nominalsumme als auch der Zinsendienst des Aktienkapitals in Höhe von 5 500 000 Pfund Sterling garantiert wurde.

Diese Frage stellte sich auch Ernst.

Weiter führte Hamilton aus, dass die Gesellschaft einst der britischen Regierung gehört hatte, dann jedoch an die chemischen Fabriken „Brunner Mond" veräußert worden war. Zugleich waren nach Hamiltons Ausführungen durch die britische Regierung auch die geheimen Formeln für Giftgase und andere Kriegskampfstoffe, die in den Nachkriegsjahren von den offiziellen Mitgliedern der britischen Militärmissionen und anderen Regierungsspionen eifrig in deutschen Werken gesammelt worden waren, verkauft worden.

Brunner Mond war schließlich dem Imperial Chemical Trust einverleibt worden und dort würden nun die Geheimprozesse zur Produktion von Kriegsmaterial, die sie in Deutschland gelernt hätten, erprobt und praktiziert. Vor allem die Oxidation des Luftstickstoffs zur Salpetersäure. Simons war also Aktionär dieser Gesellschaft. Unter den Hauptaktionären der Imperial Chemical Industries befände sich, so Hamilton, aber auch Neville Chamberlain, der britische Finanzminister mit genau 11 747 Aktien.

Damit war die britische Regierung eng verknüpft mit Vickers-Armstrong und der ICI.

Am Schluss des Artikels nannte Hamilton die Summe, die im Jahr 1931, als die Menschen in ihren Wohnungen erfroren, weil sie keine Kohlen hatten um zu heizen, weltweit für Rüstungen ausgegeben wurde: 19 600 000 000 Mark[174].

Ernst dachte an Wilhelm, der sein wandelnder Beweis war, dass die Zustände in Deutschland nicht besser waren. Auch hier wurde kräftig aufgerüstet. Noch immer galt offensichtlich das Militär und die Rüstung als wichtigster Posten und es waren dieselben, die

---

174 Quelle: „John Simons chemische Geschäfte" von Gerald Hamilton, Weltbühne Nr. 4 vom 29.1. 1933, S. 124 ff.

schon vor dem großen Krieg an den Schrauben gedreht hatten, die es noch heute taten ...

Er griff nach einer anderen Ausgabe und schlug eine Seite auf. Er las: „Schöner Konsum an Rettern. Wieder einer futsch. Wenn das autoritäre Regime so weiter wirtschaftet, dann kann es bald heißen: Jeder einmal Reichskanzler! Eltern kinderreicher Familien, hier winkt noch eine Chance!“[175]

Der scharfe Sarkasmus zwang ihm ein Lächeln auf, obgleich er eigentlich die Zeitschrift hätte wegschleudern mögen. Er sah Oss, wie Tucholsky ihn oft genannt hatte, vor seinem inneren Auge. Häftlingskleidung, gebeugte Haltung, stiller Blick, Schweigen ... Wie es ihm wohl ergehen mochte? ... Warum nur, war er nicht geflohen?[176] Warum nur? Würde er jemals wieder auf freien Fuß gelangen? Was wurde ihm überhaupt vorgeworfen?

Ernst las weiter: „In Hugenbergs Umgebung hat man, um einen Staatsstreich zu rechtfertigen, die Konstruktion eines „staatlichen Notstandes“ geschaffen. Nun, ein staatlicher Notstand ist auch von einem ganz anderen Standpunkt aus kaum zu leugnen. Er wird nicht durch das Versagen der Konstitution charakterisiert oder durch eine ganz besonders rebellische Volksstimmung sondern durch Personen wie Papen und Schleicher und, vor allem, durch den Reichspräsidenten selbst. (...) Wird nicht sofort und bedingungslos der Weg zur Verfassung wieder angetreten – und dazu gehört vor allem der Rücktritt des Reichspräsidenten –, so wird die außerparlamentarische Regierungsweise von oben mit außerparlamentarischen Abwehrmethoden von unten beantwortet werden. Denn es gibt auch ein Notrecht des Volkes gegen abenteuerliche experimentierende Obrigkeiten“[177].

Ernst brummte der Schädel. Auf ihn hatte all dies eine so niederschmetternde und erdrückende Wirkung, dass er am liebsten nie mehr aufgestanden wäre ...

Es würden allerhöchstens Einzelne aufstehen. Es würde wie damals, vor dem großen Krieg die große Masse einfach mitlaufen, glauben und dabei glauben, zu wissen ...

Und wie seltsam war es, dass ausgerechnet er, der stets die Überzeugung vertreten hatte, in dieser erbärmlichen Welt keine Kinder zu zeugen, ein Buch schrieb, um die Menschen aufzurütteln, sich endlich zu erheben, um ihre Kinder vor der drohenden Katastrophe zu schützen? ...

---

175 Quelle: „Kamarilla“ von Ossietzky, Weltbühne Nr. 5 vom 31.1. 1933, S.153.

176 Informationen zu Ossietzky finden Sie im Anhang auf Seite 302.

177 Quelle: „Kamarilla“ von Carl von Ossietzky, Weltbühne Nr. 5 v. 31.1.1933, S.153 ff.

Und wozu? Er wusste doch, dass all das, was er schrieb kein Gehör finden würde ... Aber er musste immer weitermachen. Wozu? Was trieb ihn dazu? Er wusste es nicht. Es war einfach so.

Das war stets der Moment, in dem ihn wieder die Sehnsucht nach Opium überkam, nach der Ruhe, nach dem Davongleiten in eine Welt ohne all diesen verfluchten Dreck...

Und all die Jahre hatte er es nicht wieder getan.

Stattdessen hatten ihn die Bilder der zusammenbrechenden, schreienden, würgenden Sterbenden überrollt ... Waren die Erinnerungen an Wolken, Pissegeruch, Schüsse über ihn hereingebrochen wieder und wieder und immer wieder ...

Das geschah auch jetzt ...

Und dann klopfte es an die Tür.

Ernst zuckte zusammen. Es riss ihn zurück in die Gegenwart.

Damit hatte er nicht gerechnet. Wer sollte bei ihm klopfen? Das tat niemals einer.

Eduard besuchte stets er, und Belle ebenso.

Oder hatte er sich verhört? Er musste sich verhört haben.

Es klopfte wieder. Dringlicher.

Er hatte sich nicht verhört. Er legte die Zeitung auf den Schreibtisch und erhob sich. Er blickte auf seine Uhr. 23:38. Sein ungutes Gefühl wurde nun stärker.

Man musste seine Schritte von draußen vernommen haben.

„Öffnen Sie, Hoffmann. Gennat hier.“

Ernst war völlig überrascht. Was wollte Gennat? Aber die Stimme war unverkennbar. Er öffnete die Tür und dort stand Gennat mit einer weiteren Person. Es war Bernhard Weiß.

Ernst ließ beide wortlos ein und schloss eilig die Tür.

„Gut, dass wir Sie antreffen.“ Gennat klopfte Ernst auf die Schulter. „Entschuldigen Sie den Überfall, aber die Umstände ..., – Sie wissen schon.“

Ernst betrachtete Weiß. Er wirkte unsicher und unruhig.

„Wir kommen sicher ungelegen, aber darauf kann ich in dieser Lage leider keine Rücksicht nehmen. Haben Sie einen Cognac da? Den brauchen wir jetzt.“ Gennat legte seine Hand auf Weiß´s Schulter.

„Sicher. Gehen Sie ruhig durch in die Stube.“ Ernst wies mit der Hand den Weg. Dann folgte er seinen Gästen und entnahm dem Schrank in der Stube eine Flasche Cognac und drei Gläser. Er schenkte ein.

Gennat griff nach seinem Glas und spülte alles in einem Zug hi-

nunter.
Weiß war zögerlicher.
Ernst empfand es als höchst sonderbar, Weiß so zurückhaltend zu erleben. Noch nie hatte er ihn in einer anderen Haltung als der eines Vorgesetzten erlebt.
„Gegen Weiß haben sie jetzt Haftbefehl erlassen und ein Kopfgeld ausgesetzt. Wir suchen ein vorübergehendes Versteck." Gennat war kein Mann des langen Geredes. „Er sollte sich jetzt nirgends über längere Zeit aufhalten. Vorübergehend ist sicherer."
„Ich habe nur diese kleine Wohnung", haspelte Ernst hilflos. Er hätte gerne etwas anderes behauptet.
„Wir dachten an Ihren Bruder."

Eduard hatte schon geschlafen. Er wirkte etwas zerstreut.
Sie hielten ihre nächtliche Besprechung in der Praxis ab, um die schlafende Familie nicht zu stören.
„Sie haben meine Wohnung gestürmt und verwüstet. Es ist lediglich einer glücklichen Fügung zu verdanken, dass ich rechtzeitig entkam." Weiß wirkte nun etwas ruhiger.
„Weiß wird sich nicht lange bei Ihnen aufhalten. Das wäre zu gefährlich. Wir müssen häufig wechselnde Unterkünfte finden." Gennat nickte bekräftigend.
„Hier können Sie erst einmal bleiben. Wir haben eine Kammer, die hat eine Verbindung zum Keller, sodass Sie sich verstecken können, wenn ein Kommando kommt. Man kann einen Schrank vor die Kellertür schieben", sagte Eduard.
„Ossietzky hatte nicht soviel Glück", stellte Ernst fest.
„Da liefern wir uns jahrzehntelang Schlachten mit den Ringbrüdern und wer sind nun die Verbrecher? Also mir ist kein einziger Ringbruder bekannt, der bei den Nazis mitlaufen würde[178]. Dafür laufen all die braven Bürger in Scharen hinter ihnen her." Gennat rieb sich über die Augen.
„Die Mehrheit läuft kopflos in die falsche Richtung und diese Leute aller Schichten sind dabei felsenfest davon überzeugt, dass sie im Recht sind und die wenigen, die dagegenstehen, sich im Irrtum befinden. War es nicht schon einmal so? Vor gar nicht allzu

178 Es ist tatsächlich nicht ein Ringbruder bekannt, der sich den Nazis angeschlossen hätte. Dies ist wohl auch darauf zurückzuführen, dass die Ringbrüder sich prinzipiell unpolitisch verhielten. Quelle: Feraru, S. 49. Dennoch wird man wohl auch konstatieren müssen, dass sie nicht empfänglich waren für die hohlen Phrasen und Versprechungen und für die Idee von einem „starken Führer" wie es ein großer Teil der „Guten und Braven" war.

langer Zeit?", fragte Ernst.

Nachdem Gennat und Ernst gegangen waren, stand Eduards unbekannter Besucher unschlüssig in Eduards Arztpraxis herum, während dieser Elsa weckte.

Elsa kleidete sich flugs an und folgte Eduard in die Praxis.

Die Kammer hinter der Küche war kein wohnlicher Raum, aber sie verfügte über einen direkten Zugang zum Keller und der wiederum hatte einen Aufgang nach draußen. Man konnte von hier folglich gut entkommen, wenn das Haus durchsucht wurde.

„Morgen können wir im Keller zudem eine Versteckmöglichkeit schaffen", schlug Eduard vor.

„Wir benötigen ein Bett." Elsa sah sich in der kleinen Kammer um. Wo sollte ein solches hier Platz finden?"

Schließlich breiteten sie Decken auf dem Boden aus und richteten so eine Schlafstatt ein. Anschließend versorgte Elsa Weiß mit einem Abendessen, dann gingen alle schlafen[179].

Weiß blieb wenige Tage, dann hatten seine Vertrauten ein neues Versteck für ihn organisiert.

Zu dieser Zeit stürmten SA-Kommandos viele Wohnungen von Gegnern der Nationalsozialisten, so auch die von Helmuth Klotz, jenem einstigen NSDAP Mitglied, das zur SPD gewechselt hatte und vor einigen Jahren im Restaurant des Reichstages angegriffen worden war. Er konnte im letzten Augenblick entkommen und nach Prag fliehen[180].

Elsa und Eduard bekamen nun große Angst um Alexander. Als sie dann auch noch beobachteten, wie Gefangene unter der Aufsicht von bewaffneten SA-Leuten Graffiti entfernen mussten, die Gegner der Nazis in Berlin an den Wänden aufgebracht hatten, baten sie Alexander zu einem Gespräch und flehten ihn regelrecht an, keine Etablissements mehr aufzusuchen und sich ruhig und unauffällig zu verhalten.

Anschließend besprachen sie, vor den Kindern künftig aufzupassen, was sie sagten.

Auf Elsas Aushang hin hatten sich inzwischen zwei Frauen ge-

---

179 Bernhard Weiß hat sich in Folge eines Haftbefehls und eines auf ihn ausgesetzten Kopfgeldes mit Unterstützung von Freunden an wechselnden Orten versteckt. Fiktiv ist lediglich dieses konkrete Versteck bei den Hoffmanns. Schließlich gelang ihm zunächst die Flucht nach Prag. Quelle: https://de.wikipedia.org/wiki/Bernhard_Wei%C3%9F_%28Jurist%29, aufg. am 12.03.2023 um 9:32.

180 Quelle: https://de.wikipedia.org/wiki/Helmuth_Klotz_%28Publizist%29, aufg. am 12.03.2023 um 9:33.

meldet, die ihr Interesse an dem Modegeschäft bekundeten. Elsa hatte nun auch ein Ladengeschäft ausgemacht, dessen Besitzer kürzlich geschlossen hatten. Sie kannte die Gründe nicht. Womöglich waren sie alt geworden, oder das Geschäft war nicht mehr einträglich gewesen. Es waren bewegte Zeiten.

Sie hatte die Räumlichkeiten besichtigt und Eduard hatte für Elsa den Mietvertrag unterzeichnet.

Mehrere Patienten von Eduard hatten auch bereits Kleidung bereitgestellt.

Am 10. Mai traf Elsa die beiden anderen Frauen zum ersten Mal in den neu angemieteten Räumen.

Sie hatte einen Kuchen gebacken, um die Frauen willkommen zu heißen.

Wilma Bartels war im gleichen Jahr geboren wie Elsa und sie war verheiratet und hatte einen Sohn, der Emil hieß und genauso alt war wie Hans.

Gisela Kattendorf war ebenfalls verheiratet, hatte aber drei Kinder. Eine Tochter und zwei Söhne.

Sie beschlossen, sich gleich am folgenden Tag zu treffen, um das Geschäft einzurichten und zu bestimmen, wann die Eröffnung stattfinden sollte.

Als sie auseinandergingen, war Elsa sehr zufrieden. Sie freute sich auf den morgigen Tag und auf ihr eigenes Modegeschäft!

Doch sie war noch nicht weit gegangen, als sie bemerkte, dass die Stimmung in den Straßen sehr unruhig und feindselig war. Sie sah sich um. Es waren viele Menschen unterwegs und es zogen Gruppen von Braununiformierten mit Armbinden umher. Sie schleppten Kisten.

Als sie einige Straßen hinter sich gelassen hatte, stellte sie fest, dass unter den Leuten viele Studenten waren, die umherstreiften und immer wieder Parolen johlten.

Wie von selbst wurde sie schneller. Es war eine unangenehme Atmosphäre auf den Straßen, sie wolle so schnell wie möglich nach Hause. Doch als sie den Berliner Opernplatz erreicht hatte, sah sie, was sie trieben. In der Mitte des Platzes brannte ein Feuer und sie kippten kistenweise Bücher ins Feuer.

Dann sah sie, dass es nicht nur Studenten waren, sondern auch Professoren. Elsa meinte, ihren Augen nicht zu trauen. Wie war so etwas möglich? Die ganze Welt war verrückt geworden!

Als sie so nahe war, dass sie sie gut verstehen konnte, hielt sie kurz inne. Die Worte waren wie Gebetsgesänge und zugleich hallten und dröhnten sie wie Peitschenhiebe von den Fassaden der Häuser wider: „Gegen Frechheit und Anmaßung, für Achtung und Ehrfurcht vor dem unsterblichen deutschen Volksgeist! Verschlinge, Flamme, auch die Schriften von Tucholsky und Ossietzky!"

Elsa musste an Ernst denken. Sie wusste, dass er Ossietzky und Tucholsky verehrte und dass er alle Weltbühneausgaben gesammelt hatte. Befand auch er sich in Gefahr? Genügte es nicht, dass Alexander in Gefahr war?

Und wenn die Studenten und Professoren diese Bücher verbrannten, war dann womöglich doch etwas an dem richtig, was hier geschah? Konnten sich all diese Menschen so irren? Andererseits musste sie an das Manifest der 93 denken, das war auch von den Professoren verfasst worden und hatte sich als falsch erwiesen. Oder? Es gab so viele, die bis heute behaupteten, Deutschland habe sich verteidigen müssen und all jene, die stets etwas anderes behauptet hatten, wurden nun als Volksfeinde betrachtet. Ihre Schriften wurden verbrannt und sie verfolgt und eingesperrt.

Sie wusste, dass Eduard eine ganz feste Meinung zu all dem hatte, aber würde ihnen das nicht vielleicht auch große Schwierigkeiten bereiten? Dass sie Weiß versteckt hatten, war schon Anlass genug, sie ebenfalls zu verfolgen und zu bestrafen. Aber das bedeutete für ihre Familie und ihre Kinder ungeheure Gefahren. Und wofür? Nützte es überhaupt noch etwas? War es richtig, Kopf und Kragen zu riskieren? Wer scherte sich denn noch um Werte und Überzeugungen? Hatte jemals irgendjemand einen Lohn dafür bekommen, oder auch nur etwas damit bewirken können, sich für eine Überzeugung stark zu machen?

Die Gedanken schwirrten in ihrem Kopf umher und fügten sich nicht zu einem klaren Bild. Sie wollte einfach nur nach Hause zu ihren Kindern und an all das nicht mehr denken ...

Liebe Mutter, lieber Vater,

vor einigen Tagen ist etwas geschehen, das war so unfassbar, dass ich nicht aufhören kann, darüber nachzudenken.

Die Studentenschaft und die Professoren haben Bücher verbrannt. Es war ungeheuerlich.

Die meisten sind der Ansicht, dass dies rechtens gewesen sei. Es gibt nur wenige, die ihre Auffassung dazu für sich behalten. Dazu zähle ich auch.

Aber es ist nicht nur das, sondern ein neues Gesetz verbietet es nun auch vielen Professoren, weiter an der Universität zu lehren. Dabei handelt es sich um das Gesetz zur Wiederherstellung des Berufsbeamtentums[181]*.*

Frau Professorin Lasch war auch von dem neuen Gesetz betroffen und sollte die Universität verlassen, aber es waren ihre Schülerinnen, mit

181 Quelle: Michalka (bpb), S. 54.

ihren Eingaben und eine Stellungnahme von Germanisten aus Skandinavien, die dies verhindert haben[182].

Doch sehr viele andere Professoren sind entlassen worden.

Es ist doch sonderbar. Ich bin nach Hamburg gegangen, um die Juristerei zu lernen und während ich hierum wirklich bemüht bin, wird alles, was gerade noch als Recht galt zu Unrecht erklärt.

Manchmal denke ich, wenn ich nur schon mehr gelernt hätte, würde ich es womöglich besser begreifen, aber ich begreife es nicht.

Die anderen machen dabei stets den Eindruck auf mich, als wenn sie all das für ganz selbstverständlich halten. Wieso gehen sie alle darin so auf und befürworten es und verstehen es, und ich nicht?...

Ich habe schon einige Male überlegt, ob ich vielleicht das falsche Fach gewählt habe, aber ich möchte es verstehen. Ich werde mich weiter bemühen.

Ich hoffe, ihr seid alle bei bester Gesundheit, auf bald, Leo

Am Tag, nachdem sie den Brief von Leopold erhalten hatten, sortierte Elsa in ihrem Modewarengeschäft gemeinsam mit Wilma Kleidung, die sie geschenkt bekommen hatten.

Elsa verbrachte viel Zeit in ihrem Geschäft. Aurelia, die sie stets dorthin mitnahm, spielte mit den Schuhen, die eine Patientin gestern bei Eduard abgegeben hatte, Verkleiden.

Wilma war indes keine sonderlich gesprächige Person. Zumeist ordnete sie still die Regale. Aber immer wieder unterbrach sie ihre Arbeit, um sich ein wenig mit Aurelia zu beschäftigen.

Dann war sie ganz anders. Lustig und sie sprach dann viel und fröhlich.

Elsa hatte das Gefühl, dass Wilma Sorgen hatte, die sie mit sich selber ausmachte. Sie konnte das gut verstehen. Es ging ihr ähnlich. Zudem war es sehr schwierig einzuschätzen, wem man seine Sorgen anvertrauen konnte, und wem besser nicht. Hinter vorgehaltenen Händen sprach sich herum, dass Menschen denunziert wurden und verschwanden. Wilma und Gisela kannte Elsa noch viel zu wenig, um sagen zu können, ob sie vertrauenswürdig waren. So arbeitete auch Elsa zumeist schweigend.

Gisela war da ganz anders. Wenn sie im Geschäft war, dann gab sie die Gespräche vor. Sie erzählte, lachte viel und erschien zumeist unbesorgt und quierlich. Die einzigen Sorgen, die sie zu haben

182 Agathe Lasch war Jüdin. Bei Machtantritt der Nazis drohte ihr aufgrund des Gesetzes zur Wiederherstellung des Berufsbeamtentums die sofortige Entlassung. Eingaben ihrer Schülerinnen und die Stellungnahme skandinavischer Germanisten verhinderte dies zunächst, aber zum 30.6.34 wurde sie endgültig in den „Ruhestand" versetzt. Quelle: Bake, Agathe-Lasch-Weg.

schien, waren die, die sie wegen ihrer unbändigen Söhne hatte. Wenn sie erzählte, was die beiden, es waren Zwillinge, wieder angestellt hatten, dann schüttelte sie ohne Unterlass den Kopf, seufzte und lamentierte.

Gisela kam jedoch an diesem Tag erst gegen 12:00 Uhr ins Geschäft.

Gegen 13:30 kamen Theodor und Hans aus der Schule und erledigten im Geschäft ihre Schularbeiten. Sie waren soeben wieder gegangen, um Zuhause mit Alexander zu essen, als eine Frau hereinkam, die Elsa noch nicht kannte. Das geschah häufig, denn bisher hatten sie noch nicht allzu viele Kunden gehabt.

„Guten Tag, ich dachte, ich seh mir mal an, was hier vor sich geht."

Elsa war etwas verwundert. „Sehr gerne, treten Sie ein. Darf ich mich vorstellen? Ich bin Elsa Hoffmann. Dort sehen Sie Wilma Bartels und hier Gisela Kattendorf."

„Freut mich. Ich bin Helga Hermanns. Ich bin hier Nachbarin. Und Sie verkaufen hier so Kleidung?"

„Ganz recht. Allerdings verkaufen wir gebrauchte Kleidung, die freundliche Menschen abzugeben haben und die wir dann zu günstigen Konditionen an hilfebedürftige Frauen verkaufen können."

„Ach, wie nett", flötete Helga Hermanns. „Da unterstützen Sie also die Arbeiterinnen, und die Frauen, deren Männer keine Arbeit finden?!"

„Durchaus."

„Da will ich doch auch gleich mal nachsehen, ob ich etwas abgetragenes finde, dass ich entbehren kann."

„Das ist sehr liebenswürdig."

„Sehen Sie, ich freue mich doch, dass Sie hier nun so eine großartige Geschäftsidee umsetzen. Wissen Sie, bevor sie das Geschäft übernommen haben, war hier die Schneiderei Weber drin. Furchtbare Leute. Judenpack, aber sie wurden zum Glück endlich davongejagt von der SA. Das war doch nicht sauber, was hier lief. Da ist auch niemand aus der Nachbarschaft hingegangen. Nur andere von denen."

Elsa musste schlucken. Daran hatte sie bisher gar nicht gedacht, dass das Leerstehen des Geschäftes einen solchen Hintergrund haben könnte. Dabei war das doch sehr naheliegend gewesen, aber es war ihr nicht in den Sinn gekommen.

Plötzlich fühlte es sich anders an, in diesen Räumen zu stehen. Hier waren Menschen verjagt worden und dafür hatte sie die Räu-

me anmieten können ...
„Wissen Sie, was aus den Webers geworden ist?“, fragte Elsa.
Helga Hermanns schnaubte. „Na und ob ich das weiß. Die haben sich Kugeln in den Kopf gejagt. Gottlose Feiglinge.“

An diesem Abend war Elsa froh, als die Kinder endlich im Bett waren und sie sich um niemanden mehr zu kümmern brauchte.
Ihr gingen die Geschehnisse, von denen sie heute erfahren hatte, nicht mehr aus dem Kopf. Das, was Helga Hermanns erzählt hatte, was aus den Vorbesitzern geworden war und immer wieder hörte sie die Worte: „gottlose Feiglinge“. War ihr Vater auch ein gottloser Feigling, weil er sich das Leben genommen hatte?
Und während sie sich bemüht hatte, die Nachbarin nicht fassungslos anzustarren und auch Wilma kein Wort von sich gegeben hatte, hatte Gisela kurz und bündig erklärt: „Nun, sie haben das einzige Richtige getan, was jeder Jude tun sollte.“
„Immerhin, nun weißt du, was du von Wilma und Gisela zu halten hast“, hatte Eduard pragmatisch festgestellt, nachdem Elsa ihm berichtet hatte, was vorgefallen war.

Ernst ging durch das Lokal zum Tresen und gab dem Barkeeper auf, ihm zwei Cognacs zu bringen.
Er legte das Geld auf den Tresen, nahm die beiden Gläser und ging an den hintersten Tisch.
Abwartend sah er dem dort Sitzenden in die Augen. Behling war älter geworden, seit er ihn damals zum ersten Mal gesehen hatte. Er wartete. Zuerst musste der andere Typ vom Tisch verschwinden.
Dann gab Behling dem anderen ein Zeichen und der machte sich davon.
Behling blickte zu Ernst auf.
Ernst stellte die Gläser auf den Tisch und setzte sich Behling gegenüber. Der Sitz war noch warm von dem anderen.
„Ich habe Fragen.“
„Kommst du als Polizist?“
Ernst schüttelte den Kopf. Dann hob er sein Glas. „Erstmal den hier.“
Behling trank ebenfalls in einem Zug aus.
„Der Waffenhandel. Um welche Waffen geht es da? Mit welchen Personen habt ihr da zu tun?“
Behling lachte auf – ohne zu lachen. „Frag genauer. Was willst

du wissen?"

„Hat der Ring mit Chemiewaffen zu tun?"

Behling zog die Augenbrauen hoch. „Nein. So ein Unsinn."

„Weshalb Unsinn?"

„Wie lange kennen wir uns?"

Ernst wusste, dass Behling recht hatte. Er hatte sich das auch nicht vorstellen können, aber er hatte es fragen müssen.

„Was hast du mit Chemiewaffen zu tun?"

Eine Wolke ... Gestank ... Würgen ... Schüsse ... Schreie ...

Ernst schüttelte die Erinnerungen ab. „Ich recherchiere dazu."

„Das ist nicht unser Metier. Wir handeln mit Schusswaffen. Ganz einfach. Waffe. Kugel, Schuss, fertig. Und Stichwaffen. Manchmal geht es auch um Bomben, aber nicht um Chemiewaffen. Damit haben wir nichts zu schaffen. Da musst du dich schon an die Experten von der Regierung wenden."

Ernst ließ diese Informationen auf sich wirken.

Schließlich fragte er weiter: „Habt ihr mit den Nazis zu tun? Habt ihr da Kontakte? Nützliche Kontakte?"

„Mit denen habe ich jedenfalls nichts zu schaffen." Behling hatte das „ich" stark betont. „Das hat aber auch meines Wissens niemand im Ring. Ich wüsste noch nicht einmal, dass irgendein Ringbruder mit denen sympathisiert." Dann lachte Behling dunkel auf. „Dazu braucht es schon das verbrecherische Blut eines braven Durchschnittsbürgers sowie dessen gesundes Sich-selbst-in-die-Tasche-Lügenpotenzials um mit denen anzubandeln." Behling winkte dem Barkeeper, damit dieser die Gläser wieder auffüllte. „Wozu recherchierst du diesen Dreck? Du bist ein normaler Polizeibeamter. Warum bleibst du nicht bei den ganz simplen Durchschnittsstraftaten, sondern spielst mit dem Feuer? Bist du des Lebens so überdrüssig geworden?"

Ernst überlegte. Diese sarkastische Seite an Behling war ihm bisher nie aufgefallen.

Der Barkeeper füllte ihre Gläser auf.

„Ich schreibe ein Buch. Es beschreibt die Verbrechen, die von der Industrie und der Politik an den Jungen verübt werden. Es beschreibt die ..."

Behling schüttelte mit ratlosem Blick den Kopf. „Ach Junge. Was hast du nur gelernt? So ein Buch solltest du nicht schreiben. Schreib doch lieber etwas ... nettes. Schreib auf, was du als Polizeibeamter mit dem Ring erlebt hast. Schreib etwas, das die Leute lesen wollen. Schreib etwas, dass dir nicht auf die Füße fällt. Du kannst nichts gewinnen. Du wirst das erste Opfer deiner Schreiberei werden. Und selbst wenn einmal andere Zeiten kommen sollten und die Menschen dem Wahnsinn entsagt haben sollten, was ich arg bezweifle, dann werden sie, selbst wenn sie dich als jemanden betrachten, der etwas erkannt hat, was die meisten unserer Zeit nicht erkannt haben, allerhöchstens als Person der Geschichte betrachten, erklären, damals, ja damals, aber heute ist das ja alles nicht mehr relevant ... Heute sind wir klüger und würden diese Fehler nicht mehr machen. Entweder den Leuten geht's so schlecht, dass sie das als Ausrede nehmen, etwas zu verändern, oder es geht ihnen zu gut und sie lassen sich von Belanglosigkeiten vereinnahmen und den Blick verstellen. Du wirst bestenfalls dazu dienen, Schüler zu langweilen, aber niemals wird auch nur eine Person deine Worte als Lehre begreifen. Es wird immer so weitergehen, wie es heute geht."

„Das will ich nicht glauben. Warum gehen dir diese Worte so leicht von den Lippen?"

Behling lachte. „Ich habe einst meine Wahl getroffen. Ich hatte damals die Wahl zwischen der guten und der bösen Seite. Ich habe mich, wie du weißt, für die gute entschieden. Ich habe nichts getan, was ich bereuen müsste und ich habe nichts getan, was mir irgendein Gott jemals vorwerfen würde. So es ihn überhaupt gibt. Denn ich habe mich niemals korrumpieren lassen, ich habe mich niemals in den Dienst eines anderen stellen lassen. Ich habe mein Brot mit dem Gewerbe eines ehrlichen Verbrechers verdient. Dabei habe ich mich niemals verstellt, sondern bin mir und allen anderen gegenüber ehrlich geblieben. Ein ehrlicher Verbrecher."

Ernst sah sein Gegenüber nachdenklich an.

„Erinnerst du dich nicht mehr an die „Feme"-Morde?"

Natürlich erinnerte Ernst sich daran. Das war kurz vor Ossietzkys Wechsel zur Weltbühne gewesen. Damals hatte die Weltbühne eine sensationelle Serie über die sogenannten „vaterländischen Verbände" gebracht. Hinter der Bezeichnung „vaterländische Verbände" versteckten sich halbmilitärische Einheiten, die wegen der Bestimmungen des Versailler Vertrages nicht offen in Erscheinung treten durften. Die Informationen stammten von einem ehemaligen Mitglied der vaterländischen Verbände, Carl Mertens. Mertens schilderte 16 Mordfälle, nannte die Namen von frei herumlaufenden „Feme"-Mördern – die „Feme" galt angeblich Verrätern, die auf brutale Weise hingerichtet wurden –, und er legte Verbindungen zwischen der legalen Reichswehr und den vaterländischen Verbänden offen. Mertens musste anschließend wochenlang untertauchen, um nicht der Rache zum Opfer zu fallen. Die Serie führte zu den „Feme"-Mordprozessen, bei denen ein Teil der Beschuldigten abgeurteilt wurde.[183]

Dann musste Ernst darüber nachdenken, dass er damals bei Ossietzky im Tage-Buch gelesen hatte, dass dieser davon ausgehe, es handele sich bei der angeblichen schwarzen Reichswehr lediglich um ein „französisches Schreckgespenst oder Wunschbild deutscher Nationalisten". Er wusste offensichtlich nichts von den Informationen, die die Weltbühne zu dem Zeitpunkt hatte.[184]

„Ich kann dich nur warnen. Bisher hast du als Polizist gegen uns, gegen die Ringvereine gekämpft. Wir hatten Regeln, ihr hattet Regeln. Wir kennen diese Regeln. Beide. Wie im Schach. Aber dein neuer Gegner spielt Schach mit anderen Regeln, die du nicht kennst. Er ist viel gefährlicher. Die Ringbrüder wissen das bereits. Sie haben mit diesem neuen Gegner teilweise schon Bekanntschaft gemacht. Gennats Grundsätze etwa spielen keinerlei Rolle mehr. Nun wird denunziert, terrorisiert, gefoltert, gemordet und damit meine ich nicht die Ringbrüder. Der neue Geist bringt eine neue Ordnung mit und dieser Ordnung werden zuerst die Gesetze und mit ihnen das Recht untergeordnet. Du hast nur eine Chance gegen sie, du musst ihre Regeln beherrschen lernen und gegen sie verwenden."

Ernst wusste von diesem Augenblick an, dass dieses Gespräch sein Leben verändern würde. Ein Gespräch mit Behling hatte schon einmal sein Leben verändert.

Aber wollte er das auch? War er bereit dazu?

Es spielte keine Rolle. Die Zeit lief einfach unaufhörlich weiter und ließ sich nicht anhalten, geschweige denn zurückdrehen. Er würde diesen Weg weitergehen müssen.

„Du kommst immer wieder zu mir zurück. Du bist mir beinahe wie ein Sohn geworden. Lass dich nicht verwirren. Du bist es, der bestimmt hat, auf mein Geschwätz zu hören, auch wenn es nicht leicht ist."

Ernst kam es beinahe so vor, als könnte Behling seine Gedanken lesen. „Ich weiß es nicht. Bin ich das wirklich?"

„Du denkst zu viel nach. Aber eine Sache gibt es, die solltest du

---

183 Die Serie brachte Licht in eines der finstersten Kapitel der Nachkriegszeit des ersten Weltkrieges. Jacobsohn hat kurz vor seinem Tod gesagt: „Und wenn ich nichts anderes getan hätte als die Aufdeckung der Fememorde, so wäre mir das genug." Quelle: Vinke, S. 66.

184 Quelle: Vinke, S. 66.

in der Tat überdenken. In diesen Leuten hast du einen mächtigen Feind. Nicht wie uns. Der Feind sind nicht die braunen Horden da draußen. Frage dich, wer profitiert. Wem nützt es. Dagegen sind die Leute vom Ring nichts. Das ist das Verbrechen von Morgen. Wenn es uns schon lange nicht mehr gibt, wird es sie immer noch geben. Du solltest Belle da raus halten. Triff sie nicht mehr. Damit erweist du ihr den besten Dienst, den du ihr erweisen kannst."

Ernst zuckte zusammen. Nun war es geschehen, was er vorher geahnt hatte. Behling hatte ausgesprochen, was sein Leben verändern musste und Ernst wusste sofort, dass er dem nicht entgehen konnte, wie sehr er sich auch dagegen sträubte.

Der Gedanke, Belle zu verlassen war unerträglich. Das Gespräch war beendet.

Ernst spürte, dass sich für ihn nun auf einen Schlag alles ändern würde. Er hatte es längst geahnt aber er hatte es aus Behlings Mund hören müssen. Denn wenn er Belle aufgeben musste, dann würde er so nicht mehr weiterleben können. Aber es fühlte sich viel weniger furchtbar an, als er es erwartet hätte.

Ernst drehte sich ein letztes Mal zu Behling. Das war der letzte Abschied.

Behlings Blick verriet Traurigkeit, aber dann sagte er mit dunkler Stimme: „Dann ist das so. Deine Zeit ist ohnehin verronnen. Das Einzige was zählt ist, ob du sie gut genutzt hast, ob es dein Leben war, das du gelebt hast."

Am Abend setzte er sich wieder an sein Buch und schrieb weiter.

„Der Main stinkt nach Verwesung. Fischkadaver treiben den Fluß hinab. In Höchst werden die Bewohner von einem Boten davor gewarnt, die verendenden Tiere zu verzehren. Es ist Sommer 1884.

Schließlich gesteht ein Vertreter von Dittler & Co gegenüber den Behörden ein Versehen ein. Ein Arbeiter habe versehentlich eine Wasserschleuse geöffnet und arsenhaltiges Abwasser in den Main geleitet, das entsteht, wenn Anilin aus Teer gewonnen wird, indem es zusammen mit giftiger Arsensäure erhitzt wird. Im darauffolgenden Jahr ereignet sich ein ähnlicher Vorfall, aber überhaupt, ist der Main in diesen Jahren häufig rot eingefärbt. Es wird berichtet, der Main schimmere bald rot, bald bläulich und zuweilen auch schwarz und verströme giftigen Geruch. Eine Frau soll gar nach einem Waschgang überzogen gewesen sein mit Blasen an Armen und Beinen. Zu der Zeit haben bereits seit Jahrzehnten chemische Betriebe Flüsse als Abwasserkanäle genutzt. Aber auch von Bergwerksbetreibern, die in den Kohlenrevieren arbeiten wird etwa versalztes und schlammiges Grubenwasser in Bäche und Flüsse geleitet. Aus den Kaminen der Kokereien, der Eisenhütten und der Stahlwerke wird Ruß und schwefeliger Rauch in die Luft getrieben, der als saurer Regen zu Boden geht und Obstbäume und Wälder verdorren lässt.

Die Behörden jedoch haben im Grunde nie etwas unternommen. Dabei ist bekannt, dass viele der in der Farbenindustrie verwendeten Stoffe hochgiftig sind. Schon 1865 hat das preußische Handels- und Gewerbeministerium verfügt, dass arsenhaltige Rückstände „weder den Gewässern durch Gräben oder Kanäle zugeführt, noch in Senkgruben gebracht" werden dürfen.[185]

Schließlich wurde die Klage eines Hausbesitzers im oberschlesischen Kohlenrevier, er könne wegen des Rauches nicht mehr lüften, vom Gericht damit beschieden, es sei schließlich auch nicht üblich, dass Arbeiter lüften.

Allein die sechs Abwasserrohre der BASF Werke in Ludwigshafen pressten jede Sekunde 870 Liter in den Rhein. Das Leben im Rhein war vernichtet und eine schmierige Masse von Teer und Fett bedeckte die Ufer. Fischer, die sich am Main zusammengeschlossen haben, wo es sich ähnlich verhält, um gegen die Verschmutzungen des Flusses vorzugehen und etwa Wasserproben genommen haben, galten dem Gewerbeinspektor als Querulanten und verträumte „Fischereiliebhaber".[186]

Unter diesen Bedingungen liegt es auf der Hand, dass die Umwelteinwirkungen, die durch die Industrie verursacht werden, und zwar bereits zu Friedenszeiten, hochgradig schädlich sind. Die Industrie ist jedoch im Wachsen begriffen und wird keinesfalls kleiner oder weniger. Welche Auswirkungen hat dies auf die nachfolgenden Generationen?

Dies ist von den Behörden zu untersuchen, denn diese Einwirkungen werden noch viel stärker werden.

In jedem Bereich, von dem Kinder betroffen sind, stoßen wir auf fatale Entwicklungen.

Die soziale Versorgung der Mehrheit der Kinder ist erschütternd.

Die Bildung ist nicht geeignet, unsere Kinder stark und klug zu machen, sondern es handelt sich um eine Verbildung.

Die Umwelt wird in zunehmendem Maße zerstört.

Wir haben begonnen für bunte Farben und allerlei Annehmlichkeiten, wie hübsche Stoffe, Automobile, aber auch Kriegsgerät, wie Panzer und Luftbomber, die Natur zu vergiften. Wir haben begonnen, um noch mehr Menschen mit noch mehr Nahrung zu versorgen, was wieder zu noch mehr Menschen führt, Gift auf die Felder zu sprühen, von dem wir nicht wissen, wie es sich auf unsere Kinder und Kindeskinder auswirken wird.

„Jenseits aller politischen und philosophischen Bekentnisse und Argumente

---

185 Quelle ganzer Abschnitt: Berhorst, S. 132.
186 Quelle: Berhorst, S. 136 f.

zu den Rechten des Menschen und seiner Pflicht, sein Überleben und vor allem das, aller nachwachsenden Generationen zu sichern, schaffen technischer Fortschritt und industrielles Wachstum weltweit und ungebremst alarmierende Tatsachen, die diese Werte weiter aushebeln und aller „Zukunftsethik" Hohn sprechen. Dass die Biosphäre als Grundlage unserer Existenz zur Disposition gestellt wird, bedeutet keinen Wertewandel mehr, sondern einen Werteverlust, der in seiner Endgültigkeit schon bald jeden Diskurs über den Wert des Lebens für immer beenden könnte.

Wir befähigen unsere Kinder nicht dazu, selber zu denken, sondern wir trichtern ihnen schon in der Schule Lügen, Halbwahrheiten und Hass ein und liefern sie so einer Medienwelt aus, die unsere Kinder für ihre Bereicherung, ihre Machtambitionen, ihre Interessen ausschlachtet."[187]

Wir haben Menschen die Macht über unsere Kinder gegeben, die nur ihre eigenen Interessen verfolgen.

Wir stehen am Anbeginn dieser Entwicklung.

Wie wird sie aussehen, wenn erst die Nazis an der Macht sind?

Wie wird sie aussehen, wenn eine, zwei, drei Generationen unter diesen Bedingungen aufgewachsen sind?

Wer wird das Zeug haben, dieses Rad irgendwann einmal zurückzudrehen, wenn erkannt wird, dass es die falsche Richtung ist, in die alle laufen?

Carl von Ossietzky hat in seinem Artikel: „Gasangriff auf Hamburg" in der Weltbühne entworfen, wie ein Krieg in der Zukunft aussehen könnte: „Friedliche Menschen werden plötzlich mit verzerrten Gesichtern hinsinken, andre, die sich durch Flucht zu retten suchen, sich durch die eilende Bewegung nur schneller erschöpfen und mit giftgedunsenen Lungen fallen."[188]

Stoltzenberg hat uns vor Augen geführt, dass es hierzu keines Krieges bedarf. Ein einfacher Unglücksfall genügt schon. Und wohin die fortwährende Vergiftung der Umwelt führt, kann auch noch kein Mensch absehen.

Wir brechen nun auf, in ein neues Zeitalter. In das „Dritte Reich". Der „Führer" hat längst in aller Deutlichkeit erklärt, wie nun die Erziehung zu werden hat.

„Wenn Hitler über Erziehung spricht, (...) benutzt er dazu Begriffe wie „hineinhämmern", „hineinbrennen" oder „heranzüchten". Auch vom „gegebenen Menschenmaterial" ist die Rede."

Wir werden in Deutschland keinen Raum mehr haben für Individualität. Eine aufklärerische Pädagogik, die die Entwicklung der Persönlichkeit zum Ziel hat, wird es unter dem Hakenkreuz nicht geben. Das Ziel der Pädagogik wird der widerspruchslose Gehorsame sein.

Das Ziel der Erziehung hat Hitler formuliert mit: „Die Jugendlichen werden

---

187 Quelle ganzer Abschnitt: Petri, S. 24.

188 Carl v. Ossietzky, „Gasangriff auf Hamburg", Weltbühne Nr. 22 v. 29.5.1928, S. 814.

ihr ganzes Leben nicht mehr frei, aber sie sind dabei glücklich.“[189]

„Immer Weiter

Soviel ist sicher:
wenn es eine Zukunft
für die kommenden
Generationen
geben soll
muss sie
verantwortlich
gestaltet werden

Aber das
hat Zeit
höre ich euch sagen
denn dafür
ist ja die Zukunft da
und nicht
die Gegenwart.“[190]

– Ende –“

Der Tag, als Emilia in die fremde Stadt Schwerin aufbrach, um dort ihre Ausbildung zur Kindergärtnerin zu beginnen, war für sie der aufregendste Tag, den sie je erlebt hatte.

„Pass gut auf Großvater auf, ihm darf nichts zustoßen, bis ich ihn wiedersehe!“, waren Emilias letzte Worte.

Elsa winkte dem Zug hinterher und musste über diese letzten Worte nachdenken.

Emilia hatte immer eine besondere Verbindung zu Alexander gehabt. Alexander hatte sich all die Jahre ihrer Kindheit sehr viel um sie gekümmert. Elsa hatte den Verdacht, dass es Emilia am

189 Quelle ganzer Abschnitt: Ortmeyer, S. 20 f., zit. aus bpb 266, S. 10.
190 Quelle: Siefried Lanzl, der sich mit 20 Jahren am 20.7.1988 auf den U-Bahn-Gleisen von München das Leben nahm. Er war ein guter Gymnasialschüler, hatte sich für Greenpeace, Robin Wood und Amnesty International engagiert und den Wehrdienst verweigert. Seine Mutter hat dargelegt, dass und warum sie für den Suizid „das Beziehungsgeflecht zwischen Umweltzerstörung und kindlichen Ängsten, das der Verdrängungskunst der Erwachsenen noch nicht zum Opfer gefallen ist“, als ursächlich ansah. Zit. aus: Petri, S. 90.

schwersten fiel, ihn zurückzulassen.

Emilia war auch kein Kind mehr. Sie ahnte zumindest die Gefahren, die die neue Zeit mit sich brachte. Sie wusste auch, dass ihr Großvater nicht mehr der Jüngste war. Aber das Stift in Schwerin war gewiss eine ausgezeichnete Schule für Emilia und sie musste diese Gelegenheit ergreifen.

Elsa fiel es schwer, ihre Tochter ziehen zu lassen. Aber Emilia würde gut versorgt sein. In Schwerin gab es entfernte Verwandte von Elsas Mutter Josephine und bei ihnen konnte Emilia unterkommen.

Wenigstens hatte sie nun noch ihre jüngeren Kinder und für diese gewiss weit mehr Zeit, nun wo die beiden Großen aus dem Haus waren. Hans war inzwischen 12 Jahre alt und kein sonderlich gewissenhafter Schüler. Wenn es nach ihm ging, dann verbrachte er die meiste Zeit mit Freunden an der frischen Luft und kam höchstens zum Essen nach Hause.

Der neunjährige Theodor hingegen war zwar auch kein guter Schüler, aber eher als stilles Kind zu bezeichnen. Von allen ihren Kindern hatte er am spätesten mit dem Sprechen begonnen und die Schule schien ihm eine unendliche Plackerei zu sein. Er hatte eine besonders enge Bindung zu der kleinen Aurelia. Freunde hingegen hatte er gar keine. Wenn er von der Schule kam, war er zumeist sehr müde und zog sich dann zurück. Den einzigen Menschen, den er dann um sich haben mochte, war Aurelia. Das liebste Spiel der beiden war es noch immer, alle Schuhe aus dem ganzen Haus zusammenzutragen und aneinander zu binden. Das war dann eine Eisenbahn. Wenn er nicht mit Aurelia Eisenbahnen baute, dann achtete er nach wie vor stets penibel darauf, dass die Schuhe ordentlich in einer Reihe standen.

Elsa machte sich um Theodor die meisten Sorgen. Schon oft hatte sie Eduard und Alexander darauf angesprochen, dass er ihr sonderbar vorkam.

Alexander hatte einmal gesagt, Theodor scheine gar nicht richtig in dieser Welt zu leben. Darüber hatte Elsa viel nachgedacht und, ja, ihr erschien das ebenso.

Eduard hingegen war bisher der Auffassung gewesen, dass er nur etwas langsamer in allem war und sich das noch geben werde. Das hatte er jedenfalls bisher Elsa gegenüber immer gesagt.

Zuletzt, nachdem Elsa wieder einmal versucht hatte Eduard deutlich zu machen, dass etwas mit Theodor nicht stimmte, hatte Eduard ihr erklärt, sie solle es einfach dulden.

Das hatte Elsa nicht verstanden und da hatte Eduard sie geradezu angefahren, sie möge sich überlegen, welche Konsequenzen es haben würde, wenn sie Recht hätte. „Mein Gott, Elsa, du machst dir keine Vorstellung, was es bedeutet, ein geistig behindertes Kind zu haben!"

„Was meinst du denn damit?" Elsa verstand nicht, was Eduard ihr sagen wollte. „Du denkst, er sei geistig behindert?"

„Davon können wir wohl ausgehen. Aber wir können es auch nicht untersuchen lassen, denn dazu müssten wir ihm einem Arzt der Psychiatrie vorstellen und das müssen wir vermeiden, solange es nur irgend geht."

„Aber warum denn, wenn es doch Ärzte gibt, die ihm helfen können!?"

Eduard schnaubte verächtlich. „Nein. Es gibt Ärzte der Psychiatrie, aber keine Ärzte, die ihm helfen können."

„Aber was würden sie denn dann tun?"

„Gut, ich will es dir sagen. Ich habe mich längst belesen. Die Fachleute sind in den vergangenen Jahren überwiegend zu der Einschätzung gelangt, dass Menschen, die geistig nicht normal entwickelt sind, unwert sind und nicht leben sollten."

Elsa sah Eduard fassungslos an. Das war unmöglich. „Aber nicht Kinder wie Theodor! Er ist ein so liebes Kind. Überleg doch, wie wunderbar er sich mit Aurelia beschäftigen kann, wie sehr Aurelia an ihm hängt."

„Doch Elsa, Kinder wie Theodor sind damit gemeint. Könntest du dir vorstellen, dass Theodor einmal in den Krieg ziehen könnte?"

Elsa schüttelte den Kopf ob dieses abwegigen Gedankens.

„Siehst du? Wenn du diese Frage nicht mit Ja beantworten kannst, dann gehört er für die Mehrzahl der Menschen nicht zu den lebenswerten Geschöpfen auf dieser Erde. Unzählige Männer, die innerlich zerstört aus dem letzten Krieg heimkehrten, haben mittlerweile in den psychiatrischen Anstalten ihr Leben gelassen. Dabei sind viele schlicht verhungert, weil die Kostenrechnung ergab, dass es sich nicht rentiert, sie alle durchzufüttern. Fachleute wie Alfred Hoche propagieren ganz unverhohlen, lebensunwertes Leben zu vernichten."

Elsa starrte Eduard entsetzt an. Ihr war nicht bewusst gewesen, dass er sich mit all diesen Dingen beschäftigt hatte, dass er sich längst solche Gedanken um Theodor gemacht hatte. Sie hatte sich immer nur gewundert, dass er Theodors Entwicklung mit solch einer Gelassenheit hinnahm. Aber es war keine Gelassenheit gewesen, es war Angst gewesen. Angst und Hilflosigkeit. Und womöglich ein kleines Fünkchen Hoffnung, es möge von allein alles gut werden ...

„Menschen, die in psychiatrischen Anstalten landen, werden mit Stromschlägen malträtiert, sie werden mangelversorgt, sie vereinsamen und können kein Leben mehr führen, wie es eines Menschen würdig ist[191]. Selbst Eugen Bleuler, der als einer von wenigen die Auffassung vertritt, dass es keine klare Trennung zwischen geistiger Gesundheit und Krankheit gibt, der sagt, dass man jeden Patienten einzeln betrachten und seine Entwicklung berücksichtigen muss, womit er nahezu allein dasteht unter den Fachleuten, und der sich dafür einsetzt, dass man die Patienten nicht mehr in Irrenhäusern unterbringt und dort verwahrlosen lässt und der dafür plädiert, eine Heilung durch das Abwarten des natürlichen Krankheitsverlaufes zu erzielen, selbst er ist ein Verfechter davon, psychisch Kranke Zwangssterilisationen zu unterziehen und sie zu „dressieren“[192].“

„Aber warum?“

„Um zu verhindern, dass sie sich fortpflanzen und um ihre Absonderlichkeiten zu unterdrücken.“

Elsa musste eine Weile über Eduards Worte nachdenken.

Schließlich fragte sie: „Aber was tun wir denn dann nur?“

„Wir tun nichts. Wenn wir nicht wollen, dass Theodor all dem ausgesetzt wird, dann müssen wir uns still verhalten und so tun, als fiele uns nichts an ihm auf.“

Elsa schwieg. Es gab hierauf nichts mehr zu sagen.

Als Elsa am nächsten Morgen die Kinder zur Schule geschickt hatte und mit der kleinen Aurelia zu ihrem Modewarengeschäft fuhr, war sie in Gedanken noch immer bei dem Gespräch mit Eduard.

Wie lange würden sie so weitermachen können? Es war schon mehrfach vorgekommen, dass der Schulleiter sie zu einem Gespräch gebeten hatte, weil Theos Leistungen arg zu wünschen übrig ließen und er sich kaum am Unterrichtsgeschehen beteiligte und es war nur seinem Lehrer Dr. Möller zu verdanken, dass der Schulleiter Theo weiter am Unterricht teilnehmen ließ, denn der hatte sich jedesmal für Theo stark gemacht.

---

191 Quelle: https://de.wikipedia.org/wiki/Gte der Psychiatrie, aufg. 12.03.2023, 9:34.
192 Quelle: https://de.wikipedia.org/wiki/Eugen_Bleuler, aufg. am 12.03.2023, 9:36.

Mit einem Mal spürte sie Angst um Theo. Angst, die sie bisher nicht empfunden hatte. Sie hatte sich bisher gesorgt, aber sie hatte niemals Angst um ihn gehabt. Das war vermutlich auch der Grund gewesen, weshalb Eduard mit ihr bisher nicht gesprochen hatte. Er hatte ihr diese Angst ersparen wollen.

Kurz bevor sie das Geschäft erreichten, zeigte Aurelia auf mehrere Personen, die an einer Hauswand auf der gegenüberliegenden Straßenseite standen. „Was machen denn die Leute dort?"

Elsa sah hinüber. Es handelte sich um SS-Leute und Leute in Zivilkleidung. Die SS-Leute bewachten die Zivilisten offenbar, während diese die Hausfassade von Graffiti befreiten. Man konnte noch erkennen, dass es sich um politische Parolen gegen die Nazis handelte.

Ihr wäre das Geschehen wohl gar nicht aufgefallen. Woran mochte das liegen? Daran, dass sie in Gedanken so sehr bei Theo war, oder daran, dass solche Szenen nun schon Normalität waren? Sie wusste es nicht. „Die Herren säubern die Hauswand", erklärte sie kurz. Dann zog sie Aurelia um die nächste Ecke.

Als sie gerade ihre Mäntel aufgehängt hatten und Aurelia aus einer Kiste, die gestern eingetroffen war, die Damenschuhe entnahm, um sie, wie von Theo gelernt fein säuberlich aufzureihen, traf auch Wilma ein.

„Guten Morgen Elsa, guten Morgen, kleine Aurelia!", rief Wilma freundlich.

„Guten Morgen Wilma. Willst du dir die Kisten dort vor dem Fenster durchsehen?" Elsa zeigte auf drei Kisten, die ebenfalls gestern eingetroffen waren.

In dem Moment ging die Tür auf und Gisela trat ein. „Guten Morgen!" Gisela wirkte sehr vergnügt. Sie hängte ihren Mantel an den Haken und krempelte sich die Ärmel hoch. „Ich will heute mal die Fenster putzen. Möglichst, bevor die ersten Kunden kommen."

„Das ist eine gut Idee, vielen Dank, Gisela."

„Nun, wo der Frühling bald vor der Tür steht! Und draußen wird ja auch geputzt. Endlich dürfen diese Schmierfinken ihre Sauereien selber wegputzen. Das hat mich ja gefreut, das zu sehen!" Gisela öffnete eines der Fenster. Die kühle Frühjahresluft drang herein. „Ich habe die netten Herren von der SS gefragt. Es handelt sich bei den Putzenden um Häftlinge. Es sind Kommunisten und das ganze Pack."

Während Gisela anfing, die Fensterscheiben zu putzen, dachte

Elsa wieder einmal, dass sie sich mit Gisela leider die Falsche ins Boot geholt hatte. Das ewige Geschwätz störte sie mittlerweile sehr und es war ihr unerträglich, dass Gisela all diese Dinge auch immer im Beisein von Aurelia von sich gab. Am liebsten hätte sie Gisela erklärt, dass diese nicht mehr wiederzukommen brauchte, aber bisher hatte sie diesen Schritt nicht gewagt, ohne genau sagen zu können, was sie hinderte.

Um 14:00 Uhr kamen Hans und Theodor aus der Schule und wenige Minuten später erschien auch Wilmas Sohn Emil. Er war so alt wie Hans, besuchte jedoch eine andere Schule.

Elsa wusste schon, dass Hans sich darauf gefreut hatte, Emil heute zu sehen, denn die beiden verstanden sich ausgezeichnet. Sie waren vom selben Schlag, wie man so sagte.

Sobald Emil das Geschäft betreten hatte, war Hans an dessen Seite. Sie machten gemeinsam die Schularbeiten, wobei Hans sich von Emil helfen ließ, der ein sehr guter Schüler war.

Theodor hingegen schätzte es gar nicht, wenn Hans sich mit Emil beschäftigte. Theodor wollte stets, dass Hans ihm half und er wollte, dass alles seinen gewöhnlichen Gang nahm.

Als dies nun nicht geschah, wurde Theodor sehr wütend. Elsa hatte zwei Stunden damit zu tun, Theodor zu beruhigen und mit ihm gemeinsam die Schularbeiten zu machen. Zum Glück kümmerte sich Wilma in dieser Zeit um Aurelia.

Schließlich gingen Hans und Emil gemeinsam draußen Spielen, Theodor musste bei Elsa bleiben.

Elsa freute sich für Hans, dass er Emil kennengelernt hatte und dass die beiden sich so gut verstanden, aber mit Theodor wurde es dadurch noch um einiges schwieriger. Das war ihr nicht aufgefallen, bevor sich Hans und Emil angefreundet hatten, aber nun, wenn nicht alles so verlief, wie Theodor es gewohnt war, dann wurde deutlich, dass Theodor sehr viel Unterstützung brauchte.

Schließlich verließ Elsa das Geschäft früher als beabsichtigt, weil sie mit den Kleinen kaum eine Hilfe für Wilma und Gisela war.

Am nächsten Morgen waren sie wieder zu dritt im Geschäft. Aurelia spielte mit den Schuhen. Es waren Schiffe. Wenn Theodor nicht zugegen war, konnten die Schiffe auch in ungeordneter Weise übers Meer segeln.

„Dein Theodor, meine Liebe, den solltest du dringend mal einem Facharzt vorstellen." Gisela nickte bekräftigend.

Elsa schreckte von diesen Worten geradezu auf. Was sollte sie darauf erwidern? „Ach, denkst du? Warum denn? Was für einem Facharzt?“ Sie versuchte, es so beiläufig wie möglich klingen zu lassen. Aber ihr Herz pochte wild.

„Nun, dir wird doch aufgefallen sein, dass er sich nicht seinem Alter angemessen verhält?!“

Wilma blickte nun auch auf.

Elsa wusste nicht, was sie erwidern sollte.

„Ach was, der Junge ist etwas stiller und er muss seinen Zorn noch zügeln lernen, aber ein Arzt?“ Wilma runzelte die Stirn. „Er ist doch nicht krank.“

Elsa sah erstaunt zu Wilma. Dachte sie wirklich so? Das konnte sich Elsa kaum vorstellen. Schließlich erlebte sie Theodor oft genug und sie erschien Elsa als jemand, der genau hinah und gut beobachtete. Aber warum hatte sie das dann gesagt? Wollte sie etwa genau wie Elsa Theodor schützen?

„Na, da bin ich aber anderer Ansicht. Mein Mann ist selber Mediziner an der Charité. Er könnte dir sicher einen guten Doktor empfehlen. Die wissen doch heute schon so viel und können auch so viel. Wirklich. Du würdest dem Jungen damit einen Gefallen tun. Ihm helfen. An der Charité arbeiten die besten Ärzte und sie kennen die neuesten Studien und Untersuchungen, sind auf dem höchsten Stand der Wissenschaft, dort gibt es jedes Heilmittel, das es irgendwo sonst gibt. Du wärest mit Theodor in den besten Händen.“

„Ich kann ja mal mit meinem Mann darüber sprechen ... aber ich denke nicht, dass das nötig sein wird“, gab Elsa lavierend zur Antwort.

„Mein Gott, also etwas besseres als die Ärzte von der Charité kann dir und dem Jungen wirklich nicht passieren. Nun lass doch einen Facharzt seine Einschätzung abgeben. Dein Mann ist doch kein Psychiater. Es ist doch wichtig für Theodor, von einem Arzt behandelt zu werden, der wirklich Experte ist. Und überleg doch auch mal deinetwegen und denk an deine anderen Kinder. Der Theodor ist doch für euch alle eine arge Belastung. Willst du denn deinen Kindern das ewig zumuten?“

Zu Elsas großer Erleichterung klopfte es just in diesem Augenblick an die Tür und eine junge Frau trat ein. „Guten Morgen!“

„Guten Morgen Fräulein Werder!“, Wilma kannte die Frau also offensichtlich. „Darf ich vorstellen? Fräulein Werder ist eine Nachbarin aus unserer Gegend. Ich habe sie gestern eingeladen uns einmal zu besuchen und sich im Geschäft umzusehen.“

Als Elsa an diesem Tag nach Hause kam, wartete ein Brief von Emilia auf sie. Nach dem anstrengenden Tag war das eine wunderbare Überraschung. Freudig öffnete sie ihn und las:

Liebe Mutter, lieber Vater,

nun will ich euch endlich schreiben.
Es ist wunderbar hier. Ich habe ganz liebe Freundinnen gefunden und Tante Helene ist wirklich herzlichst zu mir. Ich fühle mich hier sehr wohl. Tante Helene hat keine Kinder und umsorgt mich, als sei ich ihr Kind.
Das Lernen hier fällt mir durchaus viel leichter. Ich weiß ganz bestimmt, das ich die richtige Wahl getroffen habe.
Schwerin ist eine wunderschöne kleine Stadt.
Es gibt ein Schlösschen mitten drin und davor das Theater.
Ich hoffe, ihr seid alle wohlauf.
Nun will ich aber sogleich beginnen, das neue Buch zu lesen, das wir heute erhalten haben. Ich kann es gar nicht erwarten, endlich selbst mit Kindern zu arbeiten.

In Liebe, Emilia

Ernst schloss die Augen, lehnte sich zurück in das weiche Kissen. Nein. Er musste es jetzt gleich tun, sonst würde es immer schwerer. Er riss die Augen auf und atmete tief durch. „Belle ...“ Er strich ihr über das weiche Haar.
„Hm...“
„Belle. Wir müssen heute Abschied nehmen.“
Sie drehte sich abrupt zu ihm um. „Wie bitte?“
Ihre heftige Reaktion überraschte ihn. Am liebsten hätte er sie in den Arm genommen und sofort korrigiert, dass es nur ein Scherz gewesen sei. Aber das ging nicht. Er musste standhaft bleiben. „Ganz Recht. Ich werde nicht mehr zu dir kommen.“
„Aber, warum? Wirst du heiraten?“
Ernst lachte trocken auf. „Nein.“
„Was ist es dann?“
„Es ist zu gefährlich. Sie sollen nicht wissen, dass wir uns kennen.“
Sie sah ihn ernst an. „Ich habe keine Angst.“
Ernst war völlig üebrrumpelt. Es erschien ihm, als wenn sie um ihn kämpfe. Nie hatte sie den Eindruck erweckt, ihr liege

ernsthaft etwas an ihm. Wenn er doch nur .... „Du weißt nicht, was du redest. Ich habe es mir reiflich überlegt. Wir nehmen heute Abschied voneinander. Für immer." Ernst Hals war trocken. Er musste hüsteln.

Er stand mühsam auf und kleidete sich zügig an, spürte, dass es schwer wurde und wollte Belles Wohnung verlassen, bevor es unerträglich war.

„Nein ..." Belle rappelte sich ebenfalls auf.

Ernst betrachtete sie. Sie war noch immer so schön, wie bei ihrem ersten Treffen. Gewiss, auch sie war älter geworden, aber das hatte ihrer Schönheit keinen Abbruch getan. Schnell zog er zuletzt die Schuhe an.

Belle ging um das Bett herum, trat dicht vor ihn und legte die Arme um seinen Hals. „Sie werden mir nichts tun. Sie wissen nicht einmal wo ich lebe. Sie denken, ich sei Hamburgerin."

„Darauf will ich mich nicht verlassen. Wenn sie mich suchen, finden sie vielleicht auch dich. Es ist besser, wir trennen uns jetzt, bevor es zu spät ist."

Belle sah ihm einen unendlichen Augenblick in die Augen.

Schließlich atmete sie tief durch. „Gut. Ich werde dich nicht aufhalten. Wenn du gehen willst, dann geh." Sie wendete sich von ihm ab und ging hoch erhobenen Hauptes mit schwingenden Hüften zu ihrem Spiegeltisch, setzte sich auf den Schemel davor und begann ihr Haar zu kämmen.

Diese Worte waren so selbstverständlich. Niemals hatten sie sich etwas versprochen oder gegenseitig Hoffnungen gemacht und doch stachen sie wie Messerspitzen.

Ernst stand mit hängenden Schultern neben dem großen Bett und blickte zu Belle hinüber.

Er wusste, er musste jetzt gehen. Sofort. Er biss sich auf die Lippen, um nicht zu spüren, dass seine Augen brannten. Schnell griff er nach seinem Mantel, dann verließ er das Zimmer. Draußen kniff er fest die Augen zusammen und hielt den Atem an. Dass es so weh tun würde, hatte er nicht erwartet. Er fühlte sich, als risse ihm jemand den Boden unter den Füßen fort.

Es hatte schon einmal so weh getan, das war damals, mit Anna.

Er griff nach dem Treppengeländer und hielt sich daran fest, wie ein Ertrinkender, dann taumelte er die Stufen hinunter und steuerte die Tür an.

Draußen schlug ihm die kühle Frühlingsluft entgegen, sie gab ihm neue Kraft. Er schloss die Tür mit einem energischen Griff und ging mit großen Schritten voran.

Sein Herz raste wie wild. Er hatte keinerlei Einfluss darauf, wie sehr er sich auch befahl, ruhiger zu werden.

Er drehte sich nicht noch einmal um, auch nicht, als er meinte, hinter sich Geräusche zu hören. Er durfte nicht umkehren. Es war vorbei. Für immer.

Während Ernst sich zwang, weiterzulaufen, nicht innezuhalten, nicht nachzudenken, nicht umzukehren, machte sich einer von vier Herren mit einem Dietrich an der Haustür von Belle zu schaffen. Es dauerte nicht lange, dann klickte es leise und die Tür ging geräuschlos auf.

Die Herren traten ein. Sie sahen sich um. Einer zeigte auf die Treppe, die anderen folgten ihm leise.

Auf halber Höhe hörten sie Geräusche aus dem Raum hinter einer Tür im oberen Stockwerk.

Es war das Weinen einer Frau.

Der vorderste grinste mit einem vielsagenden Blick, die anderen nickten.

Sie machten sich nicht die Mühe, zu klopfen, sondern traten unvermittelt in den Raum, aus dem sie die Geräusche vernommen hatten.

Die drei vorderen traten zurück und ließen den letzten ein.

„Guten Abend." Der hinterste sah Belle mit einem stechenden Blick an. „So sieht man sich wieder."

Belle starrte den Eindringling an. „Wilhelm?!"

„Du siehst ja so unglücklich aus." Mit gehässigem Ausdruck sprach er weiter: „Das tut mir furchtbar leid. Nun, ich war zuletzt auch nicht sonderlich glücklich, als ich erfahren musste, dass du mit Hoffmann unter einer Decke steckst. Aber jetzt hast du die Möglichkeit, umfassend auszusagen, ansonsten wird es dir gleich noch viel schlechter gehen." Dann wandte sich Wilhelm Lorenz an die anderen drei. „Ihr habt freie Hand. Ich will jede Information, die ihr aus ihr herausbekommt." Mit diesen Worten machte er auf dem Absatz kehrt, lief die Treppe hinab und verließ das Haus.

Draußen postierte er sich vor dem Haus und ging gemächlich auf und ab.

Ernst stolperte mehr, als dass er lief. In seiner Wohnung angelangt, schlug er die Tür zu und ließ sich in den Stuhl vor seinem Schreibtisch fallen. Dort lagen sie; Seiten über Seiten ...

Sein Werk war beinahe vollendet.

Die letzten Informationen hatte Belle ihm verschafft.

War es richtig gewesen, sie auf Lorenz anzusetzen?

Nun musste er den Preis bezahlen. War es das wert gewesen?

Warum war ihm nicht von vorneherein bewusst gewesen, dass es zu dieser Konsequenz würde führen müssen? Oder war es ihm vielleicht doch bewusst gewesen? Hatte er es nicht von Anbeginn an gewusst? Aber er hatte den Gedanken daran vertrieben, warum? War es seine Entscheidung gewesen? Er rieb sich über die Augen. Warum jetzt noch darüber nachdenken? Es war, wie es war ...

Was würde ihm bevorstehen, wenn er es veröffentlichte? Würde es überhaupt Beachtung finden? Ernst hatte nicht den Eindruck, dass es viele Menschen gab, die sich für den Inhalt interessieren könnten, aber es gab wenige. Es spielte auch keine Rolle. Nun war er viel zu weit gegangen, nun musste er den letzten Schritt tun. Nun musste er aufhören, zu grübeln. Nun galt es, es zu vollenden.

Er betrachtete die letzten Sätze, die er zu Papier gebracht hatte. Er hatte sie vor drei Tagen geschrieben. Die letzten Tage war er nicht in der Verfassung gewesen, zu schreiben, weil er in Gedanken bei dem beabsichtigten Schritt gewesen war, sich von Belle zu trennen. Wieder rief eine innere Stimme, augenblicklich umzukehren und diesen Schritt rückgängig zu machen. Nein, nicht daran denken ...

Wilhelm Lorenz musste sich sehr konzentrieren, um nicht die gedämpften Schreie von Belle zu hören, die durch das Fenster zu ihm auf die Straße drangen. Er hoffte inständig, es mögen keine Leute daherkommen.

Es war schon bedauerlich um sie, aber andererseits blieb ihm keine andere Wahl. Er konnte froh sein, dass Viktor ihm diesen Hinweis gegeben hatte. Es war eine böse Lage gewesen, in der er sich befunden hatte, als seine liebe Carla ihn mehr oder weniger inflagranti erwischt hatte.

Zu dumm, dass er einen von Belles Seidenstrümpfen in Verwahrung genommen hatte und den musste ausgerechnet Carla finden ... Ach, wie bekümmert sie gewesen war. Aber als er davon Viktor berichtet hatte und dieser ihm geraten hatte, Carla darzulegen, dass er reingelegt worden sei, um ihren Zorn in Mitleid zu verkehren, hatten sie anhand weniger Überlegungen alsbald feststellen müssen, dass er in der Tat reingelegt worden war. Von diesem Biest.

Wieder drangen grausige Laute durch die Fensterscheiben. Aber er hatte kein Mitleid mit ihr. Das Einzige, was er bedauerte, war der Umstand, dass er künftig auf die herrlichen gemeinsamen Stunden mit Belle würde verzichten müssen. Aber jetzt, wo er nun wusste, wie sehr viel erbaulicher das Leben war, wenn man ein hübsches Frauenzimmer für gelegentliche Ausflüge aus dem öden Eheleben an der Hand hatte, war es ein Leichtes, mit einer anderen anzubandeln, und das würde er auch unverzüglich tun.

Viktor hatte ihm berichtet, dass er selber einen Groll gegen diesen Hoffmann hegte, seit er erfahren hatte, dass Frederike einst hoffnungslos in ihn verliebt gewesen war und dieser ihr zunächst Hoffnungen gemacht hatte, um sie dann aufs Gröbste zurückzuweisen. Und ausgerechnet diese beiden – Belle und Hoffmann –

steckten unter einer Decke!

Jetzt galt es nur noch herauszufinden, was dahintersteckte. Was hatten die Beiden von ihm gewollt? Was war ihr Interesse? Jedenfalls hatte sie ihn ausgehorcht. Ausgehorcht bezüglich seiner Arbeit. Damit musste es etwas zu tun haben. Und er hatte sich aushorchen lassen. Das war zu dumm, denn die Details, die er ihr verraten hatte, unterlagen strengster Geheimhaltung. Sie hatte ihn aufs Übelste ausgetrickst, mit Kokain und ihren unwiderstehlichen Rundungen ...

Er schüttelte schnell den unerträglichen Gedanken daran fort, wie leicht er sich hatte austricksen lassen und vor allem, die Einsicht, wie wenig er auch in Zukunft gegen solche Versuche gefeit wäre.

In dem Moment bemerkte er einen Passanten die Straße heraufkommen.

Es war ein älterer Herr.

Als er näher kam, blickte der Mann aufhorchend umher. Keine Frage, er hatte Belle gehört.

Wilhelm Lorenz überlegte fieberhaft, wie er den Mann abwimmeln konnte.

„Mein, Gott, hören Sie das auch? Was mag da los sein?“, fragte der Fremde, als er auf Wilhelm Lorenz´ Höhe angelangt war.

„Entschuldigen Sie, kein Grund zur Sorge, das ist nur meine verehrte Gattin. Sie befindet sich in der Niederkunft. Es ist das erste Kind. Sie müssen verzeihen ...“ Wilhelm Lorenz legte den entschuldigendsten Blick auf, den er zustande brachte.

Der Mann schien erleichtert aufzuatmen. „Ach so, entschuldigen Sie bitte meine Aufdringlichkeit.“

„Aber selbstverständlich, der Herr. Wie gut, dass es noch um ihre Mitmenschen besorgte Leute wie Sie gibt.“ Wilhelm Lorenz lüpfte den Hut und deutete eine Verbeugung an.

Der Herr nickte ihm zu und ging weiter seines Weges.

Es dauerte lange, bis Belles Stimme schwächer wurde.

Schließlich verstummte sie endgültig

Dann kamen die drei Anderen aus der Tür und nickten Wilhelm Lorenz zu. „Wir haben die Informationen.“

Wilhelm Lorenz wollte Belle ein letztes Mal sehen. Er ging ins Haus und die Treppe hinauf.

Es herrschte nun vollkommene Stille.

Oben öffnete er ihre angelehnte Tür und sah ins Zimmer. Es wirkte alles wie bei seinem letzten Eintreten, aber Belle saß nicht an ihrem Spiegel.

Er blickte zum Bett. Da lag sie.

Er trat näher und betrachtete sie.

Sie lag, die Glieder verrenkt und blutverschmiert.

Ihre Augen waren weit aufgerissen, ihr Gesicht verquollen.

Wenn er sie so betrachtete, war sie keineswegs mehr als schön zu bezeichnen. Er wandte sich angewidert ab, ging aus dem Raum, knallte die Tür zu und lief die Treppe herab. Belle war tot. Er freute sich darauf, sich auf ein neues Abenteuer einzulassen.

Elsa wusste nicht, was sie erwartete. Ihre Gefühle waren eine Mischung aus Vorfreude und Skepsis.

Sie stand zwei Häuserblocks von ihrem Haus entfernt und wartete auf Wilma.

Elsa mochte Wilma, wobei sie noch kaum etwas über sie wusste. Wilma sprach nicht viel. Aber sie hatte ein angenehmes, ruhiges und besonnenes Wesen.

Der Abend war milde und einige Passanten flanierten an ihr vorüber.

Schließlich tauchte Wilma auf. Sie begrüßten sich und machten sich dann gemeinsam auf den Weg zu Gisela.

„Bist du schon einmal bei ihr eingeladen gewesen?“ Elsa sah Wilma neugierig von der Seite an, während sie weitergingen.

„Nein, nein. Aber ich weiß ungefähr, wo sich ihre Wohnung befindet.“

Wenig später standen sie vor dem Haus.

Gisela öffnete und begrüßte Wilma und Elsa. „Wie schön, dass ihr meiner Einladung gefolgt seid!“

Elsa hielt ihr das Tablett hin, das sie mitgebracht hatte. „Ich habe einen Kuchen gebacken.“

„Das wäre doch nicht nötig gewesen, liebe Elsa. Ich habe für alles gesorgt, was wir an diesem Abend brauchen, um endlich unser Modewarengeschäft gebührlich zu feiern.“ Gisela griff nach dem Tablett.

In dem Moment trat ein Herr durch eine der Türen in den Flur.

„Darf ich vorstellen? Das ist mein Mann Erwin.“

„Sehr erfreut.“ Elsa reichte Erwin die Hand.

„Leider werde ich mich gleich entfernen müssen, auf Drängen meiner Frau“, erklärte Erwin Kattendorf, während er Wilma die Hand reichte.

„Ganz recht, Erwin!“ Gisela lachte.

Erwin Kattendorf zog sich den Mantel an, während Wilma Gisela eine Flasche reichte und Elsa und Wilma ihre Mäntel auszogen.

„Ah, ein guter Jahrgang!“ Erwin bedauerte offensichtlich, den Wein nicht in Gesellschaft der drei Damen genießen zu können.

„Wir sehen uns später, mein Schatz. Viel Vergnügen mit Gustav!“ Gisela schubste ihren Mann sachte vor die Haustür und schloss diese hinter ihm.

Zur gleichen Zeit ließ sich Wilhelm Lorenz berichten, was Belle ausgesagt hatte.

Als Hermanns, einer der drei anderen, seinen Bericht abgeschlossen hatte, starrte Wilhelm Lorenz nachdenklich aus dem Fenster in die Dunkelheit.

Nein, es war unsinnig, sich selber Vorwürfe zu machen. Das führte auch nicht weiter. Er musste eine Lösung finden. Schnell. Bevor Hoffmann diese Informationen bekannt machte.

Ein riesiger Apparat hing an diesen Fakten und er würde mächtig Ärger bekommen, wenn es eine öffentliche Debatte über diese Zusammenhänge gäbe. Renommierteste Leute würden ihren guten Ruf verlieren und all die Schreier und Hetzer der letzten Jahre, die nun endlich entweder ins Exil gejagt oder in die Konzentrationslager gesteckt worden waren, würden neuen Aufwind erhalten und womöglich noch Gehör in der Öffentlichkeit finden. Und man würde schließlich herausfinden, wo das Leck im Apparat war, nämlich direkt bei ihm. Man würde ihn verantwortlich machen und zur Rechenschaft ziehen. Und alles wegen eines kleinen, dummen Fehlers, einer kleinen Unachtsamkeit, einer lächerlichen Lappalie, seines verhängnisvollen Stelldicheins mit dieser Hure.

Aber es gab eine Lösung und die war vor wenigen Wochen proklamiert worden. Es gab den Schießbefehl und den würde er nun zur Anwendung bringen. Und zwar schleunigst.

Vielleicht aber war das noch nicht einmal erforderlich.

Viktor hatte von Frederike erfahren, dass Ernst Hoffmann in seinem früheren Leben mit dem Berliner Ring verbandelt gewesen war, dass er dem Opium verfallen und in krumme Sachen verwickelt gewesen war. Womöglich ließ es sich einfach so darstellen, als habe ihn seine Vergangenheit eingeholt. Das war überhaupt am zweckmäßigsten, denn dann hätte Wilhelm ihn gleichsam unmöglich gemacht, sodass jedes Wort, dass in irgendeiner Form von ihm an die Öffentlichkeit dringen würde, diskreditiert wäre. Wilhelm grinste zufrieden. Zwei Fliegen mit einem Schlag.

Als Elsa und Wilma am späten Abend die Wohnung von Gisela verließen, waren sie beide leicht beschwipst und im Großen und Ganzen recht vergnügt, aber dennoch, wenngleich es ein sehr netter Abend gewesen war und wenngleich Gisela als eine überaus herzliche Gastgeberin bezeichnet werden musste, konnte Elsa sich nicht darüber hinwegtäuschen lassen, dass sie Gisela nicht traute. Zu oft schon hatte Gisela Bemerkungen fallen lassen, die sie als glühende Anhängerin der Nationalsozialisten entlarvten. Und obwohl sich offenbar inzwischen die meisten der Deutschen hinter diese Partei stellten, und glaubten und begrüßten, was sie versprachen, konnte Elsa das Misstrauen tief in sich drin nicht ausblenden.

Sie musste daran denken, wie sie zu Beginn ihrer Ehe gedacht hatte und wie tief sie ihrem Vater damals vertraut hatte in allen Fragen und wie oft sie mit Eduard darüber gestritten hatte. Sie erinnerte sich schmerzlich daran, dass ihre damalige Verstocktheit, ihre Naivität und ihre Kindlichkeit einen Keil zwischen sie und Eduard getrieben hatten. Es hatte einen Krieg gebraucht, um sie erkennen zu lassen, dass sie falsch gelegen hatte, dass ihr Vater verblendet war und dass sie mit Eduard einen Menschen an ihrer Seite hatte, dem sie vertrauen durfte und der aus irgendeiner, ihr völlig schleierhaften Kraft heraus Dinge sah, die die meisten nicht sahen.

„Es ist schwer, Dinge zu sehen, die die meisten nicht sehen. Es ist schwer, dem zu vertrauen und sich treu zu bleiben, gegen alle Widerstände."

Elsa sah Wilma, die neben ihr dahinschritt überrascht an. Konnte sie Gedanken lesen? Oder hatten sie zufällig dasselbe gedacht?

„All das wird in den kommenden Jahren aber noch viel schwerer werden. Wir brauchen Gleichgesinnte, um das durchzustehen. Gisela ist eine sehr einnehmende Person, aber sie gehört nicht zu den Gleichgesinnten. Es sind Menschen wie sie, vor denen du deinen Theodor schützen musst. Es sind Menschen wie sie, vor deren Einfluss wir unsere Kinder schützen müssen." Wilma sah Elsa ernst an. „Ich vertraue dir. Gisela vertraue ich nicht."

Elsa hatte das Gefühl, zu schweben. Diese Worte waren von solch erlösender Wirkung. Sie musste sich eingestehen, dass sie es nicht gewagt hätte, als Erste Wilma in dieser Weise anzusprechen.

„Ich danke dir, Wilma, ich danke dir, dass du so mutig bist. Ich bin es nicht, aber ich verspreche dir, dein Vertrauen nicht zu enttäuschen. Nur, was soll ich tun? Soll ich Gisela kündigen?“

„Du liebe Güte, bloß nicht. Zwar kann ich nicht verhehlen, dass es mir am liebsten wäre, sie nicht mehr Tag für Tag ertragen zu müssen, aber das wäre dumm. Wir müssen klug sein. Durch sie werden wir immer mit dem Neuesten auf dem Laufenden gehalten werden und sie wird unserem Geschäft den Schein von Regimetreue verleihen, den wir benötigen, um unbehelligt zu sein. Wenn wir sie jedoch kündigen, werden wir ihren Unmut auf uns ziehen und uns möglicherweise verdächtig machen.“

„Gut, Hoffmann, da sind Sie ja. Es ist gerade ein Einsatz hereingekommen. Wir brechen jetzt gleich auf.“ Ernst Gennat erhob sich schwerfällig von seinem Stuhl.

Wenige Minuten später brauste das Mordauto mit Ernst auf dem Beifahrersitz und Gennat auf seinem Sitz hinten im Auto, mit der Schreiberin neben Gennat und mit dem Fahrer los.

Ernst brummte der Schädel. Es war spät geworden am Abend zuvor. Er hatte noch lange geschrieben. Schließlich waren die Gedanken an Belle unerträglich geworden und es hatte nur noch eine Flasche Cognac geholfen, in den Schlaf zu finden.

Ernst blickte aus dem Fenster, während sie sich dem Tatort näherten und ein ungutes Gefühl begann ihn zu beschleichen. Diese Route kannte er und er hatte sich vor kurzem erst geschworen, sie nie wieder zu nehmen. Nein. Das war nicht möglich. Gleich würden sie in irgendeine andere Richtung abbiegen.

Aber sie bogen nicht in eine andere Richtung und landeten genau vor ihrem Haus. Ernst wurde schwindelig und sein Herz begann zu rasen. Das konnte unmöglich Wirklichkeit sein. Er musste träumen ...

Ernst riss die Augen auf und richtete sich im Bett auf. Sein Atem ging schnell, sein Herz donnerte in seiner Brust. Es war nur ein Traum gewesen ...

Er versuchte sich zu beruhigen, aber das war kaum möglich. Ein Blick auf die Uhr bedeutete ihm, dass er in wenigen Minuten aufstehen und ins Präsidium fahren musste.

Am Bett stand noch die Cognacflasche. Sie war halbleer.

Ernst konnte nun nicht mehr schlafen. Belle nahm sein ganzes Denken ein. Er hatte Angst. Sollte er doch lieber zu ihr fahren? Sollte er sich vergewissern, dass sie wohlauf war?

Nein. Er durfte nicht. Das war nur ein übler Trick seines Geistes, ihn zu ihr zu treiben, aber er wollte sie schützen und deshalb musste er sich das verbieten. Er durfte keinesfalls noch irgendein Risiko eingehen.

Er wusch sich mit kaltem Wasser und kleidete sich an, dann fuhr er ins Präsidium.

„Gut, Hoffmann, da sind Sie ja. Es ist gerade ein Einsatz hereingekommen. Wir brechen jetzt gleich auf.“ Ernst Gennat erhob sich schwerfällig von seinem Stuhl.

Wenige Minuten später brauste das Mordauto mit Ernst auf dem Beifahrersitz und Gennat auf seinem Sitz hinten im Auto, mit der Schreiberin neben Gennat und mit dem Fahrer los.

Ernst brummte der Schädel. Es war spät geworden am Abend zuvor. Er hatte noch lange geschrieben. Schließlich waren die Gedanken an Belle unerträglich geworden und es hatte nur noch eine Flasche Cognac geholfen, in den Schlaf zu finden.

Ernst blickte aus dem Fenster, während sie sich dem Tatort näherten und ein ungutes Gefühl begann ihn zu beschleichen. Diese Route kannte er und er hatte sich vor Kurzem erst geschworen, sie nie wieder zu nehmen. Nein. Das war nicht möglich. Gleich würden sie in irgendeine andere Richtung abbiegen.

Aber sie bogen nicht in eine andere Richtung und landeten genau vor ihrem Haus. Ernst wurde schwindelig und sein Herz begann zu rasen. Das konnte unmöglich Wirklichkeit sein. Er musste träumen ... Alles war genau so, wie er es soeben noch geträumt hatte. Der Traum war noch nicht einmal in die Untiefen seines Vergessens verbannt und nun holte er ihn offenbar wieder ein ... Heimlich kniff Ernst sich ins Bein, aber es geschah nichts.

„Gehen wir.“ Gennat öffnete die Wagentür und stieg aus.

Ernst flehte innerlich, er möge erwachen, aber das geschah einfach nicht. Auch er stieg aus. Mit zittrigen Schritten folgte er Gennat direkt vor ihre Haustür. Hinter ihm folgte die Schreiberin Fräulein Bär.

„Was ist Ihnen, Hoffmann? Gibts ein Problem?“ Gennat sah Ernst musternden Blickes scharf an.

Ernst schüttelte tapfer den Kopf. Er musste jetzt hinein und sehen, was hier geschehen war. Ein anderer Teil von ihm wollte ihn veranlassen, auf dem Absatz kehrt zu machen und davon zu laufen.

„Aufwachen!“, befahl er sich gequält.

Gennat klopfte und Belles Hausmädchen öffnete. Sie war kreidebleich und zitterte, ihr Gesicht war tränenverschmiert.

Als sie Ernst erblickte, klappte sie zusammen und sackte auf den

Boden. „Herr Hoffmann …“, schluchzte sie und brach von neuem in Tränen aus.

Gennat sah Ernst stirnrunzelnd an. „Sie kennen die Frau?“

Ernst räusperte sich. „Beiläufig“, würgte er tonlos hervor. Er musste seinem inneren Impuls widerstehen, augenblicklich die Treppe hinaufzustürmen und nach Belle zu sehen. Wenn er das tat, würde Gennat ihn vermutlich zurück ins Präsidium schicken und sich einen anderen Kollegen an den Tatort holen. Das durfte nicht geschehen.

Gennat sah ihn mit durchdringendem Blick an.

Ernst versuchte, gelassen zu wirken.

Schließlich wandte Gennat sich wieder dem Hausmädchen zu. „Was ist geschehen?“

„Ich bin heute morgen ins Haus gekommen und habe die gnädige Frau auf ihrem Bett gefunden … sie ist tot …“

Ernst fühlte sich, als wenn er einen tiefen Abgrund hinabstürzte.

„Wo finden wir sie?“, fragte Gennat.

Das Mädchen zeigte die Treppe empor.

„Haben Sie irgendetwas am Tatort verändert?“

„Nein … also, ich habe die gnädige Frau zugedeckt, sie …“

Es war immer dasselbe. Gennat stöhnte gereizt.

Ernst folgte Gennat die Treppe hinauf.

Die Tür war angelehnt. Sie sahen hinein und betraten dann den Raum.

Als Ernst Belle erblickte, war es um seine Haltung geschehen. Er schlug die Hände entsetzt vors Gesicht und taumelte auf das Bett zu.

Belle starrte aus weit aufgerissenen Augen ins Nichts.

Ernst sackte neben ihr zu Boden und griff nach ihrer kalten Hand.

Er nahm kaum wahr, dass ihn schließlich zwei Kollegen ergriffen und aus dem Raum brachten. Gennat hatte offenbar Verstärkung geholt und befohlen, ihn vom Tatort zu entfernen.

Er wurde aufs Präsidium gebracht und fand sich dort im Büro eines Kollegen wieder.

Man fragte ihn nach Angehörigen oder Verwandten und setzte ihn schließlich bei Eduard ab.

Wie in einem Nebel gefangen, ließ er alles mit sich geschehen.

Elsa öffnete, als zwei Polizisten Ernst brachten. Sie sah ihm sogleich an, dass sie nicht mit ihm zu sprechen brauchte. Sie dankte den Polizisten und brachte ihn in die Stube, dann holte sie Eduard aus der Praxis.

Es dauerte drei Tage, bis Ernst endlich erzählte, was passiert war.

„Du musst Deutschland verlassen. Unbedingt." Alexander sah seinen Sohn mit durchdringendem Blick an.

„Ja, das denke ich auch. Diese Leute haben nun gezeigt, zu was sie fähig sind." Elsas Blick war eher als flehend zu bezeichnen.

„Alle sind inzwischen fort. Alle, die kritisch denken oder schreiben. Kurt Tucholsky ist geflohen, Ludwig Marcuse, Ernst Toller, Rudolf Olden und Thomas Mann ebenfalls. Und die wenigen, die geblieben sind, sind inhaftiert worden. Ossietzky und Erich Mühsam ... Es ist zu gefährlich. Seit dem Schießbefehl ist niemand mehr sicher, der ihnen in die Quere kommen will." Eduard griff nach Ernsts Hand.

„Aber wo soll ich denn hin?"

„Das spielt doch keine Rolle, Hauptsache fort von hier."

„Wozu?"

„Um dich zu retten. Du kannst doch dein Buch auch im Ausland veröffentlichen. Nimm die Schweiz. Da veröffentlicht Kästner", überlegte Eduard laut.

„Die Welt ist wunderschön. Nutze diese Tragödie und reise. So wie ich es getan habe!", schlug Alexander vor.

„Nein. Es hat alles keinen Wert mehr."

Elsa zuckte zusammen. „Sag sowas nicht. Das ertrage ich nicht."

„Alles was ich geschrieben habe, ist längst eingetreten. Wartet es ab. Sie werden eure Kinder zu Rekruten für ihren Wahnsinn machen und alle machen mit, alle befürworten es. Das Einzige, was mich noch angetrieben hat, war Belle. Jetzt gibt es nichts mehr."

Eduard wollte diese Worte einfach überhören. „Wir helfen dir. Wir besorgen dir alles, damit du ausreisen kannst. Solange bleibst du hier bei uns. Hier finden sie dich nicht. Du versteckst dich wie Weiß."

„Ich muss zurück in meine Wohnung."

Elsa sträubten sich die Haare. „Nein. Unter keinen Umständen darfst du zurückkehren."

„Aber dort liegen alle meine Aufzeichnungen."

„Ich kümmere mich darum, dass sie hierher gelangen", versprach Eduard.

Ernst sah stumm vor sich hin.

„Ich werde dir einen Schwung Zeitungen zur Verfügung stellen.

Dann wird dir die Zeit nicht so lang." Eduard bemühte sich um einen aufheiternden Gesichtsausdruck, aber Ernst nahm davon offenbar gar keine Notiz. So verließ Eduard den Raum und kehrte kurz darauf mit einem Arm voll Zeitungen zurück.

Elsa verabschiedete sich und Eduard setzte sich zu Ernst, der stumm auf der Bettkante saß.

Eduards Blick fiel auf die oberste Zeitung und er las, dass der Journalist Paul Sethe anlässlich Hitlers Geburtstag eine Hymne für diesen geschrieben hatte. „Sieh dir das an!", entfuhr es ihm. Er blätterte zu dem Beitrag und las Ernst vor: „Hitler ist derjenige, auf den die besten unter uns lange gewartet haben.[193]" Eduard schüttelte sich.

„Ach, was hat das noch für einen Sinn? Die guten Autoren, die aufrechten Journalisten und Literaten sind alle geflohen oder inhaftiert ... Jetzt können die verbliebenen wie die Geier über das Pressewesen herfallen und alles mit ihrem Dreck verunreinigen und werden dafür auch noch mit Lorbeeren geschmückt. Und schreit noch irgendeiner auf? Ihnen war nicht einmal das Hugenberg-Imperium schlecht genug. Sie haben es aufgekauft und wandeln es nun in ihren hauseigenen Propagandakonzern um[194]."

„Und was das bedeutet, wird schon deutlich, wenn man liest, was Viktor Muckel im Bergischen Beobachter unter „Drei Jahre NS-Presse im Gau Düsseldorf, eine Bilanz der NS-Pressearbeit vor der Machtergreifung[195] der Nationalsozialisten" geschrieben hat. Danach habe die eigentliche Leistung der NS-Pressearbeit bis 1933

193 Paul Sethe war später einer der Mitbegründer der FAZ. Von 1934-43 war er Redakteur der Frankfurter Zeitung, für die er ab 1940 auch als Kriegsberichterstatter tätig war. Er war Angehöriger einer Propagandakompanie der Waffen-SS bzw. Wehrmacht. Anschließend Chefredakteur beim Frankfurter Anzeiger und seit dem Frühjahr 1944 auch für den völkischen Beobachter tätig. Nach dem zweiten Weltkrieg gehörte er der Badischen Zeitung in Freiburg im Breisgau an. Dann gab er mit vier anderen ab 49 die FAZ heraus und von 62-65 war er Leitartikler und politischer Ressortchef bei die Welt. Später schrieb er für Die Zeit und den Stern. Sethe gehörte zu den führenden Journalisten der Nachkriegsära. Seinen Berufsstand betrachtete er als „das Gewissen der Nation". Er schrieb im Spiegel vom 5. Mai 1965: „Pressefreiheit ist die Freiheit von 200 reichen Leuten, ihre Meinung zu verbreiten." Quelle: https://de.wikipedia.org/wiki/Paul_Sethe; https://web.archive.org/web/20091225121615/http://www.gerdgruendler.de/Erinnerung%20an%20Paul%20Sethe.html, aufg. 12.03.2023, 9:36.
194 Informationen zu den Medienkonzernen finden Sie im Anhang auf Seite 303.
195 Der Begriff „Machtergreifung" wird hier nur verwendet, weil es sich um eine zitierte Aussage handelt. Tatsächlich ist es problematisch, diesen Begriff zu verwenden, denn er ist keine Beschreibung dessen, wie die Nationalsozialisten an die Macht kamen, sondern vielmehr ein Kampfbegriff der Nationalsozialisten, mit dem sie Hitlers Weg an die Macht verherrlichen wollten. Er verschleiert die jeweiligen Verantwortlichkeiten.

darin bestanden, der roten Pest, aufgewühlt von jüdischen Profitjägern entgegenzutreten und mit der Volksparole die Wahrheit in das deutsche Volk zu tragen.[196]"

Eduard konnte an diesem Abend nicht in den Schlaf finden. Er war viel zu aufgewühlt.

Belle war ermordet worden ...

Er hatte Ernst versprochen, ihm seine Aufzeichnungen zu beschaffen, aber wie sollte er das anstellen, ohne sich in Gefahr zu bringen? Wenn sie vor Ernsts Wohnung lauerten, dann war es viel zu gefährlich für ihn, dorthin zu gehen.

Andererseits, wenn sie bemerkten, dass Ernst nicht dorthin kam, fragten sie sich gewiss, wo er steckte und dann würden sie früher oder später darauf kommen, dass er sich wohl bei seinem Vater und bei seinem Bruder, also ihm, aufhielt ...

Auch am folgenden Tag kam ihm kein Einfall, wie er dieses Problem lösen sollte.

Ernst machte sich derweil dieselben Gedanken.

Als Eduard am Nachmittag zu ihm kam, sagte er ihm sogleich, dass er keinesfalls zu seiner Wohnung fahren durfte.

„Mir wird schon etwas einfallen. Aber du musst abwarten. Du rührst dich nicht hier fort."

Elsa nahm Aurelia den Holzlöffel ab und legte ihn in die Waschschüssel. Sie konnte gerade noch die Schüssel mit dem Teig vor dem Absturz retten, denn Aurelia hatte sich über den Schüsselrand gelehnt, um sich Teig zu stibitzen.

„Mutter, ich würde gerne zu Onkel Ernst gehen. Denkst du, ich störe ihn?" Hans sah missmutig von seinem Schulheft auf.

„Bist du fertig mit den Aufgaben?"

„Nö ..."

Elsa sah ihren Sohn streng an. Dann wandte sie sich wieder Aurelia zu. „Jetzt kommt der Teig in die Backform."

In dem Moment kam Theodor in die Küche.

„Ich will mit Theodor spielen!", rief die treulose Dreijährige und war auch schon vom Stuhl gehüpft.

---

196 Quelle: Viktor Muckel im Bergischen Beobachter am 30.Juni 1933. Quelle: Friedemann Siering: *Zeitung für Deutschland. Die Gründergeneration der Frankfurter Allgemeinen.* In: Lutz Hachmeister, Friedemann Siering (Hrsg.): *Die Herren Journalisten. Die Elite der deutschen Presse nach 1945.* München 2002, S. 35–86, hier S. 55 u. S. 273, Anm. 104. zitiert nach: https://de.wikipedia.org/wiki/Viktor_Muckel, am 16.8.2020 um 8:53.

„Na toll“, maulte Hans. „Und ich wieder nicht.“

„Du bist doch gleich fertig. Dann geh meinetwegen zu deinem Onkel.“ Elsa versuchte, freundlich zu klingen, aber sie war gereizt.

Hans sah sie stirnrunzelnd an. Er schrieb eilig einige letzte Sätze, klappte dann das Heft zu und verdrückte sich.

Warum war sie so missgestimmt? Es musste an der Situation mit Ernst liegen, aber nein, das war es nicht nur. Es war die ganze Situation.

In dem Augenblick betrat Eduard die Küche. „Was soll ich nur tun? Ich kann doch unmöglich zu seiner Wohnung gehen ...“

„Nein, Gott behüte! Das wirst du keinesfalls tun. Es ist viel zu gefährlich.“

„Aber was soll ich dann tun?“

Elsa überlegte. „Er hat doch gute Bekannte auf dem Präsidium. Ernst Gennat zum Beispiel. Der hat doch auch Bernhard Weiß zu uns gebracht. Könnten wir ihn nicht um Hilfe bitten?“

Eduard spielte diesen Gedanken innerlich durch. „Möglicherweise ...“ Er stand auf und verschwand wieder in der Kammer hinter der Küche.

Als er wenig später wieder zu Elsa trat, sah er ernüchtert aus.

Elsa versuchte dennoch hoffnungsvoll zu klingen. „Und?“

Eduard schüttelte den Kopf. Er will nicht, dass Gennat damit behelligt wird.“

Elsa ließ die Schultern hängen. „Ist jetzt Hans bei ihm?“

Eduard nickte. „Lassen wir sie in Ruhe. Vielleicht tut ihm die Ablenkung gut.“

„Wie soll es nur weitergehen? Wo soll Ernst hin? Wir können ihn nicht ewig verstecken. Sie werden auf den Gedanken kommen, ihn hier zu suchen.“

„Das habe ich auch schon überlegt. Wir müssen ihn überzeugen, sich ins Ausland abzusetzen.“

„Wenn ich darüber nachdenke, würde ich am liebsten ebenfalls ins Ausland gehen.“

Eduard sah seine Frau überrascht an. „Du?“

„Denkst du nicht auch manchmal darüber nach?“

„Ach, dieser Wahnsinn muss einfach schnell ein Ende finden. Ich kann nicht glauben, dass es länger als wenige Monate dauert ...“

„Aber auf mich macht Hitler nicht den Eindruck, als wolle er sich die Macht wieder aus den Händen nehmen lassen.“

„Das vielleicht nicht, aber die Menschen, die müssen doch einmal aufwachen und sehen, was das für ein Irrsinn ist."

„Das will ich auch gerne glauben. Aber wenn ich nur sehe, wie Gisela sich gibt. Sie ist hellauf begeistert. Sie glaubt, dass wir bald keine Arbeitslosen mehr im Lande haben, dass es mit der Wirtschaft bergauf geht ..."

„Wie sollen sie diese Versprechungen denn einlösen? Das ist doch mit natürlichen Mitteln nicht zu machen. Dann müssten sie zaubern oder mit dem Teufel im Bund sein."

Elsa sah Eduard entgeistert an. „Ja, womöglich ist es das. Sie sind mit dem Teufel im Bund ..."

„Ach was", Eduard wollte die besorgte Stimmung schnell vertreiben. Er legte die Arme um Elsa. „Hör mit dem Unsinn auf. Die Vernunft wird erwachen und die Menschen werden erkennen, dass Hitler ein Scharlatan ist. Ganz gewiss. Alles andere ist völlig undenkbar."

In Elsa regte sich irgendwo ganz tief drinnen Widerstand gegen diese Deutung. Und wieder drängte sich ein Gedanke in ihren Kopf, den sie nicht denken wollte – sollte Ernst Recht behalten und es war ein Fehler gewesen, Kinder in dieses Land gesetzt zu haben? – Sie schob ihn ganz schnell beiseite ...

An dem Tag, an dem Hitler den Austritt aus dem Völkerbund erklärte, es war der 14. Oktober – Ernst las es in der Frankfurter Zeitung[197] – traf Ernst einen Entschluss.

Spät am Abend, als alle bereits zu Bett gegangen waren, verließ er heimlich durch das Küchenfenster das Haus.

Draußen sah er sich vorsorglich um, aber er konnte nur den leichten Wind wahrnehmen, der weniger zu dem Monat Oktober, als zum Juli oder August gepasst hätte.

Schnell entfernte er sich, da er davon ausging, dass es in unmittelbarer Nähe zum Haus am gefährlichsten für ihn war.

Er lief einige Straßen, bis er sein Ziel erreichte.

Er betrat das Lokal und sah sich um.

„Ich hätte nicht erwartet, dich wiederzusehen", begrüßte ihn Behling und ließ sich in die Lehne zurückfallen. Er saß auf einem der Sessel in der Sitzecke.

„Tja, und nicht nur das. Ich brauche auch noch deine Hilfe."

---

197 Die Frankfurter Zeitung blieb bis 1943, einerseits, weil sie dem Ausland gegenüber als bürgerlich-liberales Renommierblatt vorgezeigt werden konnte, andererseits mit Rücksicht auf die Aktienmehrheit in der Hand der IG Farben. Quelle: Wolfgang Benz, Konsolidierung und Konsens 1934-1939 in Broszat/Frei, S. 55 ff., zit.: bpb S. 19.

Zwei Tage später erschienen drei Herren vor dem Haus der Hoffmanns und übergaben einen Koffer an Elsa, die diesen für Ernst in Empfang nahm.

Zur selben Zeit etwa trafen sich auch Wilhelm und Viktor Lorenz in Hamburg.

„Er versteckt sich im Hause seines Bruders." Wilhelm kniff die Augen leicht zusammen und spielte mehrere Züge in Gedanken durch, bevor er seine Dame drei Felder nach vorne rückte.

„Warum haben deine Leute den Kerlen nicht gleich den Koffer abgenommen? Jetzt kann er ungehindert weiter sein Geschmier zu Papier bringen." Viktor nahm einen kräftigen Schluck Bier.

Wilhelm lachte auf. „Mein Gott, Viktor, gut, dass du nur ein Streifenpolizist und nicht bei der Kripo bist. Wir wollten natürlich erst mal feststellen, wo der Koffer hingebracht wird, um sein Versteck rauszukriegen."

Viktor nickte nachdenklich. Dann setzte er seinen Turm zwei Felder zurück. Er konnte nicht einschätzen, ob Wilhelm es wagen würde, seine Dame in Gefahr zu bringen, um Viktors, vom Springer geschützten Turm rauszuwerfen. Er scheute das Risiko.

Wilhelm verzog seufzend den Mund und schlug mit seinem Läufer Viktors Dame.

„Verflucht!", fuhr Viktor auf.

„In die Falle getappt! – Du wirst niemals ein guter Schachspieler. Aber sei es drum. Hoffmann ist genau so eine Niete. Wir haben jetzt die Leute von seiner Wohnung abgezogen und um das Haus seines Bruders platziert. Raus kommt er da nicht mehr lebend."

„Emilia! Meine Liebe!" Elsa hielt die Arme weit auf und Emilia ließ sich glücklich hineinfallen. Emilia war in dieser Hinsicht gänzlich anders als ihr Bruder Leopold, der sich selbstverständlich eher die Zunge abgebissen hätte, als seine Mutter in aller Öffentlichkeit zu umarmen. „Wie schön, dass du endlich wieder da bist!" Elsa musste sich auf die Lippe beißen, um die Tränen zurückzuhalten.

Dann betrachtete sie ihre Tochter von oben bis unten. „Du siehst gut aus! Geht es dir gut?"

„Ja, hervorragend, Mutter. Ist Leo schon da?"

„Er ist gestern eingetroffen. Er hat den ganzen Abend mit Onkel Ernst verbracht Ich meine, sie sind nicht vor drei Uhr in der Früh zu Bett gegangen." Elsa nahm den Koffer und gemeinsam gingen sie den Bahnsteig entlang zu den Treppen. „Wir nehmen am

besten ein Taxi."
„Und Hans und Theo? Wie geht es ihnen?"
„Hans, du kennst ihn ja. Er ist ein Wildfang. Die Schule ist wohl der Ort, wo er sich am wenigsten gerne aufhält. Und Theo, ja, auch bei ihm hat sich nicht viel geändert."
„Mutter, wir müssen in Ruhe über Theo sprechen. Es kommen andere Zeiten und die werden für Kinder wie Theo nicht besser."
Elsa sah ihre Tochter erstaunt an. „Wie meinst du das?"
„Die NSDAP ist kaum an der Macht, aber es zeigt sich bereits jetzt, dass sie ganz genaue Vorstellungen davon haben, wie Kinder sein sollen und dass sie auch ganz genaue Vorstellungen davon haben, wie Erziehung in Zukunft aussehen soll. Ich will es in aller Deutlichkeit sagen. Sobald die Schulen beginnen werden, diese Ideologie umzusetzen, sollte Theo in Sicherheit sein."
Elsa wurde bei diesen Worten übel. „Wir müssen mit Vater darüber sprechen."
„Ja, das müssen wir."
„Ich bin so froh, dass du zu Hause bist! Ich habe dich so vermisst."
„Weihnachten werde ich doch immer nach Hause kommen." Emilia lächelte ihre Mutter liebevoll an.
Elsa konnte nicht anders. Sie stellte den Koffer ab und nahm Emilia wieder in den Arm. Sie spürte, dass die letzten Wochen der Unruhe und der Ungewissheit in Bezug auf Ernst und Alexander und Theo, sowie der Trennung von Leopold und Emilia sehr auf ihr gelastet hatten.
„Letztes Jahr, hatte ich das furchtbare Gefühl, es könnte unser letztes unbeschwertes Weihnachten gewesen sein, aber jetzt, jetzt wo ihr beide zurück seid, habe ich die Hoffnung, mein Gefühl könnte mich getrogen haben und es wird wieder so schön, wie letztes Jahr.", sagte Elsa schließlich.
„Das hoffe ich auch." Emilia drückte ihre Mutter so fest sie konnte. „Weißt du, jetzt, wo wir unter uns sind, will ich dir etwas erzählen!"
Elsa sah ihre Tochter überrascht an. „Ach?" Sie prüfte Emilias Gesichtsausdruck. „Wenn ich nicht bereits einen Verdacht habe ..."
Emilia lächelte versonnen.
„Wie heißt er denn?", fragte Elsa.
„Justus."
„Er muss großartig sein, so glücklich, wie du guckst. Aber bitte,

versprich mir, die Ausbildung zu Ende zu bringen."

„Das habe ich vor, aber wenn ich ihn womöglich im Anschluss an die Ausbildung heirate, dann werde ich nicht mehr arbeiten können."

„Das weiß ich, Liebes. Aber das ist noch eine ganze Weile hin und diese Zeit musst du dir nehmen, denn wir wissen nicht, was bis dahin alles geschieht. Woher kennst du ihn denn?"

Es ist der Cousin zweiten Grades von Tante Helenes Freundin Martha, die oft zu Besuch ist. Er holt Martha oft ab, um sie nach Hause zu fahren. Bei dieser Gelegenheit haben wir Bekanntschaft miteinander gemacht."

„Und welchen Beruf übt er aus?"

„Er lernt bei einem Tischler."

Am Abend des 23. Dezember 1933 legte Ernst den Stapel beschriebenen Papiers ordentlich zusammen und strich mit der rechten Hand darüber. Dann nahm er das Packpapier und schlug das Manuskript sorgfältig darin ein.

Als das Päckchen postfertig vor ihm lag, lehnte er sich zurück und atmete tief durch. Es war fertig.

Dieses Gefühl war unbeschreiblich. Er hatte solange daran gearbeitet und nun war es tatsächlich fertig.

Er griff nach dem Schubladengriff an dem kleinen Schreibtisch, den Eduard ihm zur Verfügung gestellt hatte und zog die Schublade auf.

Da lag das Päckchen von Behling.

Er hatte es geschafft, es nicht anzurühren, solange er noch an dem Buch arbeitete, aber nun würde er tun, was er seit Jahren nicht mehr getan hatte ...

Am Morgen des 24. Dezember 1933 schliefen alle im Hause Hoffmann aus.

Als Elsa erwachte, war es bereits 8 Uhr. Sie streckte sich verschlafen und schlagartig fiel ihr ein, dass Emilia und Leopold da waren. Ein glückliches Lächeln breitete sich ganz verselbstständigt über ihr Gesicht, ein Gefühl von Glück breitete sich in ihr aus. Es waren alle da. Sie waren alle zusammen und sie würden heute alles für ein wunderbares Weihnachtsfest vorbereiten.

Glücklich drehte sie sich Eduard zu, der noch schlief. Er lag ihr zugewandt, die Augen geschlossen. Er atmete ruhig. Elsa legte sich mit ihrem Gesicht ganz nah an seines und spürte seinen warmen Atem in ihrem Gesicht.

Während sie so lag und Eduard betrachtete, fiel ihr wieder ein, was sie letztes Jahr zu Weihnachten gedacht hatte: Dass das möglicherweise das letzte unbeschwerte Weihnachten gewesen sein könnte. Und nun? Nun war ein unruhiges Jahr vergangen, mit vielen großen Veränderungen, aber es schien, als hätte sie sich geirrt. Es sah alles danach aus, als würde es wieder ein wunderbares Weihnachtsfest werden. Wieder nur mit einem bescheidenen Essen, aber sie waren alle zusammen. Sie waren alle gesund...

Sie stand auf und ging ans Fenster. Sie zog den Vorhang zur Seite. Durch die Scheiben zog ganz zart die winterliche Kälte herein. Draußen war es dunkel. Sie zog den Vorhang wieder vor und begann sich leise anzukleiden. Alles war still und friedlich. Es war ein wunderbarer Morgen voller Vorfreude auf das kommende Weihnachtsfest.

Kaum war sie angekleidet, da tapste Aurelia ins Zimmer. Elsa nahm ihr Jüngste auf den Arm und ging mit ihr ins Kinderzimmer. Aurelia hatte bereits kalte Füßchen. So zog sie sie ebenfalls an und ging mit ihr in die Küche eine heiße Milch vorbereiten.

Als sie gerade ausgetrunken hatten, kam Leben ins Haus. Nach und nach kamen die übrigen Familienmitglieder in die Küche. Nur Ernst nicht und Leopold. Sie schliefen aber immer länger als die anderen.

Leopold hatte am gestrigen Abend mit Eduard Wein getrunken. Elsa war aufgefallen, dass er ein robuster Trinker geworden war. Das bereitete ihr Sorgen. Aber Eduard hatte ihr erklärt, dass es durchaus Usus war an der Universität, dass sich die Studenten im Trinken maßen.

Nach dem Frühstück begann Elsa mit Emilia alles vorzubereiten.

Aurelia und Theodor bauten eine Eisenbahn aus Schuhen, auch Leopold war inzwischen erwacht und saß mit Eduard und Hans im Salon. Elsa freute sich, dass Emilia gerne von Justus erzählte.

Emilia hatte ihn mit Tante Elisabeth in dem Dorf Salitz besucht, indem er lebte.

„Eines gibt es, was ich dir noch sagen muss“, begann Emilia.

Elsa sah sie gespannt an.

„Justus ist in einer Punkt ... anders ...“

„Was?“ Elsa konnte sich keinen Reim daraus machen, was Emilia ihr sagen wollte.

„Er geht nicht ... wie wir ... in die Kirche.“

Elsa runzelte die Stirn. „Und was tut er dann?“
„Er gehört einer kleineren Gemeinde an.“
„Was für eine kleinere Gemeinde?“
In dem Moment kam Alexander dazu. „Kann ich euch Gesellschaft leisten?“
„Natürlich.“ Elsa wollte hören, was Emilia meinte.
„Mama, tann ich auch die Schuhe von Ontel Ernst holen?“ Aurelia stand in der Tür und sah Elsa fragenden Blickes an.
Elsa wollte nun endlich hören, was Emilia zu sagen beabsichtigte und hörte nicht genau hin. Beiläufig nickte sie Aurelia zu, die sogleich zur Tür der Kammer lief.

Aurelia öffnete leise die Tür zur Kammer, in der ihr Onkel schlief. Sie wollte ihn nicht wecken. Dann schlüpfte sie durch die Tür und schlich ins Zimmer.
Sie entdeckte ihn sofort. Er lag zu ihrem großen Erstaunen mitten im Raum auf dem Boden. „Ontel Ernst?“, flüsterte sie leise. Sie spürte, dass etwas anders war als sonst.
Vorsichtig trat sie näher zu ihm. Sie konnte sein Gesicht nicht sehen. Er lag auf dem Bauch.
„Ontel Ernst, da ist überall Farbe!“, flüsterte sie. Sie beugte sich hinunter und fühlte nach der Farbe. Sie war zäh und klebrig. Langsam begann sie darin herumzuwischen. Aber schließlich kam ihr die Situation doch seltsam vor und beängstigend, und sie beschloss, ihre Mutter zu holen.

„Er gehört den Siebenten-Tags-Adventisten an.“
Alexander hatte sich gesetzt. Das lange Stehen vertrug er inzwischen nicht mehr sonderlich gut. Aber er wollte kein Wort verpassen, wenn Emilia von Schwerin, von ihrer Ausbildung und von ihrem Justus erzählte, der in einem kleinen Ort im Mecklenburgischen lebte.
Elsa war in Gedanken bei dem, was Emilia ihr soeben erzählt hatte, als sie aus den Augenwinkeln sah, dass Aurelia in die Küche gekommen war. Sie hörte erst zu, was diese sagte, als sie ihren Satz schon fast beendet hatte.
„Mama, Ontel Ernsts Zimmer ist voller Farbe, und er schläft und wacht nicht auf!“
Nur allmählich sickerten die Worte zu Elsa durch. Dann aber wurde sie schlagartig hellhörig. „Was sagst du da?“ Sie drehte sich zu Aurelia und es traf sie fast ein Schlag. Aurelia war voller Blut.

Auf dem Boden hinter ihr verliefen rot eingefärbte Fußspuren. Elsa stockte der Atem vor Schreck. Sie beugte sich zu Aurelia herab. „Was hast du gesagt? Bist du verletzt?“, entfuhr es ihr. Sie drehte Aurelia herum, besah sie von allen Seiten.

Alexander und Emilia starrten Aurelia wie versteinert an.

„Nein, Mama, das ist doch die Farbe.“

„Oh Gott ...“ Elsa richtete sich auf und während Emilia starr vor Schreck in den Salon stolperte, um ihrem Vater Bescheid zu geben, machte Elsa, gefolgt von Aurelia und Alexander die wenigen Schritte auf die Tür zur Kammer zu, die Ernst bewohnte. Als Elsa sah, was Aurelia gesehen hatte, konnte sie einen Aufschrei des Entsetzens nicht unterdrücken.

Aurelia erstarrte vor Schreck über den Schrei ihrer Mutter und stand jeder Regung unfähig in der offenen Tür.

Elsa sank neben Ernst zu Boden. „Ernst, Ernst, lebst du?“

Alexander spürte, wie um ihn herum seine Welt in Scherben brach, als er seinen Sohn in einer riesigen Blutlache liegen sah.

Zitternd sackte er neben Ernst zu Boden, unfähig, irgendetwas zu sagen. Er atmete stoßhaft.

In dem Moment kamen nacheinander alle übrigen Familienmitglieder dazu.

Eduard konnte kaum fassen, was er sah, aber er erfasste die Situations sofort. Das Manuskript, das gestern Abend noch auf dem Schreibtisch gelegen hatte, war fort. Ernst war unbekleidet. In seinem Rücken steckte ein Messer, an dem sich ein Zettel befand, der auf diese Weise wie an ihm angesteckt wirkte.

„Wer nicht mit der Mark zahlt, zahlt mit dem Leben“, stand dort. Darunter befand sich ein Symbol. Ein Adler.

Alle standen wie angewurzelt. Niemand fand Worte.

Als Theodor Aurelia erblickte ging er auf sie zu, stellte sich vor sie, sah sie an.

Aurelia fing mit weit aufgerissenen Augen Theodors Blick auf.

Dann kreischte sie auf. Wild Zitternd stürzte sie sich in Theodors Arme ...

Februar 2020

Aurelia schreckte auf. Ihr Herz begann unkontrolliert zu hämmern. Wie lange hatte sie nicht mehr an diesen schrecklichen Tag gedacht. Es war der Morgen des heiligen Abends gewesen.

Sie war klein. Vielleicht drei? Oder vier? Ja, damals musste das gewesen sein. 33 oder 34 ...

Es war Heiligabend und alles war dunkelrot. Es roch eklig, die Farbe klebte an ihren Händen. Mamas Schrei ..., dann kam die Panik, die von ihr Besitz ergriff. Sie spürte Verzweiflung, sie spürte Theos Wärme ... Mehr nicht.

Mehr wusste sie nicht mehr.

– ENDE ERSTER TEIL –

Hintergrundinformationen:

Deutsch-Französischer Krieg 1870/71:

Die Kaisertreuen des beginnenden 20. Jahrhunderts hatten auf die Ereignisse um den Deutsch-Französischen-Krieg diese Sicht, wobei diese allenfalls als verzerrt betrachtet werden kann, wenn nicht als grob falsch.

Die Forschung hat längst aufgedeckt, dass dieser Krieg als Coup von Otto von Bismarck angesehen werden muss.[198]

Deutschland drängte zu dieser Zeit zur Einheit und zum Eintritt in die Reihe der europäischen Großmächte. An die Spitze stellten sich Preußen und sein Ministerpräsident von Bismarck. Diesen Aufstieg der deutschen Vormacht sah die europäische Kontinentalmacht Frankreich mit Unbehagen und wollte ihn bremsen.[199] Die Situation zwischen Deutschland/Preußen und Frankreich eskalierte, als es eines Thronfolgers für Spanien bedurfte.

Spanien bot Leopold von Hohenzollern-Sigmaringen, einem Hohenzollern, dem Gemahl einer portugiesischen Prinzessin die Krone an. Wäre jedoch die spanische Krone an das Haus Hohenzollern gegangen, hätte dies die Autorität Napoleons III. in Frankreich vollständig erschüttert und Frankreich wäre von Spanien und Deutschland „umklammert" gewesen.

Dem konnte Frankreich nicht zustimmen. Wie von Bismarck vorhergesehen, verlor Napoleon III. schließlich die Nerven und drohte mit Krieg.

Der deutsche Kaiser machte hierauf einen Rückzieher. Er wollte offensichtlich keinen Krieg, was jedoch Bismarck nicht passte. Er beschwatzte Wilhelm I. und schilderte ihm, welchen Ruhm und welche Ehre das bringen würde. Er sprach von handelspolitischen Vorteilen und davon, dass die Hohenzollern sich gegen die Habsburger beweisen müssten und dass die Feinde Deutschlands nach dem Krieg im Boden versinken würden. Schließlich gab Wilhelm I. nach.

Bismarck war ein Kriegstreiber. Dennoch beschwichtigte Wilhelm I. Napoleon III. Der wiederum verlangte durch seinen Botschafter Benedetti in Bad Ems eine Garantie, dass künftig kein Mitglied der Hohenzollern die spanische Krone annehmen würde. Dies lehnte Wilhelm jedoch ab und verweigerte auch eine nochmalige Unterredung. Er ließ Bismarck die sog. Emser Depesche telegraphieren,

---

198 Quelle: Fabian, S.272 ff.
199 Quelle: Meidenbauer, S. 94.

mit dem Hinweis, er möge eine entsprechende Veröffentlichung „in geeigneter Form" vornehmen. Bismarck nahm dies zum Anlass, die Emser Depesche zu kürzen und gleichsam den Inhalt zu verschärfen und entwarf eine beleidigende Antwort in Richtung Frankreich. Dies gab er sofort an die Presse heraus. Damit stellte er Frankreich eigenmächtig und gezielt vor der Öffentlichkeit bloß, wohl wissend, dass Frankreich darauf nur mit Krieg antworten konnte. Hierauf erfolgte sodann auch am 19.7.1870 die Kriegserklärung durch Frankreich, woraufhin Frankreich als Aggressor galt, obwohl Bismarck ihn gezielt provoziert hatte, um ihn zur Kriegserklärung zu veranlassen.[200]

Es starben 180 000 Menschen, 230 000 wurden verwundet.[201]

Deutschland ging als Sieger aus dem Krieg hervor.

Ein Aspekt, der selten beachtet wird ist, dass zu dem Sieg der Deutschen auch die Pocken beigetragen haben, denn der Krieg fand inmitten einer epidemischen Krise statt. Zu der Zeit waren die deutschen Soldaten überwiegend gegen die Pocken geimpft, die französischen jedoch größtenteils nicht. Folge war, dass das französische Heer durch den Ausbruch von Pockenepidemien gravierend geschwächt wurde. Während des Krieges verlor die französische Armee achtmal so viele Soldaten durch die Pocken, wie die deutsche Armee.[202]

Die Folgen des deutschen Sieges waren beträchtlich. Das Deutsche Reich wurde gegründet und Wilhelm I. wurde zum Kaiser gekrönt. Hier war wieder Bismarck der Strippenzieher. Wilhelm wollte nicht Kaiser werden. Bismarck bestach hinter Wilhelms Rücken Ludwig II. von Bayern mit fünf Millionen Reichsmark (die dieser, der immer in Geldnöten war, dringend brauchte), Wilhelm I. die Kaiserwürde anzutragen. Daraufhin nahm Wilhelm I. an und wurde gekrönt.[203]

Dafür, dass Bismarck zu seiner Zeit und auch zu Beginn des 20. Jahrhunderts ausgesprochen positiv gesehen wurde, gibt es wichtige Gründe. Zum einen war er zu seiner Zeit sozusagen der Diktator der öffentlichen Meinung. Er verfügte über alle Kanäle der Kommunikation, bestimmte zum Beispiel über die Presse. Andersdenkende, Aufmuckende, wie die Sozialdemokraten oder viele Priester wurden zensiert, unterdrückt, bekämpft, verfolgt, gedemütigt, ins Gefängnis gesteckt und vertrieben. So findet sich in den zeitgenössischen Quellen kaum etwas wahres. Nach seiner Absetzung

---

200 Quelle: Fabian, S.272 ff; Quelle: Meidenbauer, S. 96.

201 Quelle: https://de.wikipedia.org/wiki/Deutsch-Franz%C3%B6sischerKrieg, aufg. am 17.8.2020 um 22:34.

202 Quelle: Osterhammel, S. 273.

203 Quelle: Fabian, S.272 ff.

verbündete er sich mit der Presse, schimpfte und wetterte gegen jeden und alles. Er baute ein „förmliches Propagandanetz" auf und beschäftigte eine Reihe von „PR-Mitarbeitern" wie Moritz Busch, Heinrich von Poschinger, Horst Kohl und gab immerzu seine politischen Stellungnahmen, historischen Rückblicke und Hofberichterstattungen an die Öffentlichkeit. Journalisten und später auch renommierte Historiker ließen sich von diesem nicht enden wollenden Strom an Schmähungen, Eigenlob, politischen Behauptungen und reaktionären Absichten überwältigen.

Nach seinem Tod erschienen dann seine Memoiren. Bis heute millionenfach gelesen.[204] Bismarck hebelte die innenpolitische Opposition aus, verfolgte die Sozialdemokraten, Priester und konservativen Demokraten und trat Werte wie Freiheit, Chancengleichheit, Toleranz und Gerechtigkeit mit Füßen.

Vielleicht hätte es unter einem anderen Kanzler eine Chance gegeben, dass die Deutschen systematisch die Demokratie kennengelernt hätten, wie in den USA, in Frankreich oder England, stattdessen wurde ihnen Untertanengeist und ein Misstrauen gegenüber der Opposition und allen Andersdenkenden, sowie die Feindschaft mit den europäischen Nachbarn, Dänemark, Österreich und Frankreich eingebläut.

Bismarck beschädigte die Verhältnisse zu den Nachbarstaaten maßgeblich durch die Kriege, die er vom Zaun brach und setzte abertausende Leben aufs Spiel. Er säte Misstrauen in den Nachbarstaaten und pokerte mit höchst fragilen Bündnissen, die kurz nach seinem Ableben alle platzten oder scheiterten.[205]

Bismarck ist das Paradebeispiel dafür, wie die öffentliche Meinung manipuliert wird, vor allem im Zusammenhang mit Kriegen, – und sich schließlich immer wieder herausstellt, leider erst im Nachhinein, dass es die herrschende Meinung ist, die oft grob falsch liegt.

Der Deutsch-Französische Krieg hat darüber hinaus noch andere Wirkungen gehabt, die von großer historischer Bedeutung waren, zum Beispiel die Priorisierung des Militarismus vor allem Anderen und die Vertiefung der Gräben zwischen Deutschland und Frankreich, die sich über Jahrzehnte hingezogen und zugespitzt hat und im Zusammenhang mit den beiden Weltkriegen von zentraler Bedeutung waren.

Dieser Krieg stellt aus all diesen Gründen ein Schlüsselereignis für die europäische Geschichte dar und auch für diesen Roman. Aufgrund dessen habe ich die Ereignisse und Zusammenhänge an dieser Stelle besonders gründlich dargestellt.

---

204 Quelle, Gall, Bismarck, 40 ff., zit. aus Fabian, S.278.
205 Quelle: Fabian, S.281 ff.

Sedantag

Die Schlacht von Sedan fand in den ersten Septembertagen 1870 im sog. Deutsch-Französischen-Krieg statt.

Im späteren deutschen Kaiserreich wurde am 2.9. der Sedantag als patriotischer Feiertag gefeiert. Es war vor allem ein Feiertag des kaisertreuen Bürgertums, des Adels, des Militärs, der preußischen Beamtenschaft und der ländlichen Bevölkerung. Mit der Zeit wurde der Aspekt der Reichseinigung und der gesamtdeutschen Identität immer bedeutender für die Sedanfeierlichkeiten. Der Sedantag war aber auch Anlass für starke Widerstände, vor allem als Protest gegen den sog. Kulturkampf und die Sozialistengesetze Bismarcks.

Der Sedantag steht also zunächst einmal für patriotische innergesellschaftliche Bestrebungen, für Kriegsverherrlichung und deutsche Selbstüberschätzung und zeigt sodann einen Wandel, der auf den Generationenwechsel zurückzuführen ist, der im Laufe der Jahre von 1870-1919 stattfand. Er steht damit auf der einen Seite für das Überlegenheitsgefühl Deutschlands gegenüber Frankreich und damit symbolisch für eine der Ursachen der Kriege des beginnenden 20. Jahrhunderts, andererseits markiert er eine Art Zankapfel in Bezug auf die großen sozialen Fragen des ausgehenden 19. und des beginnenden 20. Jahrhunderts, wie den Kulturkampf und die sog. Soziale Frage.[206]

Der „Fall Zabern“

Mit seinen Äußerungen und mit dem Argument, der Rock des Königs müsse unter allen Umständen respektiert werden, billigte der Reichskanzler Theobald von Bethmann Hollweg den Militärbehörden praktisch das Recht und sogar die Pflicht zur Selbstjustiz zu. Damit wurde menschliches Versagen und fehlerhaftes Verhalten einzelner Militärangehöriger auf höchster politischer Ebene prinzipiell für richtig erklärt. Was im zivilen Bereich unentschuldbar gewesen wäre, wurde hier ausdrücklich verlangt. Der daraufhin vom Reichstag am 4.12.1913 mit großer Mehrheit gegen die Regierung angenommene Missbilligungsantrag wurde von Bethmann Hollweg einfach ignoriert. Damit setzten sich Militär und Regierung gegenüber dem Parlament und dem rechtstaatlichen Denken durch und zwangen die Politik zur Abdankung. Das war ein ausgesprochen schlechtes Omen für die Zukunft.[207]

---

206 Quelle: https://de.wikipedia.org/wiki/Sedantag, aufger. am 24.8.2020 um 20:50.
207 Quelle: Görtemaker, (bpb), S. 381 ff.

Es ist heute hochumstritten, inwiefern der Kaiser sich dafür eingesetzt hat, einen Krieg zu verhindern. Diese Frage ist eine Teilfrage der sog. Kriegsschuldfrage, die insgesamt eine der umstrittensten der Weltgeschichte ist. Eine Antwort in einem oder auch zwei Sätzen ist unmöglich, kann also nur falsch sein. Stattdessen wird man sich der Antwort nur nähern können, wenn man viele, zeitlich und räumlich institutionell und personell um den Krieg gelegene Aspekte berücksichtigt.

In zeitlicher Hinsicht wird man im Engeren mindestens den Zeitraum von 1904 bis 1914 berücksichtigen müssen, eigentlich den von 1870-1914.

In räumlicher Hinsicht sind nahezu sämtliche europäische Staaten in Bezug auf ihre Interessen und ihr Verhalten zu berücksichtigen.

In institutioneller Hinsicht sind zumindest die Staatsoberhäupter der europäischen Staaten, sowie die Militärs und Kriegsministerien zu berücksichtigen. Zudem müssen die die öffentliche Meinung beeinflussenden Medien und die auf die öffentliche Meinung wirkenden Industriezweige, die teilweise hinter den Medien standen, berücksichtigt werden.

In personeller Hinsicht sind wiederum die Staatsoberhäupter der europäischen Staaten, aber auch einzelne Personen in den Regierungen, in den Ministerien, in den übrigen Institutionen zu berücksichtigen hinsichtlich ihrer Interessen sowie ihres Verhaltens.

Ich will hier nur einzelne Punkte dieser Aspekte aufzeigen, da diese Materie ein ganzes Buch füllen würde.

Zu Deutschland:

Von vielen Autoren wird Wilhelm II. als „unfähig, und kriegs-freudig" beschrieben, von anderen als „friedliebend und kindlich-militaristisch".[208] Was trifft nun zu?

Der Flottenbau im Wettstreit mit Großbritannien spricht für ein Verhalten, das den Krieg zumindest stark begünstigte, wobei andere sagen, damit habe er regelrecht mit dem Feuer gespielt. Er habe damit anlasslos die Weltmacht England herausgefordert.[209]

Zudem hatte Deutschland mit dem Schlieffenplan bereits 1912 einen „Schlachtplan" vorbereitet.[210]

---

208 Quelle: https://www.welt.de/debatte/kommentare/article123771370/Kaiser-Wilhelm-II-ein-begriffsstutziger-Grobian.html aufg. am 27.8.20 um 12:12.

209 Quelle: https://www.welt.de/debatte/kommentare/article123771370/Kaiser-Wilhelm-II-ein-begriffsstutziger-Grobian.html aufg. am 27.8.20 um 12:12.

210 Quelle: https://www.bpb.de/apuz/156347/europa-am-abgrund-grossmaechte-

Allerdings wird von vielen Historikern angesichts zahlreicher Informationen, die der Geschichtsforschung heute etwa über das Verhältnis der Mächte Großbritannien, Frankreich, Russland und Deutschland zueinander vorliegen, als einseitig und falsch angesehen, die Situation damals so zu bewerten, dass die ausschließliche Schuld oder auch die weit überwiegende Schuld bei Wilhelm II. liegt, wobei im Übrigen die Ansichten teilweise stark auseinander gehen.[211]

Hinsichtlich eines Geschehens, dass über einen langen Zeitraum ging, 1914-1918, in das zahlreiche Staaten involviert waren und innerhalb dessen es diverse Zäsuren und Weichen gab, die so oder so hätten gestellt werden können, erscheint es in der Tat als fragwürdig, für das ganze Geschehen nur einen Akteur verantwortlich zu machen. Vielmehr erscheint es plausibel, auch die übrigen Akteure hinsichtlich ihrer Interessen und ihres Verhaltens zu betrachten.

So ist etwa die Herausforderung Englands durch den Flottenbau sicher ein historischer Fakt, aber ob das eine anlasslose Herausforderung war, dazu bedarf es einer gründlichen Analyse. Hinsichtlich dieses Aspekts ist zum Beispiel zu fragen, wie genau das Wettrüsten eigentlich vonstatten ging. Interessant dafür ist etwa, dass Frankreich und England gemeinsam gegen Deutschland anrüsteten. Dann wirft diese Materie die Frage auf, ob eigentlich Staaten versuchen dürfen, eine Weltmacht, wie England es war, einzuholen, zu überholen, oder nicht. Alles Fragen, die sich nicht mit einem dahin gewischten „anlasslos“ beantworten lassen.

So wird heute von vielen Historikern durchaus anerkannt, dass Deutschland mit seiner Strategie eine drohende Einkreisung durch Frankreich, England und Russland zu „sprengen“ suchte, indem es mit einer Politik des „kalkulierten Risikos“ das Bündnis zwischen Paris und St. Petersburg aufzubrechen versuchte.[212]

Unumstritten ist, dass sich der Kaiser zur Zeit des Attentats von Sarajewo auf der Kieler Woche befand, nach Mitteilungserhalt nach Berlin zurückreiste.

Unstrittig ist weiter, dass die Reichsführung Deutschlands Österreich-Ungarn signalisierte, ihm gegenüber seine Bündnispflicht buchstabengetreu zu erfüllen, ganz unabhängig davon, was der

---

zwischen-krisendiplomatie-und-aufruestung, aufg. am 27.8.20 um 12:20.

211 Etwa Schulte und Clark sehen die Schuld auch bei anderen Akteuren damals. Gietinger/Wolf hingegen sehen die Hauptschuld bei Deutschland.

212 Quelle: https://www.welt.de/geschichte/article125066272/Der-Fall-Edathy-und-der-Kriegsausbruch-1914.html, aufg. am 30.8.2020 um 7:50.

österreichische Kaiser mit Serbien anstelle, sog. Blankoscheck.[213]

Es ist ebenso unstrittig, dass Wilhelm II. am 31. Juli 1914 die folgende verzweifelte Depesche vom 31.7.1914 an Zar Nikolaus II. und König George V. sandte: *„Ich bin es nicht, der die Verantwortung für die Katastrophe trägt, die nun die gesamte zivilisierte Welt bedroht. Selbst in diesem Augenblick liegt der Entscheid, sie zu vermeiden, bei Ihnen. Niemand bedroht die Ehre und Macht Russlands. Die Freundschaft zu Ihnen und zu Ihrem Reich, die ich vom Totenbett meines Großvaters weitergeführt habe, war für mich stets vollkommen heilig ... Der Frieden in Europa kann immer noch gewahrt werden, wenn Russland beschließt, die militärischen Maßnahmen zu beenden, die Deutschland und Österreich-Ungarn bedrohen."*[214]

Dies wird aber von den meisten Historikern und Autoren unterschlagen. Zum Beispiel von Osburg/Klose. In seinem Stab jedoch hatten zu dem Zeitpunkt längst andere Köpfe die Führung über Wilhelm II. hinweg übernommen. Die militärische Führung hat sich aus strategischen Gründen für ein schnelles Vorgehen gegen Russland entschieden.[215] So haben etwa Hindenburg, General Ludendorff, Admiral Alfred von Tirpitz und von Moltke, der Chef des Großen Generalstabs gezielt für den Krieg agiert.

Als Russland überlegte, in den Krieg einzutreten, provozierte Moltke Russland bewusst durch eine brutale, militärische Sprache, um es noch weiter zu reizen. Er brach übrigens kurz nach Kriegsbeginn zusammen und musste durch Falkenhayn ersetzt werden.[216]

Von Tirpitz war treibende Kraft bei dem Aufbau einer deutschen Schlachtflotte seit 1898 im Wettstreit mit Großbritannien. Seit 1897 war er Staatssekretär im Reichsmarineamt. Er lenkte auch sehr geschickt die öffentliche Meinung über sein eigenes „Nachrichtenbüro" im Reichsmarineamt, das zugleich Schützenhilfe bei der Gründung des Deutschen Flottenvereins 1898 leistete und diesen mit Agitationsmaterial versorgte. Mit 1,1 Mio Mitgliedern im Jahre 1913 war der Deutsche Flottenverein der größte der radikalnationalistischen Agitationsverbände, welche die Weltpolitik unterstützten.[217]

Im Internet frei zugängliche Quellen, belegen auch, dass Bethmann Hollweg, der deutsche Reichskanzler noch am 29.7.1914 ein Telegramm an den russischen Außenminister schrieb mit folgender Warnung: *„Bitte Herrn Sasonow sehr ernst darauf hinzuweisen, dass*

---

213 Quelle: Zentner, S. 8.

214 Quelle: Giles MacDonogh, S. 360 zit. aus Schulte, S. 34.

215 Quelle: Schulte, S. 34; https://www.planet-wissen.de/geschichte/persoenlichkeiten/kaiser_wilhelm_der_zweite/index.html#Weltkrieg, aufg. am 27.8.20 um 11:57.

216 Quelle: Fabian, S. 308 f.

217 Quelle: https://www.bpb.de/izpb/224747/deutschland-in-der-welt, aufg. am 29.8.2020 um 20:13.

weiteres Fortschreiten russischer Mobilisierungsmaßnahmen uns zur Mobilmachung zwingen würde, und dass dann europäischer Krieg kaum noch aufzuhalten sein werde.“[218]

Der deutsche Kaiser schrieb an den Zaren am 29.7.1914 folgendes: *„Ich habe dein Telegramm erhalten und teile deinen Wunsch nach Erhaltung des Friedens. Allein, wie ich Dir in meinem ersten Telegramm gesagt habe, kann ich Österreichs Vorgehen gegen Serbien nicht als einen unwürdigen Krieg ansehen. Österreich weiß aus Erfahrung, dass serbische Versprechungen auf dem Papier gänzlich unzuverlässig sind. Meiner Ansicht nach ist Österreichs Aktion dahin zu beurteilen, dass sie volle Bürgschaft dafür zu schaffen anstrebt, dass die serbischen Versprechungen auch wirklich zur Tat werden. Diese meine Auffassung wird bestätigt durch die Erklärung des österreichischen Kabinetts, dass Österreich nicht beabsichtigt, irgendwelche territorialen Eroberungen auf Kosten Serbiens zu machen.*

Ich rege daher an, dass es für Russland durchaus möglich wäre, bei dem österreichisch-serbischen Konflikt in der Rolle des Zuschauers zu verharren, ohne Europa in den entsetzlichsten Krieg zu verwickeln, den es je gesehen hat.

Ich halte die direkte Verständigung zwischen Deiner Regierung und Wien für möglich und wünschenswert und, wie ich Dir schon telegraphiert habe, setzt meine Regierung ihre Bemühungen fort, diese Verständigung zu fördern. Natürlich würden militärische Maßnahmen von Seiten Russlands, die Österreich als Drohungen ansehen würde, ein Unheil beschleunigen, das wir beide zu vermeiden wünschen, und meine Stellung als Vermittler gefährden, die ich auf Deinen Appell an meine Freundschaft und meinen Beistand bereitwillig übernommen habe.“[219]

Diese frei im Internet zugänglichen Quellen sind sehr lesenswert. Sie vermitteln einen Eindruck davon, wie die diplomatischen Gepflogenheiten zu der Zeit waren und wie die Regenten miteinander kommuniziert haben. Zar Nikolaus II. und Wilhelm II. haben sich „*Nicky*“ und „*Willy*“ genannt. Beispiel: Der Zar unterzeichnete mit: „*Dein dich liebender Nicky*“.[220] Im Vergleich dazu hat Wilhelm II. Briefe an den österreichischen Kaiser mit „*In treuer Freundschaft Wilhelm*“ unterzeichnet.[221]

---

218 Quelle: https://archive.org/details/diedeutschendoku12byukaut/page/ 58/mode/2up, aufg. am 29.8.2020 um 20:44.

219 Quelle: https://archive.org/details/diedeutschendoku12byukaut/page /76/mode/2up, aufg. am 29.8.2020 um 21:13.

220 Quelle: https://archive.org/details/diedeutschendoku12byukaut/page /84/mode/2up aufg. am 29.8.2020 um 21:13.

221 Beispiel: https://archive.org/details/diedeutschendoku12byukaut/page /162/mode/2u,p aufg. am 29.8.2020 um 21:13.

Am 30.7.1914 hat dann der Generalkonsul in Warschau an den Reichskanzler geschrieben: *„Russland befindet sich bereits in vollständiger Vorbereitung zum Kriege ...“*[222]

Ein Schreiben des Reichskanzlers an den Botschafter in Wien vom 30. Juli 1914 zeigt die zugespitzte Lage und ein wirkliches Bemühen um eine Entschärfung dieser Lage: *„Wenn Wien, wie nach dem telefonischen Gespräch Ew. Exz. mit Herrn von Stumm anzunehmen, jedes Einlenken, insbesondere den letzten Grey´schen Vorschlag (Telegramm Nr. 192) ablehnt, ist es kaum mehr möglich, Russland die Schuld an der ausbrechenden Konflagration zuzuschieben. S.M. hat auf Bitten des Zaren die Intervention in Wien übernommen, weil er sie nicht ablehnen konnte, ohne den unwiderleglichen Verdacht zu erzeugen, dass wir den Krieg wollten. Das Gelingen dieser Intervention ist allerdings erschwert, dadurch das Russland gegen Österreich mobilisiert hat. Dies haben wir England mit dem Hinzufügen mitgeteilt, dass wir eine Aufhaltung der russischen und französischen Kriegsmaßnahmen in Petersburg und Paris bereits in freundlicher Form angeregt hätten, einen neuen Schritt in dieser Richtung also nur durch ein Ultimatum tun könnten, das den Krieg bedeuten würde. Wir haben deshalb Sir Edward Grey nahegelegt, seinerseits nachdrücklich in diesem Sinne in Paris und Petersburg zu wirken, und erhalten soeben seine entsprechende Zusicherung durch Lichnowsky. Glücken England diese Bestrebungen, während Wien alles ablehnt, so dokumentiert Wien, dass es unbedingt einen Krieg will, in den wir hineingezogen sind, während Russland schuldfrei bleibt. Das ergibt für uns der eigenen Nation gegenüber eine ganz unhaltbare Situation. Wir können deshalb nur dringend empfehlen, dass Österreich den Greyschen Vorschlag annimmt, der seine Position in jeder Beziehung wahrt.“*[223]

Dieses Telegramm offenbart, dass es durchaus ein zweischneidiges Schwert war, was Deutschland in Bezug auf sein Einwirken auf Österreich-Ungarn unternommen hat. Einerseits, ja, da gab es offensichtlich Bemühungen, andererseits – schwierig – wenn diese Bemühungen demjenigen gegenüber, gegenüber dem sie erfolgen, „auf Bitten (der anderen Seite) übernommen wurden, weil man sie nicht hatte ablehnen können“ ...

Ein Telegramm des Königs von England an Prinz Heinrich von Preußen offenbart, dass der englische König durchaus anerkannt, hat, dass sich Wilhelm II. um den Erhalt des Friedens bemühte:

222 Quelle: https://archive.org/details/diedeutschendoku12byukaut/page /148/mode/2up, aufg. am 29.8.2020 um 21:13.
223 Quelle: https://archive.org/details/diedeutschendoku12byukaut/page /164/mode/2up, aufg. am 29.8.2020 um 21:13.

„(...) So erfreut von Wilhelms Bemühungen zu hören, sich mit Nicky über die Erhaltung des Friedens zu verständigen. (...) meine Regierung tut das Äußerste, um Russland und Frankreich nahezulegen, weitere militärische Vorbereitungen aufzuschieben, falls Österreich einwilligt, sich mit der Besetzung von Belgrad und angrenzendem serbischen Gebiet als Pfand für eine zufriedenstellende Regelung seiner Forderungen zu begnügen, während die anderen Länder ihre Kriegsvorbereitungen einstellen. (...)“.[224]

Zu Österreich-Ungarn:

Österreich-Ungarn stand in einem Rivalitätsverhältnis mit Russland in Bezug auf den Balkan.

Als das Attentat in Sarajevo den österreichisch-ungarischen Thronfolger das Leben gekostet hatte, hat Österreich-Ungarn bewusst ein unannehmbares Ultimatum an Serbien gestellt, weil es sich aufgrund des Blankoschecks der deutschen Unterstützung sicher wähnte, obwohl es wusste, dass Russland hinter Serbien stehen würde.

Unstrittig ist weiter, dass Serbien auf dieses Ultimatum so geschickt reagierte, dass auch Kaiser Wilhelm II. zu dem Schluss kam, dass es keinen Anlass mehr für einen Krieg gab, dennoch erklärte Österreich-Ungarn Serbien den Krieg.[225] Auch dies wird von zahlreichen Historikern und Autoren unterschlagen. Zum Beispiel Osburg/Klose. Hierzu sind allerdings die Primärquellen im Internet zugänglich unter. https://archive.org/details/diedeutschendoku12byukaut/page/264, aufg. am 29.8.2020 um 20:30.

Wilhelm II. schrieb auf die Antwort Serbiens hin: *„Eine brillante Leistung für eine Frist von blos 48 Stunden. Das ist mehr als man erwarten konnte! Ein großer moralischer Erfolg für Wien; aber damit fällt jeder Kriegsgrund fort, und Giesl hätte ruhig in Belgrad bleiben sollen! Daraufhin hätte ich niemals Mobilmachung befohlen!“*

Russland:

Auf Initiative des Zaren Nikolaus II. hat im Juli und August 1874 die Brüsseler Konferenz stattgefunden. Ein erster Versuch, Regeln für die Kriegsführung in Form eines völkerrechtlichen Vertrags festzulegen.[226] Daraufhin fand auf Vorschlag des Zaren zwischen 1899 und 1907 eine Friedenskonferenz in Den Haag statt, die sich mit

224 Quelle: https://archive.org/details/diedeutschendoku12byukaut/page /172/mode/2up, aufg. am 29.8.2020 um 22:00.
225 Zentner, S. 8 f.
226 Quelle: https://de.wikipedia.org/wiki/Haager_Landkriegsordnung, aufg. am 29.8.2020 um 15:14.

Möglichkeiten der Friedenssicherung befasste. Ein Ergebnis war die Vereinbarung von Regeln zur Kriegsführung: Die Haager Landkriegsordnung.[227] Es war also Russland, das als so aggressiv beschrieben wird, (bis heute!), welches sich für die Friedenssicherung maßgeblich und auch erfolgreich eingesetzt hat.

Russland war wie Deutschland damals im Aufstreben begriffen.[228] Der Anteil der Weltwirtschaftsleistung Russlands war von 1820 bis 1913 von 5,4 auf 8,6 in % gestiegen. Die Bevölkerung von 88.672 in Tausend im Jahre 1870 auf 156.192 in Tausend im Jahre 1913.[229]

Und es war auch schließlich nicht Russland, das den Krieg erklärte, sondern Deutschland erklärte Russland den Krieg.[230]

Russland hatte gerade einen Krieg mit Japan hinter sich, wobei Japan der Angreifer gewesen war.

England:

Erstaunlich ist besonders eine Aussage Winston Churchills bereits am 13. Februar 1913: „Man rechne mit seinem (Krieg) Ausbruch im September 1914."[231]

Warum hat er dies damals gesagt, und damit auch noch beinahe richtig gelegen. Eineinhalb Jahre vorher! Warum hat er damit gerechnet und was hat er dagegen unternommen? Und vor allem: Könnte Großbritannien auch ein Interesse an einem militärischen Konflikt gehabt haben?

Es genügt sicherlich nicht, nur das Verhalten Deutschlands zu untersuchen, denn bis zu dem Zeitpunkt, als sich Großbritannien einmischte, bzw. Deutschland den Krieg erklärte, hatte es sich um einen Krieg zwischen Deutschland, Österreich-Ungarn und Russland und Frankreich gehandelt. Ein Flächenbrand, aber kein Weltkrieg.

Auch in Großbritannien ist unter Historiker hochumstritten, welche Rolle eigentlich Großbritannien gespielt hat im Zusammenhang mit dem Ersten Weltkrieg.[232] Während ein Großteil der Historiker und Autoren Großbritannien und vor allem Winston Churchill und Sir Edward Grey die Rolle des Friedensstifters zusprechen, gibt es andere Autoren und Historiker, die zu ganz anderen Ergebnissen

---

227 Quelle: Osburg/Klose, S. 29.

228 Schulte, S. 47.

229 Schulte, S. 47.

230 Quelle: Chronik der Menschheit, S. 850.

231 Quelle: Simpson, S. 31, zit. aus Schulte, S. 30 f.; https://www.spiegel.de/ spiegel/print/d-42787456.html, aufg. am 26.8.2020 um 23:00.

232 Quelle ganzer Abschnitt: https://www.welt.de/geschichte/article12678 2684/Der-Kriegseintritt-kostete-England-sein-Empire.html, aufg. am 30.8.2020 um 7:50.

kommen.[233]

Der Kriegseintritt der Briten und die Motive der Regierung von Premierminister Asquith waren und sind bis heute hochumstritten. Nach der Auffassung solcher Historiker hatte der Krieg auf dem Festland nichts mit Großbritannien zu tun und ein Eintritt war „unnötig". Downing Street hatte Deutschland ein Ultimatum gestellt. Bis Mitternacht kontinentaleuropäischer Zeit sollte sich das Reich erklären. Den Briten ging es dabei offiziell um Belgien. Die deutschen Truppen hatten am Morgen die belgische Grenze auf dem Weg nach Frankreich überschritten. Großbritannien zählte zu den Mächten, die Belgien die Neutralität versichert hatten.

Deutschland ließ das Ultimatum verstreichen, denn in Berlin hatten sie keine Alternative zum Schlieffenplan.

Historiker haben aber erkannt, dass nicht Belgien das alleinige Motiv Großbritanniens war.

Der wirtschaftliche Aufschwung Deutschlands und Russlands dürfte Großbritannien ein Dorn im Auge gewesen sein, aber auch der Flottenbau der Deutschen.

Großbritannien hatte eine Weltmachtstellung, die es bestimmt nicht freiwillig aufgeben wollte. London wollte das Deutsche Reich vielmehr auf dessen Weg zur Weltmacht stoppen. London hatte zwar eigentlich Russland als den Hauptrivalen ausgemacht, aber ein Krieg gegen Russland erschien England zu riskant. Ein oft in der Geschichte gesehenes Mittel ist in solch einem Fall, die Konkurrenten gegeneinander auszuspielen, sodass sie sich gegenseitig schwächen.

Viele Historiker sind sich heute einig: Der britische Kriegseintritt war auch ein Ergebnis von politischem Wankelmut. Außenminister Sir Edward Grey hatte mehrmals seine Haltung gewechselt und stand sogar kurz vor seinem Rücktritt, bevor er das Parlament von der Notwendigkeit eines Kriegseintritts überzeugte. Es waren auch seine Geheimverhandlungen mit Russland über ein Flottenabkommen, die in Berlin durchaus registriert worden waren und das Vertrauen zerstört hatten, das die Berliner Regierung in Großbritannien gesetzt hatte.[234]

Vertrauen, ist ein wichtiges Schlagwort. Vertrauen ist ein wichtiges Gut. Es begründet auch die Beziehungen zwischen den Staaten. Einer der Gründe, warum sich Spitzenpolitiker bis heute (tja, alles wird anders in der Coronapanik!) die Mühe machen und sich „leibhaftig" besuchen, anstatt per Telefon oder Skype oder Satelliten-

---

233 So etwa Schulte, S. S. 49 ff., S. 91 ff.

234 Quelle ganzer Abschnitt: https://www.welt.de/geschichte/article1267 82684/Der-Kriegseintritt-kostete-England-sein-Empire.html, aufg. am 30.8.2020 um 7:50.

Schaltung zu sprechen, ist, dass Kommunikation eben nicht nur Inhalt ist, sondern auch aus nonverbalen Signalen wie Lächeln oder Körperhaltung besteht. Im Gespräch entsteht Vertrauen.[235]

Henry Hughes beschreibt Winston Churchill als einen Mann, den der Kriegsausbruch mit „wilder Begeisterung" erfüllte.[236]

Winston Churchill, der bereits am 28.7.1914, also vor Ausbruch des Krieges, eine Order an die Flotte erlassen hatte, sich unter größter Geheimhaltung auf Gefechtsstand nach Scapa Flow auf die nördlichen Orkney-Inseln zu begeben, schrieb sodann von seinem Amtssitz aus an seine Frau: „28.7. Midnight/ My darling One & beautifull – Alles treibt auf Katastrophe und Zusammenbruch zu. Ich bin interessiert, in vollem Gang und glücklich. Ist es nicht schrecklich, so gebaut zu sein? Die Vorbereitungen üben auf mich eine widerliche Faszination aus. Ich bete zu Gott, dass er mir solche furchtbaren Anwandlungen der Leichtigkeit verzeiht. – Und doch würde ich mein Bestes geben für den Frieden & nichts könnte mich dazu verleiten, unberechtigterweise den ersten Schlag zu führen. Eine Welle des Wahnsinns (hat) den Geist der Christenheit überspült. Niemand kann die Folgen absehen. Ich habe mich gefragt, ob diese dummen Könige und Kaiser nicht zusammenkommen und wahres Königtum wieder beleben könnten dadurch, dass sie die Nationen vor der Hölle bewahren. Wir alle driften in dumpfer, starrer Trance dahin. Als ob es die Operation von jemand anders wäre."[237]

Bereits am 8. April 1904 haben England und Frankreich eine Reihe Sonderabkommen, sog. Entente cordiale, sowie Frankreich und Spanien Geheimverträge geschlossen. Das war zur selben Zeit, wie der Versuch des Kaisers, mit Russland ein Defensivabkommen zu ratifizieren. Bei den Sonderabkommen und Geheimverträgen ging es vordergründig um die „Verscherbelung der Welt" (Kolo-nisation): „Wer kriegt Marokko". Hintergründig ging es um das Machtgefüge in der Welt. Wer bekommt am meisten und kann damit seine Machtposition ausbauen. Am 9. und 11. November 1911 wurden die Geheimverträge veröffentlicht. Ziel dieser Staaten war es, Deutschland zu isolieren.[238]

In den Geheimgesprächen Englands mit Russland, von denen die deutsche Führung im Frühjahr 1914 durch einen Agenten in der russischen Botschaft in London erfuhr, ging es zum einen um ein

---

235 Quelle: https://www.welt.de/geschichte/article125066272/Der-Fall-Edathy-und-der-Kriegsausbruch-1914.html, aufg. am 30.8.2020 um 7:50.

236 Quelle: Hughes, S. 139, zit. aus Schulte, S. 32.

237 Quelle: https://www.welt.de/geschichte/article123683306/Britischer-Minister-gibt-Deutschen-die-Kriegsschuld.html, aufg. am 30.8.2020 um 8:50.

238 Quelle ganzer Absatz: Schulte, S. 41.

Flottenabkommen und die Aufteilung der Interessensphären, aber es ging auch um eine Zusammenarbeit bei einem möglichen Krieg gegen Deutschland.[239]

Als deutsche Diplomaten daraufhin in London zur Sprache brachten, dass derartige Gespräche essentielle deutsche Interessen tangieren würden, dementierte Sir Edward Grey einfach rundweg, dass es solche Verhandlungen gegeben habe. Damit zerstörte er kurz vor den Schüssen in Sarajewo das Vertrauen der deutschen Führung in die britische.[240]

Interessant und suspekt zugleich ist auch, dass sich sowohl England, als auch Frankreich 1914 längst für einen Krieg gegen Deutschland gerüstet hatten und auch längst alle Schritte für ein Bündnis unternommen hatten, bevor der Krieg überhaupt losging und Churchill auch schon 1913 fest mit einem Krieg rechnete.[241]

Bereits 1912 berichtete der russische Außenminister Sergei Dmitrijewitsch Sasonow dem russischen Zaren: *„England versprach, Frankreich an Land zu unterstützen, indem es eine Expedition von 100 000 Mann an die belgische Grenze schickte, um die vom französischen Generalstab erwartete Invasion Frankreichs durch die deutsche Armee durch Belgien abzuwehren.“*[242]

Aufschlussreich ist auch immer wieder, sich vor Augen zu führen, welches Land eigentlich in wie viel militärische Konflikte verstrickt ist und wer jeweils welche Interessen verfolgt. Gerade hierfür ist es wichtig, möglichst einen langen Zeitraum zu betrachten. Es zeigt sich jedenfalls in Bezug auf England, dass es über Jahrhunderte von einem Konflikt zum nächsten Konflikt gegangen ist, dass es stets das Interesse verfolgt hat, seine Machtposition zu festigen und dass es dafür alle Register gezogen hat. Es hat bei der Kolonialisierung ganz vorne mitgespielt, ebenso beim Imperialismus.

Hier stellt sich die Frage, inwiefern es eigentlich plausibel ist, wenn es heißt, England habe sich „bedroht“ gefüllt von den Expansionsbestrebungen des deutschen Kaisers.

Deutschland hatte bis zum Zeitpunkt der Reichsgründung 1871 keine kolonialen Besitzungen. 1884/85 erwarb es eigene Kolonien in Afrika, nachdem deutsche Kaufleute, die in verschiedenen Teilen Afrikas aktiv waren, zur Durchsetzung ihrer Interessen staatliche Hilfe in Anspruch nehmen mussten, etwa der Kaufmann Adolf

---

239 Quelle: https://www.welt.de/geschichte/article125066272/Der-Fall-Edathy-und-der-Kriegsausbruch-1914.html, aufg. am 30.8.2020 um 7:50.

240 Quelle: https://www.welt.de/geschichte/article125066272/Der-Fall-Edathy-und-der-Kriegsausbruch-1914.html, aufg. am 30.8.2020 um 7:50.

241 Schulte, S. 16 ff.; S. 41.

242 Ponsonby, S. 31. zit. aus Schulte.

Lüderitz, dessen Geschäfte in Namibia 1884 in Schwierigkeiten gerieten. (Im Vorfeld hatten übrigens protestantische Missionare in Übersee für das deutsche Reich geworben!) Zusammen mit der Übernahme formaler Kontrolle über Togo und Kamerun war damit 1884/85 das deutsche Kolonialreich in Afrika etabliert.[243]

Bis 1886 kamen noch Nord-Neuguinea, die Marshall und Salomon-Inseln, sowie der sog. Bismarck-Archipel dazu. 1897 und 1899 erklärte das Reich neben dem Flottenstützpunkt Kiautschou in China noch weitere asiatische Territorien in kleinerem Umfang zu Schutzgebieten und zwar die pazifischen Inseln Karolinen, Marianen und Palau, sowie den Westteil Samoas.[244]

Der Fläche nach war das deutsche Kolonialreich das viertgrößte in der Welt, hinter denen von Großbritannien, Frankreich und Russland. Doch die räumliche Ausdehnung ist nicht das wichtigste Kriterium für seine historische Bedeutung. Erstens war es sehr kurzlebig, bis auf Deutsch-Ostafrika fielen alle deutschen Kolonien bereits zu Beginn des ersten Weltkriegs an die Alliierten. Auch ökonomisch waren die Kolonien unerheblich. Ihr Anteil am deutschen Außenhandel lag bei nur 2,5 %. Rosa Luxemburg hat schon 1899 darauf hingewiesen, dass das Deutsche Reich mit den britischen Kolonien mehr Handel treibt, als mit den eigenen.[245]

Frankreich und Großbritannien hatten mit der militärischen Besetzung Tunesiens 1881 und Ägyptens 1882 den Startschuss für den „scramble of Africa“ gegeben, die Aufteilung des Kontinents unter den imperialistischen Mächten.

Auch die Art und Weise der Kriegführung Großbritanniens wirft gewichtige Fragen auf. So haben sich in Großbritannien viele Freiwillige von der Propaganda Londons in den Krieg treiben lassen. Downing Street hatte unter anderem gefälschte Berichte verbreiten lassen, wonach deutsche Soldaten Säuglingen die Hände abgeschnitten und Nonnen gekreuzigt hätten.[246]

Balkan:

Bei der Bundeszentrale für politsiche Bildung liest der sich bilden wollende Bürger: Nach den Balkankriegen, „die mit bis dahin ungekannten Grausamkeiten gegen Soldaten und Zivilisten sowie

243 Quelle: https://www.bpb.de/izpb/224747/deutschland-in-der-welt, aufg. am 29.8.2020 um 20:00.

244 Quelle: https://www.bpb.de/izpb/224747/deutschland-in-der-welt, aufg. am 29.8.2020 um 20:00.

245 Quelle: https://www.bpb.de/izpb/224747/deutschland-in-der-welt, aufg. am 29.8.2020 um 20:00.

246 Quelle: https://www.welt.de/geschichte/article126782684/Der-Kriegseintritt-kostete-England-sein-Empire.html, aufg. am 30.8.2020 um 8:44.

ethnischen Säuberungen großen Ausmaßes" einhergingen[247], kam es immer wieder zu Spannungen zwischen einzelnen Mächten, vor allem aber zwischen Österreich auf der einen und Serbien und dem Zarenreich auf der anderen Seite. (...) Zur selben Zeit verschärften sich auch die Spannungen zwischen Griechenland und der Türkei im Streit um die Inseln der Ägäis.[248]

Historiker schreiben Serbien in der Zeit vor dem Ersten Weltkrieg zu, eine „hypernationalistische" Gesellschaft gehabt zu haben, die nach einem südslawischen Imperium gestrebt hätte.[249]

Dennoch hat Serbien durch kluge Formulierungen die Krise im Zusammenhang mit dem Ultimatum entschärft. Hierzu sind die Primärquellen im Internet zugänglich unter. https://archive.org /details/diedeutschendoku12byukaut/page/264, aufg. 29.8.2020, 20:30.

Serbien wurde gezielt mit französischem Kapital gerüstet, obgleich ein solches südslawisches Imperium die „Vernichtung" des Habsburgerreiches vorausgesetzt hätte.[250]

Mit dem Druck, den Paris zugleich auf Russland ausübte, dass die Schutzmacht Serbiens darstellte, um das Zarenreich im Bündnis zu halten, entstand eine Situation, die in Deutschland als Angriff auf die eigene Position interpretiert wurde.[251]

Zudem wird inzwischen auch diskutiert, inwiefern die Konstellation der drei Herrscher George V., Wilhelm II. Und Nikolaus II., die allesamt Cousins und mit der verstorbenen Victoria von England verwandt waren, inwiefern also die (problematischen) Familienverhältnisse eine tragende Bedeutung hatten.[252] Dies ist angesichts der Bedeutung, die psychologischen Faktoren auch in der Politik zukommt, ein beachtenswerter Faktor.

Personen, die eifrig dem Krieg zugearbeitet haben, lassen sich nicht nur in der deutschen Führungsriege ausmachen.

---

247 Dies ist ein Zitat aus https://www.bpb.de /apuz/156347/europa-am-abgrund-grossmaechte-zwischen-krisendiplomatie-und-aufruestung, dem sich die Autorin ausdrücklich **nicht** anschließt, etwa mit Blick auf die Grausamkeiten gegen die amerikanischen Ureinwohner im 15.-19. Jahrhundert! Ist es nicht ungeheuerlich, dass sich solch eine Bagatellisierung grauenhaftester kolonialistischer und imperialistischer Verbrechen auf einer Informationsseite der Bundeszentrale für politische Bildung findet?!

248 Quelle: https://www.bpb.de/apuz/156347/europa-am-abgrund-grossmaechte-zwischen-krisendiplomatie-und-aufruestung, aufg. am 30.8.2020 um 8:44

249 Quelle: https://www.welt.de/geschichte/article125066272/Der-Fall-Edathy-und-der-Kriegsausbruch-1914.html, aufg. am 30.8.2020 um 8:20.

250 Quelle: https://www.welt.de/geschichte/article125066272/Der-Fall-Edathy-und-der-Kriegsausbruch-1914.html, aufg. am 30.8.2020 um 8:20.

251 Quelle: https://www.welt.de/geschichte/article125066272/Der-Fall-Edathy-und-der-Kriegsausbruch-1914.html, aufg. am 30.8.2020 um 8:20.

252 Quelle: https://www.abendblatt.de/vermischtes/article124570468/Der-Krieg-der-koeniglichen-Cousins.html, aufg. am 27.8.2020 um 13:30.

Demgemäß ist auch die Darstellung unzutreffend, Europa sei in die Katastrophe des ersten Weltkriegs „hineingeschliddert", wie etwa der Historiker Lloyd George 1919 erklärte.[253] Genauso falsch ist es, davon zu sprechen, es seien „Schlafwandler" gewesen, die den Krieg verursacht haben, wie es Clark tut.[254]

Im Jahre 1914 kippte die Stimmung vollends, könnte man sagen, denn es waren benennbare Staatsmänner, die die Einsicht, dass es einen Krieg zu verhindern galt, plötzlich nicht mehr hatten, sondern den Wunsch nach einer Entscheidung herbeiredeten und dafür agierten. Warum das zu dem Zeitpunkt geschah, darüber streiten die Historiker freilich wieder. Es wird beschrieben, dass der Krieg in weiten Teilen der Gesellschaft als „reinigendes Gewitter" regelrecht begrüßt wurde[255], wobei wir bei der Rolle der Medien und der Industrie angelangt wären.

Womöglich haben sich hier Wellen gegenseitig aufgeschaukelt und vielleicht haben auch viele den Druck nicht mehr ausgehalten, quasi eine Flucht nach vorne unternommen, um aus der Anspannung herauszukommen. Hier könnten auch die Medien eine entscheidende Rolle gespielt haben.

Anders als in den Jahrhunderten zuvor hatten die Verantwortlichen, ob es sich nun um Politiker oder Militärs oder Monarchen handelte, bei ihren Entscheidungen die Stimmung der öffentlichen Meinung, vor allem der jeweiligen Parlamente in Rechnung zu stellen. Der kritischen Öffentlichkeit musste demonstriert werden, dass die Regierung in der Lage war, Macht, Prestige, Reichtum und Wohlstand zu garantieren.

Alle Regierungen sahen sich im Zeitalter des Nationalismus und rivalisierender Imperialismen, sowie eines sozialdarwinistischen Denkens. Das Szenario, für die jeweilige Doktrin militärisch zu kämpfen, war weithin verbreitet und akzeptiert.

Vor diesem Hintergrund gab es in vielen europäischen Staaten schließlich genügend Leute, die einen Krieg für ihre Sache als unvermeidlich ansahen. Alle behaupteten, den Krieg nicht zu wollen, aber dazu gezwungen zu sein. Und das waren die Gemäßigten! – Die radikaleren Zeitgenossen, zum Beispiel im Alldeutschen Verbund, zu dem auch Alfred Hugenberg gehörte, der wiederum den Großteil der deutschen Medien besaß und deren politische Ausrichtung bestimmte, plädierten gar für einen Staatsstreich, wenn die Regierung nicht bald eine Entscheidung durch einen Krieg

---

253 Osburg/Klose, S. 32.
254 In sofern richtig: Gietinger/Wolf.
255 Quelle: Meidenbauer, S. 101.

herbeiführen würde.[256]

Die europäischen Staaten standen also jeweils innenpolitisch unter großem Druck, aber auch außenpolitisch zueinander in sehr gespannten Verhältnissen. Die Medien haben in einer solchen Situation viel Macht, indem sie die Stimmung in die eine oder andere Richtung treiben.

Es kann somit insgesamt wohl sicher gesagt werden, dass weder Kaiser Wilhelm II., noch Deutschland die Alleinschuld traf, wie später im Versailler Vertrag erklärt. Denn dem stehen gewichtige Zeugnisse entgegen.

Die damalige Situation lässt sich zutreffender als „Pulverfass Europas" bezeichnen. Was sich da entlud, waren lange und systematisch aufgestaute Konflikte, wie zum Beispiel der britisch-deutsche Flottenkonflikt, alte deutsch-französische „Rechnungen" aus dem Krieg von 1870-71 und die russisch-österreichische Konkurrenz auf dem Balkan, aber auch das Interesse Großbritanniens, Deutschland in die Schranken zu weisen und nicht zu mächtig werden zu lassen und die Quittung Großbritanniens an Deutschland, das 1904 versucht hatte, ein Defensivbündnis mit Russland zu schließen, um nur einige zu nennen. Zudem handelte es sich bei den Staatsoberhäuptern nicht etwa um solche, die wegen ihrer besonderen Befähigungen ihr Amt inne hatten, sondern um Erbmonarchen, die, dazu komme ich im zweiten Teil des Romans noch sehr ausführlich, alle auch privat, massiv unter Druck standen, was aus meiner Sicht nicht ausgeblendet werden darf, wenn man nach den Motiven und den Ursachen für deren Handlungen sucht. Das ganze imperialistische, kolonialistische und erbmonarchistische System steckte in einer Krise, einer Sackgasse, was möglicherweise zu dem Eindruck oder Empfinden beigetragen hat, es brauche ein „erlösendes Gewitter". Die damalige europaweite Atmosphäre ist ganz gewiss aus heutiger Perspektive gar nicht mehr nachempfindbar.

Die Beschreibung: „Die imperialistischen Rivalitäten der Großmächte (Großbritannien, Frankreich, Russland und Deutschland), die Nationalismen der kleineren Völker, besonders im Vielvölkerstaat Österreich-Ungarn, aber auch der harte Wettbewerb zwischen den Industrieländern führten in den ersten Jahren des 20. Jahrhunderts zu vielfachen Spannungen und Krisen im Weltstaatensystem", bei Zentner, S. 8 beschreibt die Verstrickungen in ziemlich treffender Weise, wobei sie dann wieder für sich genommen in ihrer Kürze so allgemein gehalten ist, dass sie auch nicht weiterführt.

---

256 Quelle ganzer Abschnitt: https://www.bpb.de/apuz/156347/europa-am-abgrund-grossmaechte-zwischen-krisendiplomatie-und-aufruestung, aufg. am 30.8.2020 8:44

Um die sogenannte Schuldfrage zu beantworten bedarf es einer eingehenden Studie, der damaligen Ereignisse. Sehr lesenswert ist hierzu: Fabian, S. 307 ff., sowie Schulte, S. 30 ff.

Es mag den Eindruck erwecken, es ginge zu weit, all diese Faktoren mit in die Überlegung der Kriegsschuldfrage einzubeziehen, aber dieser Eindruck ist meines Erachtens unzutreffend. Ganz im Gegenteil. Es ist in der Geschichte fast immer, wenn nicht gar immer erforderlich, sehr große Kreise, sowohl zeitlich als auch räumlich zu ziehen, um ein der Wirklichkeit nahes Bild zu erhalten.

Fabian und Schulte legen sehr anschaulich dar, dass und warum es sehr wichtig ist, genau herauszuarbeiten, wer die Kriegstreiber waren und wer welche Verantwortung trägt, damit in der Zukunft solche Kriege verhindert werden können. Das fatalste, was man hingegen diesbezüglich tun kann, ist, undifferenziert ganzen Gruppen, oder einer Gruppe, wie „den Deutschen" oder „den Industriellen" oder „den Franzosen" die Schuld zuzuschieben. Das ist immer falsch und führt auch nicht weiter. Wir erleben es gerade wieder zum Beispiel im Russland-Ukrainekrieg. Es ist fatal im hier und jetzt und es wird nochmal fatal in der Zukunft wirken, wenn wieder die genauen Umstände nicht aufgedeckt, sondern verschleiert werden und die Keimstätte der nächsten Konflikte bilden. Ebenso fatal ist es, die Schuldfrage einfach nicht zu beantworten, indem die Akteure als „Schlafwandler" beschrieben werden.

Nähert man sich einerseits der damaligen Ausgangslage und all ihrer Facetten möglichst umfassend an und stellt dann, so wie Fabian und Schulte es tun, fest, dass es bestimmte Personen in der Geschichte in verschiedenen Staaten waren, die da an Stellschrauben gedreht haben, dann lässt sich überlegen, wie man künftig verhindern kann, dass solche Personen wieder solchen Schaden anrichten können. Beispielsweise: Militärs, wie Moltke, dürfen verfassungsmäßig nicht über oder neben dem ranghöchsten Politiker stehen und der/die ranghöchsten Politiker dürfen keine ausgeprägte Militärausbildung gehabt haben, denn Militärs denken eben in erster Linie in Kriegsdimensionen.[257]

Sehr ungünstig ist zudem, wenn diejenigen, die mit Kriegshetze, verdienen, dann auch im Krieg verdienen und hinterher wieder am Aufbau. Solche unappetitlichen Verknüpfungen lassen sich etwa im Pressewesen, aber auch in der Industrie ausmachen, die wiederum in der Geschichte oft eng miteinander verbandelt waren und maß-

257 Quelle: Fabian, S. 307.

geblichen Einfluss auf die öffentliche Meinung hatten.[258] Wir sehen solche Verquickungen auch jetzt wieder in den Konflikten unserer Zeit. Sie stellen immense Gefahren für den Frieden dar.

Und wie sieht die Auseinandersetzung mit dem Thema heute an den Schulen aus? Greifen wir uns ein exemplarisches Lehrbuch heraus: In dem Lehrbuch „Expedition Geschichte 3, von der Zeit des Imperialismus bis zur Gegenwart", 1999 Verlag Moritz Diesterweg GmbH und Co., Frankfurt am Main, herausgegeben von Prof., Dr. Osburg/ Dr. Klose, S. 30, verwendet im Geschichtsunterricht der 10. Klasse in MV im Jahre 2020, steht zu dem Ultimatum, dass Österreich-Ungarn an Serbien gestellt hat lediglich folgender Satz: „Nachdem österreichische Forderungen durch Serbien nicht vollständig erfüllt wurden, erklärte Österreich am 28. Juli Serbien den Krieg." Weiter heißt es: „Ein letzter Vermittlungsversuch Großbritanniens scheiterte am deutschen Widerstand: Jeder weitere Tag hätte den Erfolg des deutschen Aufmarschplans gefährdet." Kann man das als Zusammenfassung des zuvor dargelegten verstehen? Passt das irgendwie mit dem Sachstand der Forschung zu dem Thema zusammen? Das ist in seiner Verkürzung so missverständlich, dass es zu einem vollkommen schiefen, wenn nicht gar falschen Bild der damaligen Verantwortlichkeiten führt. Das österreichische Ultimatum war für Serbien unannehmbar. Das hatte Österreich bewusst so verfasst und Serbien hat darauf tatsächlich so geschickt reagiert, dass selbst der deutsche Kaiser anerkannt hat, dass es keinen Anlass mehr für einen Krieg gibt, dennoch erklärte Österreich-Ungarn Serbien den Krieg.[259] Es war nicht Serbien, das hier die Schrauben weitergedreht hat. Mit keinem Wort erwähnt das Buch, dass der deutsche Kaiser ebenfalls Versuche unternommen hat, dass Geschehen abzuwenden, indem er zum Beispiel am 31. Juli 1914 die in oben genannte Depesche an Zar Nikolaus II. und König George V. sandte, in seinem Stab jedoch zu dem Zeitpunkt längst andere Köpfe die Führung über Wilhelm II. hinweg übernommen hatten.[260]

Dann wird auf Seite 32 auch noch Fritz Fischer zitiert aus seinem Werk: Griff nach der Weltmacht". Deutschland habe es im Juli 1914 bewusst auf einen Konflikt mit Russland und Frankreich ankommen lassen. Die deutsche Reichsführung trage den entscheidenden Teil der historischen Verantwortung für den Ausbruch des allgemeinen Krieges. So allgemein gehalten und unter dem Titel „Griff nach

---

258 Quelle: Fabian, S. 311.

259 Quelle: Zentner, S. 8 f.

260 Quelle: Schulte, S. 34; https://www.planet-wissen.de/geschichte/persoenlichkeiten/kaiser_wilhelm_der_zweite/index.html#Weltkrieg, aufg. am 27.8.2020 um 11:57.

der Weltmacht“ vermittelt diese Formulierung ein ausgesprochen verzerrtes Bild der damaligen Gemengelage. Eine Weltmacht werden zu wollen ist etwas ganz anderes, als die Welt beherrschen zu wollen. Deutschland wollte eine Weltmacht werden. Der Titel: Griff nach der Weltmacht kann aber auch bedeuten, Deutschland wollte die Welt beherrschen. So war es nicht. Fischer ist sowieso inzwischen in Zweifel gezogen worden von Stimmen mit gewichtigen Argumenten. Leider versäumt das Buch zudem komplett, auf die Interessenlagen der anderen Staaten einzugehen, etwa Großbritannien. Damit werden unsere Kinder kaum befähigt werden, Überlegungen anzustellen, wie es zu solchen Konflikten kommt und was man ihnen entgegensetzen kann.

Das Böse Ende, das kein Ende war:

Im Gefolge dieses ersten Weltkrieges hat die Nachkriegspropaganda eine so beherrschende Rolle gespielt, dass die Politik nach 1918 partiell als Fortsetzung des Krieges mit anderen Mitteln angesehen werden kann.

So stritten einerseits die ehemaligen Kriegsgegner mit großem publizistischen Aufwand über die Kriegsursachen und versuchten sich reinzuwaschen und einer der anderen Seiten die Schuld zuzuschieben. Zum anderen wurde der Versailler-Vertrag insbesondere in Deutschland als grobe Ungerechtigkeit und nationale Demütigung angesehen und als „politischer Dauerbrenner“ für Agitation und Propaganda regelrecht ausgeschlachtet. Damit einher ging die Vergiftung der Öffentlichen Meinung mittels der Dolchstoßlegende.[261]

Der britische Politiker und Friedensaktivist Arthur Ponsonby soll zehn Jahre nach Kriegsende gesagt haben, nie habe sich der Journalismus stärker diskreditiert, als im ersten Weltkrieg. Er formulierte die sog. zehn Prinzipien der Kriegspropaganda:

1. Das feindliche Lager trägt die alleinige Schuld am Krieg
2. Wir sind unschuldig und friedliebend.
3. Der Feind hat dämonische Züge.
4. Wir kämpfen für eine gute Sache, der Feind für eigennützige Ziele.
5. Der Feind begeht mit Absicht Grausamkeiten, bei uns ist es ein Versehen.
6. Der Feind verwendet unerlaubte Waffen.
7. Unsere Verluste sind gering, die des Gegners aber enorm.

261 Quelle ganzer Abschnitt: Teusch, S. 16.

8. Unsere Sache wird von Künstlern und Intellektuellen unterstützt.
9. Unsere Mission ist heilig.
10. Wer unsere Berichterstattung in Zweifel zieht, ist ein Verräter.[262]

Kommen Ihnen diese Aussagen und Parolen bekannt vor? Sie werden bis heute benutzt. Trifft man auf sie, sollten in höchstem Maße die Alarmglocken schrillen!!! Denn jedes staatliche Handeln basiert immer auf Interessenverfolgung und zwar auf allen Seiten.

Zum neuen Werk in Leuna

Für den Bau dieses neuen Werks ließ sich der Naturliebhaber Bosch wieder einmal in der Freizeit inspirieren. Er hatte soeben Urlaub gemacht südlich von Merseburg bei dem Dörfchen Leuna und eben dort wollte er die Idylle für das neue Werk nutzen. Hermann Schmitz, der im zweiten Weltkrieg wieder auftauchen wird, ein Mann, der jetzt gerade im Ministerium, aber schon knappe vier Jahre später, ab dem 1. Juli 1919 als Vorstandsmitglied der BASF seinen Dienst am Vaterland tut, richtete Bosch alles nach Wunsch. Der Krieg brachte den Vorteil mit sich, dass man in Bezug auf die behördlichen Genehmigungen und die Errichtung weit weniger Aufhebens veranstalten musste. Der zivilrechtliche Weg hinsichtlich der erforderlichen Enteignungen konnte einfach ausgespart werden. Völlig umstandslos wurden die behördlichen Genehmigungen und die Enteignungen mittels militärischen Befehls umgesetzt. Das war auch ein großes Glück für die BASF, denn die zu enteignenden befanden sich schließlich teilweise an der Front und wie sollte man sie da fragen, ob sie ihr Land hergaben. Es sollte genügen, sie nach der (möglicherweisen) Rückkehr vor vollendete Tatsachen zu stellen. Man soll eben immer das Beste aus allem machen. Unter diesen Umständen ließ sich das komplette Leuna-Werk innerhalb eines Jahres hochziehen.

Besonders hübsch stellte sich zudem dar, dass der erste Spatenstich für das Leuna-Werk am 19. Mai 1915 auf einem Acker gesetzt wurde, wo gerade der Weizen zu wachsen anfing; Crookes sollte Recht behalten. Bei der synthetischen Erzeugung von Salpeter handelte es sich auf so vielfältige Weise tatsächlich um eine Frage auf Leben und Tod.[263]

---

262 Quelle: Teusch, S. 31.
263 Quelle ganzer Abschnitt: Köhler, S. 32 f., 35.

Sogenannte Blattlinie

Die eigentlichen Zwecke der Medien sind: Meinungsbildungs-, Diskurs und Kontrollfunktion, Presse als Vierte Gewalt im Staat. Dazu müssten die Medien Diskurse anstoßen, Pro und Kontra zu Wort kommen lassen und abbilden. Aber tatsächlich gilt für Journalisten, sich an der vorherrschenden Meinung des Berufsstandes zu orientieren, um anerkannter Teil des Berufsstandes zu sein. Das ist wichtiger als eine eigene, nicht mehrheitstaugliche Meinung. Im professionellen Habitus ist zudem verankert, mit eigenen Fragen und Recherchen innerhalb des eigenen Denkkorridors zu bleiben. Alles andere wäre systemdestabilisierend, so jedenfalls Noam Chomsky und Edward S. Herman. Medien sollen eigentlich die Bürger informieren und die Politiker kontrollieren. Das ist aber bei Unterminierung der inneren Pressefreiheit nicht möglich. Tatsächlich ist es daher andersherum. Die Politiker werden informiert über die Meinungen im Volk, das Volk wird kontrolliert durch steuernde Beiträge. Dahinter steht der Zweck, der inzwischen die Medienwelt beherrscht: Der Mainstream hat nicht die Aufgabe, die Wahrheit herauszufinden, sondern systemstabilisierend zu wirken und zwar für die herrschende Elite. Journalisten, die anders denken, werden durch die innerredaktionelle Presseunfreiheit daran gehindert, dies nach außen zu vertreten. Beispiel Stuttgart 21: Die Medien haben dieses Projekt über vier Jahre nahezu ausnahmslos gelobt und verteidigt. Das nennt sich Blattlinie.[264]

Dolchstoßlegende

Diese sog. Dolchstoßlegende besagt, dass am Ende des ersten Weltkriegs Teile der deutschen Bevölkerung, insb. die Linke einschließlich der Sozialdemokratie, den im Kampf stehenden Truppen durch Streiks und Aufruhr in den Rücken gefallen seien. Dies habe die Kapitulation Deutschlands verursacht. Damit verdrehte Hindenburg die Tatsachen vollständig. Die kaiserlichen Generäle wussten von allen am besten, dass der Krieg unter ihrer Führung bereits militärisch verloren war, bevor die Auflösungserscheinungen an der Westfront begannen und dass diese vor allem auf Erschöpfung und Verzweiflung zurückzuführen waren. Es war die OHL selbst gewesen, die die von ihr gewünschte parlamentarische Regierung sofort zu einem kapitulationsähnlichen Waffenstillstandsgesuch gezwungen hatte. Bereits am 14. August 1918, nach der

---

264 Nachdenkseiten, Die Art. 5 Falle. Zur inneren Pressefreiheit, Artikel vom 23.5.2020, aufg. am 2.9.20 um 16:00.

Schlacht bei Amiens, hatte die OHL den Kaiser davon in Kenntnis gesetzt, dass der Krieg militärisch nicht mehr zu gewinnen sei. Unfähig zum Kompromiss gab es für die deutsche Führung jedoch nur Sieg oder Niederlage – zu einem Zeitpunkt, als die feindlichen Truppen noch weit von den Grenzen des deutschehn Reiches entfernt waren. Sie wussten also genau, dass sich die Revolution erst Bahn gebrochen hatte, als die Illusion vom „Siegfrieden" bereits geplatzt war.

Diese Deutung Hindenburgs wurde im Folgenden unablässig von der Presse aufgegriffen und weiter gewoben. Zum Beispiel von der Neuen Zürcher Zeitung bereits 1918.

Sie trieb einen tiefen Dorn in die Gemüter, die schwer an den Folgen des Krieges trugen, obwohl später „Dolchstoß"-Prozesse geführt wurden, und sogar ein parlamentarischer Untersuchungsausschuss eingesetzt wurde, der die Vorwürfe schon 1925 eindeutig widerlegte.

Diese Legende ist ein trauriger Beleg dafür, dass es durchaus die große Mehrheit unter Leitung der wichtigsten gesellschaftlichen Stellen sein kann, die sogenannte Verschwörungsmythen verbreitet. Dass nach dieser Mythenbildung Hindenburg weiterhin eine tragende politische Rolle spielen konnte, ist einer der großen Fallstricke für die Weimarer Republik geworden.[265]

Weltbühne

Die Weltbühne, die Wochenschrift für Politik, Kunst, Wirtschaft war damals die bekannteste politische Zeitschrift. Ihre Bedeutung ist vergleichbar mit der des Hamburger Nachrichtenmagazins Der Spiegel in den 1980er Jahren. Im Parlament, in den Parteizentralen und in den zahlreichen Zirkeln wurde das „rote Heft" gelesen und diskutiert. Die Weltbühne musste man gelesen haben, um auf dem Laufenden zu sein, um mitreden zu können. Zuletzt hatte die Auflage ca. 12 000 Exemplare. Einige wenige Auflagen brachten es sogar auf 17 000 Exemplare.

Die Weltbühne war ein unabhängiges, keiner Parteilinie verpflichtetes Blatt, auch nicht von mächtigen Anzeigenkunden war die Zeitschrift abhängig. Allein die Auflage musste die Unkosten hereinbringen. Zu den treuesten Lesern zählten vermutlich die Beamten des Reichswehrministeriums an der Bendlerstraße in Berlin. Das Blatt verfügte über ausgezeichnete Informationsquellen, vor allem militärpolitischer Art und hat das Ministerium einige Male in Verlegenheit gebracht. Bekanntes Beispiel war die Affäre um den

265 Quelle ganzer Abschnitt: Meidenbauer, S. 81 f.; Informationen zur politischen Bildung, bpb Weimarer Republik, S. 20.

Artikel „Windiges aus der Luftfahrt".

Das darf aber nicht darüber hinwegtäuschen, dass die Mehrheit natürlich andere Zeitungen las. Das zeigen schon die Zahlen. Der am breitesten vertretene Medien-Konzern war damals der Hugenberg-Konzern. Er erreichte mit seinen 1600 Zeitungen Millionen Leser. Neben ihm gab es noch den Ullstein-Verlag und den Mosse-Verlag. Alfred Hugenbergs Zeitungen vertraten eine rechtskonservative, republikfeindliche, nationalistische Linie. Der Hugenberg-Konzern war ein Medienkonzern aus Verlagen, Pressediensten und -agenturen (Telegraphen-Union, Transocean), Werbeagenturen, Korrespondenzdiensten, Filmgesellschaften (wie UFA mit Wochenschauen) und Zeitungsbeteiligungen.[266]

Ossietzky

Die Forschung konnte bislang nicht sicher klären, ob Ossietzky bewusst in Deutschland blieb, obwohl er damit rechnen musste, verhaftet zu werden, oder ob es ihm nicht gelungen war, rechtzeitig zu fliehen. Von ihm selbst sind keine Aussagen dazu überliefert und die Aussagen seiner Freunde widersprechen sich teilweise. Ein privater Grund für das Hinausschieben einer Flucht könnte die Alkoholkrankheit seiner Frau Maud gewesen sein und das Fehlen finanzieller Rücklagen. Als er 1932 seine Haft antrat, hat er sich folgendermaßen geäußert: „Der ausschließlich politische Publizist namentlich kann auf Dauer nicht den Zusammenhang mit dem Ganzen entbehren, gegen das er kämpft, für das er kämpft, ohne Exaltationen und Schiefheiten zu verfallen. Wenn man den verseuchten Geist eines Landes bekämpfen will, muss man dessen allgemeines Schicksal teilen."[267] Ob er das aber in Bezug auf die drohende Verhaftung 1933 auch so gedacht hat, weiß man nicht. Er hat aber auch darauf gesetzt, dass die Nazis an ihren eigenen Widersprüchen scheitern und sich nicht lange würden halten können und vor allem hat er darauf gehofft und erwartet, die Kommunisten und die Sozialdemokraten würden eine Einheitsfront gegen die Nazis bilden. Die KPD hat dies der SPD auch unterbreitet im Angesicht der großen, bevorstehenden Gefahr, aber die SPD „sah keine Basis für eine Zusammenarbeit".[268] Sie hat sich wieder mal tot gestellt, als es drauf

266 Quellen ganzer Abschnittt: Eintrag Hugenberg, Alfred in Munzinger Online/Personen – Internationales Biographisches Archiv http://www.munzinger.de/document/00000000096 (aufg. am 16.8.2020, 7:38); http://www.polunbi.de/inst/hugenberg.html, aufger. am 16.8.2020 um 21:22; Quelle: Vinke, S. 62, 70, 81.

267 Quelle: „Rechenschaft" v. Ossietzky, Weltbühne Nr. 19 vom 10.5.32, S. 691.

268 Quelle ganzer Abschnitt: bpb Weimarer Republik, S. 64; https://de.wikipedia.org/wiki/Carl_von_Ossietzky, aufg. am 2.9.2020 um 17:00.

ankam.

Medienkonzerne Weimarer Republik und Ausblick auf Teil 2

Vor 1933 gab es drei große Medienkonzerne. Mosse, Hugenberg, und Ullstein. Hugenberg, das rechtskonservative, republikfeindliche Imperium wurde 1933 von den Nazis aufgekauft und in die „Regime-Presse" umgewandelt. Der Ullstein-Verlag der Brüder Ullstein, der linksliberal ausgerichtet war und zB. Die Vossische Zeitung vertrieb, der ein klares Bekenntnis zu inhaltlicher Vielfalt vertrat, -„in diesem Haus wurden alle Strömungen eingefangen, alle Stimmen gehört, registriert und wie von einem riesigen Resonanzboden verstärkt der Öffentlichkeit wieder zugeführt." E. Herz: *Denk ich an Deutschland in der Nacht.* 1994, S. 308, zitiert nach https://de.wikipedia.org/wiki/Ullstein_Verlag -, wurde 1934 von den Nazis „arisiert", 1937 in Deutscher Verlag umbenannt und dem Zentralverlag der NSDAP Franz-Eher-Nachfolger-GmbH angegliedert. Die Brüder Ullstein, die nicht bereits in den 30er Jahren verstarben, retteten sich durch Emigration.

In der Weltbühne vom 7. Januar 1930 schrieb Ossietzky noch: „Hugenberg wird seinen Golem Hitler nicht zu selbstständig werden lassen; Wenn er ihn nicht mehr braucht, wird er ihm einfach die Bezüge sperren und die nationalsozialistische Bewegung wird ebenso mysteriös hinschwinden, wie sie in diesen beiden letzten Jahren mysteriös gewachsen ist. Mietlinge, die auseinandergejagt werden, wenn sie nach erledigtem Pensum nicht nur blanke Münze sondern auch Machtbeteiligung fordern."[269] Leider war Ossietzky kein Hellseher und es kam anders, nämlich andersherum. Hitler hat sich, als Hugenberg Machtbeteiligung wollte, dessen entledigt.[270] Ob man daraus den Rückschluss ziehen kann, dass es nicht (auch) die Großindustrie war, die Hitler als Steigbügelhalter gedient hat, ist hingegen nicht so offensichtlich zu beantworten. Diesbezüglich gehen die Interpretationen der Historiker weit auseinander.[271] Hugenberg wird durchaus als Steigbügelhalter der Nationalsozialisten angesehen. Am 17. März 2005 bestätigte ein Senat des Bundesverwaltungsgerichts in AZ: 3 C 20.04 die Rolle Hugenbergs als Wegbereiter der nationalsozialistischen Herrschaft.[272] Hinter Hugenberg stand je-

---

269 Quelle: „Gibt es noch eine Opposition?" von Ossietzky in Weltbühne Nr. 2 vom 7.1.1930 S. 39 ff.

270 Quelle: http://www.munzinger.de/document/00000000096, aufg. 16.8.2020, 7:38

271Vergleiche etwa: https://de.wikipedia.org/wiki/Gro%C3%9Findustrie und Aufstieg der NSDAP, aufg. am 2.9.20 um 17:00.

272 Quellen: https://www.bverwg.de/170305U3C20.04.0.; Vinke, S. 26; https://de.wi

denfalls ein Teil der Schwerindustrie. Der Hugenberg-Konzern hatte beispielsweise eine Dachgesellschaft, nämlich die Wirtschaftsvereinigung zur Förderung der geistigen Wiederaufbaukräfte. Sie bestand aus 12 Personen, die im Verborgenen agierten. Diese Personen stammten, wie Hugenberg, aus der Schwerindustrie. Sie vertraten die Interessen der Schwerindustrie und zielten darauf ab, einen national gesinnten Presse- und Propagandaapparat aufzubauen.[273]

Es gilt jedenfalls als aktueller Wissensstand, dass zumindest ab 1930 ein Teil der Großindustriellen eine Rolle gespielt hat hinsichtlich etwa des Bruches der großen Koalition. Aber die Großindustriellen bedienten sich auch einer regen publizistischen Tätigkeit, etwa gegen den Young-Plan. Sie drängten auch auf eine Gesetzgebung per Notverordnung ohne Zustimmung des Parlaments. Der Beitrag war eher nicht materieller Art. Er erfolgte mittels Propaganda über das Hugenberg-Imperium, mittels Einflussnahme auf die politische Lage durch Druck. In finanzieller Hinsicht lebte die NSDAP hingegen etwa nach Auffassung des Historikers Hans-Ulrich Thamer von Mitgliedsbeiträgen und Eintrittsgeldern. Wichtiger sei die Rolle der Großwirtschaft und anderer traditioneller Machteliten bei der Zerstörung der parlamentarischen Demokratie gewesen.[274] Anmerkung der Autorin: Dieser Aspekt ist sehr interessant, weil er als einer der heftig umstrittenen Gesichtspunkte zeigt, wie kontrovers Historiker bisweilen diskutieren und wie unterschiedlich die Interpretation von Geschichte ausfallen kann. Die hier vorgenommene Darstellung ist nur ein kleiner Ausschnitt aus der Thematik und erhebt keinerlei Anspruch auf Vollständigkeit. Ganz im Gegenteil. Dazu bedürfte es wohl eines eigenen Buches. Ich lasse diesen Komplex in diesem Teil des Romans so stehen, kann aber schon ankündigen, dass es im folgenden Teil sehr detailliert um diesen Themenkomplex gehen wird. Ich habe seiner Darstellung also gewissermaßen tatsächlich ein eigenes Buch „gewidmet".

---

kipedia.org/wiki/Alfred_Hugenberg; http://www.polunbi.de/pers/hugenberg-01.html, aufg. am 2.9.20 um 17:00.

273 Quelle: https://de.wikipedia.org/wiki/Wirtschaftsvereinigung_zur_F%C3%B6rderung_der_geistigen_Wiederaufbaukr%C3%A4fte, aufg. am 16.8.2020 um 23:06.

274 Quelle: https://de.wikipedia.org/wiki/Gro%C3%9Findustrie_und_Aufstieg_der_NSDAP#Stand_der_Diskussion, aufg. am 16.8.2020 um 22:51.

Verwendete Literatur:

Arnon, Joseph: The Passion of Janusz Korczak, in: Midstream, New York, 5/1973, SD. 32 ff., zitiert aus Dauzenroth, Erich: Ein Leben für Kinder, Janusz Korczak Leben und Werk, Gütersloher Verlagshaus, 4. Auflage 1996, S. 19.

Bake, Rita: Wer steckt dahinter? Nach Frauen benannte Straßen, Plätze und Brücken in Hamburg, Landeszentrale für politische Bildung, Hamburg 2003, Birgit Gewehr von der Frauengeschichtsgruppe im Stadtteilarchiv Ottensen.

BASF: Im Reiche der Chemie, hg. Zum hundertjährigen Firmenjubiläum der BASF, Düsseldorf 1965, zitiert aus: Köhler, Otto: „... und heute die ganze Welt", Rasch und Röhrig-Verlag, Hamb. 1986.

Bauer, Max: Der große Krieg in Feld und Heimat, Tübingen 1921, S. 384, zitiert nach Otto Köhler, „...und heute die ganze Welt", Rasch und Röhrig-Verlag, Hamburg 1986, S. 10.

Berhorst, Ralf: „Die Giftmacher" in Geoepoche, Die industrielle Revolution, S. 130 ff.

Broszat, Martin/Frei, Norbert: Das Dritte Reich im Überblick, München 1989, S. 55 ff., zitiert aus: bpb 266, Nationalsozialismus II, S. 19.

Crookes, William: Inaugural Address, in Nature, Bd. 58, 1898, S. 438-448 DuBois, Josiah E,, The Devil´s Chemists, Boston 1952, zitiert aus: Otto Köhler, „... und heute die ganze Welt", Rasch und Röhrig-Verlag, Hamburg 1986, S. 20, 22.

Dauzenroth, Erich: Ein Leben für Kinder, Janusz Korczak Leben und Werk, Gütersloher Verlagshaus, 4. Auflage 1996.

Duisberg, Carl: Abhandlungen, Vorträge und Reden aus den Jahren 1882-1921, Berlin 1923, zitiert aus: Otto Köhler, „...und heute die ganze Welt", Rasch und Röhrig-Verlag, Hamburg 1986.

Duisberg, Curt: Die Arbeiterschaft in der chemischen Großindustrie, Berlin 1921, zitiert aus: Otto Köhler, „... und heute die ganze Welt", Rasch und Röhrig-Verlag, Hamburg 1986.

Eckard, Prof. Dr. med. Wolfgang U.: https://www.aerzteblatt.de/archiv/159435/Erster-Weltkrieg-1914-1918-Die-deutsche-Aerzteschaft-im-Furor-teutonicus, abgerufen am 6.6.2020 um 21:55

Erzberger, Matthias: Erlebnisse im Weltkriege 1920, S. 1, 6, zitiert aus: Otto Köhler, „... und heute die ganze Welt“, Rasch und Röhrig-Verlag, Hamburg 1986, S. 18.

Fabian, Frank: Die geheim gehaltene Geschichte Deutschlands, Bassermann Verlag 2015, 3. Auflage 2016.

Feraru, Peter: Muskel-Adolf & co. Die Ringvereine und das organisierte Verbrechen in Berlin, Argon Verlag 1995.

Gall, Lothar: Bismarck, München 1979, zitiert aus Frank Fabian, die geheim gehaltene Geschichte Deutschlands, S.278.

Gietinger, Klaus/Wolf, Winfried: Der Seelentröster, Wie Christopher Clark die Deutschen von der Schuld am I. Weltkrieg erlöst, Schmetterling Verlag, Stuttgart 2017.

Goebel, Otto: Deutsche Rohstoffwirtschaft im Weltkrieg, Stuttgart 1930, S. 14, zitiert aus: Otto Köhler, „... und heute die ganze Welt“, Rasch und Röhrig-Verlag, Hamburg 1986, S. 18.

Görtemaker, Manfred: Deutschland im 19. Jahrhundert Entwicklungslinien, Schriftenreihe Band 274, Bundeszentrale für politische Bildung (bpb), S. 381 ff.

Haber, Fritz: Fünf Vorträge, Berlin 1924, zitiert aus: Köhler, Otto: „... und heute die ganze Welt“, Rasch und Röhrig-Verlag, Hamburg 1986.

Haber, Charlotte: Mein Leben mit Fritz Haber, Düsseldorf 1970, zit. aus Otto Köhler, „...und heute die ganze Welt“, Rasch und Röhrig-Verlag, Hamburg 1986

Hachmeister, Lutz: Grundlagen der Medienpolitik, deutsche Verlagsanstalt München 2008.

Henningsen, Nicolaus: Politik gehört in die Schule!, in: Die freie weltliche Schule 5/1925, S. 153 f., zit. aus: https://www.bpb. de/apuz/306962/demokratielernen-in-der-weimarer-republik, aufg. am

25.8.2020 um 21:47.

Henseling, K.O.: Am Ende des fossilen Zeitalters, Oekom-Verlag 2008.

Hetmann, Frederik: Rosa L., Fischer Verlag 1979.

Hirsch, Helmut: Rosa Luxemburg, Bildmonographien rororo 1969.

Holdermann, Karl, im Bann der Chemie – Carl Bosch, Düsseldorf 1953, S. 46, zitiert aus: Otto Köhler, „...und heute die ganze Welt", Rasch und Röhrig-Verlag, Hamburg 1986, S. 19 f.

Hughes, Emrys: Churchill – Ein Mann in seinem Widerspruch, zitiert aus Schulte, Thorsten, Fremdbestimmt, VFFW- Verlag, 2. Aufl. November 2019, S. 31.

Köhler, Otto: „...und heute die ganze Welt", Rasch und Röhrig-Verlag, Hamburg 1986.

Korczak, Janucz: Von Kindern und anderen Vorbildern, Gütersloh 1979, S. 51, zitiert aus: Erich Dauzenroth, Ein Leben für Kinder, Janusz Korczak Leben und Werk, Gütersloher Verlagshaus, 4. Auflage 1996, S. 37.

Lenk, E.: Die Unabhängigkeit von der Natur, Leipzig o.J., zitiert aus: K.O. Henseling, Am Ende des fossilen Zeitalters, Oekom-Verlag 2008, S. 57.

Ludendorff, Erich: Urkunden der Obersten Heeresleitung, Berlin 1920, S. 174, zitiert aus: Otto Köhler, „... und heute die ganze Welt", Rasch und Röhrig-Verlag, Hamburg 1986, S. 10.

Meidenbauer, Jörg: Lexikon der Geschichtsirrtümer, Piper Verlag München, 3. Auflage 2007

Moltke, Helmuth von: Erinnerungen, Briefe, Dokumente, hg. v. Eliza von Moltke, Stuttgart 1922, S. 387 ff., zitiert aus Otto Köhler, „... und heute die ganze Welt", Rasch und Röhrig-Verlag, Hamburg 1986, S. 10.

Michalka, Wolfgang (Hg.), Das Dritte Reich. Dokumente zur Innen- und Außenpolitik, Band 1, München 1985, S. 37 ff., zit. aus:

bpb 251 Nationalsozialismus I, S. 54.

Müller, Dr. Helmut M.: Deutsche Geschichte in Schlaglichtern, Brockhaus GmbH Mannheim 2002,

Newerly, Igor: Einleitung zur deutschen Ausgabe, Wie man ein Kind lieben soll, S. XXVII, zit. aus: Erich Dauzenroth, Ein Leben für Kinder, Janusz Korczak Leben und Werk, Gütersloher Verlagshaus, 4. Auflage 1996.

Ortmeyer, Benjamin: Schulzeit unterm Hitlerbild, Frankfurt am Main 1996, S. 20 f., zit. aus Informationen zur politischen Bildung (bpb) Nr. 266, Nationasozialismus II, S. 10.

Osburg, Prof., Dr., Florian/ Klose, Prof., Dr.., Dagmar: Expedition Geschichte 3, von der Zeit des Imperialismus bis zur Gegenwart, Verlag Moritz Diesterweg 1999, Frankfurt am Main.

Ossietzky, Carl von: Rechenschaft, Publizistik aus den Jahren 1913-1933.

Osterhammel, Jürgen: Die Verwandlung der Welt, Beck_Verlag München, 3. Auflage 2009.

Petri, Horst: Jugend auf der Suche, welche Werte die Gesellschaft Jugendlichen vorenthält,Herder Spektrum Verlag 2006,

Ponsonby, Lord Arthur: „Falsehood in War-Time" (absichtliche Lügen in Kriegszeiten) abg. über: http://www.vlib.us/wwi/ resources/archi ves/texts/t050824i/ponsonby.html, aufg. am 29.8.2020 um 15:29.

Riebicke, Otto: Was braucht der Weltkrieg? 5. Auflage, Leipzig 1941, S 47 ff., zitiert aus Otto Köhler, „ ...und heute die ganze Welt", Rasch und Röhrig-Verlag, Hamburg 1986, S. 10.

Rieg, Timo: Kurt Tucholsky, Deutschland, Deutschland über alles, die beste Kritik zur Lage der Nation, Berliner Konsortium 2017, 2. Auflage.

Schiffmann Dieter: Von der Revolution zum Neunstundentag, Frankfurt 1983, zit. aus: Köhler, Otto: „... und heute die ganze Welt", Rasch und Röhrig-Verlag, Hamburg 1986.

Schulte, Thorsten: Fremdbestimmt, VFFW- Verlag, 2. Aufl. November 2019, S. 31.

Simpson, Colin: Die Lusitania, S. Fischer Verlag, Frankfurt am Main 1973, S. 31, zit. aus: Schulte, Thorsten: Fremdbestimmt, VFFW- Verlag, 2. Aufl. November 2019, S. 31.

Stein, Eberhard: Die Stickstoffkrise der deutschen imperialistischen Kriegswirtschaft 1914/15, in: Wissenschaftliche Zeitschrift der Martin-Luther-Universität Halle-Wittenberg (Ges.-Sprachw.), S. 107 - 119, 1962

Sturm, Reinhard: in bpb Weimarer Republik, S. 49 f.

Teusch, Ulrich: Der Krieg vor dem Krieg, wie Propaganda über Leben und Tod entscheidet, Westend Verlag Frankfurt a.M. 2019.

Tucholsky, Kurt: politische Texte, rororo 1971 in Militaria, Verpflegung

Vinke, Hermann: Carl von Ossietzky, Ravensburg 1987.

Welzer, Harald: Selbst denken, eine Anleitung zum Widerstand, Fischer Verlag Frankfurt a.M. 6. Aufl. 2015.

Wohlgemuth, Heinz: Karl Liebknecht eine Biographie, Dietz Verlag Berlin 1973.

Zentner, Dr. Christian: Erster Weltkrieg, Garant Renningen 2012.

Chronik der Menschheit, Weltbild Verlag 1997

Nachdenkseiten, Die Art. 5 Falle. Zur inneren Pressefreiheit, Artikel vom 23.5.2020

https://www.aerzteblatt.de/archiv/56239/Folgen-der-Privatisierung-von-Krankenhaeusern-Die-Spielregeln-sind-willkuerlich, aufg. am 11.6.2020 um 23:02.

https://www.digitales-deutsches-frauenarchiv.de/akteurinnen/rosa-luxemburg, aufg. am 19.6.2020 um 8:55.

https://web.archive.org/web/20091225121615/http://www.gerdgruendler.de/Erinnerung%20an%20Paul%20Sethe.html.

Bundesamt für Verfassungsschutz, Gedenken an Rosa Luxemburg und Karl Liebknecht – ein Traditionselement des deutschen Linksextremismus, bfv-themenreihe, S. 4; https://www.dhm.de/lemo/kapitel/weimarer-repu-blik/revolution-191819/ermordung-von-luxemburg-und-liebknecht.html, aufg. am 23.7.2020, um 21:23.

Informationen zur politischen Bildung, bpb Weimarer Republik
Bpb deutscher Widerstand 1933-1945, Wolfgang Benz, S. 5.

Munzinger Online/Personen – Internationales Biographisches Archiv Hugenberg, Alfred, http://www.munzinger.de/document / 00000000096 (abger. von Bücherhallen Hamburg am 16.8.2020, 7:38) Quelle: http://www.polunbi.de/inst/hugenberg.html, aufg. am 16.8.2020 um 21:22.